Michael Detroit ist das Pseudonym
eines kalifornischen Autors,
der dieses Buch nach zweijährigen
Recherchen schrieb.

Michael Detroit

# Einmal Hölle und zurück

Thriller

Deutsch von Gunter Blank

rororo

Rowohlt

Die Originalausgabe erschien 1994
unter dem Titel «Chain of Evidence»
bei Dutton/Penguin Group
Umschlaggestaltung Walter Hellmann
Redaktion Heiko Arntz

Deutsche Erstausgabe
Veröffentlicht im Rowohlt Taschenbuch Verlag
GmbH, Reinbek bei Hamburg, Mai 1996

Published by arrangement with Dutton Signet,
a division of Penguin Books USA Inc.

Satz Sabon und Rockwell (Linotronic 500)
Gesamtherstellung Clausen & Bosse, Leck
Printed in Germany
1490-ISBN 3 499 13905 7

Für Dorothy, meine Frau,
die mir Motivation ist und
immer sein wird

## Danksagung

Die Geschichte von «Einmal Hölle und zurück» wird aus der Perspektive ihrer drei Protagonisten erzählt: Victoria Seele, Sergeant Wayne Carlander vom Orange County Sheriff's Office und Clifford Mowery. Sheriff Brad Gates, der in diesem Buch ebenfalls porträtiert wird, hatte das Gespür und den Mut, die Operation zunächst zu genehmigen und sie in ihrem Verlauf praktisch täglich zu überwachen. Wichtige Hinweise kamen auch von Lieutenant Sim Middleton und Sergeant Skip Mitchell sowie von den – inzwischen zu Lieutenants beförderten – Ermittlern Randy Blair und Steve Carroll. Tony Rackauckas jr., damals Stellvertretender Bezirksstaatsanwalt, heute Richter, leistete als Hauptankläger eines wichtigen Mordprozesses gegen Mitglieder der Hell's Angels, wie auch in anderen Fällen, großartige Arbeit.

Der Stellvertretende Bezirksstaatsanwalt von Orange County, Ron Kreber, inzwischen zum Richter ernannt, verdient ebenfalls eine besondere Erwähnung.

Wüßte ich die passenden Worte, um die Arbeit meines Lektors John Paine zu würdigen, würde ich sie hier niederschreiben. Er ist der Beste.

## Vorwort

Obwohl die Undercoveroperation, die in diesem Buch beschrieben wird, in den Jahren 1976 und 1977 stattfand, sind ihre Auswirkungen bis zum heutigen Tag spürbar. Es handelte sich um ein einzigartiges Unternehmen, ein Unternehmen, das aufgrund der besonderen Umstände, die es möglich machten, wohl kaum wiederholbar ist. Die Operation begann als bescheidener Versuch, die Innenwelt einer Outlaw-Biker-Gang auszuforschen, nahm aber dank ihrer Erfolge bald sehr viel größere Dimensionen an. Letztlich führte sie zur entscheidenden Wende im Kampf gegen das organisierte Biker-Verbrechen, das auf dem Weg war, in Südkalifornien die Oberhand zu gewinnen, und gipfelte in einem großangelegten Schlag, von dem sich die Gangs bis heute nicht erholt haben.

Während ich dieses Buch schrieb, wälzte ich Hunderte von öffentlich zugänglichen Akten und Dokumenten und auch einige, die den Stempel «Vertraulich» trugen. Ich studierte sogar die privaten Tagebücher von Polizisten, die die Eintragungen über ihre Aktivitäten kodierten, damit sie keinen Schaden anrichteten, falls sie verlorengingen und in die falschen Hände fielen. Ich begutachtete Verbrechensmeldungen, Strafregister, gerichtliche Vorladungen und Abhörprotokolle. Ich interviewte Dutzende von Polizisten, Staatsanwälten, Richtern, Undercoverermittlern und sonstige Uniformträger.

Ich sprach auch mit zum Teil noch aktiven Biker-Gang-Mitgliedern, die die Personen, über die hier berichtet wird, genauestens kannten. Ich sicherte ihnen zwar Anonymität zu, machte aber keinerlei Versprechungen darüber, wer in welchem Licht erscheinen würde.

Die Dialogpassagen dieses Buches dienen nicht der Fiktionalisierung, sondern dazu, das Interesse des Lesers zu steigern. Wörtliche Rede wird nur verwendet, wenn mindestens ein Beteiligter interviewt wurde oder sich später genau daran erinnerte, worüber gesprochen worden war.

Einige der Undercoverermittler haben inzwischen den Polizeidienst quittiert und aus Sicherheitsgründen den Wohnsitz gewechselt. Andere sind an anderen Schauplätzen weiter mit Anti-Gang-Operationen betraut. Nachdem die Verhaftungen vorgenommen waren und noch bevor die Prozesse stattfanden und Urteile gesprochen wurden, hängten Mitglieder der Hell's Angels WANTED-Steckbriefe von drei an der Operation beteiligten Personen in den Biker-Kneipen Südkaliforniens aus. Für den Tod der drei offerierten die Steckbriefe Kopfgelder von jeweils 25 000 Dollar.

Aufgrund der Gefährdung bestimmter Personen, die an dieser Operation mit der höchsten Zahl an Verhaftungen in der Geschichte Kaliforniens beteiligt waren, wurden deren Identitäten ebenso verändert wie bestimmte, leicht auszumachende Ereignisse, an denen sie beteiligt waren.

Die Entscheidung, die Ermittlungen gegen alle Zweifel und Widerstände bis zu ihrem außergewöhnlichen Abschluß voranzutreiben, hat nach den Maßstäben der Strafverfolgungsbehörden außergewöhnlich gute Resultate gezeitigt. Bis zum heutigen Tag ist es den Hell's Angels nicht gelungen, in Orange County eine ihrer «Chapter» genannten Ortsgruppen zu etablieren. Als unmittelbare Folge der Operation sind sogar zahlreiche führende Hell's-Angels-Mitglieder der Ortsgruppe Los Angeles County weiter nach Norden gezogen, um dem heißen Klima zu entkommen. Die Angels sind nach wie vor eine der größten kriminellen Organisationen und zählen zu den bedeutendsten Drogenproduzenten und -händlern in Kalifornien. Aber nicht in Orange County.

Sollte der Leser im übrigen an den rassistischen Bemerkungen in den Dialogpassagen Anstoß nehmen, teilt er sein Unbehagen mit Autor und Verlag. Es ist jedoch eine Tatsache, daß die Hell's Angels und die mit ihnen assoziierten «Motorradclubs» rassistische Extremisten sind. Es wäre deshalb nicht aufrichtig, eine Geschichte über sie ohne solche Bemerkungen zu erzählen.

# Prolog

Im Jahr 1979 kamen mir Teile einer Geschichte zu Ohren, die wie aus einem Roman klangen. Eine Undercoveroperation der Polizei, die schieflief, behauptete eine Quelle. Ein weiblicher Cop sei involviert gewesen. Angeblich war sie mit den Hell's Angels herumgezogen. Das Gerücht ging um, sie hätte sich in den Outlaw verliebt, auf dessen Chopper sie mitfuhr. Der Vorfall habe – so das Gerücht weiter – das Department in schwerste Verlegenheit gebracht. Es habe zahlreiche Verhaftungen gegeben. Und ein Blutbad.

Ich setzte mich mit Doug in Verbindung, einem Mitglied der Strafverfolgungsbehörden, der mir seit langem eine verläßliche Quelle war, und fragte ihn, ob er etwas über den Fall gehört hätte. Er sagte, er hätte, wüßte aber nur wenige Einzelheiten. Er bot an, den einen oder anderen Anruf zu tätigen, um zu sehen, was er herausfinden könnte. Obwohl wir ein gutes Verhältnis hatten, war ich für ihn ein Reporter, und deshalb schwieg er meist, wenn ich Dinge aufbrachte, über die er nicht reden konnte.

Als Doug einige Tage später zurückrief, teilte er mir mit, daß einiges von dem, was ich gehört hatte, wahr sei. Er könne allerdings nicht viel mehr bestätigen. Ich fragte, ob der Fall noch nicht abgeschlossen wäre. Seine Antwort lautete ja. Ich fragte, ob es irgendeinen Aspekt gebe, über den er reden könne. Er antwortete, daß es ihm lieber wäre, ich würde es von einer anderen Quelle erfahren. Ich meinte scherzhaft, daß er meine andere Quelle wäre. Kein Gelächter. Doug fühlte sich eindeutig unwohl.

Während der folgenden Wochen sprach ich das Thema gegenüber anderen Kontaktpersonen an, doch niemand schien etwas zu wissen. Da ich mit anderen Themen beschäftigt war, legte ich die Fragmente, die ich gesammelt hatte, beiseite. Im Lauf der Monate versuchte ich, mehr über den Fall in Erfahrung zu bringen, stieß jedoch auf dieselbe Mauer des Schweigens, die den Fall von Beginn an umgeben hatte.

Mehrere Jahre später traf ich einen Orange County Deputy Sheriff, eine Frau, die einen extrem gefährlichen Job hatte: Bombenentschärfung. Während unserer beiläufigen Unterhaltung bestätigte sie, daß es einen solchen Fall gegeben habe. Sie kannte eine der Personen, die daran beteiligt gewesen waren, glaubte aber, daß das Stillschweigen aus Sicherheitsgründen bewahrt wurde. Sie lächelte, entschuldigte sich dafür, nicht mehr zu wissen, und wechselte das Thema.

Ich überlegte mir, daß es Akten über den Fall geben mußte. Leute mußten daran beteiligt gewesen sein, und diese Leute hatten Namen. Da ich wußte, daß der Fall den Orange County Superior Court beschäftigt hatte, suchte ich nach Personen, die mit der Verhaftung von Mitgliedern der Hell's Angels im Jahr 1977 in Verbindung standen. Es schien eine leichte Aufgabe. Immerhin, die Hell's Angels galten zwar als wilde Horde, aber waren sie letztlich nicht doch bloß ein paar Kerle, die gerne ihr Bier kippten und auf ihren Motorrädern herumfuhren? Ungewöhnliche Lebensstile sind heutzutage an der Tagesordnung. Marlon Brando in «The Wild One» hatte mir in meiner Jugend eine verzerrende Optik geliefert, durch die ich alle Motorrad-Gangs betrachtete.

Die Polizei hatte also ein paar Angels erwischt, die das Gesetz gebrochen hatten. Weshalb wurde so ein großes Geheimnis daraus gemacht? Ich fand es heraus, als ich die Leute traf, die an der Operation teilgenommen hatten. An der Geschichte von «Einmal Hölle und zurück» sind drei Personen beteiligt, die aus völlig unterschiedlichen Verhältnissen kamen. Sie wurden durch Umstände zusammengeschweißt, die keiner von ihnen mochte oder gewollt hatte. Sie bildeten eine kritische Masse, die in einer der größten Verhaftungsaktionen in der Geschichte Kaliforniens explodierte. Diese führte zu einer Welle von Prozessen, die ein Jahr andauerten und mit einer fast hundertprozentigen Verurteilungsrate endeten. Mit einer Ausnahme wurden alle Angeklagten zu Haftstrafen verurteilt. Die Verbrechen schlossen Drogenhandel, Schutzgelderpressung, Körperverletzung, Diebstahl und nicht zuletzt Mord ein.

Nach den ersten Verhaftungen wurden Gang-Mitglieder, die den Bikern Schaden zugefügt hatten, von Hinrichtungskommandos ermordet. Auch Nichtbiker standen auf der Abschußliste. Die Hell's Angels entpuppten sich als kriminelle Organisation, die als legaler Verein in Kalifornien registriert war.

Ich fand den Namen eines der Mitglieder des Undercoverteams heraus. Ich traf diese Person und hörte mir weitere Einzelheiten der Geschichte an. Obwohl mir nur ein Teil der Ereignisse enthüllt worden war, fing ich Feuer. Bislang kannte ich zwar die publizierten Fakten, aber nun konnte ich mit jemandem sprechen, der direkt beteiligt war. Mir wurde gesagt, es gebe noch einen zweiten Überlebenden des ursprünglichen Teams. Wenn diese Person bereit wäre zu reden... Ich fragte, ob ein Treffen möglich wäre.

Das Treffen fand schließlich statt, und während des Interviews versprach ich, weder Namen zu nennen noch Örtlichkeiten zu beschreiben, die Hinweise auf den Verbleib der überlebenden Undercoverermittler und ihrer Familien geben könnten.

Weitere Interviews folgten. Ich traf die Beteiligten in Motelzimmern, Bars und Autos und hörte fasziniert zu. Ich fand heraus, daß die Unterwanderung der Gang die Leistung von drei außergewöhnlichen Personen war, die einen zu hohen Preis für ihren Einsatz bezahlt hatten. Eine Person kam ums Leben, eine verließ den Staat und änderte den Namen, und eine wurde wider Willen ein Held.

Ich stellte sehr bald fest, daß ihre Geschichte nicht bloß eine Ansammlung von Verhaftungsberichten, Überwachungsprotokollen und Aktenzeichen war. Es ist die Geschichte einer sehr kleinen Gruppe von Cops, plus eines «Zivilisten», die nur gemeinsam überleben konnten. Wie die Natur Kohlenstoff zu Diamanten preßt, so verwandelt hoher Druck auch Menschen. Wenn auch nicht immer in Diamanten.

## Kapitel 1

Am 8. September 1976 prüfte Sergeant Wayne Carlander penibel die Ermittlungsberichte, die er und die Undercovercops des Rauschgiftdezernats des Sheriff's Office von Orange County verfaßt hatten. Er vergewisserte sich, daß die Uhrzeiten in den Überwachungsberichten mit denen der Fahnder übereinstimmten, die die fingierten Drogendeals und die daraus resultierenden Festnahmen durchgeführt hatten. Er verrechnete Bargeldausgaben, unterschrieb Quittungen und bereitete die Berichte für seine Vorgesetzten zur Überprüfung vor.

Wie die meisten Cops, die sich auf der Straße zu Hause fühlten, verabscheute Carlander den Papierkram – wie überhaupt alles, was ihn an einen Schreibtisch fesselte –, aber er war sich darüber im klaren, daß Schlampereien zu vermeiden waren. Über kurz oder lang würden die Fälle vor Gericht landen, und er wollte verhindern, daß ein Krimineller aufgrund eines Flüchtigkeitsfehlers seiner Strafe entging.

«Du bekommst einen neuen Mann, Wayne. Mehr oder weniger jedenfalls. Investigator Seele.» Lieutenant Sim Middleton betrat Carlanders abgeteilte Bürozelle.

«Entscheide dich. Hast du einen neuen Mann für mich, oder bekomme ich Seele.» Carlander hatte seine Antwort als Anordnung formuliert, nicht als Frage.

«Schon gut, du bekommst Seele. Kennst sie, hm?» Bevor beide Zivilfahnder wurden, waren Middleton und Carlander zusammen Streife gefahren. Der Lieutenant mochte Carlander, doch fühlte er sich stets – wie die meisten Leute – allein durch dessen Größe verunsichert. Und Carlanders befehlsgewohnte Persönlichkeit ergänzte seine eins fünfundneunzig große und einhundertdreißig Kilo schwere physische Erscheinung. Er war selbstsicher, entschlossen und für sein Gewicht unverhältnismäßig schnell.

Sein Gesicht strafte seine Heftigkeit Lügen: rund, faltenlos, mit Augen, die unaufhörlich zu lächeln schienen. Sein vom Kopf abstehendes Haar schien wie der Mann selbst ständig unter Strom zu stehen. Aber Wayne Carlander war auch ein unverhohlener Chauvinist, was jeder in der Abteilung wußte. Er führte ein kompromißloses Rauschgiftdezernat, und die Typen, die er sich vornahm, waren bösartig und verschlagen. Im täglichen Kampf um die Kontrolle der Straßen und Parks des County benötigte Carlander Kerle, in deren Adern Eiswasser statt Blut floß. Er brauchte Leute, die mit den Gesetzen der Straße vertraut waren, um der rohen Gewalt, die sich ihnen entgegenstellte, Paroli zu bieten. Carlander und Middleton hatten seine «Anforderungen» unzählige Male diskutiert, und eine solche Debatte wollte Middleton heute vermeiden.

«Wer kennt sie nicht? Sieh zu, daß Brad ihr einen netten Job in seinem Büro besorgt», sagte Carlander.

«Erzählst du jetzt dem Sheriff, wo er seine Leute einzuteilen hat, Carlander?»

«Tu ich nicht, Lieutenant Middleton. Was ich sage, ist, daß sie wahrscheinlich nicht einmal weiß, wie man einen Strafzettel ausstellt, Gates aber glaubt, daß sie reif für meine Löwengrube ist. Ich versuch nur, ihr einen Gefallen zu tun.» Carlander hatte eine Art, seine Wunschvorstellungen wie sokratische Logik klingen zu lassen.

«Der heilige Carlander. Welch ein Glück, daß der Papst dich lange genug entbehren kann, damit du uns hier in Orange County auf die Sprünge hilfst. Versuch nicht, Gates irgendwelche Gefallen zu tun, um die er nicht gebeten hat. Investigator Seele wird sich am Nachmittag hier melden.»

«*Investigator* Seele?» Carlander sackte auf seinem Stuhl zusammen. «Die trägt schon Zivil? Wie lange ist die denn bei uns?»

Sim Middleton verstand Carlanders Empörung. Victoria Seele war innerhalb kürzester Zeit vom Neuling zum Zivilfahnder aufgestiegen, ohne Streifendienst zu absolvieren. Aber sie hatte sich nun einmal allen Anforderungen gewachsen gezeigt. Abgesehen davon hatte die Führungsebene nicht vor, Personalfragen den Abteilungsleitern zu überlassen.

«Sie tritt hier am Nachmittag ihren Dienst an. Also gib ihr einen Job.» Middleton machte auf dem Absatz kehrt. Mit Carlander war nicht zu reden. Soviel wußte er.

Carlander beendete seinen Papierkram und trug sich aus, um zum Schießstand zu gehen. Wie gewöhnlich hatte er seine monatliche Schießübung bis zum letzten Tag aufgeschoben, weil er sie als unangenehme Pflicht betrachtete. An Feuerwaffen war nichts, das er mochte. Außerhalb des Schießstandes hatte er seine Waffe seit mehr als zehn Jahren nicht mehr abgefeuert, allein sie zu tragen bereitete ihm Unbehagen. Häufig ließ er sie deshalb in seinem Schreibtisch oder zu Hause, was genaugenommen einen Verstoß gegen die Vorschriften bedeutete. Seinen Erfolg als Polizist verdankte er seiner Körperkraft und seiner Schläue, nicht seiner Treffsicherheit auf dem Schießstand.

Auf dem Stand feuerte Carlander, Plastikstöpsel in den Ohren, die vorgeschriebene Zahl von Schüssen ab und stellte unbeteiligt fest, daß er einmal mehr mit dem Minimum an Treffern bestanden hatte.

Er fuhr zurück in sein Büro in der North Flower Street in Santa Ana. Er hatte zwar keinen großen Appetit, überwand sich aber und griff sich in der Cafeteria des Sheriff's Office ein Tablett. Darauf packte er gerade so viel Nährstoffe, um seine knapp einhundertdreißig Kilo bei Laune zu halten. Als er an seinen Schreibtisch zurückkehrte, wartete eine Frau auf ihn.

«Ich bin Victoria Seele», begrüßte sie ihn. Sie war Carlander zwar schon gelegentlich begegnet, aber heute erschienen ihr seine Ausmaße in einem völlig neuen Licht. Außerdem hatte sie gehört, daß sich in seinem riesigen Schädel ein Gehirn befand.

«Hallo.»

Kein Freund großer Worte, dachte sie. «Ich glaube, ich bin Ihnen zugeteilt worden.»

«Aha.»

«Also, äh, wo soll ich ... Haben Sie einen Schreibtisch für mich?»

«Klar. Direkt hier.» Er nickte mit dem Kopf in Richtung eines mit Papier übersäten Schreibtisches.

«Den benutzt doch schon jemand, oder?»

«Bud Nease. Aber nur zu.»

«Bud Nease?»

«Mein Partner. Der hat Urlaub.» Carlander nickte erneut in Richtung Schreibtisch. «Und wenn er keinen hat, benutzt er ihn auch nicht gerade häufig.»

Victoria ließ ihr Jackett über die Stuhllehne fallen. Auf der anderen Seite des Raums vertiefte sich Carlander wieder in seine Akten. Zögernd, wie man heißes Badewasser testet, setzte sich Victoria auf die Kante des Schreibtischstuhls. Sie taxierte die staubbedeckten Papiere. Die meisten trugen Datumsangaben, die Wochen, zum Teil Monate zurücklagen. Neben Carlanders Ellbogen klingelte das Telefon. Während er sprach, beschäftigte sie sich mit den Schubladen. Sie hatte gehofft, ein Verzeichnis der offenen Fälle zu finden, Berichte über laufende Ermittlungen. Doch die Papiere und Akten waren willkürlich in die Schubladen gestopft worden, Steckbriefe, Rohfassungen von Ermittlungsberichten, Memoranden, die zum Teil aktuelle Gerichtstermine auflisteten, Anweisungen an die Abteilung, ein Taschenbuch, ein Päckchen Kreide, ein verschimmeltes Sandwich in Plastikfolie. Mit spitzen Fingern zog sie das Sandwich heraus und ließ es in den nächsten Papierkorb fallen. Sie schaute auf und sah, wie Carlander sie beobachtete.

«Nun? Womit soll ich anfangen?»

«Was hätten Sie denn gern?» antwortete Carlander, schon wieder in seine Akten vertieft.

«Arbeit. Deshalb bin ich hier», sagte sie und fühlte, wie sie gereizt wurde.

«Ich glaube nicht, daß ich je einen Detective so was habe sagen hören.» Carlander schien aufrichtig neugierig, und Victoria fragte sich, ob das eine besondere Art von Humor war.

«Ist meine Anwesenheit hier ein Problem für Sie, Sergeant Carlander?» Sie hatte schon des öfteren mit männlichem Territorialverhalten zu tun. Unter Cops kaum zu vermeiden. Zuerst hatte sie diese Form der Reviermarkierung ignoriert, später hatte sie herausgefunden, daß die beste Art, integriert zu werden, war, Probleme frontal anzugehen.

«Kein Problem mit Ihrer Anwesenheit.»

«Gut. Manche männlichen Kollegen glauben, weibliche Polizisten wollten oder könnten sich den Anforderungen nicht gewachsen zeigen. Als wären wir zu schwächlich oder so was.»

«Ich war verheiratet. Sie brauchen mir nicht zu erzählen, wie stark Frauen sind.» Carlanders fortgesetzte Sanftmütigkeit begann ihr auf die Nerven zu gehen.

«Sehen Sie, Wayne», sagte sie, «ich weiß, daß mich im Rauschgiftdezernat keine leichte Aufgabe erwartet. Man hat mich hierher versetzt. Ich habe nicht darum gebeten. Aber da ich nun mal hier bin, werde ich mein Päckchen tragen. Ich habe mein ganzes Leben lang gear...»

«Haben Sie sich Ihr Studium selbst finanziert?» unterbrach sie Carlander.

«Ja, und ich...»

«Ich nehme nicht an, daß Ihre Familie Sie groß unterstützen konnte, hm? Sehen Sie, ich bilde mir ein, Verhörspezialist zu sein. Ich höre zu, wenn sich die Leute mit mir unterhalten, Vicky. Nehmen wir zum Beispiel Sie. Ich habe hingehört, während Sie redeten. Ich würde sagen, Sie sind von irgendwo aus dem Mittleren Westen. Richtig?»

«Richtig, ja.»

«Und wahrscheinlich besaß Ihre Familie eine Farm?» In Erwartung der Antwort runzelte er die Stirn.

«Wie kommen Sie...?»

«Eine Vermutung.» Er zuckte beiläufig mit den Schultern. «Sie sagten, Sie hätten sich Ihr Studium selbst verdient, das heißt, Ihre Leute daheim sind nicht wohlhabend, und wenn sie nicht wohlhabend waren, mußten Sie für Ihren Lebensunterhalt arbeiten, und da Sie aus dem Mittleren Westen kommen, habe ich angenommen, daß sie Farmer sind, denn das ist der größte Wirtschaftszweig dort. Soweit richtig?»

Victoria war beeindruckt. Carlander hatte den Ruf eines hervorragenden Polizisten, und nun war ihr klar, warum. «Ziemlich gut», gab sie zu.

«Erfahrung. Nach einer Weile wird es Teil des Jobs. Was man

einfach mitbringt. Verstehen Sie, wie Hemd und Hose. Oder Rock, in Ihrem Fall. Ohne Erfahrung läuft hier nichts. Aber ich habe nichts gegen das College. Fast jeder geht heutzutage aufs College. Bevor sie hierherkommen. Ich denke, das ist 'ne verdammt gute Sache. Was haben Sie studiert? Polizeirecht? Allgemeines Strafrecht? Kriminalpsychologie?» Die Stirn runzelte sich erneut.

«Nein. Äh, Soziologie», sagte sie und wollte hinzufügen, daß sie keine Sozialarbeiterin war. Sie hielt eine konsequente Haltung gegenüber Gesetzesbrechern für unabdingbar und würde niemals einem Killer die Schulter tätscheln, weil er eine unglückliche Kindheit hatte. «Damals wußte ich noch nicht, daß ich in den Polizeidienst wollte.» Victoria konnte nachvollziehen, daß ein Vorgesetzter etwas über seine Untergebenen wissen mußte. Sie mahnte sich zur Geduld – solange es irgendwo hinführte.

Carlander schaffte es, sich erstaunt zu zeigen. «Nein? Wie kommt's dann, daß Sie hier gelandet sind?»

«Ich war Büroangestellte bei einer...»

«Sekretärin?»

«Ja, eine Art Sekretärin. Bei einer Versicherungsagentur. Es...»

«Fing an langweilig zu werden?» fragte er, die Stirn noch immer gerunzelt.

«In der Tat, ich habe mich gelangweilt.»

«Und nun sind Sie hier», sagte er und lächelte höflich.

*Mein Gott*, dachte sie, *will er mich auf den Arm nehmen?* Sie hatte sechzehn anstrengende Wochen an der Polizeiakademie hinter sich gebracht und als Lehrgangsbeste abgeschlossen. Das mußte er doch wissen. Es war in den Abendnachrichten. Bundesweit. Plus die Monate, die sie im County-Gefängnis Dienst getan hatte. Dann Einbruchsdezernat und die Abteilung für Jugendkriminalität. «Man braucht kein Genie zu sein, um Ihre Implikation zu verstehen...»

«Implikation?»

«Ja, Ihre Implikation, daß ich mir hier aus Abenteuerlust die Zeit vertreibe. Mache ich nicht. Ich wurde zum Rauschgiftdezernat versetzt, und wenn Sie ein Problem damit haben, dann ist das Ihre Sache. Nicht meine.»

Die Stirnfalten wurden tiefer. «Sie haben recht, Vicky. Es gibt ein Problem. Wir verbringen eine Menge Zeit auf der Straße. Im großen und ganzen ist es beschissen da draußen. Wir haben es mit aufgeputschten Irren zu tun, mit Dealern, einigen ganz schweren Jungs. Ich kann Sie mir einfach nicht in der Gosse vorstellen, und das meine ich in keiner Weise abwertend.»

Er wartete darauf, daß sie antwortete, doch sie schwieg. Wenn er ein Chauvinist sein wollte, sollte er sehen, wie er sich wieder herauswand.

«Also gut», sagte er und griff nach einer kleinen Tüte, die Victoria aus ihren Drogenseminaren kannte. «Ich muß rüber ins Gefängnis. Machen Sie sich's gemütlich.»

Als er auf dem Weg nach draußen an ihr vorüberging, fiel ihr Blick auf eine Mappe mit ihrem Namen. Ohne die geringsten Bedenken langte sie in seinen Eingangskorb und öffnete den Umschlag. Er enthielt Kopien aus ihrer Personalakte. Sie brauchte sie nicht zu lesen, um zu wissen, daß darin ihr Bildungsweg, ihr Geburtsort und ihr familiärer Hintergrund aufgelistet waren. Sie wußte nicht, auf wen sie wütender sein sollte: auf Carlander, weil er sie mit seinen großartigen Farmerstochter-Schlußfolgerungen belogen hatte, oder auf sich selbst und ihre Naivität.

Das Gefängnis befand sich genau gegenüber auf der anderen Straßenseite. Es handelte sich um ein modernes dreistöckiges Gebäude, dessen Gitter in tiefen Fensternischen verborgen waren, so daß es sich in die architektonische Harmonie der umstehenden öffentlichen Gebäude einfügte. Das Dach, das als Sportplatz diente, war von einem starken Maschendraht umgeben und durch Stacheldraht abgesichert, der von der Straße aus nicht sichtbar war. Das erste und das zweite Stockwerk verfügten über je drei getrennte Zelltrakte sowie einen Hauptkontrollraum, von wo ein Sergeant und ein Deputy den Insassenverkehr regelten, Türen fernsteuerten und die Verbindung mit dem Rest des Gefängnisses aufrechterhielten.

Am Eingang trat Carlander durch das erste elektronisch gesteuerte Stahltor. Nachdem es sich hinter ihm geschlossen hatte, legte er seine Waffe in eine Stahlbox, klappte den Deckel zu und verschloß sie mit einem Schlüssel, den er einem uniformierten Deputy übergab.

«Hallo, Wally.»

«Hallo, Carlander. Hier, um Mowery zu sehen?»

«Ja. Drogentest.»

«Er ist in B-4. Übler Bursche. Ruf mich, wenn es Probleme gibt.»

Der Deputy bediente die Fernsteuerung und öffnete damit eine zweite Tür, die sich zur Zentralebene nahe dem Hauptkontrollraum öffnete. Ebenfalls auf dieser Ebene befanden sich Vernehmungsräume und eine Sammelzelle.

Carlander wartete vor der Tür zu B-4, bis sie sich öffnete.

«Wer zum Teufel bist du, Mann?» fragte Clifford Mowery herausfordernd, als Carlander die Zelle betrat. Seine Augen hefteten sich auf den Untersuchungskoffer, den der Sergeant bei sich trug.

Der Gefangene war der «bulligste» Mann, der Carlander je untergekommen war. Mowery hatte nicht nur massige Muskeln, sie wirkten wie gemeißelt. Er hatte von Natur aus den Körper eines Athleten, dem jahrelanges, verbissenes Bodybuilding eine rauhe Schönheit verliehen hatte.

«Sergeant Carlander», bemerkte er beiläufig und holte eine Stablampe und ein Pupillometer aus einer Tasche. «Ich muß einen Drogentest machen, Cliff. Das heißt, wir müssen dir ein bißchen Blut abzapfen…»

«Du nimmst mir kein Blut ab, Arschloch.»

«Nicht meine Idee», erwiderte der kräftige Cop friedlich. «Der Labortechniker wird das erledigen.»

«Hast du Dreck in den Ohren oder was, Mann? Ich hab gesagt, du nimmst mir kein Blut ab. Wenn du Blut sehen willst, dann holst du besser gleich Verstärkung.»

Carlander unterbrach seine Vorbereitungen, wandte sich um und betrachtete den Exsträfling. Wie alle straßenerfahrenen Cops wußte er: Entweder du beherrschst die Kriminellen, oder die Kriminellen beherrschen dich. Carlander war der festen Überzeugung, daß ein Cop, der einmal klein beigab, sich besser nach einem neuen Job umsah. Und bullig oder nicht, der Bursche begann ihm auf die Nerven zu gehen. Carlander schob den Koffer beiseite und schaute dem tätowierten Mann ruhig in die Augen.

«Juckt's dich, Cliff, dann versuch's doch.»

Widerstand von einem einzelnen Gegner war Mowery nicht gewohnt.

«Du rufst am besten schon mal nach deinen Männern», sagte er, machte jedoch keine Anstalten anzugreifen.

«Die brauch ich nicht, Cliff. Wenn's dich juckt, nur zu.»

Mowery konnte keinen Bluff in Carlanders Augen ausmachen. Anstatt anzugreifen, zuckte er mit den Schultern. «Scheiße, was sind schon ein paar Tropfen Blut.»

«Sehr vernünftig», sagte Carlander, darauf bedacht, jede Spur von Sarkasmus zu vermeiden. Dann winkte er den wartenden Techniker herein.

Als der Labortechniker fertig war, führte Carlander Mowery in ein Untersuchungszimmer und machte das Licht aus. In der Dunkelheit leuchtete er mit einer kleinen Stablampe Mowerys Pupillen aus und konnte nicht die geringste Verengung feststellen. Er machte das Licht wieder an und notierte einen entsprechenden Vermerk auf seinem Formular. Außerdem notierte er diverse Injektionsstellen. Die Narben sagten ihm, daß Mowery ein «Chipper», ein gelegentlicher User von Heroin war.

Carlander bemerkte, daß sich Mowery ständig seine spröden Lippen leckte. Übermäßiger Durst ist ebenfalls ein starkes Indiz für Heroinmißbrauch. «Soll ich dir ein Glas Wasser bringen lassen?»

«Nee, kein Durst», log Mowery.

Carlander zählte insgesamt 32 Tötowierungen, unter anderen LOVE MY BROTHER, HARLEY DAVIDSON, DEATH BEFORE DISHONOR (ein Ledernacken-Slogan, obwohl Mowery nie bei den Marines war), BORN TO RAISE HELL, I LOVE MY SWASTIKA, LOVE SUE. Ein Großteil seiner Brust wurde bedeckt von einem Galgenstrick, den Harley-Davidson-Schwingen, einem detaillierten Porträt des Sensenmannes, über dem DEATH IS CERTAIN prangte, sowie – Mowery war katholisch – einem Kruzifix.

«Motorradliebhaber, was, Cliff?» fragte Carlander. In seinem Kopf begann sich der Keim einer Idee zu formen.

«Sicher.»

«Harleys?»

«Scheiße, ja. Ich fahr doch keine Reismühle», betonte Mowery seine Abneigung gegen japanische Motorräder.

«Wer ist dein Bewährungshelfer?»

«Keith Taylor.»

«Ich kenne Keith.»

«Ich nicht. Hat sich noch nicht ergeben.» Ein spöttisches Zucken der Mundwinkel offenbarte Mowerys Sinn für Ironie.

«Wie steht's mit deinen Auflagen?» Carlander hatte vor, Mowerys Antwort mit den Akten zu vergleichen. Wie die meisten Kriminellen, die gegen ihre Bewährungsauflagen verstießen, war Mowery sich dessen zwar bewußt, was ihn, wie Carlander aus Erfahrung wußte, aber nicht davon abhalten würde, trotzdem zu lügen.

«Mir einen Job besorgen, mich zweimal die Woche melden», sagte er schulterzuckend. «Die übliche Scheiße.»

«Dich von deinen Biker-Kumpels fernhalten?»

Wieder zuckte Mowery mit den Schultern, wandte sich aber ab, als er antwortete: «Daran kann ich mich nicht erinnern.»

Gelogen. Carlander war sich sicher.

«Drogen?»

«Keine Drogen.»

«Was noch? Alkohol?» hakte Carlander nach.

Mowery runzelte die Stirn, als würde er nachdenken, und schüttelte dann den Kopf.

Wieder gelogen.

«Kann ich was für dich tun? Zigaretten? Schokolade?» fragte Carlander, als er aufstand.

«Sicher. Beides.» Mowery schaffte es nicht, seine Überraschung zu verbergen.

«Wenn du mir versprichst, keinen Zoff zu veranstalten, können wir auf die Handschellen verzichten.»

Carlander wußte, daß mit Respekt behandelt zu werden in jedem Gefängnis hoch im Kurs stand. Ein Mann, der mit Respekt behandelt wurde, hatte ihn sich auch verdient, und das diente seinen Mithäftlingen als Warnung, sich besser nicht mit ihm anzulegen.

Mowery könnte also von Hand- oder Fußfesseln ungehindert neben dem Cop in seine Zelle zurückgehen. Nickend signalisierte er seine Bereitschaft, auf Carlanders Vorschlag einzugehen.

Die beiden Männer verließen gemeinsam das Untersuchungszimmer, und Mowery wurde wieder weggeschlossen.

Die Idee in seinem Kopf hatte zwar noch keine Gestalt angenommen, aber Carlander wollte nochmals mit Mowery reden, ihn besser kennenlernen. Er kaufte ein Päckchen Zigaretten und ein halbes Dutzend Snickers und kehrte in die Zelle zurück. Um nicht den Anschein eines Bestechungsversuches zu erwecken und Mowery dadurch zu beleidigen, legte Carlander Zigaretten und Schokoriegel auf die harte Pritsche.

«Aus der Gegend hier, Cliff?»

«Ja.»

«Von wo genau?»

«Aus der Gegend eben.»

«Tustin? Huntington Beach? Yorba Linda? Fullerton?»

«Genau.»

Carlander schmunzelte anerkennend über das hartgesottene Image, das Mowery aufrechtzuerhalten suchte. Allem Anschein nach hatte er sich seinen Ruf schwer verdient. Mowery trug seine Narben wie Auszeichnungen. Er war nur fünf Zentimeter kleiner als Carlander und hatte Narben von Messerstichen auf Brust, Unterarmen und Händen. Seine Nase war mehrfach gebrochen, sein kantiges Kinn trug ebenso wie sein Hals unterhalb des Kiefers die Spuren tiefer Fleischwunden. Sein schulterlanges braunes Haar verlieh ihm eine romantische, piratenhafte Aura. Trotz der Wunden, die ihm im Lauf der Jahre zugefügt worden waren, sah der Mann gut aus und mußte auf Frauen wie ein Magnet wirken.

«Die Highway Patrol sagt, du warst in Soledad. Weswegen?»
«Bewaffneter Raubüberfall.»

Bewaffneter Raubüberfall galt unter Kriminellen als Meisterleistung. Nur für die Härtesten. Carlander zweifelte Mowerys Wort zwar nicht an, beschloß aber, in den Akten nachzuschauen.

«Verheiratet?»

«Geschieden.»

«Kinder?»

«Einen Jungen. Er ist sechs, aber ich darf ihn nicht sehen. Ich wär 'n schlechtes Vorbild. Wahrscheinlich haben sie recht.»

«Was wolltest du mit der Waffe, mit der sie dich erwischt haben?»

«Nur zu meiner Sicherheit.»

«Keine krummen Dinger?»

«Nee.»

«Gut so.» Die Konsequenz, mit der Mowery seine Lügen servierte, amüsierte Carlander. Mowery grinste, als hätte er die Gedanken des Cops gelesen.

«Magst du Baseball?»

«Wieso? Hast du Karten?»

«Ich war nach der Highschool Profi. Hatte bei den Dodgers unterschrieben.» Carlander wartete geduldig auf eine Reaktion, die auf ein gemeinsames Interesse hindeuten könnte.

«Hab Baseballspieler immer für Bettnässer gehalten», erwiderte Mowery desinteressiert.

Keine Baseballbrüderschaft also.

«Kneifst du vor Schlägereien, Carlander?»

«Nicht allzu häufig.»

«Ich auch nicht.»

«Gehört zu meinem Job. Ich werde dafür bezahlt», wandte Carlander ein.

«Blödsinn.»

«Was ist Blödsinn?»

«Du liebst es, Mann. Jeder kann sich einen passenden Job suchen. Das muß nicht Arschtreten sein oder in den Arsch treten lassen. Du brauchst das.»

«Mir ist es lieber, wenn die Leute friedlich bleiben. Ich kann so gelassen sein wie jeder andere.»

«Aber nicht zu lange. Dann wird's dir langweilig. Stimmt's? Dann brauchst du 'n bißchen Action. Jemanden festnehmen. Gibt dir 'n Kick.»

Der Lärm des Gefängnisses begann Carlander auf die Nerven zu gehen: die unablässigen Hintergrundgeräusche aus Unterhaltung, gelegentlichem Gebrüll und ständigem Geklapper, wenn Metall auf Metall trifft. Die Kakophonie eines Dutzend Radios erinnerte ihn an seine eigene Dienstzeit als Aufseher. Er zuckte leicht mit den Mundwinkeln. «Würdest du mir glauben, daß ich die meisten Leute mag, denen ich bei meiner Arbeit begegne?»

«Klar.» Mowery nickte und lehnte sich gegen die Zellenwand. «Die bringen die Action in dein Leben. Ich weiß jetzt Bescheid über dich.»

«Ach ja?»

«Klar. Du hast die Hessians-Gang hochgenommen. Das warst doch du, oder?»

«Hab ich wohl», gab Carlander zu.

Fünf Jahre zuvor, als Carlander eines Nachts allein auf Streife gewesen war, hatte er die Order bekommen, Beschwerden über eine wilde Party im Trabuco Canyon im Nationalpark Cleveland nachzugehen, und war auf eine Motorrad-Gang gestoßen, die sich Hessians nannte. Die Hessians waren wegen ihrer Drogen-, Alkohol- und Waffenexzesse bei den Behörden berüchtigt. In jener Nacht war ein wildes Drogengelage im Gange. «Ihr seid alle verhaftet», brüllte Carlander, ohne über die Konsequenzen nachgedacht zu haben. Immerhin stand er mehr als hundert Hessians gegenüber, und aus der Dunkelheit schallten ihm Sprüche wie «Den machen wir fertig» entgegen.

Carlander wünschte sich, er hätte den Satz nie ausgesprochen. Aber wenn er jetzt nachgab, würde sich herumsprechen, daß er ein Feigling sei, und seine Autorität als Cop wäre dahin. Die meisten Cops versuchen wenigstens einmal in ihrer Dienstzeit die John-Wayne-Nummer. In jener Nacht war Carlander an der Reihe. Er rückte sein Kinn vor, hakte die Daumen in seinen Sam-Brown-

Gürtel und rief: «Ich hab hier 'ne .38er mit sechs Kugeln. Wenn ihr Spielchen versucht, benutz ich sie...»

Carlander blickte erneut in die feindseligen Fratzen, die sich ihm näherten, und konnte nicht die Spur von Furcht entdecken. Also fügte er hinzu: «Natürlich knall ich zuerst die Weiber ab.»

Nach einer Weile, die eine Ewigkeit zu dauern schien, brach um ihn herum Gelächter los. Als er Pistolen, Messer und Beutel voller Drogen ins Gebüsch fliegen hörte, atmete Carlander langsam auf. Seine Verstärkung benötigte genau eine Stunde, doch als sie – mit zwei Gefangenentransportern und mehreren Streifenwagen im Gefolge – schließlich eintraf, standen die Hessians abmarschbereit in Reih und Glied.

«Schon mal was von einem Typen namens Ray gehört?» fragte Carlander, während er seinen Untersuchungskoffer schloß. «'n Biker.»

Den Namen hatten er und sein Partner Bud Nease aus einem festgenommenen Kleindealer herausgequetscht. Was sie an diesem Ray interessierte, war die Qualität des Methamphetamins, das er im großen Stil an die Dealer verkaufte. Carlander hätte einiges darum gegeben, das Drogenlabor zu finden, das die südkalifornische Biker-Gang-Gemeinde versorgte. Als sie ihn ausquetschten, hatte der Kleindealer mehr Angst vor diesem Ray als vor dem Gefängnis. Was Ray für Carlander noch interessanter machte.

«Ray.» Mowery tat, als würde er nachdenken. «Was für 'n Motorrad?»

«Sportster.»

«'ne Menge Typen fahren 'ne Harley.»

«Scheiße ja, aber keine Sportster. Schon mal von ihm gehört?»

Keine Antwort.

«Wie auch immer, ich muß los. Viel Glück, Cliff.» Carlander stand an der Tür und gab dem Kontrollraum ein Zeichen. Die Zellentür schloß sich. Er nickte dem Gefangenen zu und ging davon.

Auch wenn er noch keine festen Vorstellungen hatte, wußte Carlander, daß er zwei seltene Vögel in seiner erfahrenen Hand hatte. Einen respektierten Outlaw-Biker und eine Polizistin, die man auf den Rücksitz eines Motorrads setzen konnte, ohne bei den Biker-Gangs Verdacht zu erregen. Denn er spürte, daß sich hinter der braven Oberfläche und dem glatten College-Lack eine starke Frau verbarg. Und stark mußte sie sein, wenn seine Idee funktionieren sollte.

## Kapitel 2

Grübelnd verließ Carlander das Gefängnis. Anstatt direkt in sein Büro zurückzukehren, ging er in den Mannschaftsraum der Kripo. Da er sich mit Computern nicht besonders auskannte, bat er einen der Techniker, ihm die gewünschten Informationen zu besorgen. In weniger als fünf Minuten hatte der Computer die gesuchten Daten ermittelt und auf fünf Seiten ausgedruckt. Carlander überflog den Inhalt und lächelte befriedigt.

Entschlossen betrat er sein Büro und war angenehm überrascht, Investigator Seele an ihrem neuen Schreibtisch zu finden, der bereits deutlich ordentlicher aussah; sie blätterte Informantenaussagen und Ermittlungsberichte durch. Carlander blieb in der Mitte des Raumes stehen und musterte sie. Sie sah filmreif aus: blond, blauäugig, hochgewachsen, wohlgeformte Beine. Sie hatte drei Sommer lang als Rettungsschwimmerin in einer Kleinstadt in Nebraska gearbeitet und in ihrem Bewerbungsschreiben für den Polizeidienst Tanzen als eines ihrer Hobbys angegeben.

Komisch, daß ihm das nicht von Anfang an aufgefallen war. Andererseits war das übliche Gerede vom neuen heißen Lady-Cop ausgeblieben. Wenn sie also heiß war, hatte es sich zumindest noch nicht herumgesprochen.

Carlander wußte, daß sie verheiratet war. «Nun denn. Sie sind verheiratet.»

«Ja», antwortete sie und blickte auf. «Mein Mann heißt Bill, und ich bin sicher, Sie kennen sein Alter und seinen Beruf aus meiner Personalakte.»

«Genau. Elektroniker, wenn ich mich recht erinnere.»

«Elektriker. Er besorgt die Elektrik für Eigenheime, Läden und Bürogebäude.» Ihre Stimme war formell, nicht freundlich.

«Ja, gut, wenn wir schon über ihre Akte reden, Ihren Hintergrund... Sie sind katholisch. Ich auch.» Er lächelte.

«Sie wollen aber keine Ave Marias mit mir beten, Sergeant?»

«Himmel, nein. Ich frage mich nur, wie Sie dieses und jenes, was wir so tun, beurteilen. Erinnern Sie sich, ich habe Ihnen doch erzählt, daß wir auf der Straße arbeiten, weil dort die Drogendeals laufen. Trauen Sie sich das zu?»

«Ja.»

Er wartete auf eine Begründung. Es kam keine. *Das zieht mir glatt die Schuhe aus*, dachte er, *sie ist dabei.* «Okay, lesen Sie sich das Vorstrafenregister von diesem Burschen hier durch. Ich bin in zehn Minuten zurück, dann machen wir beide einen kleinen Spaziergang.»

Carlander ließ den fünfseitigen Computerausdruck auf ihren Schreibtisch fallen und verließ den Raum.

Victoria begann, die erste Seite zu lesen.

> *Clifford Paul Mowery, alias Paul Mowery, Cliff Moury, Shane Mowry. Festnahmen durch Fullerton Police Department, Anaheim, Newport, Santa Ana, Orange County Sheriff's Office, Los Angeles Police Department...*

Das Strafregister umfaßte Verurteilungen wegen Angriffs mit einer tödlichen Waffe, Autodiebstahls, bewaffneten Raubüberfalls, Verstoßes gegen das Betäubungsmittelgesetz, Einschüchterung eines Zeugen, Kreditkartenbetrugs, Körperverletzung, vorsätzlicher Sachbeschädigung, Brandstiftung und Totschlag.

Weitere Anklagen hatten auf Trunkenheit am Steuer, Verstoß gegen die Bewährungsauflagen, zahlreiche Unfallverursachungen, Nichterscheinen vor Gericht und diverse andere Vergehen gelautet. Außerdem trug die Seite den Vermerk *Verkehrsunfälle und Gefängnisaufenthalte siehe Anlage B.*

Victoria brauchte einige Minuten, bis sie den Rest gelesen hatte. Der Ausdruck beinhaltete zusätzlich einen ausführlichen, drei Jahre zurückliegenden Bericht eines Bewährungshelfers. Dieser hatte festgestellt, daß Mowery ein Autorität ausstrahlender

Typ war, der andere in seinen Bann zu ziehen vermochte und deshalb schwer zu resozialisieren war. Dem Beamten zufolge hatte er eine soziopathische Persönlichkeit, war ein notorischer Lügner, aggressiv und gewaltbereit, weshalb er keine Empfehlung für eine Wiedereingliederung in die Gesellschaft aussprechen könne.

Während Victoria den Bericht las, benutzte Carlander ein anderes Büro, um zu telefonieren. Er rief Keith Taylor an, Mowerys gegenwärtigen Bewährungshelfer.

«Ich habe einen von deinen Jungs hier unten bei uns», teilte Carlander wie beiläufig mit.

«Du meinst sicher Mowery. War absehbar, daß er nicht lange draußen bleiben würde», antwortete Taylor ohne Begeisterung. «Der Wachhabende hat heute morgen bereits angerufen. Tja, ich habe noch eine Menge um die Ohren heute. Wird spät werden, bis ich runterkommen kann.»

«Na wenn schon, heute ist Freitag», sagte Carlander, der mehr Zeit brauchte, um seinen embryonalen Plan weiterzuentwickeln. «Wir können ihn genausogut übers Wochenende hierbehalten. So wie es aussieht, wird er nirgendwo hingehen. Wir haben einen Haftbefehl gegen ihn.»

«Okay, gute Idee. Ich hole ihn dann Montag ab.»

Carlander legte auf und ging zurück in sein Büro.

Victoria schob die Papiere zusammen und bemerkte, wie Carlander sie musterte. Sie schwieg.

«Was denken Sie?»

«Worüber?»

«Mowery.»

Sie zuckte mit den Schultern. «Nichts Besonderes. Gewohnheitsverbrecher. Was soll ich denn denken?»

«Ich denke, wir können ihn benutzen», sagte Carlander in einem Ton, der zu Widerspruch einladen sollte.

«Wofür?»

«V-Mann.»

«Er ist mir nie begegnet. Sie werden das besser beurteilen können als ich.»

V-Männer, so wußte sie, gab's in allen Größen und Farben,

aber wenn Carlander ernsthaft glaubte, er könne einen gewaltbereiten Kriminellen wie Mowery benutzen, mußte sie etwas überlesen haben.

Carlander beobachtete sie eine Weile schweigend.

«Sind Sie im Einbruchsdezernat zurechtgekommen?» fragte er schließlich.

«Ja, ich denke schon.» Sie war mehr als zurechtgekommen und wußte, daß Carlander das nachgeprüft hatte.

«Wie lange haben Sie drüben im County-Gefängnis Dienst getan?»

«Zehn Monate. Macht es Ihnen was aus, wenn ich rauche?»

«Macht es Ihnen was aus, wenn mir schlecht wird?»

«Tschuldigung.»

«Ach was, rauchen Sie nur.»

«Nein, ich kann warten.» Sie fühlte sich nicht beleidigt. Sie wollte sowieso aufhören.

«Schon mal Drogen gekauft?»

«Meinen Sie für mich?» Victoria wurde bewußt, daß sie Carlander das Leben nicht eben leicht machte. Andererseits war es wichtig, ihre Unabhängigkeit zu demonstrieren.

Er lachte. «Wie auch immer. Das ist es, was wir hier machen. Wir kaufen Drogen. Reichlich.»

«Nein. Niemals.»

«In der Schule zurechtgekommen?»

«Alles bestens, Sergeant Carlander. Haben Sie einen Fall für mich?»

«Warum nehmen Sie sich nicht für den Rest des Tages frei?»

«Häh? Hören Sie, Sergeant, ich bin nicht müde, und meine Überstunden aus dem Einbruchsdezernat habe ich bereits abgebummelt.»

«Jetzt, wo Sie da sind, seh ich, daß Sie mit dem Job zurechtkommen werden. Ich konnte das nicht vorhersagen, weil ich kaum etwas über Sie gehört habe. Aber, verdammt, für die Fälle, die die uns hier aufhalsen, brauchen wir jemand, der denken kann. Wir laufen hier nicht rum und lassen Fäuste und Kanonen sprechen. Ich glaube, Sie sind verdammt genau richtig für den Job.»

«Freut mich zu hören.»

«Also gehen Sie nach Hause.»

«Im Ernst?»

«Ich sehe Sie Montag.»

Carlander wandte sich wieder dem Papierberg auf seinem Schreibtisch zu. Victoria ging zu ihrem Stuhl zurück und spürte, wie der herzliche Empfang eine Last von ihren Schultern nahm. Sie verließ das Gebäude mit dem Gefühl, daß der berüchtigte Frauenhasser der Behörde alles in allem doch kein so schlechter Kerl war. Sie konnte ein paar freie Stunden gebrauchen. Sie würde Bill überraschen und ihn zu einem frühen Abendessen und ins Kino ausführen.

Obwohl es sein freier Tag war, fuhr Carlander am nächsten Morgen von seinem Haus in El Toro aus ins County-Gefängnis, um Mowery einen weiteren Besuch abzustatten. Wieder brachte er Zigaretten und Süßigkeiten mit.

«Danke für die Kippen», sagte Mowery widerwillig.

«Das Labor wird Drogen in deinem Blut finden, Cliff. Du gehst zurück nach Soledad. Aber das weißt du ja. Wie lange hast du noch abzusitzen?»

Mowery gab keine Antwort.

«Sehen wir mal nach. Ah ja. Zwölf. Genau, jetzt erinnere ich mich wieder. Zwölf Jährchen. Die wirst du jetzt abbrummen müssen.»

Mowerys Blick senkte sich, und für einen langen Augenblick starrte er auf den Betonboden seiner Zelle. Er griff nach einer bereits geöffneten Schachtel Zigaretten, steckte sich eine zwischen die Lippen, hatte aber keine Streichhölzer. Carlander machte keine Anstalten, ihm Feuer zu geben.

«Wie alt war noch mal dein Sohn, Cliff?»

«Sechs.» Mowery starrte auf seine Hände.

«Cliff, ich wünschte, du müßtest nicht zurück in den Knast. Wirklich. Dein Junge wird fast erwachsen sein, wenn du rauskommst. Wenn du rauskommst. Verdammt, du bist ein harter Bursche, keine Frage. Härter als hart. Aber man kann nie wissen... Reden wir nicht mehr drüber.»

Das Thema wechselnd, fragte Carlander: «Mit wem bist du gefahren? Den Diablos, stimmt's? Ich kannte mal einen, hieß Pig Lapp. War auch bei den Diablos. Kennst du ihn?»

Mowery war tief in seine Gedanken versunken, nickte aber langsam mit dem Kopf.

«Hab ich gekannt. Ja. Hab ich gekannt.»

«Pig, der konnte fahren wie der Teufel. Hab ihn mal wegen Drogen hochgenommen. Die Welt ist klein. Hat er dir je davon erzählt? Hab ihn von Santa Ana mit dem Streifenwagen bis runter an den Strand verfolgt. Als wir unten waren, war ihm unsere ganze Meute auf den Fersen. Streifenwagen, Motorradpatrouillen. Pig hat die Ausfahrt mit hundertzwanzig genommen, die Kurve mit hundert, schätze ich, vielleicht sogar schneller. Über die Überführung, Neunzig-Grad-Kurve, war zuviel für mich. Ich bin geradeaus weitergerast, hab ein Verkehrsschild und paar Autos gerammt...» Carlander lachte, während er sich erinnerte. «Hat er dir das nie erzählt?»

Keine Antwort.

«Tja, Pig wußte, wie man ein Motorrad fährt. Wie sieht's mit dir aus? Kannst du einen Chopper fahren?»

Mowery hob langsam seinen Blick und starrte Carlander an. «Was zum Teufel willst du von mir?»

Carlander überlegte einen Moment, dann atmete er tief durch und entschied sich, die Katze aus dem Sack zu lassen. «Ich will die Biker. Die Straßen sind voll mit feinstem Speed, das heißt für mich, da stecken Biker dahinter. Ich will ihr Methamphetamin-Labor hochgehen lassen.»

«Wer?» Mowerys Augen blieb fest auf Carlander gerichtet.

Carlander zuckte mit den Schultern. «Wer immer dahintersteckt. Wie du schon sagtest, es gibt 'ne Menge Biker da draußen.»

Mowerys Mundwinkel zuckten. «Erstens: Ich bin kein Spitzel. Zweitens: Fick dich ins Knie.»

«So gefällt's mir. Schon mal einen Cagney-Film gesehen? James Cagney? Hat früher den Gangster gespielt. Der hat auch immer so geredet. ‹Ich bin keine Ratte›, hat er gesagt. Und immer die anderen als Ratten bezeichnet. ‹Du dreckige Ratte›, hat er immer gesagt. Knallharter Bursche.»

Carlander wandte sich zur offenen Zellentür, ging hinaus und schaute durch die Gitterstäbe zurück. «Du solltest dir mal seine Filme ansehen. Cagney ist Klasse.»

Eigentlich wollte Carlander zu Sheriff Brad Gates' Haus nach San Juan Capistrano fahren, aber an diesem Samstagmorgen traf er den Sheriff in seinem Büro an. Gates trug seine bevorzugte Freizeitkleidung: Jeans, Slipper sowie ein offenes Polohemd. Er war fast so groß wie Carlander, wog aber 30 Kilo weniger. Sein rotes Haar war so feurig wie sein Eifer. Auch mit neununddreißig hatte er noch die Energie eines Rookies.

Carlander respektierte seinen Boß in jeder Beziehung. Brad Gates wollte Sheriff von Orange County werden, seit ihm sein Vater 1942, als er fünf Jahre alt war, seine erste Spielzeugpistole geschenkt hatte. John Wayne war sein großes Vorbild gewesen, ein hochgewachsener Mann, wie Brad einer sein würde, ein rastloser Gegner aller, die logen und die Hilflosen bestahlen. So war es vielleicht nicht einmal Zufall, daß Brad Gates später als oberster Gesetzeshüter von Orange County praktisch John Waynes Beschützer und ein guter Freund der Familie wurde, als der Filmstar im hohen Alter ein Haus in Newport Beach erwarb. Gates hatte an der California State University in Long Beach in Kriminologie seinen Abschluß gemacht und in derselben Disziplin sein Master-Diplom. Bis kurz vor seiner Wahl zum Sheriff im Jahr 1975 hatte er vierzehn Jahre lang auf den Straßen und in den Gefängnissen Dienst getan. Er hatte Kriminellen ebenso Auge in Auge gegenübergestanden, wie er landauf, landab bei zahllosen Hühnchen- und Hackbratenessen Politikern gegenübergesessen hatte. Er hatte nie etwas anderes im Auge gehabt, als den Job zu bekommen und ihn ehrenvoll auszüben.

Gates winkte Carlander freundlich herein, beschäftigte sich jedoch weiter mit den Akten auf seinem Schreibtisch. Carlander erklärte in groben Zügen seine Idee und schloß mit den Worten: «Er will nicht zurück in den Knast.»

«Wer will das schon?» Gates lehnte sich in seinem Stuhl zurück und verschränkte die Arme hinter dem Kopf. Carlander wußte, daß er das Interesse des Sheriffs geweckt hatte.

«Ich meine, er will um jeden Preis draußen bleiben. Und er wird für mich arbeiten.»

«Sagt er das?»

«Noch nicht.»

«Der Mann ist eine Last, Wayne. Eine verdammte Last.»

«Ich habe ihn im Griff», sagte Carlander mit einer Bestimmtheit, die nicht ganz echt war.

«Was ist mit Victoria?»

«Was soll mit ihr sein?» Carlander hatte vorhergesehen, daß die Frage kommen würde. Die Idee, die er im Kopf hatte, hatte einen wunden Punkt, und der war Victoria. Aber gerade deshalb würde sein Plan aufgehen. Jetzt mußte er Gates dieses Paradox verkaufen.

«Das ist ein schmutziger Job.»

«Jeder Job im RD ist schmutzig. Entweder sie packt es, oder sie packt es nicht.»

Gates war sich darüber vollkommen im klaren. In den vierzehn Jahren vor seiner Wahl zum County-Sheriff hatte er alle Abteilungen durchlaufen. Das Orange County Sheriff's Office hatte nicht gerade viele lockere Jobs zu vergeben.

«Wieviel hast du ihr von dem erzählt, was auf sie zukommt?»

«Bis jetzt nichts. Ich brauche dein Okay.»

«Ich will darüber nachdenken. Und ich will mit Victoria Seele sprechen.»

«Wir finden dieses Drogenlabor, Brad, und wir treffen sie da, wo es weh tut. Richtig weh tut»

«Ich weiß.»

«Verlier das nicht aus den Augen. Okay?» Carlander wußte, daß Gates die Idee, einen Speed-Ring platzen zu lassen, auch deshalb mochte, weil er die Outlaw-Biker aus Orange County vertreiben wollte.

Befriedigt verließ Carlander das Büro seines Vorgesetzten. Jetzt war Mowery dran. Dann Taylor. Schieben und Drücken.

Seinen nächsten Schritt unternahm Carlander am Montagmorgen. Er mußte Mowery weichklopfen, ehe dessen Bewährungshelfer am Nachmittag auftauchte und die Papiere unterschrieb, die ihn zurück ins Gefängnis brachten. Wenn er erst einmal wieder im normalen Vollzug saß, würde es extrem schwierig werden, ihn wieder herauszubekommen. Außerdem wäre dies nicht möglich, ohne die Aufmerksamkeit der anderen Häftlinge zu erregen und einen Verdacht gegen Mowery zu wecken, der sich als fatal erweisen könnte.

Erneut gab Carlander seine Waffe am Haupteingang ab und ging dann zum Kontrollraum des County-Gefängnisses, um eingelassen zu werden. Er ging den glatten Betonflur des Isolationstraktes hinunter, bis er wieder vor Mowerys Zelle stand.

«Kann ich reinkommen, Cliff?»

«Von mir aus.»

Carlander gab dem Deputy im Kontrollraum ein Zeichen, und die Stahltür von Mowerys Zelle glitt lautlos beiseite. Sie blieb offen, nachdem Carlander eingetreten war.

«Fertig zur Fahrt zurück nach Soledad?»

Mowery antwortete nicht, was Carlander als Hoffnungsschimmer wertete.

«Cliff, wenn sie dich zurückbringen, kann ich dir nicht versprechen, daß ich dich da rausholen kann. Ist das klar? Egal, was wir uns ausdenken, um dich rauszuholen, es würde nicht sauber aussehen. Könnte uns die Beine weghauen und dich vielleicht das Leben kosten.»

Carlander wartete. Mowery starrte auf einen Punkt im Nichts.

Wie ein Vertreter, der sich sicher war, daß er seinen Kunden im Sack hatte, drängte Carlander zum Abschluß. «Die beste Möglichkeit, dich draußen zu behalten, ist, dafür zu sorgen, daß du gar nicht erst reinkommst. Aber ich muß mich beeilen.»

Carlander bildete sich ein, er hätte Mowerys muskelbepackte Schultern ein klein wenig heruntersacken sehen.

«Ich hab dir gesagt, daß ich niemanden verpfeife.»

«Ich weiß.»

«Dann zieh ab.»

Carlander glaubte, daß Mowery den Harten markierte, um zu verbergen, daß der Gedanke, den Rest seiner Jugend hinter Gittern zu verbringen, an ihm nagte.

«Ich würde nichts von dir verlangen, wozu du nicht bereit bist. Was du für falsch hältst.»

Mowery saß lange da und schwieg. «Was müßte ich denn tun?»

Carlander atmete langsam aus. «Deinen Chopper fahren...»

«Ich habe keinen.»

«Wir besorgen dir einen.» Carlander hatte den Eindruck, daß es funktionieren könnte.

«Das ist alles? 'n Chopper fahren?»

«Und jemand hinten drauf haben.»

«Wen?» Mowerys Augen verrieten leises Interesse.

«'n Deputy Sheriff.»

«Die bringen ihn um», schnaubte Mowery.

«Es wird nicht leicht werden, aber es ist deine Chance, aus dem Knast zu kommen.» Carlander stand auf. «Denkst du drüber nach?»

«Vielleicht.»

«Nicht vielleicht, Cliff. Überleg's dir.» Dem Detective lief die Zeit davon. Er mußte hart bleiben, die Kontrolle behalten.

«Okay», stimmte Mowery zu und ließ den Kopf auf die Hände sinken.

«Ruf mich heute abend an. Ich muß heute abend Bescheid wissen, weil du sonst morgen früh im Bus nach Soledad sitzt. Ruf mich zu Hause an, und ich geb im Gefängnis Bescheid. Wir werden uns einen neuen Haftgrund ausdenken, damit es mit den anderen keine Probleme gibt.»

Mowery gab keine Antwort.

«Sieh zu, daß du anrufst, Clifford.» Carlander trat aus der Zelle und gab dem Kontrollraum ein Zeichen.

Die Zellentür schloß sich.

Keith Taylor reagierte äußerst skeptisch auf Carlanders Idee. Taylor war ein fairer, aber harter Bewährungshelfer, der seinen

Schützlingen durchaus den einen oder anderen Fehler zugestand, ohne sie sofort zurück ins Gefängnis zu schicken. Aber, so unterstrich Taylor gegenüber Carlander, Mowery habe mehr Gelegenheiten verpaßt, sich wieder in die Gesellschaft einzugliedern, als die meisten anderen. Außerdem sei Mowerys extreme Gewaltbereitschaft ein ungewöhnlich hoher Risikofaktor.

Carlander verstand Taylors Bedenken, doch es gelang ihm, ihn davon zu überzeugen, daß er Mowerys Leine kurz genug halten würde, um eine Gefahr für die Öffentlichkeit auszuschließen. Taylor wiederum sah zwei Vorteile. Erstens: sollte es Mowery gelingen, die Outlaw-Biker-Gangs zu infiltrieren, konnte er reichhaltiges Beweismaterial gegen das organisierte Verbrechen liefern. Zweitens: wenn überhaupt einer mit Mowery fertig werden konnte, dann der ebenso gerissene wie knallharte Carlander. Wenn überhaupt einer; das blieb für Taylor die Frage. Dennoch willigte er schließlich ein mitzuspielen, sofern Sheriff Gates der Operation grünes Licht gab.

«Der Bewährungsausschuß wird vermutlich mitziehen, wenn ich mich dafür einsetze, aber wenn Mowery straffällig wird, geht er geradewegs zurück ins Gefängnis. Sein Morrissy-Recht ist verwirkt.» Nach dem kalifornischen Morrissy-Gesetz hat ein auf Bewährung Entlassener das Recht, die Aufhebung seiner Bewährung vor dem Bewährungsausschuß zu erwirken. «Ich will, daß Mowery eine Erklärung unterschreibt, daß er damit einverstanden ist. Okay?»

Carlander nickte. Der Detective war sicher, daß Mowery alles unterschreiben würde, was ihn vor dem Gefängnis bewahrte. Das heißt, wenn er sich denn von Carlanders Plan überzeugen ließ. Und das war noch lange nicht sicher.

Carlander fuhr nach Hause. Sein Heim empfing ihn schweigend. Die Scheidung von seiner Frau Sandy, High-School-Schwarm und Mutter seiner drei Kinder, lag noch nicht allzu lange zurück. Nun lebte er mit Judy zusammen, einer gutaussehenden Frau, die zehn Jahre jünger war als er und die er bald heiraten würde. Wayne junior war fünfzehn Jahre alt und wie sein Vater bereits ein vielversprechender Athlet. Terri Renee war elf und Kimberly Ann acht. Alle drei lebten bei ihrer Mutter. Carlander vermißte sie schmerzlich, besonders an Abenden wie diesem.

Judy kam mit zwei Tüten voller Lebensmittel nach Hause. Er nahm ihr die Tüten ab und empfing einen Kuß auf die Wange.

«Irgendwelche Anrufe heute?» fragte er.

«Nicht während ich bei der Arbeit war. Der Anrufbeantworter war die ganze Zeit an.»

Wenn er zu einer Zeit von der Arbeit kam, zu der sie noch wach waren, rief er normalerweise seine Kinder an. Nicht so heute abend. Heute abend wollte er jederzeit erreichbar sein.

Er schaltete den Fernseher ein und starrte abwesend auf die Spätnachrichten. Er schaltete von einem Kanal zum andern, fand aber nichts, das ihn interessiert hätte. Er schaute auf seine Uhr. Fast Mitternacht.

Das Telefon klingelte.

Carlander hob ab. «Hallo.»

Keine Antwort.

«Hallo? Cliff? Bist du das?»

Klick.

Carlander schaute auf den stummen Hörer in seiner Hand. Er legte auf und nahm sofort wieder ab. Eilig wählte er eine Nummer aus dem Gedächtnis.

«County-Gefängnis. Styles», sagte eine Stimme am anderen Ende.

«Monty, Carlander hier. Ist Mowery in seiner Zelle?»

«Ja.»

«Hat er sie heute schon mal verlassen? Hat er vielleicht telefoniert?»

«Nicht seit der Essensausgabe.»

«Okay. Erinnerst du dich, was wir abgemacht haben?»

«Sicher, alle wissen Bescheid. Wenn er will, kann er telefonieren.»

«Genau. Jederzeit.»

Carlander schaltete auf einen Sportsender und schlief irgendwann ein. Das Klingeln des Telefons weckte ihn. Es war bereits hell, aber noch zu früh, als daß Judy schon aufgestanden wäre. Mit der einen Hand schaltete er den Fernseher ab, während er mit der anderen nach dem Hörer griff.

«Hallo?»

Mowerys heisere, unverwechselbare Stimme drang durch die Leitung.

«Der Bus geht in zwanzig Minuten. Ich will nicht drin sitzen.»

Victoria Seele saß bereits seit über zwei Stunden an ihrem Schreibtisch und las in ungelösten Fällen, als Carlander das Büro betrat. Der Schlafmangel der vergangenen Nacht hatte keine Spuren in seinem Gesicht hinterlassen. Er grinste wie Sylvester, der sich anschickt, Tweety zu verspeisen.

«Hallo, Vicky. Startklar?»

«Ja, aber mein Name lautet Victoria. Und es würde nicht allzuviel Zeit in Anspruch nehmen, sich daran zu gewöhnen.»

«Schon gut, ich bin zwar kein Intelligenzbolzen, aber Victoria ist nicht allzuschwer zu merken. Kommen Sie, werfen wir einen Blick auf Mowery.»

Als sie beim Gefängnis ankamen, hatte Victoria es geschafft, mit ihrem neuen Boß Schritt zu halten. Sie dachte über den Hintergrundbericht nach, den sie gestern gelesen hatte. Das Papier hatte nichts enthalten, das darauf hindeutete, daß Mowery als Informant zu gebrauchen wäre. Er war der klassische Bullenhasser, ein knallharter, abgebrühter Bursche. Aber irgendwie schien Clifford Mowery, der in Kürze seine volle Reststrafe würde antreten müssen, mit Carlanders guter Laune in Verbindung zu stehen. Sie war neugierig darauf, herauszufinden, weshalb.

Drinnen gaben sie wie üblich ihre Waffen ab, und Carlander teilte dem Deputy mit, daß sie hier wären, um Mowery zu sehen. Der Officer sah in seiner Liste nach.

«Er sollte heute morgen verlegt werden. Er müßte bereits weg sein.»

«Rufen Sie den wachhabenden Sergeant an.» Und zur Erklärung fügte er hinzu: «Uns liegen neue Haftgründe vor.»

Der Deputy benutzte die Notfallverbindung zum Kontrollraum. «Ich habe hier einen Detective, der zu Mowery will. Der ist doch schon weg, oder?»

Bei der Erwähnung des «einen Detectives» verspürte Victoria einen leichten Groll in sich aufsteigen.

«Ja. Okay.» Und zu Carlander gewandt: «Er ist noch da.»

«Bringen Sie ihn ins Sprechzimmer.»

Victoria und Carlander gingen in das Sprechzimmer, in dem die Gefangenen normalerweise ihre Anwälte konsultierten. Die Einrichtung bestand aus einem Tisch und drei Stühlen. Der Raum hatte eine zweite Tür und vergitterte Fenster. Carlander schwieg, und Victoria entschied sich, nicht den Anfang zu machen. Immerhin war es seine Show. Schließlich wandte sich Carlander zu ihr und sagte: «Ab jetzt sind Sie mein Partner.»

«Ich denke, Sie arbeiten mit Bud Nease.»

Carlander faßte ihre Reaktion zutreffend als Frage auf. «Bud läuft mir nicht weg. Tatsache ist, Bud und ich können Unterstützung gebrauchen», sagte er freundlich.

«Was für eine Art Unterstützung? Meinen Sie von mir?» Victoria fühlte sich geschmeichelt, blieb aber wachsam.

«Ja. Bud und ich sind alte Pflugochsen. Zwölf Quadratmeter und 'ne Staubwolke. Das ist unser Leben. Ich hätte nie gedacht, daß einmal Frauen in unserem Geschäft mitmischen würden. Aber ich bin gottfroh, daß ich mich geirrt habe.»

Victoria glaubte ihm immer noch nicht, entschied sich jedoch, nichts zu sagen. Psychospielchen waren ihre Sache nicht.

Das Geräusch der Tür, die von der anderen Seite entriegelt wurde, ließ sie aufblicken. Mowery trat ein, und beim Anblick von Victoria begannen seine Augen anerkennend zu leuchten. Selbst in ihrer konservativen, einer Polizistin in Zivil angemessenen Kleidung sah sie blendend aus: jung, überwältigend, unangestrengt elegant.

«Hey, hallo Kleine», sagte er mit seinem verführerischsten Spitzbubenzwinkern, das selten seine Wirkung verfehlte. Doch Victoria erwiderte seinen Blick mit dem Interesse eines Sozialarbeiters, der die Entstehung einer menschlichen Katastrophe beobachtet.

«Investigator Seele. Clifford Mowery.» Carlander übernahm die Vorstellung.

«Ich wollte mit dir reden», sagte der verurteilte Verbrecher zu Carlander.

«Deshalb sind wir hier», antwortete Carlander freundlich.

«Mit dir. Nicht mit ihr.» Mowery nickte abschätzig in Victorias Richtung.

«‹Ihr›», fuhr Carlander geduldig fort, «ist mein Partner. Also, was gibt's?»

Der muskelbepackte Biker schaute weg. Es hatte ihn schon eine fette Scheibe seines Machismo gekostet, mit Carlander zu reden, aber die Gegenwart einer Frau, zumal einer so jungen, war hart. Aber nun hieß es reden oder brummen.

«Was muß ich tun?»

«Es geht nicht darum, was du tun mußt, Cliff», erklärte Carlander. «Müssen tust du gar nichts. Es geht darum, daß du etwas für uns tun willst, deshalb sind Investigator Seele und ich hier. Wir wollen nur herausfinden, was du denkst, was du für uns tun könntest, damit du nicht zurück in den Knast mußt. Das ist alles.»

Carlander wartete. Mowery scharrte unruhig mit den Füßen über den Boden.

«Okay, ich schätze, ich könnte was für euch tun.»

«Was?»

«Scheiße, woher soll ich das wissen? Ihr müßt mir schon sagen, was ihr wollt.» Mowery versuchte, so wenig wie möglich in die Pläne eines Cops verwickelt zu werden.

«Wir wollen Biker einbuchten. Speed-Dealer. PCP-Dealer. Hehler. Und Waffenhändler.»

«Nicht gerade viel.» Mowery klang fast überheblich.

«Das sind die Jungs, die wir haben wollen. Nimmst du es mit ihnen auf oder nicht?» Carlander packte Mowery bei seiner Ehre, weil er sich zunehmend sicherer fühlte.

Victoria beobachtete interessiert ihren Partner.

«Was springt für mich dabei raus?»

«Zu früh für Forderungen, Cliff. Wir wollen erst mal sehen, was du bringst.»

«Euch vertrauen, was?»

«Genau, Cliff. Ich weiß, wozu du in der Lage bist, aber ich will es von dir hören, und dann will ich es sehen.»

«Ein paar Sachen mache ich, ein paar nicht.» Mowerys Antwort verriet die Intuition des Gewohnheitsverbrechers, Nutzen aus einer Situation zu ziehen. Er wollte herauskriegen, wie dringend Carlander ihn brauchte. Oder zumindest, zu welcher Gegenleistung der Detective bereit war.

«Erzähl mir nicht, was du alles nicht machen willst. Ich sag hier, wo es langgeht, nicht du.»

«Markier bloß nicht den Harten.»

Carlander lehnte sich in seinem Stuhl zurück und musterte Mowery. Manchmal mußte man einen Showdown provozieren, und manchmal mußte man abwarten. Carlanders anhaltendes Schweigen brachte Mowery bald aus der Fassung.

«Wie soll ich was machen?» sagte Mowery und unterdrückte seine Streitlust.

«Du machst, was du dein Leben lang gemacht hast. Außer, daß Schluß ist mit Raubüberfällen, Autodiebstählen und dem sonstigen Scheiß. Du fährst einen Chopper.»

«Ich schätze, ich hab's kapiert. Ich fahr in der Gegend rum, und wenn mir was auffällt oder wenn ich was spitzkriege, ruf ich euch an.»

«So wird es nicht laufen.» Carlander amüsierte sich fast über Mowerys plumpen Versuch, die Klippen zu umschiffen.

«Investigator Seele und ich werden nicht im Büro hocken und warten, bis es klingelt.» Carlander kicherte. Mowery grinste. Victoria lächelte.

«Und? Was mach ich also?»

Zum erstenmal, seit sie sich getroffen hatten, konnte Carlander einen Funken Neugier in Mowerys Augen entdecken.

«Erstens: betrachte dich weiter als Häftling. Wenn du nicht mit dem Bike unterwegs bist und genau die Deals klarmachst, die wir dir sagen, stehst du in dem Motelzimmer, in dem wir dich unterbringen werden, unter Arrest. Verstehst du, was ich meine? Du verläßt noch nicht mal dein Zimmer, geschweige denn das

Motel. Wenn du abends von deinem Chopper absteigst, händigst du mir oder Investigator Seele hier die Schlüssel aus.»

«Scheiße, okay. Kein Problem», log Mowery leichthin.

«Wenn das Telefon klingelt, nimmst du spätestens beim zweiten Klingeln ab.»

«Ja? Auch okay.»

Angesichts Mowerys eilfertiger Zustimmung zu den Spielregeln, die er zu brechen vorhatte, konnte sich Victoria kaum ein Lachen verkneifen. Allerdings ahnte sie noch nicht, wie ausgefuchst sich Mowery in dieser Hinsicht erweisen sollte.

Carlander hatte jetzt Mowerys volle Aufmerksamkeit.

«Kein Alkohol. Genau wie es in deinen Bewährungsauflagen steht, über die du die Unwahrheit gesagt hast. Keine Drogen. Ausnahme sind ein paar Biere, und zwar wenn Victoria dabei ist und ihr mit Verdächtigen abhängt. Aber keine Besäufnisse. Wenn ich dich dabei erwische, wie du heimlich säufst oder fixt, geht's mit dem nächsten Bus zurück nach Soledad. Ohne Morrissy-Anhörung. Investigator Seele hat dieselben Vollmachten. Wenn sie dich bei einem Fehltritt ertappt, zieht sie die Spülung, und du flutschst runter wie ein Stück heimwehkranke Scheiße.»

An die Wand gelehnt, versuchte Victoria ihre Verwirrung als Langeweile zu tarnen und herauszufinden, was Carlander mit dem Häftling vorhatte.

«Und wie soll das alles laufen?» fragte Mowery mit ungespielter Verwirrung.

«Wie ich schon sagte, du fährst deinen Chopper, und Investigator Seele wird hinten drauf sitzen.» Carlander nickte in Richtung Victoria.

Plötzlich war es mucksmäuschenstill im Zimmer.

Mowery hob die Hand und zeigte mit seinem klobigen Finger auf Victoria. «Die? Wohl 'ne Macke, was? Die bringen die um. Die machen kurzen Prozeß mit 'nem Cop.»

Wie zur Unterstützung von Mowerys Einschätzung begann Victorias Herz zu pochen. Die beiläufige, unumstößliche Art, mit der Mowery festgestellt hatte, daß sie sterben würde, jagte ihr einen Schauer über den Rücken.

«Nur wenn sie es rauskriegen. Aber sie werden es nicht rauskriegen.»

«Und sie wird angemacht werden. Rüde angemacht. Mann, die sieht noch nicht mal aus wie 'ne Biker-Braut...» Mowery schüttelte ungläubig den Kopf.

Victoria unterbrach ihn und sagte in einem Ton, von dem sie hoffte, er würde ruhig und gelassen klingen: «Sergeant Carlander, kann ich Sie einen Augenblick sprechen?»

Carlander folgte Victoria hinaus in den Vorraum. Sie drehte sich zu ihm um und sagte: «Soll das ein Witz sein, Sergeant Carlander? Hat das RD etwa diese ganze Show inszeniert, nur um sich einen Scherz mit mir zu erlauben, nur weil ich neu in Ihrer Abteilung bin und eine Frau?»

«Warum sollten wir so etwas tun?» Immerhin konnte Carlander nachvollziehen, weshalb Victoria auf diesen Gedanken kam.

«Weil Polizisten für diese Art von Humor bekannt sind. Als ich die erste Woche im Einbruchsdezernat gearbeitet habe, hat jemand auf dem Revier angerufen und einen Höschenräuber gemeldet. Ich glaub, es war Chuck Hockney. Vermute ich zumindest. Aber egal, ich denke, hinter der Sache hier stecken Sie, und ich denke, sie stinkt.»

«Ich mache keine Scherze, während ich im Dienst bin.» *Zumindest nicht solche.* «Sind Sie fertig?»

Victoria schaute ihm fest in die Augen.

«Okay, Sie machen also keine Scherze. Gut, ich auch nicht. Ich kenne mich ein bißchen aus, was die Grenzen freiwilliger Risikoeinsätze angeht, und für diesen hier melde ich mich nicht freiwillig.»

«Ich weiß, das Ganze sieht ein wenig haarig aus...»

«Haarig?» unterbrach ihn Victoria. «Haben Sie nicht gehört, was der Mann gesagt hat? Er hat recht. Sehe ich vielleicht wie eine Biker-Braut aus? Ich kann Motorräder nicht ausstehen. Sie jagen mir regelrecht Angst ein. Und ich kann diesen tätowierten Muskelprotz da drin nicht ab. Wir würden sofort auffliegen.»

«Okay, Sie mögen ihn also nicht. Aber das County bezahlt uns nicht, daß wir nur Leute verhaften, die wir mögen.» Carlander sprach mit einer Überzeugung, die Victoria für einen Moment aus der Fassung brachte.

«Ich rede davon, was passiert, wenn wir das durchziehen.» Sie versuchte, vernünftig zu klingen. «Sie würden es merken. Jeder würde es merken.»

Carlander sagte schlicht: «Ich habe eine teuflisch gute Tarnung für Sie entwickelt.» Dann ging er zurück in das Zimmer, wobei er die Tür offen ließ, damit Victoria folgen konnte.

«Wie ich schon sagte», bemerkte Carlander zu Mowery und stellte einen Fuß auf den Stuhl, «Investigator Seele wird, jedesmal wenn du unterwegs bist, hinten auf deinem Bike sitzen. Und du fährst wann und wohin wir sagen.»

«Mann, komm schon...» wollte Mowery einwenden, aber Carlander unterbrach ihn mit einem Kopfschütteln. Er schaute kurz über die Schulter und stellte fest, daß Victoria das Zimmer ebenfalls wieder betreten hatte und mit über der Brust verschränkten Armen an der Wand lehnte. Ihre Körpersprache signalisierte trotzigen Widerstand, aber immerhin war sie noch da.

«Paß auf. Sie läßt sich gerade von ihrem Managergatten scheiden und wartet darauf, daß die Eigentumsfragen geregelt werden. Bis das Haus verkauft ist, kann sie ein paar Nebeneinkünfte gut gebrauchen, also kauft sie alles Dope, das sie kriegen kann, und vertickt es an ihre reichen Freundinnen. Kapiert?»

Victoria kapierte.

«Und», fuhr Carlander fort, «sie lebt von ihrem alten Herrn getrennt und trifft Mowery. Sie verknallt sich zwar nicht in ihn, aber hinten auf dem Chopper kann man auch so 'ne Menge Spaß haben.»

«Okay.» Victoria stieß sich von der Wand ab. «Aber das ist nicht einfach zu verkaufen.» Sie hatte so eine tiefsitzende Abneigung gegen Motorräder, daß sie sicher war, niemandem etwas vormachen zu können, am wenigsten einer Horde Biker.

Aber ansonsten klang die Story simpel, geradezu alltäglich. Carlander glaubte, ein wenig von der Skepsis aus den Augen seines neuen Partners weichen zu sehen. «Sie hat keine Ahnung, wo sie sich die Drogen besorgen soll. Dafür braucht sie dich.»

Victoria mußte sich eingestehen, daß ein Mann wie Mowery jederfraus Traum-Outlaw war. Er verfügte über eine männlich-herbe Anziehungskraft, einen unglaublichen Körper und konnte seiner Akte zufolge, wenn er wollte, einer blinden Frau den Blindenhund abschwatzen. Sie faßte sich in den Nacken, als könnte sie das merkwürdige Gefühl, das sich dort breitmachte, wegreiben.

«Wenn du meinst», sagte Mowery. «Aber die fallen über sie her, die Gangs, die du unterwandern willst. Traust du dir das zu?»

Die Frage war an Victoria gerichtet, aber Carlander gab die Antwort. «Es ist dein Job, dafür zu sorgen, daß das nicht passiert. Wenn jemand versucht, Victoria zu nahe zu kommen, kriegt er es mit dir zu tun.»

«Dann kann ich mich jeden Tag mit einer ganzen Gang herumschlagen», protestierte er.

«Und sieh bloß zu, daß du jedesmal gewinnst.» Carlander wandte sich an Victoria. «Sie brauchen einen Decknamen.»

Sie zuckte mit den Schultern. *Mein Gott*, dachte sie, *warum denke ich überhaupt darüber nach?* «Wie wär's mit Samantha? Samantha... Cook.» Die Worte schienen aus ihr herauszusprudeln, noch ehe sie sie aufhalten konnte.

«Einverstanden», sagte Carlander, ohne Mowerys Meinung abzuwarten. Zu diesem Zeitpunkt wußte er besser über Mowery Bescheid als jeder andere, ausgenommen Keith Taylor. Außerdem wußte er, daß der Plan Löcher hatte und daß sie deutlich sichtbar waren.

Aber keiner der Anwesenden kam darauf zu sprechen.

Draußen sagte Carlander zu Victoria: «Gates will Sie sehen.»

«Sheriff Gates? Weswegen?»

«Wegen dieses Einsatzes. Keine Sorge. Ich werde dasein, falls Sie mich brauchen. Ich und Bud Nease werden Ihnen die ganze Zeit den Rücken freihalten.»

«Und warum fühle ich mich trotzdem nicht besser?»

Brad Gates hatte sich mit Carlanders Plan befaßt, den er inoffiziell «Operation Chopper» nannte. Das Budget war bescheiden genug, mußte aber noch einmal kritisch geprüft werden. Was Gates gefiel, war die Einfachheit des Plans, der einen reichen Ertrag bei verhältnismäßig geringem Aufwand versprach. Carlander bestand darauf, den Kreis der Eingeweihten so klein wie möglich zu halten. Gates pflichtete ihm bei. Außer seiner handverlesenen Truppe sollten nur noch Lieutenant Sim Middleton, Sergeant Skip Mitchell und Captain Robert Griffith als formelle Kontrollinstanzen von der Sache wissen. Um mögliche Lecks, die Schreckensvorstellung jedes Undercoverermittlers, von vornherein auszuschließen, würde keine andere Behörde von der Operation Kenntnis erhalten.

Sheriff Gates empfing Victoria an der Tür und setzte sich neben sie auf die Besucherseite seines Schreibtisches.

«Wesentlich für Sie ist, Victoria, zu verstehen, daß niemand auf Sie Druck ausübt, diesen Job anzunehmen. Wenn Sie denken, sie wären ihm nicht gewachsen, wenn Sie das Risiko für zu hoch halten, sagen Sie es jetzt. Niemand würde Ihnen etwas nachtragen. Ich meine das, wie ich es sage. Kein Vermerk in Ihre Personalakte. Weder offiziell noch inoffiziell.»

Victoria hatte bereits nach einem Ausweg gesucht, ihre Meinung zu ändern. Die Gründe, die Gates ins Feld geführt hatte, klangen ziemlich einleuchtend. Sie war sich nicht sicher, ob sie sich den Einsatz zutraute, und sie hielt ihn für gefährlich. Aber nun, da ihr Gates einen ehrenhaften Ausweg offenhielt, hörte sie sich sagen:

«Ich bin sicher, daß ich damit fertig werde, Sir.»

«Keine Bedenken wegen der Risiken?»

«Doch, Sir, ich bin besorgt, was die Risiken angeht. Aber ich halte sie für akzeptabel.»

Sheriff Gates war beeindruckt. Sein Vertrauen in seinen ersten weiblichen Deputy Investigator war gut investiert. Ihre Antwort klang verdammt professionell.

«Wie steht's mit Sergeant Carlander? Kommen Sie miteinander aus? Sie müssen den Leuten, mit denen Sie bei Undercovereinsätzen zusammenarbeiten, vertrauen können.»

«Ja, Sir. Ich vertraue Sergeant Carlander, daß er leistet, was er verspricht.» *Ich hoffe, er leistet wenigstens die Hälfte*, dachte sie bei sich.

«Sehr fair. Das tue ich auch. Er ist die Schlüsselfigur im Umgang mit Mowery. Carlander hat Mut, und er hat noch nie etwas Unüberlegtes getan. Nun», sagte er und wechselte das Thema, «wie sieht es mit Bill aus? Polizeiarbeit fordert ihren Tribut von der Ehe. Undercovereinsätze vervielfachen den häuslichen Streß.»

Victorias Antwort kam wie aus der Pistole geschossen: «Bill steht hundertprozentig hinter mir. Er ist ein Traummann.»

«Sie wissen, daß bei diesem Job üble Dinge auf Sie zukommen werden», sagte Gates sachlich.

«Wie? Übel?» Victoria war überrascht. Sie fragte sich, ob Gates sie schockieren wollte.

«Undercovereinsätze sind nun mal so. Etwas geht immer schief. Früher oder später. Jemand schöpft Verdacht. Oder erkennt Sie. Oder Sie werden nervös. Irgend etwas passiert immer. Sonst würden Undercovereinsätze ja ewig weitergehen.»

Von dieser Seite hatte Victoria die Operation noch nicht betrachtet.

Sie schluckte, sagte aber nichts.

Gates beobachtete sie eine Weile, als wolle er etwas an ihr abschätzen, das jenseits seiner Wahrnehmung lag.

«Okay, die Operation läuft an. Aber ich will, daß Sie Bescheid sagen, wenn die Dinge anfangen, den Bach runterzugehen. Haben Sie mich verstanden? Wenn Sie morgens aufwachen und Angst haben, zur Arbeit zu gehen, holen wir Sie sofort da raus. Fressen Sie bloß nichts in sich rein. Und wenn Ihr Verhältnis mit Bill anfängt Risse zu bekommen, erzählen Sie es mir. Wir wollen nicht, daß ein Einsatz eine Ehe zerbricht. Ich meine das ernst, Victoria.»

«Ja, Sir.»

Mit diesen beiden schicksalhaften Worten begann im Oktober 1976 eine Undercoveroperation, die in ihrer Art, Experten zufolge, niemals von irgendeiner Strafverfolgungsbehörde wird wiederholt werden können. Und für Victoria gab es keine Möglichkeit vorherzusehen, was es für ihre Psyche und für ihre Ehe bedeutete, ein Doppelleben zu führen, dessen eine Hälfte extrem gefährlich sein würde.

## Kapitel 3

Heirat und die Aussicht auf eine Familie waren immer schon die Grundpfeiler gewesen, auf denen Victoria ihr Leben aufzubauen gedachte. In einer Kleinstadt wie der, in der sie aufgewachsen war, mit ihren siebenhundert Einwohnern, standen sich alle sehr nahe.

Als Victoria die vierte Klasse besuchte, war ihre Mutter, Marian Seele, schwer erkrankt. Victoria war das älteste von drei Kindern (deren Zahl mit der Geburt des Nesthäkchens Roberta Fay im Jahre 1970 auf acht ansteigen sollte). Der Verantwortung, die diese Vertrauensposition innerhalb der Familie mit sich brachte, war sich Victoria seit frühester Jugend bewußt gewesen.

Zusammen mit ihren beiden Schwestern, der siebenjährigen Laura und der sechsjährigen Julie, war sie in einem katholischen Internat untergebracht worden. Dort sollten sie so lange bleiben, bis sich ihre Mutter erholt hatte, was zu diesem Zeitpunkt noch nicht absehbar war.

Ihr Vater, Howard Seth Seele, hatte eine Farm zu bewirtschaften, was ihn während der langen Saat- und Ernteperioden von vor Tagesanbruch bis lange nach Sonnenuntergang in Anspruch nahm. Victoria hatte nie verstanden, weshalb ihr Vater, von der Aufgabe, für seine Töchter zu sorgen, vielleicht überfordert, sie und ihre Schwestern in ein Internat gesteckt hatte. Die Schule war klamm und wirkte bedrohlich auf Victoria, die sich sehr viel Mühe gab, ihre Ängste vor ihren Schwestern zu verbergen, damit diese nicht noch mehr litten, als sie es ohnehin bereits taten.

Der größte Teil der Lebensmittel, aus denen die Mahlzeiten der Internatszöglinge bereitet wurden, wurde von wohltätigen Farmern aus der Umgebung gespendet. Nach jeder Mahlzeit hatten die Schüler die Pflicht, den Abwasch zu erledigen, außerdem hatten sie ihre Betten zu machen, ihre Kleidung in Ordnung zu halten und die Fußböden des weitläufigen dreigeschossigen Backsteingebäudes zu wischen, das sich bei Hereinbrechen der Abenddämmerung in ein Monster verwandelte. Die Nonnen, gleichwohl fürsorglich, waren streng und konnten die Wärme und Zuneigung, die Victoria und ihre Schwestern von zu Hause gewohnt waren, nicht ersetzen. Victoria mußte oft mit anhören, wie sich ihre Schwestern, aber auch andere Mädchen, in den Schlaf weinten.

Als der Herbst in den Winter überging, wurde die mächtige Schule mit jedem Tag kälter und abweisender. Victoria wurde von heftigen Depressionen befallen, dennoch war ihr bewußt, daß sie für ihre Schwestern die Brücke bildete, die aus dieser fremden, bedrohlichen Umgebung, in die man sie unfreiwillig geschickt hatte, zurück in ihr eigentliches Heim führte. Das Weihnachtsfest war das schlimmste, das die Familie je erlebt hatte. Während Marian Seele ans Bett gefesselt war, hausten ihre Töchter nur wenige Blocks entfernt hinter kalten Mauern. Doch diese hätten genausogut Tausende von Meilen entfernt stehen können, denn es gab weder Besuchs- noch Ausgeherlaubnis. Erst nachdem sie fast ein ganzes Jahr, ein betrübliches Weihnachtsfest eingeschlossen, im Internat zugebracht hatten, durften die Mädchen nach Hause zurückkehren. Marian Seele hatte das Krankenbett verlassen und war auf dem Weg der Besserung. Noch war sie anfällig, gewann aber zunehmend ihre Kraft zurück. Die «Krankheit» wurde den Kindern gegenüber nie erwähnt, geschweige denn erklärt. Aber für Victoria war der Grund für die Trennung kaum von Bedeutung, gemessen an der Tatsache, daß sie wieder mit ihrer Familie vereint waren und daß die Schule und die alten Freundinnen wieder den Mittelpunkt ihres Lebens bildeten. Und für das entgangene Weihnachtsfest wurde Victoria in den kommenden Jahren reich entschädigt.

Als sie ankündigte, ihren Heimatstaat zu verlassen, um sich einen Job in Kalifornien zu suchen, freute sich ihre Familie mit ihr und war nicht wenig aufgeregt. Zwar hatte sie noch keine konkreten Angebote, doch mit ihrem frischen College-Abschluß in der Tasche war sie zuversichtlich, alsbald eine Beschäftigung zu finden. Im schlimmsten Fall konnte sie immer noch zu ihrer Familie zurückkehren und auf der Farm arbeiten.

Wie zu erwarten, begann Victoria, nachdem sie sich beim Sheriff's Office beworben und die Polizeiakademie absolviert hatte, ihren Polizeidienst im Orange-County-Frauengefängnis. Dort arbeitete sie vierzig und mehr Stunden in der Woche und lernte mit unglücklichen, verzweifelten und gelegentlich gefährlichen Häftlingen umzugehen, die das Pech hatten, im Orange-County-Gefängnis einzusitzen. Trotzdem fand sie die Zeit, sich an der California State University at Fullerton einzuschreiben und sich für eine Lehrbefugnis zu qualifizieren. Als eine der wenigen weiblichen Absolventen der Polizeiakademie, als Jahrgangsbeste zumal, wurde sie von diversen Vereinen und Verbänden zu Vorträgen eingeladen. Nachdem sie ihre Anfangsnervosität abgelegt hatte, machten ihr die Vorträge zunehmend Spaß. Sie erhielt regelmäßig Einladungen, in Jura-Seminaren zu sprechen, und so ließ ihre Dozententätigkeit zusätzlich zu ihrem vollen Dienstpensum wenig Zeit für soziale Kontakte. Bis sie Bill begegnete.

Eines Samstagnachmittags im Jahr 1970, als sie noch in Huntington Beach wohnte, einer Gegend, die für lockeren Lebensstil, durchtrainierte junge Körper und sonnengebleichtes Haar bekannt war, wurde am Strand Volleyball gespielt, als Victoria aus dem Wasser kam. Während sie sich die Haare abtrocknete, schaute sie einige Augenblicke dem Spiel zu. Dabei fiel ihr auf, daß einer der vier Spieler, die dem häufig vom Wind verwehten Ball nachjagten, ein beständiges Lächeln auf den Lippen zu haben schien. Als Victoria, ihr Badetuch unter den Arm geklemmt, sich auf den Weg zurück zu ihrem Apartment machte, warf sie einen Blick über ihre Schulter. Sie bemerkte, daß der lächelnde Volleyballspieler ihren Aufbruch verfolgte. Er winkte. Sie erwiderte sein Lächeln und winkte zurück, ging jedoch weiter.

Während der nächsten Tage ertappte sie sich nicht selten bei dem Gedanken an den lächelnden Volleyballspieler. Am nächsten Samstag ging sie wieder zu der Stelle am Strand zurück, kam früher und blieb länger, doch der junge Mann war nirgends zu entdecken. Auch am Sonntag kehrte sie zu der Stelle zurück, schwamm, bis sie müde war, und schaute bei diversen Matches zu. Doch keine Spur vom lächelnden Volleyballspieler.

Gegen Ende der folgenden Woche hatte sie ihn schon beinahe vergessen.

Am Samstagabend organisierten sie und ihre Mitbewohnerin, Gerry Owens, eine spontane Party, zu der sie Nachbarn und wer sonst gerade in der Nähe war einluden. Es war Ende August, und um genügend Leute für ihre Party zusammenzutrommeln, brauchten sie nur das Fenster zu öffnen und die Nachricht unter den Strandlöwen zu verbreiten. Schnell waren das Apartment und die große Pool-Terrasse gefüllt. Es wurde getanzt, gebadet und getrunken.

Victoria hatte gerade herzhaft in einen Taco gebissen, und die Soße tropfte ihr vom Kinn auf den Hals. Als sie sich nach einer Serviette umsah, hörte sie neben sich eine Stimme sagen: «Halt still.» Noch bevor sie reagieren konnte, wurde die scharfe Tomatensoße bereits sanft weggetupft. Als sie aufblickte, sah sie in seine Augen. Das Lächeln war noch immer da. Seine Zähne waren weiß und gleichmäßig. Sie fühlte sich erleichtert, fast schwindlig.

«Ich glaube, ich brauche ein Lätzchen.»

«Nicht ganz, was du brauchst, ist ein Bill.»

«Ist das dein Name?»

Er nickte. «Decker. Ich spiele Volleyball und säubere Hälse.»

Er hatte weiches blondes Haar, war hoch gewachsen und geschmeidig und wirkte selbstsicher.

«Wie kommst du hierher? Hast du nur die Musik gehört, oder kennst du jemanden?»

«Gerry Owens. Wir sind befreundet.»

Ihre eigene Mitbewohnerin. «Gerry? Soll das heißen, ich habe versucht...» Sie biß sich auf die Zunge. Um keinen Preis würde sie zugeben, daß sie versucht hatte, den lächelnden Volleyballspieler wiederzusehen. Das würde nicht gerade cool wirken.

«Was versucht?»

«Oh... versucht, mein Adreßbuch wiederzufinden. Ich habe es verlegt. Vielleicht weiß Gerry, wo es steckt.»

Bill ließ sich die Antwort einen Augenblick lang durch den Kopf gehen. «Schade, ich dachte, du würdest sagen, du hättest versucht, mich wiederzusehen, denn ich habe versucht, dich wiederzusehen.»

Victoria und Bill wurden unzertrennlich. Sie mußten sich jedoch durch sechzehn frustrierende Wochen kämpfen, als Victoria die Polizeiakademie besuchte und das zu bewältigende Pensum fast ihre gesamte Zeit in Anspruch nahm. Sie arbeitete hart – auch körperlich – und studierte das kalifornische Strafgesetzbuch und die Grundlagen der Polizeiarbeit, lernte Festnahmemethoden, taktisches Vorgehen, Streifendienstregeln, Hochgeschwindigkeitsfahren, Selbstverteidigung, Schußwaffengebrauch und die Myriaden anderer Ausbildungsgegenstände, die erforderlich waren, um Ruhe und Ordnung in Südkalifornien aufrechtzuerhalten.

Kurz nach ihrer Abschlußprüfung zogen sie zusammen. Bill war ein sanfter, romantischer Mann, dem ihre Gefühle am Herzen lagen. Victoria war für ihn eine der schönsten, intelligentesten Frauen, denen er je begegnet war. Selbst wenn man die kalifornischen Strände zum Maßstab nahm, gab er ihr zehn von zehn Punkten. Nachdem sie drei Monate unter einem Dach gewohnt hatten, brannten sie nach Las Vegas durch.

Ihre Heiratspläne waren zu spontan, als daß die Zeit gereicht hätte, die Familie oder auch nur einige Freunde einzuladen. Victoria telefonierte zwei Stunden mit ihrer Familie in Nebraska. Bill mußte mit jedem einzelnen Mitglied seiner Familie sprechen, ehe er, ins Schwitzen gekommen, den Hörer an seine Braut weiterreichte.

*Unser Leben war fast idyllisch*, dachte Victoria. Je mehr sie sich in ihre Arbeit vertiefte, desto interessanter schien sie ihr. Ihre Gemeinschaft mit Bill hätte nicht schöner sein können. Ihre Eltern und Geschwister besuchten sie regelmäßig, so daß sie kein Heimweh nach ihrem Zuhause empfand.

Auch 1976, nach fünf Jahren, hatte ihre Ehe noch nichts von ihrem Zauber eingebüßt. Im Gegenteil. Die Dynamik, mit der sie sich ihren Karrieren widmeten, machte die Zeit, die sie für einander finden konnten, zu etwas Besonderem. Victoria war sich bewußt, daß die Ehen anderer Polizisten mit erschreckender Regelmäßigkeit zerbrachen, aber sie hielt sich und Bill für immun.

Sie war davon überzeugt, daß sie etwas besaßen, was andere Paare entbehrten. Er war ihr Anker und sie seiner. Und bevor sie es zuließ, daß ihr Job ihre Ehe zerstörte, würde sie ihn, ohne zu zögern, aufgeben.

Bill war inzwischen zum Projektleiter einer großen Bauelektrikfirma befördert worden, und die damit verbundene zeitliche Beanspruchung entsprach der eines selbständigen Unternehmers. Er leitete drei Bautrupps und hatte entsprechend wenig Freizeit.

Bill sah gerade die Baupläne für den nächsten Tag durch, als Victoria ihm ein kaltes Bier brachte. Die Nacht war heiß, und Bill griff dankbar zu. «Danke.»

«Ich bin einer neuen Einheit zugeteilt worden. Undercover.»

«So. Und? Was macht ihr?» Bill horchte interessiert auf.

«Die Abteilung ist hinter einer Biker-Gang her, die in großem Stil mit Drogen und so handelt.» Sie begann ihre Gedanken auf eine Art auszubreiten, von der sie glaubte, daß sie für Bill vernünftig klängen, doch je mehr sie sich mühte, desto unvernünftiger klang sie.

«Und?»

«Und: ich werde mich mit ihnen herumtreiben», sagte sie schlicht.

Bill unterbrach seine Arbeit und sah auf. «Das verstehe ich nicht. Was soll das heißen, du wirst dich mit ihnen herumtreiben?»

«So ein Typ, Cliff Mowery, der hat seine Bewährungsauflagen verletzt. Und bevor sie ihn eingesperrt haben, war er ein Biker. Wir kaufen Drogen. Das war's. Wir kaufen Drogen von denen und sammeln Beweise.»

Bill starrte seine Frau ausdruckslos an und sagte eine ganze Weile nichts. Er erwartete weitere Einzelheiten, doch als nichts kam, sagte er: «Du willst mich auf den Arm nehmen, oder?»

«Nein, außerdem glaube ich nicht, daß es so eine große Sache wird. Ich meine, es hört sich schlimmer an, als es ist.»

Bills verständnislose Züge begannen sich zu verhärten. «Wer ist Cliff?»

«Hab ich doch gesagt. Ein Biker, den wir wegen Verstoßes gegen die Bewährungsauflagen hochgenommen haben. Bewaffneter Raubüberfall.» Alles ganz einfach.

«Sonst nichts?»

«Nein, ich schätze nicht.» Victoria merkte, wie sie selbst starrköpfig wurde.

«Was soll das heißen, du treibst dich mit denen rum?»

«Bei ihnen rumhängen eben. Zugang finden.»

Bill war fassungslos. «Rumhängen? Du meinst, du gibst dich mit ihnen ab. Gehst auf ihre Partys?»

«Ja, aber immer mit Rückendeckung. Carlander wird dabeisein. Und Bud Nease.» So wie sie es formulierte, klang es überzeugend, selbst in ihren Ohren. Doch wenn Bill wüßte, was sie über Mowery wußte, würde er längst nicht mehr so ruhig dasitzen.

«Und dieser Mowery? Ist der auch dabei?»

«Er gehört mit zum Plan. Sicher.» Sie schauderte bei dem Gedanken, wie sehr Mowery zum Plan gehörte.

«Victoria...»

«Ja?»

«Ich glaube, darüber sollten wir uns noch mal unterhalten», sagte Bill in einer Weise abschließend, die deutlich machte, daß die Sache nicht abgeschlossen war.

«Es ist mein Job. Erwartest du, daß ich dich um Erlaubnis bitte, meinen Job zu erledigen?»

«Du drehst mir das Wort im Mund herum. Geh raus und frag zwanzig Männer in der Nachbarschaft, ob es ihnen was ausmacht, wenn ihre Frau auf Biker-Partys geht. Die werden ausrasten. Hältst du mich für unvernünftig, oder was?»

«Deine zwanzig Männer aus der Nachbarschaft haben aber keinen Cop zur Frau.»

«Victoria», Bill hielt mit sichtbarer Anstrengung seinen Ärger im Zaum, «diese Typen reichen ihre Frauen herum wie das Ketchup zum Hamburger. Das sind Tiere. Ich will nicht, daß du dich mit denen abgibst.»

«Aber ich bin nicht deren Hamburger. Nicht mal deiner. Du klingst wie ein Redneck, der seine Frau herumkommandiert.» Kaum hatte sie ihn ausgesprochen, wollte Victoria den Satz am liebsten zurücknehmen.

Doch Bill verzog keine Miene. «Sie festnehmen ist eine Sache. Aber mit ihnen abhängen, Partys feiern, das ist eine ganz andere.»

Er hatte recht. Auch Victoria fand die Vorstellung alles andere als berauschend und hatte deshalb vermieden, die Dinge, die von Biker-Bräuten erwartet wurden, detailliert zu schildern. Wie auch immer, sie hatte fest vor, die Regeln, wie sie sich unter Cops, Gangs oder sonstwo zu verhalten hatte, selbst aufzustellen. Sie würde selbst auf sich aufpassen müssen, auch wenn sie sich nicht sicher war, wie sie das anstellen sollte. Carlander war ihr Fangnetz. Und Bud Nease würde auch in der Nähe sein.

Dennoch hing letztlich alles von Mowery ab. Wenn er sie im Stich ließ und Carlander nicht erreichbar war... Sie schüttelte unwillig den Kopf. «Es tut mir leid, Bill. Es ist ein beschissener Einsatz. Und auch wenn ich es hasse, es auszusprechen, aber...»

«Du wirst mir jetzt nicht erzählen, daß jemand ihn machen muß», unterbrach er sie.

«Jemand muß ihn machen.» Sie versuchte zu lächeln, aber es wirkte gequält.

Das Klima im Mittleren Westen, wo sie aufgewachsen war, lud nicht dazu ein, Motorradfahren als Lifestyle zu betreiben. Und was sie über Motorräder wußte, weckte ihre instinktive Abneigung. Sie freute sich keineswegs auf ihren ersten Undercovereinsatz.

Das Orange County Sheriff's Office hatte sich mit denselben Problemen herumzuschlagen wie die meisten anderen Strafverfolgungsbehörden des Landes: zuwenig Geld, zuwenig Personal und zu viele Verbrechen. Für das Anti-Biker-Gang-Programm standen gerade genügend Mittel zur Verfügung, um es auf den Weg zu bringen. Hätte die Operation nur einige Jahre später begonnen, nach 1982, als verschiedene Gesetze verabschiedet wurden, die die Konfiszierung von Eigentum und Bargeld im Zusammenhang mit Drogenvergehen ermöglichten, hätte man dem gejagten Wild ganz andere Fallen stellen können. Aber so, wie die Dinge lagen, mußte man sich mit dem Ankauf kleinerer Drogenmengen begnügen. Die Verantwortlichen mußten die Gelegenheiten, den großen, ausländischen Drogenkartellen entscheidende Schläge zu versetzen, verstreichen lassen und sich auf Deals mit Biker-Gangs konzentrieren, die allein schon wegen ihrer beachtlichen Zahl eine nicht weniger tödliche Bedrohung für die Gemeinden von Orange, Los Angeles und San Bernardino darstellten.

Einer der ersten großen Posten in Carlanders schmalem Budget war der Kauf einer Harley Davidson. Banden wie die Hell's Angels setzten die Maßstäbe dafür, was als «korrekter» Bock zu gelten hatte: ein amerikanisches Motorrad. Alles, was aus dem Ausland kam, wurde verabscheut. Und da die USA nur einen Motorradhersteller hatten, war das Bike ihrer Wahl die Harley Davidson. Mit 2700 vom Orange County Sheriff's Office zur Verfügung gestellten Dollar suchte sich Mowery einen gebrauchten Chopper aus.

Der nächste Punkt auf der Tagesordnung war, Mowery in einem Motel unterzubringen, wo er dem Schein nach ein normales Biker-Leben führen konnte. Dies war eine Stunde nach dem Motorradkauf erledigt. Das Sixpence Motel, in Tustin, zwischen Redhill Avenue und Interstate 5, war drittklassig und fügte sich unauffällig in die heruntergekommene Umgebung ein. Carlander wiederholte Mowery die Instruktionen. Er war weder befugt, das Motorrad ohne Erlaubnis zu fahren, noch durfte er unter keinen Umständen Drogen konsumieren. Im Rahmen seiner Undercoverrolle war es ihm gestattet, in mäßigen Mengen Bier zu trinken. Carlander war sich im klaren darüber, daß er, Victoria, Bud Nease und nötigenfalls auch andere Mowery insbesondere in der Frühphase der Operation praktisch vierundzwanzig Stunden am Tag unter Beobachtung halten und ihm hart zusetzen mußten, sollte er versuchen, sich über die Vorschriften hinwegzusetzen.

Er befand sich formell nach wie vor in Polizeigewahrsam, hatte Bewährung und durfte sein Motelzimmer nicht ohne Erlaubnis verlassen. Das County hatte deshalb für ein Minimum an Bedarfsgegenständen wie Hygieneartikel, Kleidung und Lebensmittel zu sorgen. Carlander fand es angemessen, daß Victoria Mowery bei diesen Einkäufen begleitete, da er Mowery nicht zutraute, die öffentlichen Gelder sinnvoll zu verwenden, und Mowery keinen Vorwand liefern wollte, das Motel wegen einer «dringenden Besorgung» zu verlassen.

Die Beziehung zwischen Victoria und Mowery hatte nicht gut begonnen und wurde während der Vorbereitungen für ihre erste gemeinsame Ausfahrt nicht besser.

«Rauf mit dir», befahl er, nachdem er sich in den Sattel des schwarzlackierten und chromblitzenden Choppers geschwungen und den Kickstarter niedergetreten hatte. Victoria hatte bis dahin nur einmal auf einem Motorrad gesessen und war nicht gerade erpicht auf eine zweite Erfahrung.

Sie war sich ihres Körpers bewußt, als sie eines ihrer wohlgeformten Beine über den Sattel schwang und sich hinter dem massigen Kriminellen niederließ. Das Aufsitzen auf die kraftvolle Maschine vermittelte eine sinnliche Klarheit. Sofort fühlte sie die Hitze aus den grollenden Eingeweiden aufsteigen, fühlte, wie sie ihre Beine umhüllte, um dann vom frischen Wind weggefegt zu werden, als Mowery den Chopper über den Parkplatz des Motels lenkte.

Zunächst hielt sie die Fußstützen für zu hoch, sie mußte ihre Knie stark anwinkeln, doch dann stellte sich heraus, daß sie überraschend bequem waren. Außerdem gab es eine Rückenlehne, die zwar schmal war, aber den Rücken genau an der richtigen Stelle stützte. Auf der Straße beschleunigte Mowery abrupt, noch bevor sie eine geeignete Stelle zum Festhalten gefunden hatte. Sie griff nach Mowerys Körper. An der nächsten Ecke bremste Mowery, ließ seine langen Beine routiniert auf das Pflaster gleiten und hielt den Chopper mühelos zwischen den Schenkeln.

Während sie standen, fand Victoria zwei Stellen unter dem Sattel, an denen sie sich festhalten konnte. Kaum hatte sie ihre Finger um das Metall geschlossen, gab Mowery schon wieder Gas, ließ die Kupplung kommen und legte das Bike noch im Beschleunigen in die Kurve.

«Mein Gott...» Doch ihr Stoßgebet blieb unerhört, zumindest von Mowery, da ihr der Fahrtwind die Worte förmlich von den Lippen riß. Als sie auf den unter ihnen wegfliegenden Asphalt schaute, wurde ihr schwindlig, und sie klammerte sich noch fester am Sattel fest.

Mowery ließ sich vom dichten Verkehr nicht aufhalten, sondern brauste zwischen den Autos hindurch, die sich wie üblich in langen Schlangen im kalifornischen Verkehr stauten. Mowery fuhr zügig bis an die Spitze der Wagenschlangen, die auf grünes Licht warteten, und war, als die Ampel umsprang, stets der erste, der über die Kreuzung schoß, während Victoria Mühe hatte, nicht abgeworfen zu werden.

«Geh mit dem Bike mit», brüllte Mowery über die Schulter.

«Was?» rief sie zurück.

«Du sollst mit dem Bike mitgehen. Du bewegst dich wie ein Sack Eierkohlen», sagte er mit zurückgewandtem Gesicht, damit sie ihn verstehen konnte.

«Du fährst beschissen. Das ist das Problem», brüllte sie in den Wind. Mehr würde sie nicht sagen, sonst hätte sie zugegeben, daß sie Angst hatte. Ihr war klar, daß Mowery absichtlich so fuhr, um ihr Angst einzujagen, um sie seine Überlegenheit auf seinem Terrain spüren zu lassen.

Mowery fuhr auf den Parkplatz eines großen Einkaufszentrums, fand eine Lücke in der Nähe des Eingangs und stellte den Chopper neben einem Lichtmast ab. Er schlang eine schwere Kette um Mast und Chopper und sicherte sie mit einem Vorhängeschloß.

«Ein Chopper fährt nicht, er gleitet», sagte Mowery.

«Okay.»

«Solche Sachen solltest du wissen», dozierte er.

«Okay.» Sie konnte die Logik zwar nachvollziehen, mochte sie aber nicht.

«Auch Biker-Ladys kennen sich mit Motorrädern aus. Genauso wie die Jungs. Besser, du kennst dich mit dem Scheiß aus», fügte er hinzu.

«Mowery, ich bin keine Biker-Braut. Und ich habe nicht vor,

eine zu werden. Tätowiert bin ich auch nicht. Meine Tarnung ist, daß ich aus dem Country Club abgehauen bin.» Sie wollte sowenig wie möglich von dieser Tarnung abweichen.

«Ich sag dir noch was. Quatsch mich nicht blöde an, wenn andere Leute dabei sind, weil, das kann so nicht laufen. Die würden mich angucken, als wäre ich 'n falscher Fuffziger. Oder du.»

Während sie den Supermarkt betraten, parkte Carlander seinen Wagen und folgte ihnen diskret.

Victoria verstand, worauf Mowery hinauswollte. Kommandier mich nicht in aller Öffentlichkeit herum. Der Asphaltdschungel, die Biker-Pfade waren seine Welt, und er war der Löwe. Um zu überleben, mußte er den anderen Männern seine Macht zeigen, ganz zu schweigen von den Frauen.

Dennoch hatte Victoria nicht die Absicht, sich ihm unterzuordnen. In ihrer Polizeiausbildung hatte man ihr eingehämmert, eine Situation jederzeit im Griff zu haben, überzeugend und entschieden aufzutreten. Unter keinen Bedingungen die Fassung zu verlieren gehörte zu den grundlegenden Anforderungen. Außerdem repräsentierte sie das Sheriff's Office von Orange County, Kalifornien. Sie sagte, wo es langging, nicht er.

Allerdings verstand sie aber auch, daß Mowery in seiner Szene nicht als Weichling dastehen konnte. Dann wäre er für sie und Carlander wertlos. Schlimmer noch, das konnte dazu führen, daß die Operation aufflog. Sie war sich bewußt, daß es so aussehen mußte, als schwinge Mowery das Zepter und sie gehorche. Die Dichotomie ihres Verhältnisses würde bis zum großen Knall einem Pulverfaß gleichen, in dessen Nähe mehr und mehr die Funken flogen.

Während sie den Einkaufswagen durch die Gänge schob und die Waren aus den Regalen nahm, trödelte Mowery herum wie ein trotziges Kind. «Welche Seife benutzt du?»

Mowery zuckte desinteressiert mit den Schultern. Victoria packte ein halbes Dutzend Seifen in den Wagen. Sie entdeckte ein Naßrasurset mit Rasierer und Klingen. «Okay?»

Wieder Schulterzucken.

«Wie ist es damit?» Sie hielt eine Dose Rasierschaum hoch. «Oder willst du lieber ein anderes?»

«Nee.»

«Was nee?»

«Die Sorte mag ich nicht.»

«Du rasierst dich doch sowieso nur alle drei oder vier Tage. Was soll's dann?»

Mowery zog es vor, nicht zu antworten, und inspizierte statt dessen eingehend das Sortiment an Rasiercremes und Seifen, während Victoria weiter den Gang hinunterging. Sie packte eine Pfanne, ein Paar Töpfe, ein Paket Plastikteller, eine Kaffeetasse, Papierservietten und Besteck in den Einkaufswagen. Mowery kam langsam hinter ihr her, seine Miene war ebenso gelangweilt wie mißbilligend. Erst als Victoria sich den Lebensmitteln zuwandte, wuchs sein Interesse.

«Das Zeug trink ich nicht», sagte er trotzig.

«Wie, du magst keinen Orangensaft?» Jeder mag Orangensaft, dachte Victoria. «Wie sieht es mit Milch aus?»

Er schüttelte den Kopf. Sie langte nach Eiern.

«Will ich nicht.»

Obwohl sie ihren Rundgang fortsetzten, kamen kaum Lebensmittel hinzu. Victoria fragte sich, ob das County in irgendeiner Weise verpflichtet wäre, Mowery am Leben zu halten, falls er sich weigern würde zu essen.

«Wie bist du so groß geworden, ohne zu essen?»

«Ich esse.»

Sie verlor langsam die Geduld.

«Okay, nimm dir, was du willst, und ich schau es mir an.»

Mowery machte keine Anstalten, sich etwas auszusuchen. Frustriert schaute Victoria zu Carlander. Er schlenderte den Gang hinunter und gab vor, mit dem Rücken zu ihnen, die Etiketten zu studieren. «Wo liegt das Problem?»

«Er will nichts essen.»

«Wohl», sagte Mowery abwehrend.

«Aber offenbar keine Nahrung.»

«Was willst du essen, Cliff?» fragte Carlander.

«Was auf der Karte steht, Mann. Glaubst du, ich koch?»

Wütend preßte Victoria die Lippen zusammen.

Carlander blieb ungerührt.

«Dann such dir was aus, das du roh essen kannst, essen gehen ist nicht, Freundchen.»

«Meinst du? Wie lange, glaubst du, dauert das, bis ich den Kochkurs bestanden hab, den das County mir spendiert? Zwei, drei Wochen, ein paar Monate? Mann, ich kann nicht kochen.»

«Dann empfehle ich Karotten. Reichlich. Äpfel und Bananen sind auch nicht schlecht. Trauben. Brot. Kannst du alles so essen.» Carlander wandte sich zum Ausgang.

Als Mowery an die Kasse kam, enthielten seine beiden Einkaufswagen jede Menge Tiefkühlkost und Dosenfutter.

Mit Mowery ist nichts unkompliziert, dachte Victoria. Er widersetzte sich jeder noch so milden Form von Autorität. Sie fragte sich, ob er ihre Dienstmarke respektieren würde, wenn sie gezwungen wäre, sie ihm zu zeigen. Und sie war sicher, daß dies früher oder später der Fall sein würde.

## Kapitel 4

Am nächsten Morgen, es war der 21. November 1976, warteten Carlander und Bud Nease in ihrem geparkten Pick-up in einem Mittelschichtsviertel in Anaheim. Auf der Ladefläche des Pick-ups lagen einige Gartengeräte. Wie verabredet erschienen Victoria und Mowery mit dem Chopper. Mowery machte den Motor aus.

«Das ist Bud Nease», stellte Carlander vor.

«Hi», sagte Nease freundlich.

Nease hatte dunkle, olivenfarbene Haut, trug einen gewaltigen Schnauzbart und mochte ebensogut Anfang wie auch Ende Dreißig sein. Victoria verstand, warum Carlander meinte, Nease würde als Mitglied einer jeden der zahlreichen südkalifornischen Minoritäten durchgehen. Nease hatte sich seit mindestens zwei Tagen nicht rasiert. Er hätte Junkie sein können, Tagelöhner, Künstler, alles mögliche.

«Hi, Bud, freut mich, Sie zu sehen. Freut mich, daß Sie da sind.»

«Er ist hier, weil sein verdammter Urlaub zu Ende ist. Wenn es nach ihm ginge, wäre er nicht gekommen. Bud arbeitet nicht gerne, stimmt's, Bud?»

Ohne Neases Antwort abzuwarten, begann Carlander, Victoria und Mowery Anweisungen zu geben.

«Ich will, daß ihr zwei zum Sportster Shop drüben auf dem Westminster Boulevard fahrt. Dort lassen die meisten Biker ihre Harleys durchchecken. Ich und Bud behalten euch im Auge. Du weißt, was du zu tun hast, Mowery? Rumhängen, Leute kennenlernen. Mach's nicht zu auffällig und stell keine dummen Fragen, bevor du weißt, mit wem du es zu tun hast. Okay?» Carlander wußte, daß Mowery ein Blitzableiter war, der auch ohne sichtbare Anstrengung Elektrizität anziehen würde. «In Ordnung.»

Zehn Minuten später hielten Victoria und Mowery vor Bruno's Harley Davidson Sportster Shop, Treffpunkt einer breiten Palette von Bikern, wenngleich Fahrer ausländischer Maschinen nicht bedient wurden. Brunos Werkstatt zog genau die Sorte Typen an, an denen Carlander interessiert war.

Mowery schob seine Maschine durch die offene Tür in die Werkstatt. Bruno war freundlich, aber zurückhaltend und fragte seinen muskelbepackten Kunden beiläufig über seinen Hintergrund aus, während Victoria sich abseits hielt.

«Das Bike hab ich hier noch nie gesehen.»

«War länger weg.» Mowerys wortkarge Art kam ihm bei seinem neuen Doppelleben sehr zupaß.

Michael Lee Mason, alias Bruno, kannte Mowery zwar nicht, aber die beiden merkten schnell, daß sie auf der gleichen Wellenlänge lagen.

«Viel rumgekommen?» fragte Bruno.

Von ihrem halbversteckten Beobachtungsposten ließ Victoria ihren Blick durch die Werkstatt schweifen. Bruno war Mitte Zwanzig, hatte ein rundes Gesicht und lange Haare, die über der Stirn bereits merklich ausdünnten. Seine kalten Augen, denen nichts entging, straften sein strahlendes, bärtiges Nikolausgesicht Lügen. Er trug die klassische Biker-Kluft: schwarze Knobelbecher, Blue jeans, in deren Gesäßtasche die mit einer Kette am Gürtel befestigte Brieftasche steckte, T-Shirt. Biker-T-Shirts waren häufig mit einem Spruch oder einer Karikatur verziert; an Brunos klebte eine Strähne schwarzer «Haare», unter der zu lesen stand: DU BIST, WAS DU ISST. Am Gürtel trug er das unvermeidliche Klappmesser, und seine Arme waren von Tätowierungen übersät.

«Meist hier.»

«Chino? Hab da mal gesessen», gab Bruno zu.

«Soledad.»

«Da oben kenn ich auch ein paar Jungs. Arnie Dent. Sie nennen ihn Hess. Kennst du ihn?»

«Sicher. Hinterhältiger, kleiner Bastard.»

«Genau. Hat's nicht gerne, wenn man ihm das ins Gesicht sagt. Daß er klein ist, meine ich. Meine Freunde nennen mich Bruno.»

«Mowery», antwortete Cliff. Keiner der Männer bot dem anderen die Hand, keiner fühlte sich beleidigt.

«Hübsche Schlampe, Mann», sagte Bruno und nickte in Richtung Victoria, die so tat, als würde sie sich die Motorräder ansehen.

«Zahlt meine Rechnungen», gab Mowery zu.

«Hat sie einen Namen?» wollte Bruno wissen.

«Sicher. Wann kann ich meinen Bock abholen?»

Bruno musterte Mowery erneut. Der Mann verteilte keine Gefälligkeiten. Bruno gefiel das.

Bruno füllte einen Reparaturschein aus.

«Laß mir ein paar Stunden Zeit. Wenn es nichts Ernstes ist, erledige ich das. San Francisco Bar, ein paar Blocks die Straße hoch, die schenken Bier aus, wenn du warten willst. Die Leute da sind in Ordnung. Der Barkeeper ist ein Freund von mir.»

Draußen machte Mowery keine Anstalten, in Richtung San Francisco zu gehen. Statt dessen überquerte er mit Victoria die Straße.

«Ich denke, eine Bar wäre kein schlechter Ort, um Leute kennenzulernen», bemerkte Victoria, nicht vollkommen überzeugt von ihrem Argument.

«Sicher, aber...» Mowery wollte offensichtlich niemanden kennenlernen.

«Da drüben sind sie.» Carlander und Nease beobachteten, wie Mowery und Victoria den Sportster Shop verließen und sich auf dem Boulevard ostwärts wandten.

Mowery entschied sich für eine Bar, die einen Block vom San Francisco entfernt lag. Er bestellte zwei Bier und trank aus der Flasche.

«Ziemlich ruhig hier drin», bemerkte Victoria.

«Dann mach Musik.»

«So habe ich es nicht gemeint.»

Mowery betrachtete desinteressiert seine Umgebung.

«Sag mir, warum wir nicht in die Bar gegangen sind, die Bruno empfohlen hat?»

«Bier ist Bier.»

Victoria gefiel die Antwort nicht. «Wir sind nicht zum Biertrinken hier.» Sie überlegte, ob sie darauf bestehen sollte, ins San Francisco zu gehen, aber ihre Zusammenarbeit hatte eben erst begonnen. Sie wollte ihrem widerspenstigen Partner nicht gleich auf die Nerven fallen.

Am Nachmittag holten Mowery und Victoria das Motorrad ab. Mowery zahlte die Rechnung mit Victorias Geld. Bruno war nicht in der Werkstatt.

Am Abend rief Carlander Nease, Victoria und Mowery zu einer kurzen Einsatzbesprechung zusammen, eine Maßnahme, die zur täglichen Routine werden sollte. Abgesehen von Carlander sollte kein Mitglied des Teams, solange die Operation lief, sich auch nur in der Nähe des Sheriff's Office aufhalten.

«Also, wie ist es gelaufen?» fragte Carlander, während eine Kellnerin Sandwiches und Pommes brachte.

«Okay», sagte Mowery.

«Ruhig», fügte Victoria hinzu.

«Dieser Bruno, was ist das für ein Typ?»

Victoria zögerte einen Moment, um Mowery Gelegenheit zu geben, den Werkstattbesitzer zu beschreiben, doch der Biker stierte ausdruckslos in seinen Kaffee.

Sie beschrieb Brunos Äußeres. «Er schien nicht unfreundlich zu sein. Er meinte, wir könnten in der San Francisco Bar warten, bis das Motorrad fertig ist. Die liegt nur ein paar Blocks entfernt, aber Cliff wollte nicht hin.»

«Stimmt das, Cliff? Wie kommt's?» fragte Carlander.

«Man soll nichts überstürzen.»

Carlander dachte darüber nach. «Deswegen also? Du hast gedacht, es würde merkwürdig aussehen?»

«Genau.»

Der Cop nickte. «Okay, ich schätze, wir müssen das meiste aus dem Bauch heraus entscheiden.» Er schwieg einen Moment lang, dann sagte er: «Ist dir jemand aufgefallen, der interessant sein könnte? Abgesehen von Bruno?»

«Nee.»

«Vicky?»

«Da, wo wir waren, gab's nicht gerade viel zu sehen», antwortete Victoria spröde. Sie und Mowery tauschten Blicke aus.

«Bud und ich haben ein paar Kennzeichen notiert», sagte Carlander. «Wir haben fünf Chopper und ein paar Autos, die wir überprüfen können. Wenn wir fleißig Leute und Maschinen abgleichen, werden wir früher oder später aufschlußreiche Zusammenhänge feststellen.»

«Echte Polizeiarbeit», ergänzte Bud Nease.

«Genau. Merkt euch die Namen», erinnerte Carlander seine Untergebenen. «Immer die Namen merken. Straßennamen, Personennamen, jede Art von Namen. Ihr meldet sie mir, und ich überprüfe sie.» Carlander hatte zwar nach dem ersten Tag noch keine großen Schlußfolgerungen anzubieten, dennoch fiel ihm immer etwas ein, um selbst eine Routineangelegenheit bedeutsam erscheinen zu lassen.

Mowery entrang sich ein Grinsen.

«Ist der Name Ray gefallen?» fragte Carlander. Die anderen schüttelten den Kopf. «Na gut, wahrscheinlich gibt es eine Menge Rays, aber haltet die Ohren offen. Wenn wir Ray finden, könnten wir ein Labor hochgehen lassen. Dann kommen wir alle in den Himmel. Garantiert. Morgen machen wir da weiter, wo wir heute aufgehört haben. Cliff, du und Vicky, ihr schaut dann im San Francisco vorbei.»

«Wann?» wollte Victoria wissen.

«Sagen wir um elf. Abends wird es wohl immer spät werden, also hat es keinen Sinn, zu früh anzufangen.» Carlander und Nease würden dennoch früh zu arbeiten beginnen, Victoria und Mowery jedoch nicht vor dem späten Vormittag treffen.

Victoria kam um kurz vor zehn zu Hause an. Verglichen mit dem, was auf sie noch zukommen sollte, war es ein ungewöhnlich kurzer Arbeitstag gewesen. Als sie von der Garage aus das Haus durch die Hintertür betrat, schlug ihr der köstliche Geruch gerösteten Knoblauchbrots entgegen. Ihr lief das Wasser im Mund zusammen. Sie hatte den ganzen Tag nichts Vernünftiges gegessen.

«Hallo, du korrekte Schlampe», lachte Bill. «So nennen sie dich doch jetzt, oder?» Er hatte Kerzen aufgestellt und Salat, Pasta und Rotwein aufgetragen. Das Knoblauchbrot war in einem Weidenkörbchen auf dem Tisch angerichtet. Victoria umarmte ihn wortlos.

«Was für ein Mann, der mich erwartet», flüsterte sie, «und richtiges Essen.»

«Ich habe gedacht, du wärst vielleicht erschöpft – immer Gangs aufmischen, Ketten schwingen, Wheelies poppen und so. Was Biker-Banden eben so machen.» Er zog ihren Stuhl zurück und wartete, bis sie sich gesetzt hatte.

«Nichts, was ein guter Wein nicht wegspülen könnte», sagte Victoria, als sie den köstlichen Pinot Noir probierte.

Er küßte sie auf die weinfeuchten Lippen. «Was hast du den ganzen Tag gemacht? Wie sieht ein typischer Biker-Tag aus?»

«Ich weiß noch nicht genau», sagte sie und rekelte sich. «Manche von denen haben wohl Jobs. Das war unser erster richtiger Einsatztag, aber viel ist nicht passiert.»

«Du glaubst wohl, du kriegst jeden Tag ein Verbrechen zu sehen», fragte er sich laut.

«Ich schätze schon. Wir sind auf Drogendeals aus. Wenn uns jemand das Zeug verkauft, nehmen wir ihn hoch. Oder sie. Beziehungsweise, wir nehmen sie nicht gleich hoch, sondern machen zwei oder drei Deals. Damit überführen wir sie als Dealer. So sieht jedenfalls der Plan aus. Haben wir aber noch nicht gemacht. Wie lange hast du mit dem Essen gewartet?»

«Ich bin um sieben nach Hause gekommen.»

«Ich liebe dich.»

«Und dazu hast du allen Grund.»

«Und ich bin froh, daß du kochen kannst.» Sie war hundemüde. Obwohl sie sicher zu Hause und außer Reichweite argwöhnischer Gestalten war, die sie umbringen würden, falls sie herausfänden, wer sie war, flatterten ihre Nerven noch immer. Vor Anspannung verspürte sie einen dumpfen Schmerz zwischen den Schulterblättern. Langsam begann sie aus der Geborgenheit ihrer Mittelschichtexistenz herauszugleiten.

Um Mitternacht saß Carlander noch immer an seinem Schreibtisch im Orange County Sheriff's Office und arbeitete Akten auf. Über jeden Kontakt oder Verdächtigen aus der Drogenszene wurde eine Ermittlungsakte geführt. Jeder Ermittlungsbericht wurde durch einen Überwachungsbericht ergänzt, in dem der genaue Zeitpunkt festgehalten wurde, an dem die Kontaktperson getroffen, ein Drogendeal abgewickelt oder ein anderes Verbrechen beobachtet worden war. Jedem Überwachungsbericht wiederum wurde eine minuziöse Chronologie beigefügt, so daß, wenn es zur Anklageerhebung kam, immer zwei oder drei Aussagen von Polizisten existierten und niemals nur das Wort eines Ermittlers gegen das des Verdächtigen stand.

Parallel dazu führte jeder Ermittler ein persönliches Tagebuch über jede Facette seines Einsatzes, notierte jede Person, zu der er Kontakt hatte, jedes Fahrzeugkennzeichen, das er überprüft hatte, jeden Namen, den ein Verdächtiger erwähnt hatte. Diese Tagebücher wurden oft in einer Art kryptischer Kurzschrift abgefaßt, so daß sie, wenn sie gestohlen wurden oder verlorengingen, für niemanden als den Autor selbst von Nutzen waren.

Carlander verließ die Wache lange nach Mitternacht, fuhr zurück zur Mitchell Street und parkte seinen Pick-up so, daß er Mowerys Motel im Auge behalten konnte. Er arbeitete sich systematisch durch zwei Tüten Sonnenblumenkerne und öffnete eine dritte. Um drei Uhr morgens entschied er, daß Mowery die Nacht wohl durchschlafen würde. Er verschloß seine Tüte, ließ den Motor an und fuhr nach Hause. Wieder hatte er keine Möglichkeit gehabt, seine Kinder anzurufen. Als er am Morgen aufgestanden war, waren sie längst in der Schule gewesen. Er würde versuchen, das Wochenende ganz mit ihnen zu verbringen.

Er hielt inne und dachte darüber nach, wovor er seine Kinder zu schützen versuchte.

In der Sonne von Orange County, das nach der prächtigsten Frucht der Region benannt war, schien alles prächtig zu gedeihen, und die Aussicht auf ein angenehmes Leben hatte zahllose Familien angelockt, die vor der Dürre der Dreißiger nach Westen geflohen waren. Doch erst der Zweite Weltkrieg hatte die kalifornische Wirtschaft entzündet, die dann in den späten Vierzigern explodiert war und weiter expandierte. Lange Zeit widerstand Orange County den verrußten, smogverhangenen Verkehrsadern des Wirtschaftszentrums Los Angeles. Seine Strände waren weiß, unberührt und weit genug außerhalb, um seine wohlhabenden Bewohner mit unvergleichlichem Wetter und den angenehmen Seiten des Lebens zu verwöhnen.

Im Jahr 1950 hatte Santa Ana lediglich 15 000 Bewohner. Seitdem ist der Ort zu einer Stadt mit über 400 000 Einwohnern gewachsen, und die urbane Bevölkerung von Orange County stieg von 176 000 im Jahr 1950 auf 1,8 Millionen im Jahr 1979.

Das County erblühte als idyllisches Wohn- und Rückzugsgebiet mit gerade ausreichend Leichtindustrie, um das Bevölkerungswachstum, das langsamer war als in Los Angeles, zu absorbieren. Doch dann wurden die Zitrusplantagen verkauft und durch glasverblendete Bürogebäude ersetzt, die von internationalen Konzernen errichtet wurden, die ihren Angestellten saubere Lebens- und Arbeitsbedingungen bereitstellen wollten, ohne sich allzuweit von den Finanzmärkten von Los Angeles zu entfernen.

In den späten Fünfzigern fanden aufstrebende schwarze Mittelschichtfamilien bezahlbare Häuser in Cypress, Los Alamitos, Garden Grove, Stanton und Fullerton. Weiße Stadtflucht war die Folge und führte zu den ersten Anzeichen von Erosion rund um die festgefügten weißen Gemeinden. Als die Afroamerikaner in den späten Sechzigern in diese Gemeinden einrückten, zog die Latino-Minderheit, deren Verhältnis zu den Schwarzen nie unkompliziert war, weiter nach Norden nach Los Angeles County.

Überwiegend weiße Viertel wurden eine Seltenheit. Das abrupte Ende des Vietnamkrieges brachte in den Achtzigern eine asiatische Zuwanderungswelle, die den demographischen Charakter von Orange County dramatisch veränderte. Plötzlich konnte man meilenweit über die Hauptverkehrsstraßen fahren und das Gefühl bekommen, in einem fremden Land zu sein. Die vietnamesische, die thailändische und die japanische Kultur brachten zwar hochmotivierte Einwanderer hervor, die sich zum

Ziel gesetzt hatten, die amerikanischen Gestade mit ihrem unverwechselbaren Handwerk und Geschäftssinn zu bereichern, mit ihnen kam aber auch eine Welle des Verbrechens. In sich abgeschottete asiatische Gangs, die aufgrund ihrer Sprache isoliert waren, verwirrten eine angloamerikanische Polizei, die schlecht vorbereitet war und ist, mit Leuten umzugehen, deren Sprachen und Gebräuche sie nicht versteht. Im Juni 1992 berichtete die *Los Angeles Times*, daß 51 Prozent der Bevölkerung von Los Angeles kein Englisch sprachen.

Die Migration gen Süden, über Orange County Richtung San Diego, wurde zum Gesprächsthema Nummer eins bei jeder Zusammenkunft weißer Südkalifornier, deren Zahl mehr und mehr zurückging.

Die alteingesessenen, reichen Weißen hatten sich in Trutzburgen um die Küstengemeinden Laguna Niguel, Newport Beach, Huntington Beach und San Juan Capistrano zurückgezogen. Innerhalb der County-Grenzen befinden sich zudem Teile von Fullerton, Yorba Linda und Villa Park, wo man noch Wohlstand in Form manikürter Rasenflächen, die von billigen farbigen Arbeitskräften gepflegt werden, und elegante Einkaufsmöglichkeiten antreffen kann.

Unter der südkalifornischen Sonne schien alles einfacher zu gehen. Selbst Verbrechen. Es gab Touristen, die man bestehlen, Rennbahnbesucher, die man abzocken, und Strände, die man heimsuchen konnte. Warme Nächte machten Wohnungen mit teuren Heizsystemen überflüssig. Mit einer Decke fand man überall einen bequemen Platz zum Schlafen, während die Luft, die die Bewohner Südkaliforniens atmeten, vom Duft der endlosen Partys, schnellem Geld und noch schnellerem Leben gesättigt war.

Als Victoria und Carlander am nächsten Morgen in Mowerys Motel ankamen, klopften sie mehrfach an seine Tür, ohne eine Antwort zu erhalten. Mowery war darauf hingewiesen worden, daß er Anrufe spätestens beim zweiten Klingeln zu beantworten hatte. Sie wollten ihm nicht die Gelegenheit bieten, im Motel herumzustreunen, wo er jemandem begegnen mochte, der ihm

Drogen besorgte oder mit dem er sich anderweitig auf kriminelle Machenschaften einlassen konnte.

«Moment», antwortete Mowery schließlich durch die Tür.

«Mach auf, Cliff», befahl Carlander. «Sofort.»

Die Tür blieb zu. Carlander, der kein geduldiger Mensch war, schöpfte Verdacht. Er steckte seinen Zweitschlüssel ins Schloß und öffnete die Tür.

Mowery lag noch im Bett. Aber es war noch etwas anderes im Zimmer: der Wagen des Zimmermädchens. Die Tür zum Badezimmer war geschlossen.

«Sie macht das Badezimmer sauber», sagte Mowery taktvoll.

«Sie hat vergessen, ihre Uniform mitzunehmen», antwortete Carlander nicht minder taktvoll. «Komm schon. Du bist spät dran.»

Victoria trug Jeans, ein weißes Tank-Top, eine marineblaue Windjacke und hatte ein rotes Bandana um ihr blondes Haar gebunden. Sie lehnte sich gegen den Chopper, während Carlander und Nease am anderen Ende des Parkplatzes im Wagen warteten, bis Mowery auftauchte.

«Junge», sagte Nease zu Carlander, während sie die Umgebung im Auge behielten. «Die Frau sieht verdammt gut aus.»

«Ja.»

«Wir hätten einen Hund nehmen sollen.»

«Was?»

«Wir hätten einen Hund nehmen sollen», wiederholte Nease. «Um mit diesen Arschlöchern auszugehen. Sie sieht zu gut aus.»

«Wir hatten gerade keinen Hund.»

«Er wird ihr an die Wäsche gehen.»

«Wird er nicht.»

«Wieso bist du da so sicher?»

«Weil er weiß, daß er dann zurück in den Knast wandert, und zwar für länger.» Carlander dachte, das läge auf der Hand.

«Sehr clever, Carlander. Das sollten wir herumerzählen. Wenn du das Gesetz brichst, wanderst du in den Knast. Wir würden die Verbrechensrate auf Null drücken.»

«Halt die Klappe.»

Auf Carlanders Insistieren gingen Victoria und Mowery in die San Francisco Bar. Drinnen war es düster, auch wenn es erst Mittag war. An den Wänden hingen Poster mit Motorrädern und deren Besitzern neben Fotos, die Frauen in unterschiedlichen Stadien der Entkleidung zeigten. Pokale, die von ihren Gewinnern dem Laden überlassen worden waren, drängten sich in den Regalen. Im hinteren Teil standen zwei Pool-Tische, und neben der Bar befand sich eine kleine, von Tischen und Stühlen gesäumte Tanzfläche.

Victoria setzte sich an einen Tisch, während Mowery zwei Bier holte. Das Publikum war eine Mischung aus Bikern und Arbeitern, die ausnahmslos weiß waren. Outlaw-Biker-Gangs duldeten keine Minderheiten in ihrer Nähe. Kaum ein Dutzend Männer bevölkerte die Bar, sie tranken Bier und aßen Sandwiches. Victoria war die einzige Frau. Ihr fiel auf, daß sich alle Augenblicke jemand anerkennend nach ihnen umdrehte.

«Nettes Plätzchen, was?»

«Wenn hier die richtigen Leute verkehren, ist es mir recht», antwortete Victoria, hundert Prozent Cop.

Jemand warf Geld in die Jukebox, und die Klänge eines Willie-Nelson-Songs zwangen Victoria und Mowery, lauter zu sprechen.

«Magst du Country and Western?» fragte er.

«Nein.»

«Überhaupt nicht?»

«Ich geb zu, alles kenn ich nicht, aber im großen und ganzen nicht.»

«Gute Musik.»

«Aus irgendwelchen Gründen singen die alle durch die Nase.»

«Das ist Stil.»

«Ich werde nächstens genauer hinhören», gab sie spröde zurück.

Mowery trank sein Bier aus und holte ein neues. «Schätze, du wirst noch 'ne Menge mehr davon zu hören kriegen, bevor wir beide miteinander fertig sind.»

«Was?»

«Country.»

«Warum nehmen die ihre riesigen Hüte nicht ab, wenn sie reinkommen?» Sie war nicht wirklich neugierig, hatte aber das Gefühl, sie sollte sich denselben Blick aneignen wie Mowery und seine Spießgesellen. «Die nehmen ihre Hüte noch nicht mal zum Essen ab. Ich hab das auch schon in Restaurants beobachtet.»

Zunächst versuchte Victoria, Mowerys Bierkonsum zu überwachen. Das letzte, was sie und Carlander gebrauchen konnten, war, daß ihr vertraulicher Informant sich während der Arbeitszeit die Kante gab. Sie waren sich bewußt, daß jedes Wort, das sie wechselten, jede Verhaltensweise unter die Lupe genommen werden würde, sobald sie Verhaftungen vornahmen und vor Gericht aussagen mußten. Wenn es denn jemals soweit kommen sollte.

Mowerys Bierkonsum spottete jeder Beschreibung. Selbst lange nachdem Victoria es aufgegeben hatte mitzuzählen, machte er keinen betrunkenen Eindruck.

«Hey, Shane.»

Mowery schaute nach links und entdeckte ein bekanntes Gesicht. «Tank. Scheiße, Mann, wo hast du gesteckt?»

Mowery und Tank schüttelten sich mit angewinkelten Armen und verschränkten Daumen die Hände. Tank war etwa dreißig und trug eine Lederweste auf der bloßen Haut. Brust und Arme waren mit Tätowierungen übersät, von denen einige aussahen, als wären sie im Knast gestochen worden, wo es gelegentlich nicht ganz professionell zugeht. Sein dünnes schwarzes Haar hing ihm lang und glatt über die Schultern, und als er die Zigarette aus dem Mund nahm, entdeckte Victoria, daß seine Oberlippe vernarbt war, was ihm einen zornig-arroganten Zug verlieh.

«Hab mich nicht vom Fleck gerührt. Wenigstens nicht die letzten sechs Monate. Aber ich weiß, wo du warst. Scheiße, und was treibst du jetzt so?»

Mowery drehte sich zur Bar und wandte Victoria den breiten Rücken zu. Sie hatte das Gefühl, aus der Unterhaltung ausgeschlossen zu werden, und Tank vermittelte ihr auch keinen anderen Eindruck. Er drehte sich gleichfalls weg, und ihre Stimmen wurden für Victoria unhörbar. Um dem ihr zugewiesenen Platz in der Männerwelt der Biker zu entsprechen, hatte sie stillzusitzen, zu warten und Mowery beim Biertrinken zuzusehen.

Kurz darauf kam ein Mädchen aus der Damentoilette und gesellte sich zu Tank und Mowery.

«Das ist Lisa», hörte Victoria Tank sagen. «Baby, das ist Cliff Mowery. Ich hab dir von ihm erzählt.»

«Oh, ja, er erzählt viel von dir, Cliff.» Das Mädchen schmeichelte Mowery. «Mein Gott, du bist tatsächlich so bepackt, wie Tank gesagt hat.»

Lachen.

«Und er ist überall so bepackt, das kannst du glauben...» kicherte Tank.

«Wenn ihr zwei das sagt, muß ich es wohl glauben», flirtete Lisa.

Victoria saß an ihrem Tisch und beobachtete die drei bei der Bar, die es sich dort gutgehen ließen. Sie fühlte sich töricht, ignoriert. Aber war das nicht das korrekte Benehmen einer Biker-Braut? Andererseits, sie war keine Biker-Braut. Ihre Tarnung besagte, daß sie vom anderen Ende des sozialen Spektrums stammte. Deshalb würde niemand von ihr erwarten, daß sie sich wie eine Biker-Puppe benahm. Sie entschied, diesem Charakter zu entsprechen und davon auszugehen, wie sie ihre Rolle verstand.

Sie erhob sich und verließ die San Francisco Bar, ohne Mowery eines Blickes zu würdigen.

Draußen ging sie Richtung Osten, so daß Carlander und Nease sie entdecken mußten. Sie hatte einen halben Block zurückgelegt, als sie Bud Nease bemerkte, der, ohne zu ihr herüberzusehen, auf der anderen Straßenseite mit ihr Schritt hielt. Sie ging an dem Wagen vorbei, in dem Carlander saß und den Sportteil der Zeitung aufgeschlagen hatte. Als sie hörte, daß hinter ihr ein Motor angelassen wurde, bog sie um die Ecke und ging langsamer. Wenige Augenblicke später sah sie Carlanders Wagen auf sich zusteuern. Er hielt an, und sie schlüpfte hinein. Nease saß auf dem Beifahrersitz, und Victoria rutschte tief in den Rücksitz, bis Carlander einige Blocks weiter sicher war, daß sie nicht verfolgt wurden.

«Was ist passiert?» wollte er wissen.

«Er hat jemand an der Bar getroffen, den er von früher kannte. Weiß, männlich, zirka dreißig, wird mit Tank angeredet.»

Während Victoria sprach, machte sich Bud Nease Notizen.

«Wie hat er ausgesehen?» fragte Carlander nach.

«Strähniges, schwarzes Haar, zerfetzte Oberlippe, die nicht richtig verheilt ist. Schwarzer Samthut mit Feder. Jeans, Stiefel, Lederweste.»

«Ein Club-Emblem auf der Weste?» fragte Nease.

«Nein. Einen grinsenden Werwolf, dem das Blut aus dem Maul läuft, sah aber nicht wie ein Club-Abzeichen aus, und es stand auch kein Name dabei. Cliff hat mir den Rücken zugedreht, so daß ich nicht verstehen konnte, worüber sie sich unterhielten. Dann ist ein Mädchen dazugekommen...»

«Name?» fragte Carlander.

«Hat sich wie Lisa angehört, ich bin aber nicht ganz sicher.» Sie wollte sich nicht in Vermutungen ergehen.

«Schon mal irgendwo gesehen? Im Gefängnis vielleicht?» Carlander war auf der Hut vor Frauen, die im County-Gefängnis eingesessen hatten, während Victoria dort Dienst getan hatte. Die Welt der Kriminellen war klein und die der Frauen noch kleiner.

«Nein. Jedenfalls hab ich dagesessen und gewartet, aber Mowery hat mich nicht vorgestellt. Als ich gemerkt habe, daß er das gar nicht vorhatte, bin ich gegangen.»

«Hmmmmm.»

«Das war das einzig richtige», betonte Victoria.

«Okay. Keine Einwände», stimmte Carlander zu. «Hier ist der Schlüssel zu Mowerys Zimmer. Warten Sie dort auf uns. Bud und ich fahren zur Bar zurück und warten, bis er rauskommt.»

Victoria ging unruhig in Mowerys Zimmer auf und ab, rauchte und drückte die Zigarette aus, nur um sich eine neue anzuzünden. Sie war sich der Abscheu bewußt, die Raucher bei Nichtrauchern hervorriefen. Sie drückte die kaum angerauchte Zigarette in einem Blechaschenbecher aus. Aus Angst, sie könnte vor Mowery als schwächliche Süchtige dastehen, leerte sie den Inhalt in den bereits überquellenden Mülleimer in der Küche. Sie wollte das verdammte Ding ausleeren und saubermachen, aber sie weigerte sich, Mowery zu helfen, und sei es bei den einfachsten Dingen im Haushalt. Wenn er auf Dauer draußen bleiben wollte, mußte er lernen, für sich selbst verantwortlich zu sein.

Sie hörte das Brummen der Harley, die noch gut einen Block entfernt war. Sie sah durch das Fenster, wie Mowery die Maschine zur Seite legte, quer über die vierspurige Straße donnerte und es knapp vor den entgegenkommenden Fahrzeugen auf den Parkplatz schaffte. Er drehte noch einmal voll auf, schoß über den Parkplatz und brachte die Harley in einer Parkbucht vor seinem Zimmer zum Stehen.

Als Mowery geschmeidig-gemächlich von seinem chromblitzenden Stahlroß stieg, fuhren Carlander und Nease gerade auf den Parkplatz. Carlander parkte zwischen den anderen Fahrzeugen in der Mitte des Platzes. Als sie sicher waren, daß ihnen niemand gefolgt war, stiegen sie aus und gingen rasch zu Mowerys Motelzimmer hinüber.

Victoria schwieg, als Mowery hereinkam und Carlander und Nease sich zwei Schritte hinter ihm durch die Tür drängten.

«Setz dich», bellte Carlander.

Victoria wollte sich schon hinsetzen, weil sie der Ton an die ärgerlichen Befehle ihres Vaters erinnerte. Gerade noch rechtzeitig merkte sie, daß Carlander Mowery gemeint hatte. Doch der Kriminelle lehnte sich herausfordernd gegen den Plastiktisch.

«Was zum Teufel geht hier vor?»

«Was soll das heißen?» fragte Mowery zurück, vermied es jedoch, Carlander anzusehen.

«Das soll heißen, daß du deinem Partner den Rücken zudrehst und Vicky aus einer Unterhaltung ausschließt, die du mit einem deiner alten Kumpel führst. Das soll es heißen, wenn ich dich frage, was zum Teufel hier vorgeht.»

Carlander äußerte seinen Zorn immer geradeheraus. Er wollte, daß die Leute merkten, daß sie ihn verärgert hatten. Außerdem wirkte es einschüchternd.

«Wieso. Sie ist schließlich abgehauen. Was soll ich machen, wenn sie...»

Carlander unterbrach ihn. «Komm mir nicht mit dieser unschuldigen Scheiße, Mowery. Sie ist gegangen, weil du sie dumm rumsitzen gelassen hast. Du kannst eine Klassefrau nicht in aller Öffentlichkeit beleidigen und erwarten, daß sie das schluckt. Das müßtest du eigentlich wissen.»

«Die ist doch total zugeknöpft, Mann. Marschiert hochnäsig wie sonstwas in den Laden, so daß es garantiert jeder mitkriegt, und alle denken, was hat die Schlampe bei einem Biker zu suchen. Und dann will sie, daß ihr alle in den Arsch kriechen. Findet Willie Nelson nicht gut. Ist dir das klar, Mann? Hab noch nie einen getroffen, der Willie Nelson nicht gut findet. Laß stecken, Mann. Die muß sich benehmen lernen.»

Victoria und Carlander tauschten einen kurzen Blick, ehe sie sich wieder Mowery zuwandten.

«Und du kümmerst dich einen Scheiß darum, ob sie sich in der Bar gut fühlt. Hörst du? Sie ist in solchen Läden nicht gerade heimisch, was zur Tarnung gehört. Sie ist keins von deinen Mach-die-Beine-breit-Biker-Mädels.»

Carlander wußte, daß jeder von ihnen, besonders aber Mowery, im Lauf der Operation Zugeständnisse würde machen müssen. Am Anfang kam es jedoch darauf an, Regeln und Verhaltensnormen klar zu formulieren.

Dennoch hatte Mowery nicht unrecht, gestand sich Victoria ein. Sie verstand, daß Carlander es sich nicht leisten konnte, Mowery den Streit für sich entscheiden zu lassen, ihm nicht einmal eine Hintertür öffnen durfte, dennoch war es gut möglich, daß sie im San Francisco abweisend gewirkt hatte.

«Wer ist Tank?» Carlander wechselte das Thema.

Mowery zuckte mit den Schultern. «Kenn ich eben. Von früher.»

«Nachname?»

«Keine Ahnung. Alle haben ihn bloß Tank genannt.»

Carlander überlegte. Mowery konnte die Wahrheit sagen. Es war durchaus üblich, daß in Biker-Bekanntschaften über Jahre hinweg keiner den bürgerlichen Namen des anderen kannte. «Mit ihm rumgezogen?»

«Paarmal. Nicht oft.»

«Verschweigst du mir was?»

«Was denn?»

«Zum Beispiel, daß er ein alter Kumpel von dir ist, den du nicht in Schwierigkeiten bringen möchtest. Wovon lebt er?»

Carlander wartete darauf, daß das leiseste Zucken in Mowerys Gesicht ihm verraten würde, daß er log.

«Warum fragst du ihn nicht selbst, wovon er verdammt noch mal lebt? Ich bin ja zu nichts gekommen, weil die mir im Genick saß, und jetzt willst du's mir auch noch brechen. Erst sie, dann du. Das ist zuviel für mich, Mann.» Mowerys Stimme sprach leise und emotionslos.

«Treib's nicht zu weit», sagte Carlander, der spürte, daß sie auf einen Showdown zusteuerten.

Mowery stand auf und ballte die Fäuste. Carlander stand ebenfalls auf und starrte Mowery aus nächster Nähe an.

«Fangt bloß nichts an, hier drin», mischte sich Nease nervös ein.

«Dann laß uns rausgehen», sagte Mowery.

«Gehn wir.» Carlander folgte Mowery zur Tür.

In unausgesprochenem Einvernehmen marschierten die beiden massigen Männer um das Motel herum und blieben in einer Seitengasse stehen. Sie bauten sich voreinander auf, Mowery leicht gebeugt, bereit zuzutreten. Erfahrene Straßenkämpfer benutzen in den seltensten Fällen ihre Fäuste. Ein Tritt ist kräftiger und richtet größeren Schaden an. Doch plötzlich fiel Mowery auf, daß der Cop keine Anstalten machte zu kämpfen. Und noch etwas anderes fiel ihm auf: Carlander zeigte keinerlei Anzeichen von Furcht.

«Paß auf, Arschloch», zischte Mowery, als er sich auf Carlander zubewegte. Der Cop rührte sich nicht und verzog keine Miene.

«Was willst du jetzt machen? Mich abknallen?»

«Blödsinn. Wir werden's austragen, nachdem du deinen besten Schlag gelandet hast. Ich schätze, ich werde schon klarkommen. Danach geht's schnurstracks zurück in den Knast.»

Mowery wurde blaß. Selbst seine Lippen waren blutleer. Carlander wußte, daß er jetzt am gefährlichsten war. Jemand, dessen Gesicht rot ist, stellt keine ernsthafte Bedrohung dar. Wenn vor einem Kampf die Spannung steigt, pumpen die parasympathischen Hirnnervenkerne Blut in die Körperteile, die verwundet werden könnten. Währenddessen ist der Betreffende noch nicht kampfbereit. Die wirkliche Gefahr beginnt erst, wenn dasselbe automatische Befehlssystem sich darauf vorbereitet, das Trauma zu minimieren, wenn der Körper verwundet wird. Deshalb «hält» es das Blut an seinem Platz. Die Folge: Blässe.

Die Farbe kehrte langsam in Mowerys Gesicht zurück. Knast. Das war das magische Wort.

Carlander bückte sich und hob ein paar Steine auf. «Siehst du den Telefonmast da drüben?»

«Ja», knurrte Mowery.

«Jeder fünf Würfe.»

Mowery hob ebenfalls eine Handvoll Steine auf. «Ich werf zuerst.»

Wie Carlander vermutet hatte, war Mowery ein guter Athlet mit einem überdurchschnittlich guten Wurfarm. Dennoch war er nicht überrascht, daß Mowery den Mast mit den ersten vier Würfen verfehlte. Mit dem fünften schließlich traf er.

«Gerade so, was?» sagte Carlander, als er in Position ging.

Der erste Wurf ging daneben. Der zweite ebenfalls. Und der dritte. Er warf Mowery einen Blick zu und sah, daß dieser Mühe hatte, ein Grinsen zu unterdrücken. Carlander warf einen leichten Windup, und diesmal traf sein Stein den Mast. Unbeschwert warf er den fünften Stein, der den Mast streifte.

«Na bitte», sagte er, sichtlich erleichtert.

«Glück.»

«Das war kein Glück. Ich war mal Profi», erinnerte ihn Carlander.

«Beide Male nur knapp gestreift», sagte Mowery blasiert.

«Tja, knapp. Wie: knapp die World Series gewinnen. Oder knapp den Super Bowl gewinnen. Kapierst du, worauf ich hinauswill? Gewonnen ist gewonnen. Und verloren ist verloren. Und du hast verloren.»

Carlander und Nease hatten Tank beobachtet, als er die Bar verließ.

«Der Hurensohn hat gelogen», bemerkte Nease, als Carlander, Victoria und er sich am Abend im Sizzler trafen. «Hast du seine Tätowierung gesehen? Der war mal bei den Diablos, und von Mowery wissen wir, daß er auch mit den Diablos rumgezogen ist.»

«Wir haben uns keinen Chorknaben geangelt», sagte Carlander. «Wollten wir auch nicht. Mann, guck dir mich an. Ich bin der netteste Kerl, der mir je begegnet ist, und selbst ich lüge ab und zu. Aber ich lüge meine Partner nicht an. Niemals.»

«Er ist nicht unser Partner», bemerkte Victoria.

«Blödsinn», warf Nease ein. «Wenn man mit einem V-Mann wie Mowery arbeitet, Einsätze durchzieht, muß man ihm vertrauen können. Ob er einem einen Tip gibt, ist eine Sache. Ein Tip ist ein Tip. Aber wenn man mit ihm durch eine Tür geht, muß man sicher sein, daß der Typ einen nicht verarscht. Wie spät ist es?»

«Warum?» fragte Carlander.

«Meine Tochter hat Geburtstag», erklärte Nease.

«Na und? Das hat sie doch jedes Jahr.»

«Genau, und da will sie ihren Daddy dabeihaben.»

«Kinder müssen nicht immer kriegen, was sie wollen, Nease. Wenn du deinen Kindern immer gibst, was sie wollen, denken sie, sie würden alles kriegen. Was du tun mußt, ist, deine Kinder ab und zu enttäuschen, damit sie ein realistisches Bild von der Welt kriegen. Wahrscheinlich war das bei Mowery der Fall. Verzogenes Bürschchen. Ist aufgewachsen und hat gedacht, er kann alles haben, wenn er nur mit dem Finger darauf zeigt. Und aus dem Finger wird dann ganz schnell eine Knarre.»

«Meine Tochter ist sechs und hat bis jetzt noch keine Bank ausgeraubt.»

«Was fällt Ihnen ein, Buds kleine Tochter mit Mowery zu vergleichen. Das ist schwach, Carlander», mischte sich Victoria ein. Sie war erschöpft.

«Ich muß los», sagte Nease und stand abrupt auf.

Während Carlander versuchte, die Aufmerksamkeit der Kellnerin auf sich zu ziehen, fragte Victoria: «Machen Sie sich Sorgen um Mowery?» Victoria machte sich Sorgen. Sie hatte seine Akte mindestens zehnmal gelesen. Und sie hatte diverse vertrauliche Telefongespräche mit Leuten, die ihn kannten, geführt. Sie war mehr als neugierig auf den Mann, in dessen Hände sie – ungeachtet Carlanders Versprechungen – ihr Leben legen sollte.

Clifford Mowerys Vater lebte in South Gate, einer Gemeinde in Los Angeles County. Jack Mowery, ein Mann mit geringer Schulbildung, der aus dem ländlichen Arkansas stammte, arbeitete als Baumaschinenfahrer für eine Firma in El Monte, wo er als zuverlässig galt. Er war immer pünktlich und arbeitete hart. Er war gut gelitten, so daß er nie Probleme hatte, seinen Sohn in der Firma unterzubringen, wenn dieser aus den verschiedensten Besserungsanstalten, County-Gefängnissen und schließlich Staatsstrafanstalten entlassen worden war. Cliffords Mutter, die ebenfalls aus Arkansas stammte, war einmal eine attraktive Frau gewesen. Sie galt als brave Mutter, die ständig von ihrem Sohn schikaniert wurde, der, ohne daß sie einen Grund nennen konnte, rebellisch und bösartig zu sein schien. Es war ihr unerklärlich, wie ein Junge, der ein gutes Zuhause hatte, soviel Leid über alle bringen konnte, die seinen Weg kreuzten.

Ebensowenig verstand Mrs. Mowery, was ihre einmal geschiedene Tochter, Roseanne Claxton, die mit siebenundzwanzig eigentlich erwachsen sein sollte, daran fand, eine Biker-Braut zu sein. Sie lebte mit einem Mann zusammen, der sich Dago Paul nannte und Mitglied der Hell's Angels war.

Mrs. Mowery konnte ihre Tochter jedoch nicht nach Dago Paul, oder wie auch immer sein richtiger Name lauten mochte, fragen, ohne daß ihre Tochter ausflippte.

Mowery hatte einen sechsjährigen Sohn, Shane, den er behauptete zu lieben, den er aber kaum kannte. Mowery, soviel wußte Victoria, löste seine Probleme grundsätzlich mit Alkohol, Drogen oder den Fäusten. Er konnte lange behaupten, seinen Sohn zu lieben, wenn er sich nicht die Mühe machte, lange genug mit Trinken, Prügeln und Stehlen aufzuhören, um seinem Sohn ein Vorbild zu sein. Victoria erwartete nicht, daß Mowery einem Vergleich mit Bill Decker standhielt, aber wie würde er reagieren, wenn ihr Leben auf dem Spiel stand?

Elaine, Cliffords Exfreundin, war eine außergewöhnlich attraktive Frau, die das Pech hatte, wie zahllose andere Frauen, Mowerys animalischer Anziehungskraft erlegen zu sein. Dennoch behandelte er sie kein Stück anders als ihre Vorgängerinnen, nicht weniger grob und geringschätzig, erst recht nicht, wenn er getrunken hatte.

«Nun, machen Sie sich Sorgen wegen Mowery?» wiederholte Victoria ihre Frage.

«Er reizt uns. Will möglichst wenig für uns tun und trotzdem draußen bleiben, mit seinem Chopper in der Gegend rumfahren, Party machen, morgens einen Doughnut reinschieben. Das ist sein Leben. Ich warte ab und verpaß ihm dann einen saftigen Tritt.» Carlander klang zuversichtlich.

«Ich geh nach Hause», sagte Victoria, die eine Welle der Erschöpfung überkam.

«Wir müssen noch unsere Berichte schreiben», protestierte Carlander.

«Heute abend bin ich dafür zu müde. Nacht, Carlander.» Sie stand auf und ging schwerfällig Richtung Ausgang.

«Und morgen früh sind Sie zu beschäftigt und morgen abend dann auch. Und ehe Sie sich versehen...»

Es liegt an Carlander, dachte sie, als sie heimfuhr, aber wenn Mowery sich nicht grundlegend ändert, kann es mit der Operation vorbei sein, noch ehe sie richtig angefangen hat.

## Kapitel 5

Victoria war von Carlander zwar versichert worden, daß sie gute Arbeit leistete, dennoch war sie eine Anfängerin in der Welt der Undercovereinsätze. Sie hatte das Gefühl, daß jede ihrer Bewegungen, die sie im Beisein von Mowerys Unterweltbekanntschaften machte, gezwungen, ja unbeholfen wirkte. Obwohl sie selbstbewußt war, fragte sie sich, ob sie in einer so uneingeschränkt männlichen Umgebung jemals unverkrampft würde auftreten können.

Mehrere Tage verstrichen, in denen Mowery nichts tat, als Bier zu trinken, alte Kumpels wiederzutreffen und neue kennenzulernen. Nach wie vor blieb Victoria von den Gesprächen über Drogengeschäfte, Autodiebstähle, Brandstiftung und Schutzgelder ausgeschlossen. Sie überlegte bereits, Carlander darüber zu berichten, entschied dann aber, auf ihre eigene Urteilskraft zu vertrauen. Sie würde Mowery Zeit lassen.

Carlanders Einschätzung war ebenfalls zwiespältig. Obwohl er bereit war, sich in Geduld zu üben, während sein Undercoverteam sich mit der Biker-Szene vertraut machte, war er von ihren Fortschritten enttäuscht. Entsprechend äußerte er sich gegenüber Mowery. «Sieht nicht allzugut aus, Cliff.»

Mowery blickte von seinen Corn-flakes auf, in die er in einer Ecknische des Kit-Kat Kafe in Anaheim gerade einen Doughnut tunkte. «Was sieht nicht gut aus?»

«Die ganze Sache. Vielleicht habe ich mich geirrt», lamentierte der Detective theatralisch. «Ich dachte, wir wären längst jeder Menge krummer Dinge auf der Spur. Verdammt, diese Kerle sind nicht sauber, und bevor wir dich dabeihatten, haben Bud und ich jeden Tag einen Deal durchgezogen. Stimmt's nicht, Bud?»

«Aber sicher», bestätigte Nease.

«Wir könnten Victoria auch unter die Straßenjunkies schikken.» Carlander bezweifelte allmählich Mowerys Bedeutung für das Projekt.

«Verdammt, Mann, alles braucht seine Zeit...»

«Wenn es nach mir ginge, würde ich dir alle Zeit der Welt geben», räsonierte Carlander laut. «Aber Gates hat den Eindruck, daß wir nichts erreichen. Vielleicht hat er ja recht. Vielleicht sollten wir die Sache abblasen.»

«Abblasen? Und was ist mit mir? Ich mein, ich denke, wir hatten ein Abkommen.»

«Haben wir auch, Cliff. Und ich werde garantiert ein gutes Wort für dich einlegen.» Carlander sah auf seine Uhr.

Victoria und Bud Nease sahen sich an. Sie wußte über Carlanders Psychotricks nicht so Bescheid wie Nease. Im Grunde wußte sie über Carlander überhaupt nicht Bescheid.

«Gestern abend hab ich einen klasse Film gesehen», sagte Nease zu Victoria. «Rocky. Schon gesehen?»

Victoria schüttelte den Kopf. «Nein.»

«Guter Film. Über einen Boxer. Einen Nobody. Schmieriges Arschloch zwar, aber der Kerl rackert sich total ab, verstehst du, um gegen den Champ boxen zu dürfen.» Nease stocherte in seinem Frühstück.

«Ich mag keine Boxerfilme», sagte Victoria.

Mowery hörte auf zu kauen. «Ich hab den Namen von 'nem Dealer bekommen. Gestern abend.»

«Von wem?» fragte Carlander.

«Von, äh, Little Dee.»

«Wer ist Little Dee?» wollte Carlander wissen.

«Hast *du* ihn schon gesehen, Carlander?» warf Nease dazwischen und stocherte weiter abwesend in seinem Essen. «Der Schauspieler, dieser Italiener, soll ein ganz guter Boxer sein. Ich meine in Wirklichkeit. Zumindest sieht er kräftig genug aus. Andrerseits, er könnte auch Plateauschuhe anhaben, wie Alan Ladd damals.»

«Ist, äh, so ein Typ, hab ich im Backdoor getroffen. Du kennst ihn.» Mowery wandte sich Bestätigung suchend an Victoria. Die zuckte nur mit den Schultern.

«Wie heißt der Dealer?» fragte Carlander.

«Heißt Link.»

«Verbindungen zu einer Biker-Gang?» fragte Victoria mit erwachendem Interesse.

«Ich mag Boxerfilme», sagte Carlander zu Nease, als hätte er gerade erst mitbekommen, wovon dieser redete.

«Willst ihn dir ansehen?» fragte Nease. «Ich seh ihn mir bestimmt noch mal an. Könnten heute abend hingehen.»

«Toros. Gute Gang», sagte Mowery fast verzweifelt. «Wohnt in Huntington Beach. Könnten ihn gleich jetzt hochnehmen. Okay?» Seine Stimme wurde drängender.

Alle Augen richteten sich auf Carlander. Der spitzte die Lippen.

«Von mir aus. Teufel auch, ich habe noch keinen Befehl erhalten, alles abzublasen. Wollte dir nur rechtzeitig Bescheid sagen. Ich und Bud fahren euch nach.»

Victoria und Mowery fuhren nach Huntington Beach, während Carlander und Nease folgten. Für den heutigen Tag hatte Carlander Kennzeichen aus Colorado an ihrem Fahrzeug angebracht. Wie üblich war Carlander im Nachteil, als er versuchte, im dichten Verkehr Mowery zu folgen, der sich mit seinem Chopper flink durch den stockenden Verkehr durchschlängelte. Aber auch Carlander war dafür bekannt, am Steuer nichts anbrennen zu lassen.

Er beobachtete die beiden grundverschiedenen Gestalten: eine schöne Blondine, mit feingemeißelter Nase und hohen Wangenknochen, die im Sattel eines dröhnenden Choppers saß, der von einem muskelbepackten, tätowierten Mann gefahren wurde, dessen Haar so lang war wie das seiner Begleiterin und der speckige Jeans und eine ärmellose Jeansweste trug. Die beiden zogen die Aufmerksamkeit von Fußgängern wie von Autofahrern auf sich. Es schien, als wären die beiden die personifizierte Normalität Südkaliforniens, eines Landstrichs, in dem der Begriff «abgedreht» täglich neu definiert wurde.

Mowery hatte keine Schwierigkeiten, die Banff Avenue zu finden. Er parkte seinen Chopper in einer schmalen Gasse hinter einer Reihe von einfachen Apartmenthäusern. Als er und Victoria abstiegen, um nach einer bestimmten Apartmentnummer Ausschau zu halten, bemerkten sie, daß sie nicht allein in der Gasse waren. Victoria wurde bereits nervös. Sie wirbelte in die Richtung, in der sie jemanden vermutete. Ein junger Mann, gerade Anfang Zwanzig, adrett, gepflegt und dünn wie eine Bohnenstange, beobachtete Mowery und Victoria aus unruhig zuckenden Augen.

«Sucht ihr jemand?» fragte er mit krächzender Stimme.

Mowery musterte den Jungen und suchte die Gasse schnell nach möglichen Begleitern ab. Er entdeckte niemanden.

«Geht dich einen Scheiß an.»

Der Junge lächelte. Er war Typen wie Mowery gewohnt.

«Wenn ihr zu Link wollt, der ist nicht da.»

«Wo steckt er?» wollte Victoria wissen.

«Paar Tage weggefahren. Wir füttern seine Katze», antwortete der Junge, offenbar unbeeindruckt von der Aggressivität des Bikers.

Mowery wandte sich wieder seinem Chopper zu. «Okay», murmelte er.

«Wenn ihr wollt, könnt ihr bei mir was kaufen. Ich heiße Danny.»

Mowery blickte zu Victoria, dann zurück zu dem Jungen.

«Okay. Was hast du?»

«Kommt drauf an, was ihr wollt. Wie wär's mit Koks?»

«Wieviel?» fragte Victoria.

«Fünfundachtzig.»

«Ziemlich teuer, Mann», meinte Mowery.

«Weil es guter Stoff ist. Der Dreck, den du auf der Straße kriegst, ist doch mieser als Rattengift.»

Victoria war sicher, daß Danny Kokser war, die fünfundachtzig Dollar pro Gramm deuteten auf seinen hohen Eigenverbrauch hin.

«Okay», sagte sie. «Wo hast du es?»

«Nicht hier. Aber ich kann es holen.»

«Wo?» fragte Mowery.

«Ganz in der Nähe. Ihr könnt oben bei meiner Lady warten», offerierte der Junkie-Surfer. «Ist cool, okay?»

Mowery nickte. Danny ging vor ihnen her um die Ecke und

stieg zwei Treppen zu einem Apartment in der 18th Street Nr. 314 hinauf.

Das Apartment war freundlich und sauber, doch fast unmöbliert. Danny machte Victoria und Mowery mit Carrie bekannt, einem Schatten von einem Mädchen in Dannys Alter. Der Dealer riß Victoria die Scheine aus der Hand, versprach, gleich zurück zu sein, und verließ das Apartment. Carrie lächelte, als Victoria und Mowery sich auf ein Sofa setzten, das genau ein Drittel der Einrichtung ausmachte. Ohne ihren Gästen etwas anzubieten, zog sie sich einen Stuhl heran, setzte sich und legte schweigend die Hände in den Schoß. Victoria wurde gewahr, daß Carrie sich nicht nur als Dannys Pfand wähnte, sondern diese Rolle offenbar bereits viele Male gespielt hatte.

«Ihr seid doch keine Bullen?» fragte Carrie und ließ Victoria zusammenzucken.

«Nein. Wir sind keine Bullen», antwortete sie.

«Gut», sagte Carrie mit immer demselben schiefen, gefrorenen Lächeln. «Danny ist nämlich neulich geschnappt worden. Kilo Gras.»

Danny war keine zehn Minuten weg. Victoria hatte die Zeit mitgestoppt. Wahrscheinlich hatte er nicht einmal den Apartmentkomplex verlassen, und wenn, dann hätte ihn Carlander, der draußen auf Posten war, gesehen.

Er händigte ihnen ein Tütchen mit weißem Pulver aus, das Victoria mit der Zunge testete, aber nicht schnupfen wollte. Danny drängte sie, bald wieder anzurufen, gab ihnen seine Telefonnummer und erinnerte sie daran, daß er jederzeit erreichbar sei.

In einem Bob's-Big-Boy-Schnellrestaurant übergab Victoria das Beweismaterial an Carlander, der es sofort klassifizierte.

«Der Junge heißt Danny. Sein Autokennzeichen lautet ULU-344», sagte Victoria aus dem Gedächtnis.

«Überprüf die Nummer, Bud», sagte Carlander zu Nease, der aus der Nische glitt und sich nach einem Telefon umsah.

«Sah mir nach einem jugendlichen Straftäter aus», sagte Victoria.

«Ist jedenfalls nicht der Typ gewesen, hinter dem wir her

sind», fügte Mowery hinzu. «Dieser Link. Weißt du noch? Der Name, den ich dir gesagt hab. Der Dealer. Dieser Kid, Danny, hat uns abgefangen und gesagt, Link wär nicht da. Aber Scheiße, was soll's, war 'n guter Ersatzmann. Denk ich.»

«Wir warten ein paar Tage, dann machen wir noch einen Deal mit ihm. Wenn Danny dick im Geschäft ist...» Carlander streckte gleichmütig die Hände aus.

«Laßt uns Link morgen noch mal versuchen», sagte Victoria.

«Meinetwegen», stimmte Mowery zu.

«Das wär schon mal einer», sagte Carlander gönnerhaft und biß in seinen Hamburger. «Einer, aber wir brauchen mehr. Zwei, drei am Tag. Du ziehst doch jeden Abend um die Häuser, Cliffie, dauernd auf Partys. Ich und Bud sitzen uns dagegen in den Seitengassen den Arsch platt, wird langsam langweilig. Ich verliere das Interesse. Sieh zu, daß ihr diesen Link morgen trefft, und dann versuch noch ein paar mehr.»

«Du hast Nerven. Drei? Du verlangst wirklich nicht viel, Mann.»

«Wir binden hier ziemlich viel Personal», wies Carlander auf das Offensichtliche hin.

Bud Nease kam zurück. «Der Wagen gehört einem Edward Philip Spooner, zwanzig. Er ist zwar in der Kartei, aber es liegt nur eine Verurteilung vor, weil die meisten Festnahmen lange zurückliegen. Vor sechs Monaten wurde er wegen Marihuanabesitz inhaftiert, zusammen mit einer Janet Naomi Royster, neunzehn. Könnte das das Mädchen sein?»

«Ja», sagte Victoria. «Sie nannte sich Carrie.»

«In Ordnung», beendete Carlander das Gespräch und zog seine Hosenbeine hoch. «Ihr zwei geht als erste. Morgen parken wir oberhalb von Fat Albert's in Bolsa Chica. Sagen wir um eins. Hey, Cliff? Von mir aus zwei.»

«Ich versuch's.»

«Zwei», insistierte Carlander.

Victoria ging vor Mowery aus dem Restaurant. Sie zog den Reißverschluß ihrer Windjacke hoch, während Mowery sich in den Sattel schwang und den Kickstarter trat.

«Dein Bulle ist ein Arschloch. Noch keinen getroffen, der keins war, aber der ist schlimmer als die meisten.»

«Er ist einer der besten. Vielleicht der beste.» Es kostete Victoria keine Mühe, Carlander zu verteidigen. Ihn täglich bei der Arbeit zu beobachten war die beste Ausbildung.

«Deine Meinung», grummelte Mowery.

«Profi-Meinung», korrigierte sie.

«So? Okay, ich sag dir mal eine Profi-Meinung.»

«Deine Profi-Meinung ist nicht viel wert. Nicht über Carlander. Oder über andere Cops.» Victoria wurde wütend.

«Ach nee.» Mowery drehte den Motor hoch, ließ die Kupplung kommen und schwenkte die Maschine mühelos in den vorbeifließenden Verkehr. Sie schafften es über zwei Ampeln, ehe sie anhalten mußten. «Ich hab meinen Spaß. Das letzte Auto, das ich hatte, war 'n Porsche. Neu. Schon gewußt? Hat locker zweihundertfünfzig gemacht. Hab in sechs Wochen mehr Geld ausgegeben, als du in zwei Jahren verdienst. Was machst du schon. Junkies hochnehmen und vor deinen schwulen Obermackers strammstehen.»

Victoria brachte ihren Mund nahe an sein Ohr und brüllte: «Du hast so viel Spaß gehabt, daß du beschlossen hast, zur Erholung nach Soledad zu gehen.»

Die Ampel schaltete auf Grün, und die auf vier Fahrspuren gleichzeitig gasgebenden Fahrzeuge schnitten das Gespräch ab.

Mowery war als erster auf der Kreuzung, bog scharf nach rechts ab und donnerte an einem öffentlichen Park entlang eine Seitenstraße hinunter. Er bog nach links und schaffte drei weitere Blöcke, ehe ihn die nächste rote Ampel aufhielt.

«Ist eben der Preis dafür, wenn du dein Leben lebst. Solltest du auch mal probieren», sagte er.

«In einer zwei mal drei Meter großen Zelle seine Zeit abzusitzen und auf eine Wand zu starren ist nicht das, was ich für einen angemessenen Preis halte.»

«Was verstehst du schon von Zeit. Hat nichts mit dem großen Zeiger und dem kleinen Zeiger zu tun. Das ist nicht Zeit. Zeit ist, was du machst, *wenn* du es machst. Zeit ist für jeden verschieden.

Meine Zeit läuft anders als deine. Weißt du, wer seine Zeit ziemlich gut rumbringt? Carlander. Muß ich dem Arsch lassen. Immer an der Grenze. Kein Zurückzucken bei dem Mann.»

Victoria konnte unabweisbare Ähnlichkeiten entdecken zwischen Carlander, dem Cop, und Mowery, dem Outlaw. Beide waren sie groß, Machos und in gewisser Weise im gleichen Geschäft. Beide liebten es, ihre Grenzen zu erkunden, und beide fanden Gefallen an der Gewalt, die die Verbrechen, der nächste Dealer oder der nächste Dieb, mit sich brachten. Sie fühlte sich in Carlanders Welt noch lange nicht wohl, und ihr war eindringlich klargeworden, daß sie in Mowerys nicht hineinpaßte. Im Gegensatz zu ihren beiden Undercoverpartnern hatte sie Angst.

Victoria kam wenige Minuten nach halb zwei Uhr morgens nach Hause. Das Viertel, frisch errichtete Eigenheime, umsäumt von symmetrisch entlang makelloser Gehwege gepflanzten Schößlingen, war wie ausgestorben. Im Haus, das sie seit acht Monaten bewohnten, war Bill längst zu Bett gegangen. Wenn sie am nächsten Morgen aufstand, würde er bereits fast die Hälfte seines Arbeitstages hinter sich haben. Vorsichtig öffnete sie die Schlafzimmertür, insgeheim hoffend, daß er wach wäre und sie miteinander reden könnten. Doch Bill lag auf der Seite und schlief tief und fest. Aufgrund ihrer neuen Dienstzeiten hatten sie sich seit drei Tagen nicht gesehen. Sie verspürte das dringende Bedürfnis, mit ihm zu reden. Doch sie konnte ihn kaum jede Nacht aufwecken, dachte sie und war sich bewußt, daß dies nicht die einzige Nacht bleiben würde, in der sie ihn brauchte und auf ihn verzichten mußte.

Am nächsten Morgen hatte Victoria keinen Appetit. Statt dessen hatte sie ein Magenflattern, das mittlerweile die Stelle des Frühstücks in der morgendlichen Routine eingenommen hatte. Sie begnügte sich mit schwarzem Kaffee.

Im Café berichtete Mowery, daß er einen Deal klargemacht hatte.

«So? Mit wem?» fragte Carlander.

«Nennt sich Bobby. Könnte 'n fetter Brocken sein.»

Victoria betrachtete ihn genau. Sie würde die Leute treffen müssen, die er ihr zuführte, und sie wollte soviel Vorabinformationen wie möglich bekommen. Und Mowery genauestens zu beobachten war ein erster Schritt.

«Ist der Typ fett, oder was?» stichelte Carlander.

«Du weißt, was ich meine», erwiderte Mowery und verzog das Gesicht zu einer schlechtgelaunten Grimasse, die er den ganzen Tag nicht mehr ablegen sollte.

«Ich weiß zwar nicht, was du meinst, aber wir werden es rausfinden, Cliff. Wo wohnt er?» Es sah aus, als wollte Carlander Mowery provozieren. Victoria dachte, vielleicht ist es das, was der Biker braucht.

«Ich soll ihn anrufen. Wartet's ab.» Mowery stand auf und ging zur Telefonkabine.

«Seht ihr», sagte Carlander zu seinem Team, «ich mache mir Sorgen um Cliff. Er hat Probleme mit der amerikanischen Arbeitsmoral. Er kann sich nur an seine Dealer erinnern, wenn man ihm auf die Pelle rückt.»

«Wird langsam langweilig», warf Nease ein.

Victoria sah Carlander zu, wie er seine Milch trank, während sie sich insgeheim verfluchte, weil sie sich die Zunge an ihrem heißen Kaffee verbrannt hatte und schon wieder rauchte.

«Schon mal darüber nachgedacht, damit aufzuhören?» fragte er sie.

«Jeden Tag.»

«Und?»

«Was und?» Victoria wußte, was kommen würde, und hätte gerne auf den Vortrag verzichtet.

«Warum hören Sie nicht auf?» fragte er nach.

«Weil ich nicht will», antwortete sie abweisend. Sie war zwar des Rauchens bereits recht überdrüssig, aber sie würde selbst bestimmen, wann sie damit aufhörte.

«Warum denken Sie dann jeden Tag darüber nach?»

Victoria gab keine Antwort.

«In einer Stunde», sagte Mowery, als er zum Tisch zurückkam. «Eine Wohnung auf der 9th Street, Buena Park.»

«Bobby?»

«Genau. So heißt er.»

«Okay, Bud und ich fahren diesmal voraus, checken die Gegend.»

«Könnte Probleme geben», sagte Mowery.

«Ach?» Carlander wurde mißtrauisch.

«Seine Alte hat mal im County eingesessen. Wann, weiß ich nicht, aber sie könnte unsere Samantha Cook hier wiedererkennen.»

Victoria spürte wieder ihr Magenflattern. Sie würde frohen Herzens diesem Deal fernbleiben, war sich aber nicht sicher, was für einen Eindruck sie erwecken würde, wenn sie zu schnell einen Rückzieher machte. Sie schaute zu Carlander.

Carlander überlegte. «Gut, dann fahren Sie bei mir mit, Vicky, und Bud macht den Deal.»

Victoria fühlte sich erleichtert, fragte sich aber für einen Moment, ob es nicht genauso einfach wäre, sie ganz aus dem Spiel zu nehmen. Sie glaubte zwar, daß das alte Sprichwort, daß jeder ersetzbar sei, nicht auf sie zuträfe, aber man konnte nie wissen. Sie ließ Carlander die Rechnung bezahlen, und die vier gingen zum Parkplatz.

«Nimm lieber deinen Wagen, Bud», hörte sie Carlander sagen. «Würde komisch aussehen, wenn du mit Cliff auf dem Chopper vorfährst. Nicht, daß ich ein Problem damit hätte, ich meine, ich weiß ja, daß ihr's nicht seid, aber...»

Carlander lachte über die Vorstellung.

Die Gegend war untere Mittelschicht. Vor zwanzig Jahren noch war dies ein Viertel gewesen, in dem die hart arbeitenden Bewohner Zeit und Sorgfalt auf ihre Häuser verwendet hatten, aber in der Zwischenzeit waren ethnische Minderheiten an deren Stelle getreten, die keine regelmäßige Beschäftigung hatten und sich weder um ihre Vorgärten kümmerten noch ihre Häuser in Schuß hielten. In den Vorgärten parkten mittlerweile Fahrzeuge, manchmal fünf oder sechs vor einem einzigen Haus. Kaputtes Spielzeug blieb dort liegen, wo Kinder es weggeworfen hatten.

Mowery lenkte den Chopper in die Einfahrt des Hauses in der 9th Street, klappte den Seitenständer aus und schaltete den Motor ab. Nease parkte seinen Camaro am Straßenrand, stieg aus und gesellte sich zu Mowery. Robert Starks, alias Bobby, kam mit einer Plastiktüte voller Thai-Sticks selbstbewußt die Einfahrt herunter. Er lächelte Mowery, den er wiedererkannte, zwanglos zu, die Anwesenheit von Nease, der gleichermaßen zu Mowery wie zur Gegend paßte, schien ihn nicht zu stören.

«Wolltest du so was?» fragte Bobby.

Nease nahm die Thai-Sticks, zog sie aus der Tüte und beschnüffelte sie fachmännisch. «Wieviel?»

Inzwischen hatte Carlander mit dem Pick-up den Block erreicht. Sein Haar war wirr und hing ihm an einer Seite über das Ohr. Er trug ein Arbeitshemd aus Jeansstoff und eine billige Jacke. Er schien keine Notiz von Nease zu nehmen. Neben ihm war Victoria tief in den Sitz gerutscht. Carlander mußte sich ein Lachen verkneifen, als er aus dem Augenwinkel ihr Profil wahrnahm. Sie sah aus wie ein Junge. Sie hatte seine marineblaue Strickmütze so über die Ohren gezogen, daß sie ihr hellblondes Haar verbarg. Er suchte die Gegend nach anderen Fahrzeugen ab, für den Fall, daß man Nease eine Falle gestellt hatte. Ein einsamer, fünfzehn Jahre alter Ford LTD, in dem vier Chicanos saßen, fuhr gemächlich vorbei. Vor Robert Starks' Haus bremste er, wurde aber sofort wieder schneller, als seine Insassen Mowerys einschüchternde Figur und Neases respektfordernde Haltung registrierten.

«Fünfundneunzig», sagte Starks zu Nease.

Nease schälte fünf Zwanziger von seinem Clip.

«Hast du es nicht passend? Ich habe keinen Fünfer.»

«Nee, Mann. Behalt den Rest», antwortete Nease gelassen und offensichtlich unbekümmert über die Differenz.

«Dann schuld ich dir einen Fünfer», sagte der Dealer, erleichtert, daß Nease kein Theater machte.

«Cool», sagte Nease und steckte die Thai-Sticks ein. «Ich mach immer gern Geschäfte mit einem Mann, der in seinem eigenen Haus arbeitet. Ich schätze, so einer haut nicht so schnell ab. Nächstes Mal schuldest du mir was.»

«Alles klar.» Starks wandte sich an Mowery. «Du bist Mowery, stimmt's?»

Mowery nickte wortlos. Dann sagte er zu Nease: «Gehn wir.»

Doch Nease hatte keine Eile. «Was kannst du sonst noch besorgen? Wenn der Preis stimmt, habe ich jede Menge Abnehmer. Koks? Marihuana?»

«Kann ich dir besorgen. Überall. Jederzeit.»

Nease stufte Starks als kleinen Fisch ein, doch als einen, der größere kennen könnte.

«Paß auf dich auf», sagte Nease.

Mowery ließ seinen Chopper aufheulen und rollte rückwärts aus der Einfahrt. Auf der Straße schaltete er hoch und war weg.

Nease sah Mowery nach, wie er um die Ecke verschwand. Er stieg in seinen Wagen und fuhr los. Als er an Carlander vorbeikam, warf er ihm einen Blick zu, der besagen sollte: Weiß der Teufel, was er vorhat.

Victoria wollte unbedingt wissen, wie der Starks-Deal gelaufen war. Sie rief Carlanders Privatnummer an, bekam aber nur den Anrufbeantworter zu hören. Sie hinterließ eine Nachricht für Carlander und Nease, sie sollten sie am Chapman Boulevard in Garden Grove treffen, in einem schmierigen Laden, der bezeichnenderweise The Hangout hieß.

Nachdem alle dort versammelt waren, besprachen sie etwa eine halbe Stunde lang den Ablauf des Einsatzes. Victoria gab die Autonummern weiter, die sie während des Deals notiert hatte. Außerdem kritisierte sie, daß Carlanders Rückendeckung nicht adäquat gewesen sei.

«Wir waren zu weit weg», bemerkte sie.

«Einen halben Block, eher weniger», sagte Carlander. «Jedenfalls nah genug.»

«Wie schnell hätten Sie den halben Block geschafft, wenn Starks ein Messer gezogen hätte? Oder eine Pistole?» Die Frage brachte ihre ernsthafte Besorgnis zum Ausdruck und forderte Carlanders professionelle Verantwortung heraus.

«Ein Schwanzlutscher wie Starks zieht gar nichts», sagte Nease.

«Soll das heißen, Schwanzlutscher ziehen keine Waffe?»

«Was wollen Sie, Vicky, wenn wir näher rangehen, sieht uns der Verdächtige. Außerdem gab's überhaupt kein Problem. Nicht, Bud?» sagte Carlander.

«Weil sie draußen standen und wir sie immer im Auge hatten», sagte sie. «Und niemand, schon gar nicht Starks, legt sich mit Bud und Mowery an. Aber das wird nicht immer so sein.»

«Wollen Sie im Ernst, daß wir näher rangehen?» fragte Carlander ungläubig.

«Ich denke schon.» Es ging Victoria nicht darum, daß ihr jemand das Händchen hielt. Sie wollte lediglich wissen, was passieren würde, wenn etwas schieflief. Sie erinnerte sich an Gates' Warnung, daß alle Undercoveroperationen früher oder später beendet werden mußten, weil sie aus dem Ruder liefen.

«Tja, geht aber nicht.» Carlander klang endgültig.

«Manchmal ginge es», widersprach Nease.

Mowery hielt sich raus. Was kümmerte es ihn.

«Das ist es, was mir Sorgen macht», sagte Victoria. Sofort wünschte sie, sie hätte ein anderes Wort gebraucht. «Sorgen machen» klang nach einer Mutter, die darauf wartet, daß ihre Kinder von der Spätvorstellung nach Hause kommen. Sie wollte nicht als jemand gelten, der einen Babysitter brauchte.

Carlander hielt nach einer Kellnerin Ausschau, die ihm Eistee nachschenkte. Nease inspizierte seine Uhr. Mowery blickte desinteressiert und wollte so schnell wie möglich wieder gehen.

Victoria sah, wie zwei Männer und eine Frau das Restaurant betraten. Sie waren tätowiert, auch die Frau, und trugen Biker-Kluft, bestehend aus Jeans, ärmellosen Kutten, Stiefeln und Klappmessern, die in Holstern am Gürtel hingen. Der Eßbereich des Hangout war L-förmig und durch eine Salatbar geteilt.

«Dreht euch nicht um», hörte sie Carlander beiläufig sagen. «Das sind Hessians.» Auch Victoria waren die Embleme aufgefallen. Waren sie vielleicht im Trabuco Canyon dabeigewesen, als Carlander die ganze Gang festgenommen hatte? Sie beobachtete, wie die Biker das Lokal durchquerten und sich an einem der Tische niederließen. *Sie müssen Mowerys Chopper draußen be-*

*merkt haben*, schoß es Victoria durch den Kopf. Sie trat sich in Gedanken in den Hintern, weil sie ihn nicht hatte hinter dem Gebäude parken lassen. Das Magenflattern war wieder da.

Die Neuankömmlinge schauten sich im Lokal um, offenbar erwarteten sie einen der Ihren zu entdecken – denjenigen, dem der Chopper gehörte. Von dort, wo sie saßen, konnten sie jedoch nur Mowerys Hinterkopf sehen. Victoria saß außerhalb ihres Blickfeldes. Wenn sie allerdings, bevor sie gingen, die Toiletten aufsuchten, und Carlander war sicher, daß sie das tun würden, müßten sie direkt an ihrem Tisch vorbei.

«Sicher? Tragen sie Farben?» Mowerys Frage bezog sich auf die Gang-Embleme.

«Jupp.» Carlander kaute langsam auf seinem Sandwich. Es war durchaus möglich, daß die Biker Mowery nicht kannten, aber es war ziemlich wahrscheinlich, *daß* sie ihn kannten. Wenn Mowery und Victoria in seiner Begleitung angetroffen würden, war dies eine Katastrophe für die Operation, im schlimmsten Fall das Todesurteil für einen oder mehrere der Beteiligten.

«Was machen wir jetzt?» fragte Victoria.

Carlander schüttelte den Kopf. «In einer halben Minute stehe ich auf. Ich stelle mich neben den Tisch und tu so, als würde ich mein Geld zählen. Nease steht ebenfalls auf und stellt sich mit dem Rücken zu den Bikern vor mich. Die Typen, vielleicht auch das Mädchen, werden kurz zu mir aufsehen und sich dann wieder ihrem Essen widmen. Wenn ich Mowery ein Zeichen gebe, stellt er sich hinter mich. Wenn ich es wiederhole, machst du, daß du zu dieser Tür da kommst, Cliff.» Carlander deutete mit dem Kopf auf die Küchentür, neben der ein Servierwagen stand. «Du gehst langsam durch die Küche. Auf keinen Fall rennen. Vicky bleibt noch eine Weile hier, bis sie sicher ist, daß sie weg sind. Habt ihr alles kapiert? Okay.»

Carlander stand langsam auf, tat, als studierte er die Rechnung, langte in seine Tasche und zog seinen Geldclip heraus. Er blickte sich beiläufig im Raum um, als schaute er nach einer Kellnerin. Dann widmete er seine Aufmerksamkeit wieder der Rechnung.

Auf seinen Wink hin schlüpfte Nease aus der Nische und stellte sich vor Carlander. Auch er blickte sich um. «Sie schauen her…»

Dann: «Jetzt.»

Mowery stand auf und ging hinter dem Cop in Deckung, seine Gürtelschnalle drückte sich in Carlanders Rücken.

«Augenblick noch», sagte Nease.

Die Frau und einer der Biker saßen mit dem Rücken zu Carlander, doch der zweite hatte sie im Blickfeld. Eine Kellnerin kam zu den Bikern an den Tisch und verdeckte ihnen einen Moment lang die Sicht.

«Jetzt», flüsterte Carlander.

Mowery setzte sich in Bewegung. Er war nicht einmal eine Sekunde im Blickfeld der Hessians, und auch das nur von hinten. Als die Kellnerin ihr Gewicht von einem Bein aufs andere verlagerte, konnten die Biker Victorias Tisch wieder sehen. Doch inzwischen war Mowery verschwunden.

«Gehn wir, Bud.» Die beiden gingen, ohne den anderen Gästen weitere Aufmerksamkeit zu schenken, zum Ausgang.

Draußen warteten sie auf dem Parkplatz, bis Victoria fünf Minuten später ebenfalls herauskam. Sie machte einen weiten Bogen um Carlanders Wagen und wartete an der Bordsteinkante neben der Parkplatzausfahrt.

Binnen Sekunden ertönte das Dröhnen des Choppers, und Mowery fuhr vor. Sie fühlte Erregung in sich aufsteigen, ähnlich wie damals, als sie als Rettungsschwimmerin am College ins Schwimmbecken gehechtet war, um ein ertrinkendes Kind zu retten. Sie schwang lässig ihr Bein über den Sattel des Choppers, und weg waren sie.

Als sie die Nacht zuvor nach Hause gekommen war, hatte Bill wie üblich bereits geschlafen. Ein Austausch mit ihm war kaum möglich.

Sie schlief im Sessel vor dem Fernseher ein. Als sie am nächsten Morgen aufwachte, war Bill bereits gegangen. Niedergeschlagen fragte sie sich, wie Carlander sein Familienleben meisterte. Er wirkte wie ein normaler Vater, während sie, kaum ging es los, nicht einmal ihren Ehemann zu Gesicht bekam.

Sonntag war eigentlich Victorias freier Tag, dennoch war sie an der Reihe, Mowery zu überprüfen. Sie fuhr noch vor dem Frühstück zum Sixpence Motel und kontrollierte den Kilometerzähler an Mowerys Motorrad. Er schien in Ordnung zu sein. Sie fuhr ans andere Ende der Stadt, wo Carlander seinem Sohn beim Basketball zuschaute. Sie wußte, daß er Wert darauf legte, die Spiele seines Sohnes so regelmäßig wie möglich zu verfolgen. Sie verstand, was Carlander meinte, wenn er sagte, daß sein Sohn eine große sportliche Karriere vor sich hätte. Obwohl er erst in die zehnte Klasse ging, war er fast schon so groß wie sein Vater. Während der High-School-Saison hatte er mehr als fünfzig Prozent seiner Würfe aus dem Feld verwandelt, und unter dem Korb konnte er es mit jedem aus der High-School-Liga aufnehmen. Victoria begegnete kurz Carlanders Blick von der anderen Seite des Feldes, entschied sich aber, ihm nicht zu bestätigen, daß Mowery brav in seinem Motelzimmer steckte. Sie winkte zum Abschied und verließ die Halle durch eine Seitentür.

# Kapitel 6

Mowerys Exfreundin rief Carlander an und bestand darauf, daß er sie besuchte. Sie würde Mowery zurück ins Gefängnis bringen, sagte sie, als Carlander auf ihrem durchgesessenen Sofa Platz genommen hatte. Sie wüßte, daß er gegen seine Bewährungsauflagen verstoßen hätte.

«Ich will nicht, daß er sich in meiner Nähe blicken läßt, verstehen Sie? Mein Gott, er ist grauenhaft, wenn er betrunken ist...» Sie strich sich durch ihre frischgelegten Dauerwellen und stellte ihre schrill lackierten Fingernägel zur Schau.

«War er denn schon hier?» fragte Carlander gelassen.

«Wie, was meinen Sie? Ob er hier aufgekreuzt ist oder angerufen hat oder was? Der ist doch zu allem fähig. Der tickt doch nicht richtig.»

«Er wird Sie nicht belästigen.» Carlander ließ sich nicht aus der Ruhe bringen.

«Wieso ist er überhaupt draußen? Bewährung, ja ich weiß. Haben Sie mir gesagt. Was haben wir bloß für Gesetze...?» fragte die Frau resigniert.

Carlander bemerkte, daß es unmöglich sei, Gesetzesbrecher für immer einzusperren.

«Hat er irgendwas über mich gesagt? Was hat er gesagt? Daß er ohne mich draufgehen würde? Hat er einmal gesagt... Und wissen Sie was? Ich glaube, es stimmt. Er ist immer zu mir zurückgekommen. Jedesmal...» Sie wischte sich mit beiden Händen über die Brust, als wolle sie Frühstückskrümel entfernen.

Auch wenn sie das Mundwerk einer knallharten Biker-Braut hatte, waren hinter der dick aufgetragenen Schminke ein hübsches Gesicht und eine gehörige Portion Sex-Appeal zu erkennen. Kein Wunder, daß Mowery eine Schwäche für sie hatte.

«Er redet nicht über sein Privatleben», sagte Carlander und

bewunderte ihre ausladenden Brüste. Keine Implantate, dachte er, eine Seltenheit heutzutage, wo sich jede Kellnerin von ihrem ersten Gehalt ein paar neue Titten verpassen läßt.

«Irgendwas muß er doch gesagt haben», fuhr sie fort. «Ich gebe zwar einen Dreck drauf. Er ist ein Arschloch. War er aber nicht immer. Früher war er sogar nett. Wußten Sie, daß er bepackt ist wie ein Hengst?» Sie unterdrückte ein Kichern. «In der Schule wollte ihm die Hälfte der Mädchen an die Hose, und die anderen, Sie wissen schon, die braven Brillenschlangen, die wurden ganz krank, weil er's ihnen nicht besorgt hat, die haben es bloß nicht zugegeben... Sieht blendend aus, auf 'ner Maschine, was? Aber Himmel, wenn er voll ist und mir die Tür einrennt. Er wird mich überall finden. Auch wenn ich es ihm nicht sage, zack, schon steht er da.»

«Haben Sie uns deshalb angerufen?»

Carlander beobachtete sie aufmerksam. Er wollte nicht, daß diese Frau irgendwo eine offizielle Beschwerde einreichte. Eine sitzengelassene Freundin konnte mehr Schaden anrichten als eine Horde Hell's Angels.

«Also, hat er Sie belästigt? Sie brauchen es mir nur zu sagen, und ich werde mich sofort darum kümmern.»

«Der Hurensohn kriegt doch alles mit, was ich mache. Jede verdammte Kleinigkeit, irgendeiner steckt es ihm immer. ‹Ich lieb dich, Baby.› Immer wenn er das gesagt hat, hab ich gesagt: ‹Scheiße, Cliff, wenn du mich wirklich lieben würdest, würdest du deinen verdammten Chopper abstellen und dir einen Job suchen, und damit meine ich nicht ein Restaurant überfallen oder 'ne Pokerrunde aufmischen. Ist das vielleicht zuviel verlangt...› Nicht, daß ich ihn zurückhaben will. Nicht ums Verrecken. Wo steckt er jetzt? Er kann ja mal anrufen. Ich meine, ich fänd's okay, wenn Sie ihm meine Nummer geben, aber sagen Sie ihm bitte nicht, wo...»

Carlander sagte ihr, sie würden in Verbindung bleiben.

10. Dezember 1976. Carlander war an jenem Abend weder müde, noch wartete zu Hause jemand auf ihn, also entschloß er sich zu einer gemütlichen Überwachung von Mowerys Motelzimmer. Er

hatte gerade eine Tüte Sonnenblumenkerne geöffnet und war tief in seinen Sitz gerutscht, als die Zimmertür aufging und Mowery herauskam. Mowery blickte sich um, aber Carlanders Wagen, der gut verborgen auf dem überfüllten Parkplatz parkte, entdeckte er nicht. Mowery ging zur Harley. Die Schlüssel für das Motorrad befanden sich in Carlanders Tasche, aber der Detective fühlte zur Sicherheit nach. Er beobachtete, wie Mowery sich ein paar Augenblicke lang an der Maschine zu schaffen machte und dann den Kickstarter trat. Die Maschine sprang an.

«Kurzgeschlossen, so ein Dreckskerl», fluchte Carlander leise. Er ließ den Motor an und fuhr schnell über den Parkplatz, um Mowery an der Ausfahrt den Weg abzuschneiden. Die beiden Männer starrten sich eine Weile an.

«Machst du verdammt noch mal Platz oder was?»

Carlander hatte den Eindruck, daß Mowery zwar genervt, aber noch nicht soweit war, sich über ihn hinwegzusetzen. «Steig ab.»

«Machst den Harten, was?»

«Steig ab.»

Mowery schien seine Möglichkeiten durchzuspielen. Ohne abzusteigen, schob er die Maschine langsam zurück. Als Mowery den Motor ausmachte, rollte Carlander an seine Seite.

«Wo wolltest du hin?»

«Muß was besorgen», antwortete Mowery widerspenstig.

«Was?»

«Zigaretten.»

Carlander inspizierte die Zündung des Choppers und fand ein Gewirr loser Kabel. Er dachte über die entstandene Lage nach. Daß Mowery sein Zimmer verlassen hatte, war eine klare Verletzung seiner Bewährungsauflagen. Darüber hinaus hatte er das Motorrad manipuliert, das ihm nicht gehörte und das er ohne Erlaubnis nicht fahren durfte. Doch Carlander hatte von Anfang an gewußt, daß so etwas passieren würde.

«Wenn du zu Fuß gehen willst, um deine Zigaretten zu holen, komm ich mit», bot er an, obwohl er sich sicher war, daß die Zigaretten eine Ausrede waren. Mehr als alles andere wollte Mowery tun und lassen, was er wollte, seine alten Kumpels treffen, vielleicht auch eine Frau. Aber sicher nicht in Gesellschaft eines Cops.

«Schätze, das geht.» Mowery hakte die Daumen in den Gürtel und marschierte los. Carlander ging neben ihm. Beide waren sich bewußt, daß sie auf der abendlichen Straße, mitten im Gang-Revier, ein furchterregendes Pärchen abgaben. Nebeneinander gehend beanspruchten sie die gesamte Breite des Gehwegs. Sie bewegten sich mit der Sicherheit von Männern, die mit nahezu jeder Art von Gewalt vertraut waren, die ausgeteilt und eingesteckt hatten.

«Sport getrieben in der Schule, Mowery?»

«Nie lang genug dagewesen.»

«Ach ja, erinner mich. Kann ich dir nicht übelnehmen. Schnapsläden ausnehmen lernt man nicht auf der High-School.»

«Wette, du warst drauf. Von wegen freie Mahlzeiten und so. Ihr Cops habt noch nie für irgendeinen Scheiß bezahlt.»

«Da hast du recht. Solange ich in Lovelette's Bakery meine Schoko-Eclairs umsonst kriege, werde ich kaum kündigen.»

«Kein Unterschied zwischen uns beiden. Die Frage ist nur, wieviel?» Mowery sah weg und ließ seinen Blick über die Straße schweifen.

«Schon mal gehört, daß ein Cop die Kollekte geklaut hat, Cliff? Ich kannte einen, der hat den Klingelbeutel seiner eigenen Kirche ausgeräumt. Waren zwar bloß zehn Dollar drin, aber er hat gleich zweimal zugelangt.»

Carlander lachte lauthals. Mowery verlangsamte seinen Gang und betrachtete Carlander eindringlich.

«Das gibst du zu? Ein Bulle?»

«Warum nicht.» Carlander nickte unbekümmert.

«Alles klar.» Mowerys Augen leuchteten triumphierend. «Dann gibst du also zu, daß Cops Drecksäcke sind. Genau wie die Wichser, die im Fernsehen die alten Ladys bequatschen, sie sollen ihnen Geld schicken, damit Gott sie lieb hat.»

«Was gibt's daran auszusetzen?» Carlander runzelte die Stirn.

«Auszusetzen? Bist du bescheuert? Das sind gottverdammte Betrüger.»

«Verbrechen ohne Opfer», erwiderte Carlander. «Die Leute, die Geld schicken, sind glücklich, weil sie denken, daß das Gottes Wille ist. Und die Kerle in den Talaren mit ihren Chören und Blumenbouquets sind glücklich, weil sie das Geld kriegen. So ist jeder glücklich und zufrieden. Verbrechen ohne Opfer.»

Mowery fiel in Carlanders Gelächter ein, aber nur für einen Moment. Dann sagte er: «Ich kapier vielleicht, wieso du 'n Bulle geworden bist. Für was anderes bist du nicht clever genug. Aber sie...»

«Victoria?»

«Genau. Verdammt, wenn ich den Körper hätte, wär ich in einer Woche reich.»

«Das genau ist dein Problem, Cliff. Preisschilder. Ich habe mal einen gekannt, der hat gesagt: ‹Wozu sind Freunde schon gut, wenn man sie nicht kaufen und verkaufen kann.›»

«Blödsinn», sagte Mowery mit einer Gewißheit, die, wie Carlander aufgefallen war, nur Schwarz oder Weiß kannte.

«Ich rede keinen Blödsinn», korrigierte ihn Carlander. «Ich muß vielleicht ab und zu lügen. Aber Blödsinn reden? Niemals.»

Sie gingen schweigend weiter. Schließlich sagte Mowery: «Und, wo hast du sie gefunden?»

«Nun, es war nicht gerade so, daß sie sich versteckt hätte und wir sie aufspüren mußten. Sie ist zur Polizei gekommen. Hat sich beworben.» Obwohl sie so etwas wohl kaum erwartet hat, gestand Carlander sich ein.

«Ja? Und ihr Alter? Was ist das für ein Typ? Muß 'n ziemliches Arschloch sein», sagte Mowery selbstgefällig.

«Wie kommst du darauf? Für dich ist wohl jeder ein Arschloch?»

«Ach, hör auf.»

«Wie, hör auf? Was meinst du?»

«Würdest du deine Lady mit diesen Typen rumziehen lassen?» Mowery blickte Carlander geradewegs ins Gesicht. «Eine Frau, die so aussieht? Die so redet? War auf'm College, haste gesagt.»

«Ja. Und?»

«Und? Was muß das für eine Pfeife sein, der seine Lady so was machen läßt.» Mowery sah Carlander herausfordernd an.

«Sie ist ein Cop. Sie macht das nicht zum Vergnügen, Cliff. Das ist ihr Job.»

«Eben. Würdest du deine Lady so einen Scheißjob machen lassen? Ich meine, welcher Mann würde so was zulassen? Das kann ja nur ein Arschloch sein.»

«Tatsache ist, daß er ein großartiger Kerl ist», erwiderte Carlander.

«Kennst ihn wohl, was?» Mowery wollte sich nicht überzeugen lassen.

«Bestens», übertrieb Carlander. Er hatte Bill Decker einmal auf einem Polizeifest getroffen. «Großartiger Kerl.»

«Wenn sie meine Frau wäre, würd das anders aussehen», knurrte Mowery mürrisch.

«Wie denn? Ihr würdet zusammen einen losmachen?»

«Sicher.»

«Du würdest ihr eine eigene Knarre kaufen, den Griff mit Klebeband umwickeln, damit sie keine Fingerabdrücke hinterläßt, weil dir wirklich was an ihr liegt. Würdest ihr einen weicheren Sattel kaufen, damit sie's bequem hat, wenn ihr auf der Flucht seid. Und du würdest ihr sogar beibringen, wie man die Maschine repariert, damit du ein kaltes Bier trinken kannst, während sie an der Karre rumschraubt...» Carlander lachte.

«Laß gut sein», lachte auch Mowery, wurde dann aber ernst. «Du glaubst, das ist lustig, Mann, aber was glaubst du, was passiert, wenn die Jungs ihre Nummer abziehen. Hä? ‹Komm schon, Baby, jetzt wirst du in den Club aufgenommen...› Du willst doch, daß ich mich an die großen Clubs ranmache. Sogar Mitglied werde. Also, nichts ist umsonst, Carlander. Hast du ihr das gesagt?»

Mowery schien tatsächlich besorgt. Der Detective ging langsamer und wandte sich zu Mowery.

«Ich werde dasein. Die ganze Zeit, das wird ihr nicht passieren.»

«Seh ich aus, als hätte ich Scheiße im Hirn? Wen willst du verarschen? Du bist vielleicht groß und häßlich, und vielleicht hat deine Mutter auch versucht, dich einer netten mexikanischen Familie anzudrehen, aber so blöd bist nicht mal du. Du glaubst doch selbst nicht, was du da redest.»

Im Licht der Straßenbeleuchtung wirkte Carlanders Gesicht wie eingefroren. «Ich habe dir doch gesagt, ich rede keinen Blödsinn.»

«Du hast aber auch zugegeben, daß du lügst.»

Sie kamen an einer durchgehend geöffneten Tankstelle an. Der Angestellte, der hinter zehn Zentimeter dickem Panzerglas saß, schob Mowery eine Packung Camel durch einen schmalen Schlitz. Der Cop und der Kriminelle gingen die sechs Blocks zurück zum Sixpence Motel. Als Mowery den Schlüssel ins Schloß steckte, fragte er: «Hast du Kinder?»

«Junge und zwei Mädchen», antwortete Carlander.

«Stolz auf dich?» Mowery klang aufrichtig interessiert.

«Ich denke schon.»

Nicht weil er ein Cop war, dachte Carlander, sondern weil er sie liebte und sich um sie kümmerte.

«Schätze nicht, daß mein Kleiner viel von mir hält», gestand Mowery.

«Er ist noch jung. Hat noch jede Menge Zeit.»

Aber würde der Vater die Zeit haben? Carlander würde seine Pension nicht darauf verwetten, daß Mowery und sein Sohn lange, glückliche Jahre zusammen verbringen würden. Carlander fragte sich, wie sein Leben ohne Kinder aussähe. Es wäre trostlos.

Mowery nickte und öffnete die Tür.

«Cliff», sagte Carlander, «sieh zu, daß du morgen drei Deals klarmachst.»

«Bißchen viel», widersprach Mowery.

«Nicht zu viel. Drei.»

Als Carlander zu Hause ankam, war es fast drei Uhr. Er duschte und ging zu Bett.

Am folgenden Tag stellte Victoria kurz vor zwölf drei Blocks von der San Francisco Bar entfernt ihren Wagen ab. Sie war spät dran, aber Mowery noch nicht da. Sie ging in den Waschraum, wusch sich gemächlich die Hände und bürstete ihr Haar. Obwohl sie kaum Make-up aufgelegt hatte, überprüfte sie es gründlich und ging dann an die Bar zurück. Sie überlegte, ob sie Bier oder Kaffee bestellen sollte, und entschied sich für Kaffee, als sie sah, daß Bobby, der Barkeeper, gerade frischen aufsetzte. Noch bevor sie Zeit hatte, Milch zuzugießen, kam Mowery herein.

Er nahm langsam seine Sonnenbrille ab und ließ seinen Blick herausfordernd durch die Bar schweifen. Für Victoria sah es aus, als wäre er der König des Dschungels. Und ein schönes Tier, wie sie zugeben mußte. Er bemerkte sie und schlenderte langsam auf sie zu, im vollen Bewußtsein, daß alle Augen in der Bar auf ihn gerichtet waren. «Zwei», sagte er zum Barkeeper. Er schob Victorias Kaffeetasse zur Seite, um Platz für die Flaschen zu machen, die der Barkeeper brachte. Dann setzte er sich zu ihr an den Tisch und lächelte. Victoria war von diesem Anflug sozialen Verhaltens überrascht.

«Ich hätte gerne ein Glas», sagte sie.

Mowery schaute sie einen Augenblick an, stand auf, ging zur Bar und kam mit einem Glas zurück.

«Danke», sagte sie. Sie wurde gewahr, daß sie Mowery mit ihrem Mann verglich. Bill sah gut aus, war attraktiv und intelligent. Vor allem aber war er rücksichtsvoll. Mowery dagegen war egozentrisch und arrogant. Er hatte zerstörte Existenzen auf seinem Weg zurückgelassen, den er auf gestohlenen Rädern befuhr. Wie die meisten Cops war Victoria mit dem Phänomen der Gefängnishomosexualität vertraut. Sie versuchte sich Mowery dabei vorzustellen, doch es schien unmöglich.

«Wichtiger Typ soll hier ab und zu reinkommen. Night Train. Von ihm gehört?» fragte Mowery und ließ dabei seinen Blick durch den Raum gleiten, als würde Victoria gar nicht zählen.

Victoria schüttelte den Kopf.

«Ist in Frankreich hochgenommen worden, Brieftasche voll mit American-Express-Karten. Wollte sie eigentlich verscherbeln, dann hat er beschlossen, sie selbst zu benutzen. Da sitzt er also auf seinem fetten Arsch mitten in Paris, Flasche Champagner in der

Hand, fragt jede Braut, die vorbeikommt: ‹Hey, Süße, willste fikken?› Hätte wahrscheinlich geklappt, nicht weil er gut aussieht, aber es gibt 'ne Menge geile Bräute aufer Welt, besonders in Paris, nur daß er zum Kotzen aussieht. Die Jeans hängt ihm übern Arsch, Biker-Stiefel, dicke Kette am Gürtel, und am anderen Ende die Brieftasche, mit den ganzen Amex-Karten mit lauter verschiedenen Namen. Hat gerade auf 'ner Bank gesessen, als die Franzosen-Bullen ihn hochgenommen haben. Von dem können wir was kaufen.»

«Müssen wir dazu nach Frankreich fahren?» sagte Victoria spröde und fragte sich, ob er mit diesem Gerede auf etwas Bestimmtes hinauswollte.

«Quatsch, nein. Ist wieder draußen. Kommt hierher.»

«Ist er in einem Club?»

Mowery zuckte mit den Schultern. «Keine Ahnung. Früher schon.» Er bestellte ein neues Bier.

«In welchem?»

Mowery warf Victoria einen feindseligen Blick zu.

Eine Stunde später nuckelte Victoria noch immer an ihrem ersten Bier, während Mowery bereits ein halbes Dutzend getrunken hatte. Er spielte Pool, als Bruno hereinkam. Der Motorradmechaniker mochte Mowery und gab sich alle Mühe, auch zu Victoria freundlich zu sein. Sie hatte sich entschlossen, die Situation zu ihrem Vorteil zu nutzen und Bruno in ein Gespräch zu verwickeln. Als Bruno, nachdem er sich ein Bier geholt hatte, sich suchend in der Bar umsah, ergriff sie die Gelegenheit beim Schopf. Brunos Blick blieb an Victoria hängen. Sie lächelte, und er kam zu ihr herüber und setzte sich.

«Verdammt, Mädchen, jedesmal wenn ich dich angucke, überlege ich, wie ich Cliff für fünfzig Mäuse umlegen lassen kann. Dann würde ich angerauscht kommen und dir mein tiefstes Mitgefühl ausdrücken.» Bruno lachte gehässig. «Der einzige Grund, warum ich's nicht tue, ist, weil mir fünf Mäuse fehlen. Kann ich mir die von dir leihen?»

«Gibt Tage, da würd ich die vollen fünfzig auf den Tisch legen. Bleib am Ball», erwiderte sie lächelnd.

«Er ist bei den Diablos gewesen, stimmt's? Wie kommt's, daß er nicht wieder mit ihnen rumzieht?»

Victoria führte die Flasche an die Lippen, während sie über eine plausible Antwort nachdachte. «Er meint, daß sie keinen guten Club in Orange County haben. Meint, sie wären... Schlappschwänze.»

«Na, schätze, er wird's wissen. Typ wie er sollte 'n Club haben.»

«Hast du einen, Bruno?»

«Klar. Heißt Möhrenköpfe. Um reinzukommen, mußte schwarz sein, deshalb steh ich auf der Warteliste.» Er lachte über seinen Witz. Victoria lachte mit, registrierte aber, daß er eine direkte Antwort auf ihre Frage vermieden hatte. Sie hütete sich, nachzuhaken.

«Hast du den Laden für heute dichtgemacht?» Sie wollte, daß er weiterredete.

«Steve kümmert sich drum. Ich wart auf Ray Glore. Kennst ihn?»

Der Name «Ray» ließ sie aufhorchen, aber wie das Team mehrfach festgestellt hatte, gab es eine Menge Rays in Orange County und unter ihnen wohl auch einige Biker. «Ray Glore? Ich glaub nicht.»

«Du glaubst nicht? Na, wenn du ihn schon mal getroffen hättest, würdest du ihn kennen. Wenn du's nicht weißt, dann weißt du's nicht.» Brunos Augen verstanden keinen Spaß.

«Wer ist er?»

«Hat 'n Club. Sozusagen. Macht 'ne Menge Geschäfte.» Bruno zwinkerte ihr zu, als wollte er sagen: Alles zu seiner Zeit.

«Was für Geschäfte?»

Bruno zuckte mit den Schultern. «Massagesalons. Verkauft dies und das.»

«Klingt interessant», sagte Victoria, die sich Mühe gab, beeindruckt zu klingen, ohne neugierig zu wirken.

Aber Bruno hatte alles gesagt, was er zum Thema Ray Glore sagen wollte. Er schien sich plötzlich klarzuwerden, mit wem er sich unterhielt, und wechselte das Thema. «Schon 'ne ganze Woche her, seit ich euren Chopper in der Werkstatt hatte.»

«Gott, was soll denn noch alles bei dem kaputtgehen? Sind alle Motorräder so anfällig?» Victoria war aufrichtig entsetzt, daß der Chopper so lange in Brunos Werkstatt gestanden hatte, ganz zu schweigen von der Zeit, die Mowery damit verbracht hatte, ihn fahrtüchtig zu machen.

«Alle Harleys sind gut. Aber 'n paar sind eben besser», versicherte Bruno. «Da ist er ja.»

Er stand abrupt auf und ging an die Bar. Obwohl er sich bemühte, lässig zu wirken, merkte Victoria, daß er es nicht war. Sie schaute über ihn hinweg zur Tür. Im hellen kalifornischen Sonnenlicht waren die Leute, die in der Tür standen, nur schwer auszumachen. Nachdem sich ihre Augen darauf eingestellt hatten, sah sie, daß die Neuankömmlinge zu viert waren. Einer von ihnen war eine junge Frau. Von der Frau war nur eine Silhouette zu erkennen, ebenso von zweien der Männer. Der dritte Mann drehte ihr den Rücken zu. Er war es, dem Bruno seine ganze Aufmerksamkeit widmete.

Nachdem er sich eine Weile mit dem Mann unterhalten hatte, drehte sich Bruno um, blickte in den Raum und rief: «Shane. Komm her, Mann. Ich will dir jemand vorstellen.»

Mowery lehnte das Queue an die Wand, nahm seine Bierflasche und schlenderte gemächlich zur Bar. Bruno bot ihm die Hand zum Biker-Gruß, Unterarme senkrecht, Daumen ineinander verhakt.

«Vern hier kennst du...»

Mowery nickte und begrüßte Vern, der den Gruß erwiderte.

«Und das hier ist Ray Glore, der hinter ihm, das ist Butch», sagte Bruno und beendete die Vorstellung, ohne die junge Frau zu erwähnen, die bei ihnen stand. Ray Glore war zwar nicht so groß wie Mowery, aber genauso muskulös, auch wenn sich über dem Gürtel bereits leichte Ringe bildeten. Er war dunkelhäutig, und seine abgrundtiefen Augen jagten Victoria einen Schauer über den Rücken, als Glore erst Mowery und dann sie musterte. Er ähnelte einer Schlange, mit Nüstern, die die Witterung aufnahmen. Victoria erwartete fast, eine gespaltene Zunge aus dem schmalen Schlitz, der ihm als Mund diente, schießen zu sehen. In den kommenden Wochen sollte Victoria noch ausreichend Gelegenheit haben, Ray Glore zu beobachten.

Er wirkte furchteinflößend auf sie, wie auf die meisten, die ihm begegneten. Victoria nahm an, daß er Indianer war. Er hatte harte Züge, selbst die unscheinbarste Bewegung strahlte eine spannungsgeladene Intensität aus. Er sprach kaum, doch sie bemerkte, daß, wenn er etwas sagte, es wie ein ruhiger Befehl klang, dem jeder aufmerksam lauschte und ohne zu zögern nachkam. Seinen Augen entging nichts. Seinen Ohren ebensowenig. Er wirkte so intuitiv, daß Victoria fürchtete, ihr Gesicht könnte durch eine unbeabsichtigte Regung ihre Gedanken verraten und er könnte darin lesen wie in einem Buch. Sie zwang sich, ihm in die Augen zu blikken, was ihr auch noch später nicht leichtfiel.

Selbst Mowery war wachsam. Mowery war nicht leicht einzuschüchtern, aber Glore stand in dem Ruf, cleverer und weitaus grausamer zu sein als seine Biker-Gefährten. Außerdem waren seine aufbrausenden, brutalen Wutausbrüche berüchtigt. Zwei der Angels hatten sich in gedämpftem Ton mit Mowery über ein Mädchen unterhalten, das in einem von Glores Massagesalons gearbeitet hatte. Weil er annahm, daß es während seiner Arbeitszeit Privatnummern schob, hatte Glore ihm das Gesicht zerschlitzt und es gewissermaßen berufsunfähig gemacht. Darüber hinaus war Glore ein Waffenfetischist, wie Victoria noch sehen sollte.

Weder Mowery noch Glore streckten die Hand aus. Die beiden nickten sich nur zu und nahmen einander ohne die geringste Sympathie mit argwöhnischem Respekt zur Kenntnis.

«Bobby», sagte Glore zum Barkeeper, «bring Cliff noch ein Bier. Haben dich gut behandelt, da oben?» sagte er zu Mowery und machte deutlich, daß er bestens informiert war.

«Ziemlich. War 'ne Weile in Einzelhaft. Kriegste 'ne Macke von.»

«Mowery», mischte sich der Mann, den sie Butch nannten, ein. «Verdammt, ich kenn dich. Du warst bei den Diablos. Wir haben euch fertiggemacht.»

«Mich hast du nicht fertiggemacht.» Mowery nagelte Butch mit seinem Blick fest.

«Soledad, da warst du doch?» unterbrach Glore.

«Richtig.»

Victoria merkte, daß Mowery angespannt war. Er wirkte mürrisch und abweisend, ohne daß sie verstanden hätte, warum.

«Wir haben da oben einen Schließer auf unserer Gehaltsliste», sagte Glore beiläufig. «Liefert Speed. Pollard heißt er. Kennst ihn?»

Mowery wollte gerade die Flasche zum Mund führen, setzte sie dann aber langsam ab.

«Was nicht okay mit dem Bier?» fragte Glore.

«Bier ist okay, nur der nicht, der's gekauft hat.» Mowerys Stimme war leise und bedrohlich. «Wenn in Soledad ein Schließer ist, der Pollard heißt, dann haben die ihn gestern eingestellt. Deine dreckige, verfickte Fresse paßt mir nicht und die von dem schwulen Arschloch neben dir noch weniger.»

Mit einem Schlag verstummten das Klicken der Billardkugeln, das Klirren der Gläser, das Summen der Gespräche. Victorias erster Gedanke war, Carlander und Nease zu alarmieren, aber sie wußte, daß sie es niemals bis zur Tür schaffen würde, ohne daß einer von Glores Bikern sie erwischte. Sie dachte an die Pistole, die hinten in ihrem Jeansbund steckte, und obwohl sie wußte, daß wahrscheinlich jeder Gast in der Bar bewaffnet war, beschloß sie, von der Waffe Gebrauch zu machen, ehe sie zuließ, daß sie Mowery fertigmachten, garantiert aber, bevor es ihr an den Kragen ginge.

Dann ein leises Lachen. Vern schob sich zwanglos neben Mowery und klopfte ihm leicht auf die Schulter. «Ich hab dir doch gesagt, daß der Mann leicht explodiert», sagte er zu Glore, und zu Mowery gewandt: «Komm schon, Clifford. Nimm's nicht so tragisch. Ray hat nun mal seine Art, Leute auszuchecken.»

«Astrein», zischte Glore durch seine schiefen Zähne. «Verdammt. Du gefällst mir. Übrigens, du liegst richtig, daß Butch schwul ist.»

Der ganze Laden lachte lauthals. Die Billardkugeln klickten wieder, die Gespräche wurden wiederaufgenommen. Selbst Butch, von dem nicht bekannt war, daß er eine Beleidigung auf sich sitzen ließ, auch wenn sie als Witz gemeint war, traute sich nicht, Glore zu widersprechen.

Als die Spannung von ihr abfiel, atmete Victoria tief durch, doch der Name Butch hallte bei ihr nach. Sie konnte den Rufnamen nicht sofort mit den Polizeiakten in Verbindung bringen, aber sie war sich sicher, daß sie endlich bei den schweren Biker-Gangstern gelandet waren.

Plötzlich fühlte sie eine Hand auf ihrer Schulter und drehte sich um.

«Ich bin Toni.» Es war die Frau, die mit Glore gekommen war. Toni war jung und sexy und strahlte ein für ihr Alter erstaunliches Selbstbewußtsein aus. «Komm mit, ich geb 'n Bier aus.»

Toni führte Victoria zu einem Tisch und gab dem Barkeeper ein Zeichen.

«Samantha Cook», sagte Victoria.

Die Frauen bewunderten sich gegenseitig. Toni hatte dunkle Augen und dunkelbraune lange Haare. Sie war deutlich kleiner als Victoria und trug Jeans, die wie angegossen auf ihren Hüften saßen. Sie trug ein Tank-Top, das ihre üppige Figur zur Geltung brachte, und keinen BH. Männer, so wußte Victoria, bezeichneten ihren Typ als «griffig».

«Du benimmst dich nicht gerade smart», stellte Toni fest.

«Ich? Warum nicht?» Sofort fühlte Victoria den kalten Knoten in ihrer Magengrube, ein Gefühl, das sie während der gesamten Zeit, die sie mit den Hell's Angels verbringen sollte, nicht los wurde.

«So mit den Jungs rumhängen», sagte Toni und flatterte theatralisch mit den Wimpern. «Mach so weiter, und irgend jemand kriegt raus, wer du bist.»

Victoria war überrascht, wie beiläufig sie klang, als sie sagte: «Das ist kein Geheimnis.»

«Ach nee? Wette, du hast fünfundsiebzig Mäuse für deine Jeans bezahlt, für die Bluse bestimmt auch fünfzig, und die Jacke ist mindestens hundert wert. Was machst du in so 'nem Scheißladen?»

«Ich bin mit Cliff hier.»

Victoria war noch immer wie vor den Kopf geschlagen und versuchte, sich gegen Tonis messerscharfe Fragen zu wappnen. Sie sah an ihren Kleidern herunter und fragte sich, ob sie nicht einen schrecklichen Fehler gemacht hatte.

«So, so, du fickst also den großen Hengst?» fragte Toni und schaute Richtung Bar.

«Ich... ich schätze schon», antwortete Victoria, unfähig, ihre Unsicherheit zu verbergen.

«Du schätzt schon. Steckt er ihn bloß halb rein oder was?» Tonis Augen nagelten Victoria mit einer Autorität fest, die sie Ray Glores Macht verdankte. Victoria wurde bewußt, daß Toni es genoß, anderen Leuten Furcht einzuflößen.

Sie lachte über Tonis rege Einbildungskraft. «Kennst du Mowery?»

«Bis jetzt nicht. Aber ich wette, sein Schwanz macht so schnell nicht schlapp. Erinnert mich an Sonny.» Toni bewunderte Mowery aus der Distanz.

«Sonny?» Der Name sagte Victoria nichts.

«Wo zum Teufel lebst du, er ist der Präsident vom Club.» Toni war jetzt hellwach.

«Ja, sicher», sagte Victoria und täuschte ein Wissen vor, das sie nicht besaß. «Ich meine, ich habe ihn nie getroffen.»

«Echt, kein Scheiß, Süße.» Toni schenkte Victoria einen besonders durchdringenden Blick. «Er ist auch schon 'ne ganze Weile weg.»

Obwohl Victoria Cop genug war, um zu registrieren, daß «'ne ganze Weile weg» Gefängnis bedeutete, wußte sie nicht, daß Toni von Sonny Barger sprach, dem Präsidenten der Hell's Angels. Er war 1973 wegen einer ganzen Latte krimineller Handlungen, darunter Schutzgelderpressung, Zinswucher, Hehlerei und schwere Körperverletzung, verurteilt worden und saß in Folsom ein.

«Und? Haben sie einen neuen Präsidenten?» fragte Victoria, die beschloß, sich ihrer Rolle entsprechend naiv zu geben.

Toni schnaubte verächtlich. «Blödsinn, Sonny ist und bleibt der Präsident, für immer. Außerdem, was macht das für 'n Unterschied, wo der Präsident gerade ist.»

Interessant, dachte Victoria, daß Sonny den Club aus dem Gefängnis heraus leitet. Sie war zwar sicher, daß dies für die Ermittlungsbehörden keine Neuigkeit darstellte, wollte die Information aber dennoch Carlander gegenüber erwähnen.

«Wo hast du ihn getroffen?» fragte Toni.

«Wie?»

«Mowery. Wo du ihn getroffen hast.» Toni verdrehte ungeduldig die Augen.

«Ach so. In einem Motorradladen», sagte Victoria und versuchte, nicht zu schlucken. «Er hat sich Bikes angeguckt, Scooter, wie er die nennt, und ich auch.»

«Bist du verheiratet, Sam?»

Victoria zuckte zusammen. «Äh, nein. Ich meine, ich leb in Scheidung.» Sie erinnerte sich, daß Carlander ihr eingebleut hatte, so wenig Informationen wie möglich preiszugeben. Je weniger sie sagte, desto geringer war die Chance, daß sie sich verzettelte.

«So? Hat das Arschloch wenigstens Kohle?» Toni starrte Victoria unverwandt an.

«Er verdient ganz gut. Das Geld fehlt mir. Bist du Rays Lady?» Victoria wollte von sich ablenken.

«Genau. Außer, daß ich's auch gerne mit andern treib. Ray macht gern Filme, das paßt ganz gut.» Toni lächelte über das, was sie unter Humor verstand.

«Tatsächlich? Und die verkauft ihr?» Victoria hatte das Gefühl, daß sie nicht ganz mitkam.

«Genau. Und ich bin der Star.»

«Und wer sind die Schauspieler? Ich meine, die Typen?»

«Angels, meistens. Ich kann aber nicht alle Angels leiden. Mit denen mach ich's auch nicht. Und Ray würde ihnen die Eier abschneiden.»

«Ich schätze, Ray ist eine ziemliche Nummer bei den Angels», versuchte Victoria ihr zu schmeicheln, doch Toni schaute sie auf eine Art an, die ihr wieder das Gefühl gab, etwas Falsches gesagt zu haben.

«Sam, gib mir deine Autoschlüssel.» Victoria schaute auf und sah Mowery mit aufgehaltener Hand neben ihr stehen. Sie wollte die Gelegenheit nutzen, um der verfänglichen Situation zu entkommen: «Ich komm mit.»

«Nee», entschied Mowery. «Ich und Bruno machen 'ne kleine Spritztour. Sind gleich zurück. Du bleibst hier bei...»

«Das ist Toni», sagte Victoria.

«Rays Schätzchen», sagte Mowery.

«Mehr oder weniger», relativierte Toni.

Victoria befand sich in einer vertrackten Situation. Sie wagte nicht, in der Öffentlichkeit irgendeine Art Autorität über Mowery zu demonstrieren. Also blieb ihr nichts anderes übrig, als sitzen zu bleiben und ihren Ärger hinunterzuschlucken, als Mowery nach ihrer Handtasche griff, die Schlüssel herausfischte und mit Bruno davonzog.

«Stehste im Telefonbuch?»

Victoria wurde schlagartig klar, daß weder sie noch ihr fiktiver Gatte im Telefonbuch standen. «Nein, ich... äh... bin ausgezogen. Wieso?»

«Kann sein, daß ich dich demnächst anrufen will», sagte Toni, wandte sich von Victoria ab und schaute im Raum umher.

Victoria atmete tief durch und vergeudete keine Zeit, einen Stift zu finden. Sie schrieb «Samantha Cook» auf eine Serviette und notierte eine Telefonnummer. Für solche Situationen hatte Carlander im Sheriff's Office einen Telefonanschluß eingerichtet. Lynn Young, eine dem Team zugeteilte Verwaltungsangestellte, nahm eventuelle Anrufe entgegen, und für den Fall, daß sie nicht erreichbar war, war ein Anrufbeantworter angeschlossen. Während Victoria Toni die Serviette zuschob, hoffte sie, daß das Ganze nicht Teil der Identifikationsroutine der Hell's Angels war.

# Kapitel 7

Mowery stand nun in Kontakt mit den schweren Jungs der Motorrad-Gangs. Er wurde von Glore, Bruno und den anderen Hell's Angels, die er kennengelernt hatte, respektiert. Jetzt wurde von ihm erwartet, daß er seine Position im engsten Kreis der Angels gewissenhaft dazu nutzte, sie dem Gesetz auszuliefern. Dies führte bei Mowery zu schweren Gewissenskonflikten. Er wollte nicht ins Gefängnis zurück, aber war er dafür bereit, andere zu verpfeifen?

Später wurde zu Mowerys Gunsten argumentiert, daß er immerhin die Aufgabe hatte, die Motorrad-Gangs so tief wie möglich zu infiltrieren, und deshalb nicht für die von ihm dabei begangenen Verbrechen zur Verantwortung gezogen werden könne. So etwas wie eine Teilzeitmitgliedschaft existierte nicht bei den Hell's Angels. Die Mitgliedschaft erforderte, daß der Kandidat am kriminellen Leben der Gang teilnahm, selbst wenn es juristisch nur auf Beihilfe hinauslief. Aber wann wurde aus Beihilfe Täterschaft? Carlander und seine Kollegen wußten von vornherein, daß sie, sobald Mowery mehr Zeit mit den Gangs verbrachte, früher oder später mit diesem Dilemma konfrontiert würden. Mowery war von Jugend auf kriminell. Er hatte nie Mitleid für seine Opfer gehabt und Carlander nie Anlaß gegeben zu glauben, daß Resozialisierung Teil seiner Zukunftspläne war. Im Gegenteil, Mowery hatte durch Worte und Taten zu verstehen gegeben, daß eine kriminelle Existenz seiner Vorstellung eines lockeren Lebens entsprach.

Kurz nachdem Mowery sie in der San Francisco Bar hatte sitzenlassen, verließ auch Victoria die Bar. Sie ging, ohne nach links und rechts zu sehen, die Straße hinunter und schien sich für nichts um sie her zu interessieren. Carlander und Bud Nease würden sie im Auge behalten. An einer Kreuzung überquerte sie die Straße und tat dann so, als wartete sie auf einen Bus. Als die Ampel auf Rot sprang, hielt Carlander neben ihr, und Victoria schlüpfte in den Wagen.

«Er hat sich meine Schlüssel genommen und ist abgedüst.»

«Wie das?» wollte Carlander wissen.

«Hat sich einfach meine Handtasche geschnappt. Ich konnte ihn vor den anderen nicht zur Rede stellen. Damit hat er gerechnet. Bruno hat ihn begleitet.» Victoria war sich nicht sicher, ob ihre Entscheidung, die Rolle der braven Biker-Braut zu mimen, richtig war. Vielleicht hätte sie darauf bestehen sollen, ihn in ihrem Wagen zu begleiten.

«Wissen Sie, wo er hin wollte?»

«Nein.»

«Scheiße», sagte Bud Nease. «Ich hab's geahnt, ich hätt den Hintereingang beobachten sollen.»

«Ich hätte auch daran denken müssen», murmelte Carlander vor sich hin.

«Und? Was jetzt?» fragte Victoria.

«Dann suchen wir ihn eben», sagte Carlander tonlos.

«Machen Sie Witze?» fragte Victoria. «Wie soll das laufen? Bud nimmt fünf Städte im Westen von Orange County, ich nehme fünf im Norden und Sie den Rest?» Sie war der Ansicht, daß es Momente gab, in denen man seine Verluste abschreiben und auf eine neue Runde hoffen mußte.

«So ungefähr», sagte Carlander.

«Von mir aus, aber ohne mich. Ich gehe nach Hause.»

«Gute Idee», fügte Nease hinzu.

«Keine gute Idee. Dann sind wir ihn los», widersprach Carlander.

«Bringen Sie mich nach Hause», sagte Victoria zu Nease.

«Verdammt noch mal, hier wird nicht gemeutert», grollte Carlander. «Du bist wohl nicht ganz dicht, Nease. Und Sie werden ebenfalls weitermachen, Victoria.»

«Nein, werd ich nicht, Captain Bligh. Lassen Sie mich raus. Ich nehm ein Taxi.» Victoria blieb hart. Sie war bereits weit in ihrer zweiten Überstunde.

«Captain wer?» fragte Carlander.

«Bligh, Mann», bellte Victoria.

«Kenn ich nicht. Von der Highway Patrol oder was?» Carlanders Gesicht war ausdruckslos.

Mowery und Bruno fuhren an einen entlegenen Ort in San Bernardino County, wo Bruno eine Ladung Armeewaffen in Empfang nahm. Aus den Bürstenhaarschnitten der Lieferanten schloß Mowery, daß es Ledernacken sein mußten, die in der nahe gelegenen Barstow-Marinekaserne stationiert waren, dem Versorgungsstützpunkt von Camp Pendleton und der El Toro Marine Corps Air Station. Das Arsenal, bestehend aus halbautomatischen Gewehren, Granaten und C-4-Sprengkörpern, wurde in Victorias Wagen verstaut und zu einer Wohnung in Fullerton gefahren.

Als Dank für Mowerys Hilfe überließ ihm Bruno eine Unze Methamphetamin. Außerdem genehmigte sich jeder eine Linie, und Bruno öffnete eine Flasche Whiskey, die Mowery zum größten Teil leerte. Gegen zehn Uhr abends verließ Mowery Brunos Wohnung. Bruno war nicht in der Verfassung, sich von seiner Couch zu erheben, auf der er kurz zuvor zusammengebrochen war.

Mowery verspürte plötzlich das Bedürfnis nach einer Frau. In klarer Mißachtung seiner Bewährungsauflagen rief er seine Exfreundin an, die jedoch nicht zu Hause war. Deshalb rief er eine weitere Bekannte an, deren Mann einen Sattelschlepper durch die Rocky Mountains wälzte. Sie tranken weiter Whiskey, doch ehe Mowery sich bei seiner Bekannten häuslich niederlassen konnte, geriet er in eine schnell eskalierende Auseinandersetzung mit einem Nachbarn. Kurz bevor die Fäuste flogen, zog der Mann sich in sein Haus zurück, und Mowery fuhr davon.

Er hielt sich südwärts auf der I-5, doch nach kaum drei Meilen kam er ins Schleudern und krachte in die Leitplanken. Mittlerweile war es früher Morgen, daher herrschte kaum Verkehr. Mowery kletterte über die Leitplanke und marschierte Richtung Santa Ana Downtown. Als das Morgenlicht über die Tustin-Hügel kroch, entdeckte er eine Konditorei und stellte fest, daß er Hunger hatte.

«Doughnuts», verlangte er von der jungen Frau hinter der Theke.

«Welche Sorte wünschen Sie?»

«Mir scheißegal, sieh bloß zu, daß sie Löcher haben.»

Der Besitzer kam aus der Küche. «Wissen Sie, wir können auf diese Art Sprache gut verzichten.»

«Okay», sagte Mowery und wandte sich wieder der Bedienung zu. «Gib mir 'n paar Doughnuts. Mir scheißegal, ob sie Löcher haben oder nicht.»

«Das reicht. Raus. Raus, und zwar sofort», rief der Besitzer mit hochrotem Kopf.

Als Mowery seine Doughnuts nicht bekam, griff er in seine Tasche, zog eine Handvoll zerknitterter Scheine heraus und ließ sie auf die Theke fallen. Dann ging er um die Vitrine und nahm sich ein knappes Dutzend Kringel, ohne sich die Mühe zu machen, sie in eine Tüte zu stecken.

«Ich habe die Polizei gerufen. Du machst besser, daß du weiterkommst. Letzte Chance, die Polizei ist schon unterwegs.»

«Ich will was von dem Kaffee da.» Mowery ignorierte das Geschrei des Besitzers.

«Ich habe die Polizei gerufen», wiederholte dieser hilflos.

Polizei hin, Polizei her – die Verkäuferin füllte einen Becher mit Kaffee und reichte ihn Mowery, der, den Mund voller Doughnuts, dankbar grinste.

Mowery saß noch immer an seinem Tisch und futterte sich durch seine Doughnuts, als zwei uniformierte Polizisten den Laden betraten. Einer der Polizisten unterhielt sich kurz mit dem Besitzer, bevor er an Mowery herantrat.

«Würde es Ihnen was ausmachen mitzukommen, Sir?»

«Nee, kann mir gar nichts Besseres vorstellen, als mit euch zwei Ladys mal rauszugehen.»

Officer Rudi Fleck hatte zwölf Jahre auf der Straße zugebracht und sein Partner immerhin fünf. Fleck war gewitzt genug, um die Probleme vorauszusehen, die die Festnahme eines Mannes von Mowerys Format mit sich bringen würde, und ignorierte deshalb die Beleidigung.

«Der Besitzer meint, Sie gingen besser.» Er vermied es, provozierend zu klingen.

Mowery grinste und blieb ungerührt sitzen.

«Scheiße», fluchte Fleck leise, als er feststellte, daß ihm und seinem Partner keine Wahl blieb. Dann sagte er zu Mowery: «Wie sieht's aus, Mann? Können wir das draußen regeln?»

Als Mowery mit den Polizisten nach draußen ging, kam der Besitzer ihnen nach. «Er hat seinen Kaffee nicht bezahlt.»

Nicht klug, dachte Fleck. Klug wäre gewesen, den Kaffee zu vergessen. Aber er versuchte, die erneute Komplikation zur Abwendung einer sicheren Konfrontation zu nutzen. «Wissen Sie was, Sir», sagte er zu Mowery, «zahlen Sie Ihren Kaffee, und Sie können gehen.»

«Scheiß auf den Kaffee», antwortete Mowery und wiegte sich auf den Fußspitzen.

«Okay, die Runde geht auf mich.» Fleck griff in seine Tasche und bezahlte Mowerys Kaffee in der Hoffnung, mit diesem letzten verzweifelten Versuch eine Schlägerei zu vermeiden.

«Ich will Ihr Geld nicht, Officer», sagte der Besitzer, «ich will, daß dieser Schlauberger da bezahlt. Alles muß seine Ordnung haben.»

Fleck stellte sich taub. «Sir, nehmen Sie das Geld. Das ist die einfachste Lösung.»

«Nimm endlich die Kohle von dem Arschloch», meldete sich Mowery, «das ist das erste Mal, daß der Schwanz für was bezahlt, seit er das Affenkostüm anhat.»

«Rufen Sie das Revier an», flüsterte Fleck dem Besitzer zu. «Sagen Sie ihnen, daß zwei Kollegen Verstärkung brauchen. Machen Sie schon. Und vergessen Sie die Adresse nicht.»

Fleck stieß seinen Knüppel so tief es ging Mowery in den Bauch, in der Absicht, ihn so lange außer Gefecht zu setzen, bis er ihm Handschellen angelegt hatte. Der Stoß war kräftig genug geführt, um Mowery einen Schritt zurücktaumeln zu lassen. Doch auch wenn er äußerst schmerzhaft war, verfehlte er seinen Zweck. Mowery griff sich den Knüppel mit einer Hand und zielte mit der Handkante der anderen auf Flecks Hals. Er verfehlte zwar knapp sein Ziel, doch er erwischte Fleck am Schlüsselbein und lähmte dessen Arm.

Der zweite Cop griff Mowery mit seinem Knüppel von der Seite an. Er versuchte ihn unter der Achselhöhle zu erwischen, doch Mowery war es gewohnt, sich mehrerer Angreifer zu erwehren. Einer der Grundsätze der fernöstlichen Kampfsportarten ist es, seine Gegner immer so zu positionieren, daß sie einander im Weg stehen. Während Mowery sich leichtfüßig bewegte, war er so in der Lage, schwere Treffer zu landen. Gegen nur zwei Mann hatte er leichtes Spiel.

Fleck und sein Kollege griffen zu ihren CS-Gasdosen. Obwohl es keine bleibenden Verletzungen verursacht, wirkt das Reizgas ätzend auf der Haut und blendend auf die Augen. Die beiden Cops hatten ihre Dosen komplett aufgebraucht, als ihnen zwei Streifenwagen zu Hilfe kamen.

Es bedurfte des vollen Einsatzes aller sechs Cops, um Mowery Handschellen anzulegen. Schließlich fuhren sie ihn ins Gefängnis von Anaheim, brachten ihn in eine Einzelzelle, wo sie ihn, ohne die Fesseln zu lösen, auf dem Betonfußboden liegen ließen.

Wenige Minuten nach seiner Festnahme spuckte der Computer Mowerys Strafregister aus.

Um vier Uhr morgens klingelte das Telefon neben Victorias Bett.

«Hallo?»

«Hier spricht Sergeant Hurley, California Highway Patrol. Spreche ich mit Victoria Seele?»

«Ja», antwortete sie fragend.

«Wir haben einen 70er Maverick, der auf Victoria Seele zugelassen ist, beschädigt und verlassen auf der I-5 in der Nähe von Santa Ana gefunden. Könnte es sich vielleicht um Ihren Wagen handeln?»

«Möglich.»

«Soll das heißen, Sie wissen es nicht?» Hurleys Stimme war nicht mehr ganz so höflich.

«Nicht genau.» Beredtes Schweigen am anderen Ende. Während Victoria versuchte, den Morgennebel aus ihrem Kopf zu vertreiben, überlegte sie, was Mowery mit ihrem Wagen angestellt hatte.

«Meinen Unterlagen zufolge sind Sie Deputy im Orange County Sheriffs's Office, ist das korrekt?»

«Investigator. Korrekt.»

«Sie sind Detective und wissen nicht, wo Ihr Wagen ist?» Die Stimme des CHP-Sergeants troff vor Sarkasmus.

«Ich bin auf einen Fall angesetzt, Sergeant Hurley», sagte sie mit mehr Selbstsicherheit. «Warum kann ich nicht heute morgen einfach vorbeikommen, und wir besprechen das Ganze. Reicht Ihnen das?»

«Ja, warum nicht. Der Wagen fährt nirgendwo mehr hin. Ich hab zwar um acht Dienstschluß, aber vielleicht bleib ich auf dem Revier, um mir Ihre Geschichte anzuhören. Ich liebe gute Geschichten.»

Klick.

Victoria rief sofort Carlander an. Sie erzählte ihm, daß die CHP ihren Wagen sichergestellt hatte, und fragte ihn, was sie tun sollte. Sie besprachen rechtliche und berufliche Konsequenzen und kamen überein, daß es am besten wäre, den anderen Behörden so wenig wie möglich mitzuteilen. Sie war mit dem Procedere vertraut.

Der nächste Anruf für Carlander kam zu einer etwas akzeptableren Zeit, um Viertel nach sieben. Keith Taylor war am Apparat. «Santa Ana PD hat ihn im Stadtgefängnis festgesetzt», sagte Mowerys Bewährungshelfer. «Tätlicher Angriff auf einen Polizisten, Trunkenheit, Ruhestörung, Widerstand gegen die Staatsgewalt, Diebstahl... letzteres wegen einer Tasse Kaffee, was ich offengestanden nicht ganz verstehe ... aber die Liste geht noch weiter. Du solltest ihn ein Weilchen aus dem Verkehr ziehen. Zehn Jahre oder so.»

Carlander fuhr in sein Büro in Santa Ana. Er ging zuerst die Ermittlungs- und Überwachungsberichte durch, zeichnete Spesenbelege ab und beantwortete eine vertrauliche Anfrage des Stellvertretenden Bezirksstaatsanwaltes Ronald Kreber über den Fortgang der Operation, wobei er die Ereignisse der Nacht verschwieg. Dann rief er diverse Leute an, darunter Victoria und Bud Nease. Ihre Einsatzbefehle für diesen Vormittag mußten geändert werden. Carlander wollte nun, daß sie zu Dealern, mit denen sie bereits Geschäfte gemacht hatten, erneut Kontakt aufnahmen, um Folge-Deals zu machen. Schließlich rief er beim nahe gelegenen Santa Ana PD an und arrangierte einen Besuch bei Mowery.

Es war bereits später Nachmittag, als Carlander im Stadtgefängnis von Santa Ana ankam. Er war darauf vorbereitet, seine Undercoveraktion, die wahrscheinlich von Anfang an ein aussichtsloses Unterfangen gewesen war, abzublasen. Von Mowery zu erwarten, daß er die Regeln befolgte, war unrealistisch gewesen. Bei der ersten Gelegenheit hatte er sich abgesetzt und das getan, was er schon immer getan hatte: sich vollaufen lassen, ein Auto zu Schrott gefahren und eine Schlägerei angezettelt.

Carlander hatte vorgehabt, Mowery kurz und bündig abzufertigen, doch als er dessen Zelle betrat und den Zustand konstatierte, in dem der Mann sich befand, ebbte sein Zorn ab. Nase und Lippen sowie die ganze linke Hälfte seines Gesichts waren dick geschwolllen, Fleischfetzen hingen ihm von den Handgelenken. Am schlimmsten aber sahen die Brandwunden aus, die alle sichtbaren Stellen seines Körpers bedeckten. Wüste Brandblasen im Gesicht und am Hals, auf Armen und Brust sowie auf dem Rükken, wo sein Hemd von der Schlägerei zerfetzt war. Eine Ladung CS-Gas genügt normalerweise, um jemanden kampfunfähig zu machen. Eine doppelte, und auch knallharte Typen wälzten sich schmerzverzerrt am Boden.

Als Carlander die Zelle betrat, versuchte Mowery sich aufzurichten.

«Hallo, Cliff.»

«Wayne.»

Mowerys Antwort war kaum hörbar. Carlander stellte sich so, daß Mowery ihn, ohne seinen geschundenen Körper bewegen zu müssen, sehen konnte.

«Ich habe die Cops gesehen. Die sehen auch nicht gut aus.» Carlander gab sich Mühe, aufmunternd zu klingen.

Mowery grinste gespenstisch.

«Kannst du reden?» fragte Carlander mitleidig.

«Ja», krächzte Mowery.

«War ein Arzt da?» Carlander konnte sich kaum vorstellen, wie dem Mann zumute sein mußte.

Mowery schüttelte vorsichtig seinen Kopf. Das Reden fiel ihm schwer.

«Ich werd mich darum kümmern, daß einer vorbeikommt. Schätze, du wirst es überleben.» Carlander fühlte sich elend. Als Mowery nicht antwortete, wußte er nicht mehr, was er sagen sollte. Die zornige Predigt, die er Mowery hatte halten wollen, kam ihm nun billig vor. Er empfand Mitleid für das klägliche, zusammengeschlagene Häuflein Elend.

«Das war's wohl», hörte er Mowery sagen.

«Die Operation? Ich denke ja.»

«Tut mir leid.»

Mowerys Entschuldigung schien aufrichtig.

«Mir auch. Verdammt, ich hätte ein Held werden können», scherzte Carlander unbeholfen.

Mowery versuchte zustimmend zu nicken. Dann verzog er wieder schmerzverzerrt das Gesicht. Tränen schossen ihm in die Augen.

«Tut mir leid... auch wegen Victoria... der Wagen... du weißt schon.»

«Die Versicherung wird dafür aufkommen, glaube ich zumindest. Ich denke, sie kann das regeln, ohne dich mit reinzuziehen. Du hast so schon genug Scheiße am Arsch.»

«Klasse Frau, was?» Durch seine geschwollenen Lippen war Mowery kaum zu verstehen. Er leckte sie, als ob er dadurch verständlicher klänge.

«Cliff...» begann Carlander.

«Was?»

«Ich verstehe nicht, wieso du das getan hast. Wozu?» Carlander wußte zwar, daß jeden früher oder später das Bedürfnis überkam, die Sau rauszulassen, doch Mowerys Schübe kamen zu häufig und zu brutal.

«Ich war voll.» Mowery zuckte mit den Schultern. «War 'ne gute Idee, fand ich.»

«Bis jetzt hast du nur Scheiße gebaut», entlud sich Calanders Frust zornig. «Keinen Scheißdreck geleistet. Uns nichts als Ärger gebracht. Hast uns mit ein paar Pfeifen abgespeist, aber nicht einen deiner Kumpels oder gar einen der Angels.»

«Ich hab versucht...»

«Erzähl keinen Blödsinn.» Carlander haßte Zeitverschwendung, und Mowery hatte mehr Zeit verschwendet als sonst jemand, mit dem er es bislang zu tun gehabt hatte. «Ich hab's dir gesagt. Mit Lügen kann ich leben. Aber nicht mit Blödsinn. Verdammt, du lügst mich sowieso dauernd an, aber der Blödsinn, den du verzapfst, der macht den Tag lang. Scheiße, wenn nicht soviel Blödsinn verzapft würde, bräuchten wir keine Überstunden mehr zu machen. Mann, ich könnte sogar noch verheiratet sein. Also verarsch mich nicht.»

Carlander brach ab, als er sah, daß Mowery dunkelrot anlief.

«Warum schwingst du dich nicht selbst in den Sattel, Mr. Wichtig?» Mowerys Kopf fiel zurück, aber sein Blick bohrte sich, trotz der Schmerzen, die ihm das Reden bereitet hatte, unverwandt in Carlanders Augen.

Carlander begriff Fakten, wenn er sie hörte. Wenn er die schweren Jungs zu fassen kriegen wollte, brauchte er den schwersten auf seiner Seite. Dennoch mußte er am Drücker bleiben und Mowery sagen, wo es lang ging.

«Du mußt dich ein bißchen mehr anstrengen, Cliff. Bis jetzt hast du uns noch keine dicken Fische geliefert. Meinst du, du kommst damit durch, wenn du uns immer nur die kleinen vorsetzt?»

«Ich werd dir nicht in den Arsch kriechen.»

Carlander nickte. Deutlicher würde Mowery nicht zugeben, daß er weitermachen wollte. Carlander beschloß, Mowery keine Versprechen abzunötigen. Er war auf Taten aus, nicht auf Worte. «Ich geb dir eine letzte Chance. Wahrscheinlich werde ich im gleichen Bus landen, der dich in den Knast zurückbringt.»

Carlander fand den Namen des Polizisten heraus, der Mowery festgenommen hatte: Rudi Fleck. Guter Cop. Hoffentlich nicht zu gut, dachte Carlander.

Fleck hatte einen Gerichtstermin, also ging Carlander zum zwei Blocks entfernten Gerichtsgebäude. Er nahm den Aufzug zum sechsten Stock und entdeckte Fleck, der mit zwei anderen Polizisten ins Gespräch vertieft in einer Nische stand. Fleck war in Uniform, seine Kollegen in Zivil.

«Kann ich mal kurz mit Ihnen reden, Rudi?» Carlander bemerkte, daß Fleck übel zugerichtet aussah. Seine Unterlippe war geplatzt, seine linke Wange blau geschwollen, und über dem Auge hatte er eine dicke Beule. Außerdem war seine linke Hand verbunden.

«Was kann ich für Sie tun?» Fleck klang nicht gerade begeistert.

«Mein Name ist Wayne Carlander, Sheriff's Office.»

«Ich weiß, wer Sie sind.»

Flecks kühle Reaktion auf seinen Namen ließ Carlander innerlich zusammenzucken. «Es geht um die Meriten, die Sie sich heute nacht erworben haben, genauer gesagt, heute morgen... Mowery.»

Fleck seufzte, verdrehte die Augen und grollte: «Und?»

«Ich schätze, der Kerl ist euch schwer auf die Nerven gefallen.»

«Schwer auf die Nerven gefallen. Schwer auf die Nerven gefallen.» Fleck ließ sich die Worte auf der Zunge zergehen. «Klingt lustig.»

«Wie wär's, wenn ihr Mowery laufen laßt? Er arbeitet für uns. Ich weiß, daß er durchgedreht ist, aber wir...»

«Arbeitet für euch? Als V-Mann, oder was?»

«Genau.»

«Ich seh da kein Problem. Besorgt euch 'nen neuen», sagte Fleck desinteressiert und wandte sich ab.

«Gibt's nicht», drängte Carlander. «Nicht so einen. Der Typ kommt an die Leute ran, die wir festnageln wollen. Ich hab schon mit euerm Reviervorsteher geredet. Er mag Mowery auch nicht besonders, genausowenig wie ich, aber er hat gemeint, wenn die festnehmende Polizeistreife einverstanden ist, läßt er Mowery laufen.»

«Na also. Na bitte», sagte Fleck. «Da haben Sie doch schon einiges erreicht. Bis auf das mit der festnehmenden Polizeistreife... Damit fallen Sie durch, weil ich nicht damit einverstanden bin, den Hurensohn laufenzulassen. Habt ihr im County so wenig Fälle, daß ihr schon bei uns im Knast rumstöbern müßt? Besorg mir 'ne Versetzung in eure Abteilung.»

«Moment.» Carlander ließ nicht locker und faßte Fleck am Arm. «Ich weiß, daß Mowery sich manchmal wie der letzte Arsch benimmt.»

«Sind Sie auch schon bescheuert? Nehmen Sie die Finger von meinem Arm. Er wandert zurück in den Knast, wo er hingehört, und ich werd hoffentlich in zwanzig Jahren vor seinem Bewährungsausschuß aufkreuzen und denen erzählen, sie sollen ihn dabehalten. Im Ernst, Typ wie der muß irgendwo 'ne Leiche zu liegen haben.»

«Fleck», sagte Carlander aufgeräumt. «Ich bitte Sie um etwas, was ich von 'nem andern gar nicht erst verlangen würde, und zwar, weil Sie der Beste am Ort sind. Ach was, im County...»

«O Gott, nicht die Nummer...» Fleck drehte sich um und wollte gehen, hatte aber die Wand übersehen.

«...und weil Sie die Sache überblicken. Sie sind kein Erbsenzähler.» Carlander nickte bekräftigend.

«Mir kommt's gleich hoch.»

«Bitte», schleimte Carlander schamlos. «Wir können ein paar ganz schwere Jungs einbuchten, wenn Sie uns helfen.»

«Ich muß rein.»

«Denken Sie drüber nach.»

«Okay, ich denk drüber nach.»

«Und?»

«Was und?»

«Wie haben Sie sich entschieden?»

«Scheiße.»

«Scheiße bedeutet okay?»

«He, Carlander, wenn ich Sie nachts um drei anrufe, weil ich gerade jemand seinen beschissenen Kopf weggeblasen habe, kommen Sie dann, nehmen meine Knarre, marschieren damit aufs Revier und nehmen den Mord auf sich? Deal oder kein Deal?»

«Deal. Ich schwör's. Danke, Fleck.» Carlander wollte gehen.

«He», rief ihm Fleck nach. «Aber machen Sie das mit keinem anderen, hören Sie. Ich will nicht, daß Ihr Geständnis abgewiesen wird, weil Sie rumlaufen und noch fünf andere Morde gestehen.»

Carlander nickte zustimmend und wollte gehen, aber Fleck hielt ihn zurück. «Carlander...»

«Ja?»

«Ihr wollt diese Biker wirklich fertigmachen?» Fleck schaute sich um, als wären Motorradfahrer in der Nähe. «Ohne Scheiß?»

«Wir haben gute Chancen», bestätigte Carlander.

Fleck dachte einen Moment nach: «Hundertsiebenundachtzig. Vor acht Monaten, in Huntington Beach. Capri Bar hieß die Kneipe. Zwei Typen haben 'nen anständigen Jungen abgeknallt. Davon gehört?»

«Ich glaube schon. Wieso?» wollte Carlander wissen.

«Der Junge war gerade mal einundzwanzig. Der Barkeeper hat gesagt, die Typen hätten ausgesehen wie Biker. Einem der Arschlöcher hat die Musik nicht gefallen, die der Junge laufen ließ. Hat ihn einfach abgeknallt. Der Barkeeper hat gemeint, der Typ hätte 'n Namensschild an seinem Hut gehabt. Butch.»

«Gibt's 'ne Beschreibung?»

«Keine, die weiterhilft. Knapp eins achtzig groß. Weiß.»

«Butch», wiederholte Carlander gedankenverloren. «Wir halten die Augen offen. Noch mal danke, Fleck.» Carlander betrat den Aufzug.

Kenny war gerade einundzwanzig geworden und trank mit seinem Vater, Kenneth A. King, sein erstes legales Bier in einer Bar, als eine laute Stimme sich über die Musik aus der Jukebox beklagte. Ein schmuddeliger Typ, mit einem Cowboyhut, auf dem auf der einen Seite «Butch» und auf der anderen «Hell's Angels» stand, stellte ihn zur Rede, und Kenny gab zu, die Platte ausgesucht zu haben. «Ich mag keine Nigger-Musik», hatte der Mann gesagt, «und dich mag ich auch nicht.» Ein Streit war entbrannt, und

Kenneth hatte den Mann ohne größere Anstrengung zu Boden geschlagen. Der Mann hatte die Bar verlassen und war wenige Minuten später zurückgekehrt. Diesmal hatte er eine Pistole. Er schoß Kenny zweimal in die Brust, machte auf dem Absatz kehrt und floh, gefolgt von einem zweiten Biker und zwei Begleiterinnen.

Keiner der dreißig Gäste hatte etwas gesehen, auch der Barkeeper nicht. Die Mordkommission des Huntington Beach PD hatte zwar eine oberflächliche Beschreibung des Täters und seiner Komplizen, aber keine Namen und schon gar keine Adressen. Die Ermittlungen wurden zwar erschöpfend durchgeführt, brachten aber kein Ergebnis. Der einzige sachliche Hinweis, den es gab, war, daß die beiden Männer Biker waren.

Es kostete Carlander den Rest des Tages, aber er machte die anderen Streifenpolizisten ausfindig und erhielt – nicht zuletzt dank Flecks Beispiel – deren grollendes, verärgertes Einverständnis, Mowery laufenzulassen. Mowerys Zellentür würde sich trotzdem erst öffnen, wenn Carlander auch die anderen in die Angelegenheit involvierten Parteien – einschließlich Sheriff Gates und Keith Taylor – davon überzeugt hatte, daß Mowery sein Fehltritt nachgesehen werden und so etwas nicht wieder vorkommen würde.

Aber dann war da immer noch Mowery selbst. Carlander hatte es noch immer mit einem abgebrühten Kriminellen zu tun, der es gewohnt war, seinen Willen zu bekommen. Carlanders Ruf stand einmal mehr auf dem Spiel. Er hielt eine Zeitbombe in Händen, die jeden Augenblick hochgehen konnte. Vielleicht war es doch klüger, Taylors Rat zu befolgen und Mowery hinter Gittern zu lassen.

Dagegen standen Victorias positive Berichte. Sie hatte einen Mann namens Ray Glore getroffen, der mit hoher Wahrscheinlichkeit ein Drogendealer größten Formats war. Überdies war er eine bedeutende Figur bei den Hell's Angels. Wenn es irgendwo an der Westküste ein Methamphetamin-Labor gab, würde Glore wissen, wo. Bruno war Mitglied der Angels, soviel war sicher. Carlander versuchte sich an einen weiteren Namen zu erinnern, den

Victoria notiert hatte, als Mowery ihren Wagen genommen hatte. War es Butch? Er schüttelte den Kopf. Er würde nochmals in den Unterlagen nachsehen, bezweifelte aber, daß es sich um denselben Mann handelte, der in Huntington Beach geschossen hatte.

Zudem mußten weitere Biker identifiziert werden. Carlander stellte den Wert von Mowerys Unterwanderung keinen Moment ernsthaft in Frage.

Carlander traf sich mit Sergeant Skip Mitchell, seinem formellen Vorgesetzten, und Lieutenant Sim Middleton. Mowerys Gesetzesverstöße waren einigermaßen ernst – und Carlander wußte noch nichts von den Waffenschiebereien mit Bruno. Die drei diskutierten ihre rechtliche Verantwortlichkeit. Wie würden sie dastehen, wenn ihnen entsprechende Vorwürfe gemacht werden würden, die von mangelndem Urteilsvermögen bis hin zu strafbarer Verletzung der Aufsichtspflicht reichen mochten. Andererseits würden nur wenige Cops die Gelegenheit verstreichen lassen, ausgewachsene Schwerkriminelle vor Gericht zu bringen. Deshalb entschieden sich Mitchell und Middleton, Carlander mit allen Mitteln zu unterstützen.

Sheriff Brad Gates war in seine Akten vertieft, als Carlander unangekündigt sein Büro betrat.

«Ich weiß, was du willst, Wayne.»

«Jawohl, Sir, davon gehe ich aus.»

Gates bot Carlander einen Stuhl an. «Ich habe mit Captain Lagstead vom Anaheim PD gesprochen. Er hat mir gesagt, die festnehmenden Polizisten wären bereit, die Anklage fallenzulassen. Wie zum Teufel hast du das bloß geschafft?»

«Ich hab versprochen, ein Geständnis abzulegen, falls Fleck je einen Mord begeht.»

«Und? Hat er schon?»

«Ich glaube nicht», erwiderte Carlander, ohne eine Miene zu verziehen.

«Mowery liest dich wie ein offenes Buch. Der nimmt dich auseinander wie einen Vergaser.»

«Vielleicht tut er das, Sheriff. Aber immerhin haben wir jetzt ein paar von den Brüdern im Visier. Einen Typ namens Ray Glore zum Beispiel, mischt ganz oben bei den Hell's Angels mit. Außerdem einen Mordverdächtigen identifiziert, und soweit ich weiß, geht Victoria inzwischen bei den Angels ein und aus.»

Carlander wußte, daß der Sheriff bei der Erwähnung der Hell's Angels aufhorchen würde.

«Nun, was du bis jetzt hast, ist lediglich eine Menge Material, das ihr überprüfen müßt. Kannst du Victoria nicht jemand anderes zur Seite stellen? Nease vielleicht?» Gates gefiel die Operation, auch wenn er Mowery nicht mochte.

Carlander merkte, wie Gates ihm allmählich entgegenkam. «Nee. Mowery ist der Fels in der Brandung. Die lieben den Hurensohn geradezu. Er ist einer von ihnen. Nease ist ein cooler Typ, aber er würde bei den Angels nie auch nur einen Fuß in die Tür kriegen.»

Sheriff Gates erkundigte sich nach weiteren Einzelheiten, nach dem Speed-Labor, den Verbindungen anderer Gangs zu den Angels, deren Beteiligung an Drogenhandel, Erpressung und Diebstahl. Die beiden spekulierten über mögliche Fahndungserfolge, doch Gates hatte noch immer Vorbehalte gegen Mowery. «Schon mit Keith Taylor gesprochen?»

«Hab ihm die Daumenschrauben noch nicht angelegt.»

Gates seufzte: «Teufel, was soll's. Schreib ich eben noch einen Brief an den Bewährungsausschuß. Wenn wir Glück haben, pfeifen sie uns zurück.»

«Ja, Sir.» Carlander wandte sich zum Gehen.

«Ist Victoria denn noch bereit, weiter auf diesem verdammten Chopper rumzufahren?» fragte Gates, der von ihrem Mut beeindruckt war.

«Verdammt, sie beginnt Gefallen daran zu finden», log Carlander.

«Ich glaub es nicht.» Victoria ging aufgeregt in ihrem Wohnzimmer auf und ab. «Der Idiot hat sich das selbst zuzuschreiben. Ich hab's versucht. Ich hab mich wie verabredet verhalten, aber die verdammte Scheiße ist geplatzt. Carlanders Lieblingskrimineller hat's zu weit getrieben. Jetzt können wir wieder das machen, was... was... was immer man uns zuteilt. Gates hat mir prophezeit, daß wir in die Scheiße treten würden, und genau das ist passiert. Und sogar ziemlich schnell. Aber so ist Mowery eben. Er ist so damit beschäftigt, sich selbst die Kehle durchzuschneiden, daß er beide Hände dazu nimmt. Himmel, er muß den Knast ja geradezu lieben. Na ja, da trifft er wenigstens 'ne Menge Freunde wieder. Weißt du, was ich machen werde? Ich werde Benzin über das verdammte Motorrad kippen und ein Streichholz dranhalten. He, Bill, willst 'n Bier?»

Bill beobachtete die besessene Fremde, zu der sich seine Frau entwickelt hatte. Das Undercoverteam machte durchschnittlich 24 Überstunden pro Cop und Woche. Bill merkte, daß sie eine Pause brauchte.

«He, ich hab jetzt 'ne Weile frei», sagte sie und zündete sich eine neue Zigarette an. Sie spielte mit der Fernbedienung, und einer der großen Sender brachte einen Rückblick auf die Feierlichkeiten zum 200. Jahrestag der USA. Riesige Schiffe fuhren im Triumph den Hudson River hinauf.

«Mowery sitzt. Wir können mal abschalten. Ins Kino gehen. Zum Strand, wenn wir wollen. Das Wetter ist schön.» Victoria schaltete den Fernseher aus und warf die Fernbedienung achtlos beiseite.

«Hört sich gut an.» Es würde ihn zwar Mühe kosten, von seinem Job loszukommen, aber andererseits hatte er Victoria in den letzten Wochen kaum zu Gesicht bekommen. Anfangs hatten sie geglaubt, die erzwungene Trennung, die ihr Job mit sich brachte, würde die wenige Zeit, die sie füreinander hatten, ausgefüllter machen. Aber bislang war das durchaus nicht der Fall.

«Was hat er angestellt?»

«Sechs Cops sind zwischen ihn und einen Doughnut geraten. Himmel, er ist verrückt. Die sind alle verrückt.» Victoria schlang die Arme um den Körper, als fröre sie.

«Ist es ernst?» fragte Bill. «Wie lange wird er drinbleiben?»

Victoria zuckte mit den Schultern. «Wer weiß? Kann sein, daß er seine Reststrafe absitzen muß. Er hat seine Bewährungsauflagen mehr als grob verletzt. Wenn ein Cop zusammengeschlagen wird, wollen die anderen Cops Blut sehen, und die Richter auch.»

«Und wie denkst du darüber?» Bill ging zum Kühlschrank und suchte nach einem kalten Bier.

«Es ist großartig. Glaub mir. Bin total erleichtert. Ich würde alles dafür geben, von diesem verdammten Motorrad herunterzukommen. Wir sind den ganzen Tag auf Achse. Machen per Telefon 'nen Deal klar. Briefchen Koks oder ein Fläschchen Speed. Dann nichts wie weg mit dem Chopper. Den ganzen Tag und die halbe Nacht. Ich warte nur darauf, daß mich jemand erkennt oder...» Victoria hielt inne, dachte einen Augenblick nach und fuhr dann fort. «Wenn Mowery wieder einfährt...» Sie unterbrach sich wieder, als wäre sie sich selbst über ihre Gedanken im unklaren.

«Ist er so ein mieser Typ, daß du ihn wieder im Knast sehen willst?» fragte Bill neugierig. Er war Mowery nie begegnet, wollte aber alles über den Mann wissen.

«Kommt drauf an, was du unter mies verstehst. Wenn es zu 'ner Schlägerei kommt und er auf deiner Seite ist, ist er 'n klasse Typ. Wenn er auf der anderen Seite ist oder gerade deine Kasse geplündert hat, dann ist er mies.»

Victoria nahm das Bier, das Bill aus dem Kühlschrank geholt hatte und ihr anbot. Sie begann Geschmack daran zu finden; in den letzten Wochen hatte sie mehr Bier getrunken als in ihrem bisherigen Leben zusammen.

«So meine ich das nicht», sagte Bill. Er wollte wissen, wie sie über ihn dachte, nicht wie sein Strafregister aussah.

«Er ist auf sich selbst fixiert. Das ist sein größtes Problem. Er denkt nur an sich. Und an Sex. Er vögelt alles, was sich bewegt. Muß sich ja auch nicht groß anstrengen. Die Frauen, die» – Victoria zuckte mit den Schultern –, «die hängen nur so an ihm dran.» Sie überlegte und fuhr dann fort. «Arrogant. Obwohl er so lange im Gefängnis war, glaubt er auf alles eine Antwort zu haben. Selbstzweifel sind ihm fremd.»

«Lügt er?»

Victoria wandte sich ruckartig ihrem Mann zu. Ihre Stimme klang überrascht. «Natürlich lügt er. Das liegt quasi in seiner Natur.»

Zwei Tage später klingelte das Telefon. «Mowery ist draußen. Wir sind wieder im Geschäft», berichtete Carlander. Victoria war wie vor den Kopf geschlagen.

## Kapitel 8

Über die Weihnachtsfeiertage rasten Victoria und Mowery zwischen ihren Drogen-Connections hin und her. Sie kauften von Mitgliedern der Hell's Angels, aber auch von Mitläufern. An Möchtegern-Angels und habgierigen Biker-Dealern herrschte kein Mangel. Ende Dezember 1976 hatten sie ein festes Vorgehensmuster entwickelt, als eine Entwicklung eintrat, von der eigentlich keine größeren Unannehmlichkeiten zu erwarten waren. Überraschend wurde ein Ersatz für Victoria gebraucht.

Larry Torres war zwar kein Mitglied der Hell's Angels, aber Mowery hatte Carlander darüber informiert, daß Torres in großem Stil Heroin dealte, eine Droge, die die Hell's Angels verabscheuten.

Wie sich herausstellte, war Torres' Organisation der größte Heroinring in Kalifornien.

Carlander ließ Torres' Akte kommen, der eine Liste seiner Aktivitäten beigefügt war, die das Los Angeles PD zusammengestellt hatte. Daraus ging hervor, daß er sowohl im Staatsgefängnis gesessen hatte als auch im Orange-County-Gefängnis, wo er der Anführer einer Latino-Gang gewesen war.

«Er hat eine Freundin, Nita. Sie war zu der Zeit im Orange-County-Frauengefängnis, als Sie auch dort waren», sagte Carlander zu Victoria. «Erinnern Sie sich an sie?»

«O ja, ziemlich gut sogar. Ich habe ihre Post kontrolliert.» Victoria überlegte. «Ich glaube aber nicht, daß sie sich an mich erinnert. Ich kann den Deal machen.»

«Für ein Selbstmordkommando ist es noch ein bißchen früh.»

«Ich hab sie kaum gesehen, damals. Ich glaub nicht, daß sie sich an mich erinnert», stellte Victoria fest, die nicht ausgeschlossen werden wollte.

«Und ich dachte, Sie wüßten inzwischen, wie der Hase läuft», bemerkte Carlander. «Wir nehmen jemand anderen. Hat jemand eine Idee?»

«Viel Auswahl haben wir nicht», warf Nease ein.

Victoria sprach aus, was alle wußten: «Ich bin der einzige weibliche Detective.»

«Was ist mit Karen Higgins?» schlug Nease vor. «Sim sagt, die ist in Ordnung.»

Karen Higgins war ein frischgebackenes Mitglied des Orange County Sheriff's Office. Die ehrgeizige, von Victorias Erfolg angespornte junge Frau sollte zunächst für den Streifen- und später für den Kripodienst ausgebildet werden. Wie Victoria hatte auch Karen Higgins vor, innerhalb der Strafverfolgungsbehörden Karriere zu machen. Ihr Mann, Paul, war ein erfahrenes Mitglied des Huntington Beach Police Department. Während seiner siebenjährigen Dienstzeit hatte er in Abendkursen Jura studiert und stand kurz vor seiner Zulassung durch die kalifornische Anwaltskammer.

«Ziemlich jung», konterte Carlander. Karen Higgins war erst dreiundzwanzig.

«Und was bin ich? Eine alte Dame?» gab Victoria zurück. Sie fand Carlander zu fürsorglich. Darüber hinaus konnte sie sich nicht vorstellen, daß jemand anderes den Job ebenso gut erledigte wie sie. «Die ist ja noch grün», hob sie hervor.

«Ich weiß, daß sie noch grün ist. Wie sieht's aus, Cliff? Willst du mit 'nem grünen Mädel undercover gehen?»

«Scheiße, warum nicht.»

Tatsächlich arbeitete Karen Higgins noch immer im Frauenbezirksgefängnis, eine Eingangsposition, die jeder neue Deputy zu durchlaufen hatte. Andererseits erinnerte sich Carlander, daß auch Victoria nicht gerade ein alter Hase gewesen war, als man sie zum Detective befördert hatte. Und, mußte er zugeben, sie kam mit ihren Einsätzen sehr gut zurecht. «Okay, sie arbeitet im Gefängnis, glaube ich. Ich werde sie da abziehen.»

«Fragen Sie sie aber vorher», bremste ihn Victoria, die glaubte, Karen beschützen zu müssen.

«Hab ich doch gesagt.»

«Sie können ihr nicht einfach sagen, daß sie einen neuen Auftrag hat. Erklären Sie ihr wenigstens, was für Risiken das beinhaltet.»

«Was sind Sie? Ihr Agent?»

«Ich weiß, wie Sie arbeiten. Ich hab's am eigenen Leib erfahren. Es war eine ausgemachte Sache, daß ich mit Mowery zusammenarbeite, bevor ich ein Wort dazu gesagt habe. Erzählen Sie ihr wenigstens, was die Risiken sind. Himmel, sie ist noch ein Kind.»

«Hey, Sie haben sie nicht ins Spiel gebracht», sagte Carlander.

«Wer sie ins Spiel gebracht hat, spielt überhaupt keine Rolle. Sie ist eine verdammt anständige Frau. Ich kann sie ziemlich gut leiden. Erzählen Sie ihr, was auf sie zukommt.»

«Natürlich werde ich's ihr erzählen. Bin ich auf einmal der Feind?»

Er traf sie während der Spätschicht im Gefängnis an. Sie unterhielten sich im Anwaltssprechzimmer, wo sie ungestört waren.

«Wahrscheinlich bleibt das eine einmalige Angelegenheit. Bestenfalls zwei- dreimal, falls wir wieder dasselbe Problem haben sollten. Es wird keine Beförderung zum Detective...»

«Das ist in Ordnung», sagte sie eifrig.

«...oder sonst etwas in der Art. Sie sind ja noch nicht lange genug dabei, um dafür in Frage zu kommen. Egal, ich soll Ihnen die Risiken erläutern. Um ehrlich zu sein, es gibt keine. Meiner Meinung nach. Das soll nicht heißen, daß nicht etwas schieflaufen könnte...»

«Davor habe ich keine Angst. Ich weiß, daß ich es kann.»

«Das Schlimmste für mich wäre, auf so einem Chopper zu fahren. Da würden mich keine zehn Pferde draufbringen.»

«Mein Bruder hatte ein Motorrad. Ich fahre gern Motorrad.»

«Nun gut, nur, damit Sie's wissen. Ich muß geradeheraus sein, was die Bedingungen angeht. Dies ist keine Sache von Dauer, damit wir uns verstehen. Einmalige Angelegenheit.» Carlander wiederholte sich. «Also, wollen Sie den Deal für uns machen?»

«Ja. Wann geht's los?»

«Ich muß zuerst mit ein paar Leuten reden. Sheriff Gates als erstes. Dann mit Ihrem Captain. Ich rufe Sie in ein paar Stunden an. Wir haben einen Hinweis auf einen Kerl, der Heroin verkauft. So, wie wir's geplant haben, müßte es klappen. Ich ruf Sie an. Wollen Sie noch mit jemandem darüber reden? Was ist mit Ihrem Mann?» Carlander erwartete auch hier keine Einwände.

«Es macht ihm nichts aus. Ich meine, er ist ein Cop.» Karen lächelte gewinnend.

«Gut, gut.» Zwei Cops in der Familie. Nichts Ungewöhnliches, aber es mußte die Hölle sein, in so einem Haus aufzuwachsen. Allerdings hatten die beiden noch keine Kinder.

«Ich werd ihn anrufen», sagte Karen.

Als ihm Karen Higgins vorgestellt wurde, war Mowery, der eine schöne Frau zu schätzen wußte, keineswegs enttäuscht. Zwar besaß sie nicht Victorias klassische Züge, aber es reichte, um jederzeit einen Auflauf zu provozieren, zumal sie hart daran arbeitete, in Form zu bleiben. Sie hatte braune Augen, die zu ihrem braunen Haar paßten, dessen Spitzen von der Sonne gebleicht waren, es sah aus, als wären sie mit Reif überzogen.

«Hallo, Cliff», sagte sie zu ihm.

«Hallo, Kleine.»

Karen schien erfreut, und Victoria schüttelte den Kopf.

«Torres wohnt in Garden Grove, Sunswept Avenue Nummer 13521, Apartment 5», sagte Carlander zu Karen und Mowery. «Alles klar? Ich und Victoria werden vor euch da sein. Ich hab keine Lust mehr, dir bei deinem Fahrstil zu folgen. Also, Karen, Sie machen folgendes...»

«Sie braucht einen Decknamen», unterbrach Victoria Carlander.

«Ich weiß, Vicky. Lassen Sie mich das zu Ende bringen, dann könnt ihr Vorschläge machen. Wie wollen Sie sich nennen, Karen? Suchen Sie sich's aus.»

«Aubry», antwortete Karen ohne zu zögern.

«Aubry? Das ist ein Männername. Du meinst Audrey.»

«Ich hatte eine Tante, die nicht mehr ganz richtig im Kopf war. Sie hieß Aubry. Heron mit Nachnamen», sagte Karen, als ob damit alles erklärt wäre.

«Okay. Merk's dir, Cliff. Nenn sie nicht Karen.»

«Wie war der Name noch mal?» fragte Mowery.

Er will uns auf den Arm nehmen, dachte Victoria. «Aubry.»

«Auf geht's», sagte Carlander. «An die Arbeit. Okay, äh, Aubry, wenn ihr bei Torres seid, klopfen Sie. Nicht Clifford. Sie kaufen das Smack, nicht Mowery. Das ist hier wie im Theater, jeder spielt seine Rolle. Mowerys Rolle ist, daß Sie Drogen kaufen wollen und er Sie mit jemandem zusammenbringt, der sie liefert. Sie machen den Deal, nicht Mowery. Okay? Cliff ist kein Polizist, also kann er auch nichts tun, offiziell wenigstens. Also, Sie sagen Torres, daß Sie Heroin wollen. Nicht für sich, sagen Sie ihm, es sei für einen Freund, oder für ein paar Bekannte. Mowery hat früher selbst gedrückt.» Carlander nickte in Richtung des Bikers. «Jetzt natürlich nicht mehr. Mowery ist so sauber wie das Tagebuch einer Nonne, aber Torres hat davon keine Ahnung, also denkt er, der Stoff sei für Mowery und seine Kumpels. Wie auch immer. Alles, was Sie tun müssen, ist, den Deal zu machen. Okay?»

Karen nickte. «Was ist, wenn er mir noch was anbietet?»

«Was anbietet? Weißwein und Austern?» fragte Carlander milde.

«Drogen.»

«Scheiße», sagte Nease wissend.

«Kommt drauf an, wie Sie drauf sind.»

«Wenn du nach Speed oder sonstwas fragst, wird er Verdacht schöpfen», bemerkte Victoria.

«Speed», sagte Nease. «Torres dealt keinen Speed.»

«Fragen schadet nichts», warf Carlander ein. «Egal was. Er könnte jemanden kennen, der jemanden kennt.»

«Mach keine Dummheiten», warnte Victoria. Sie wollte sicher sein, daß Karen laufen konnte, bevor sie zu fliegen versuchte.

«Am Ende muß ich ihn umlegen, um dich zu beschützen», sagte Mowery, ohne eine Miene zu verziehen.

«O ja, er soll ja auf dich aufpassen.» Victoria verdrehte die Augen. «Also sieh zu, daß du selbst auf dich aufpaßt.»

Karen sah Mowery an. Der Biker begegnete ihrem Blick, lächelte aber nicht. «Ich würd mich nicht drauf verlassen.»

Diese Antwort hatte Karen nicht erwartet. Einen Augenblick lang schaute sie bestürzt drein. Victoria fing ihren Blick auf und befürchtete, sie würde einen Rückzieher machen.

«Ganz recht. Verlassen Sie sich nicht drauf», wiederholte Carlander unbekümmert, als würde Mowery noch immer versuchen, sie zu veralbern. «Und noch eins. Jeder von uns hält Augen und Ohren offen. Es geht um einen Biker namens Butch. Der Kerl hat letztes Jahr in Huntington Beach einen Mord begangen.»

An Selbstvertrauen mangelte es Karen Higgins nicht. Carlander hatte ihr eingeschärft, daß ein Undercoverermittler die richtige Mischung zwischen Selbstvertrauen und Furcht finden müsse. Übergroßes Selbstvertrauen führte zu Nachlässigkeiten, die katastrophale Folgen haben konnten.

Sie klopfte kräftig gegen die Apartmenttür. Mowery stand daneben. Kurze Zeit später öffnete ein Latino, der kaum größer war als Karen. Als erstes fiel Karen auf, daß er kein Gramm Fett am Körper hatte, seine Muskeln aber dennoch schlaff waren. Er trug sein weißes Hemd offen und hatte die Ärmel so hochgekrempelt, daß die Ellbogen bedeckt blieben. Um Einstichnarben zu verdekken, schoß es ihr durch den Kopf.

Sie sah, daß er zahlreiche Tätowierungen hatte, wie sie offenbar für jeden *macho hombre*, der schon einmal gesessen hatte, obligatorisch waren: ein glühendes Kreuz, einen bluttriefenden Dolch, einen Sensenmann, einen weiblichen Schoß und ein Herz mit der Inschrift MARIA. Torres war ein nervöser Typ, mit flakkernden Augen und unkontrollierten Zuckungen. Er warf einen bewundernden Blick auf Karen, wandte sich dann an Mowery.

«Komm rein, Maan. Sezzdich. 'n großer Kerl wie du muß dauernd müde sein. Sezzdich.»

Aus Torres' Aussprache schloß Mowery, daß er Kubaner und nicht Mexikaner sein mußte. Mowery traute Latinos, Chicanos ebensowenig über den Weg wie Schwarzen. Aber Latinos mit ihrem aufgeblasenen Machismo konnten gefährlich werden, wenn sie sich einbildeten, ein Deal würde schieflaufen oder sie würden nicht respektvoll genug behandelt werden.

Die Wohnung befand sich in einer Gegend der unteren Mittelschicht, obwohl Torres sich etwas Besseres leisten konnte, wie Karen vermutete. Ein Apartment, das man schnell aufgeben konnte, ohne etwas von Wert zurückzulassen. Und in dieser Gegend konnte Torres seinen Geschäften nachgehen, ohne die Aufmerksamkeit der Nachbarn auf sich zu lenken.

«Also? Was wollt ihr? Was trinken? Oder eine Nase? Hab gute Proben. Richtiges Geschäft hier. Für die richtigen Leute.»

Mowery lächelte. Torres lächelte zurück. «Geschäft muß Spaß machen. Sonst kannstes besser sein lassen. Was für 'ne Mühle fährste, Maan?»

«Hast du doch gesehen», antwortete Mowery lakonisch. «Harley. Chopper.»

«Da kriegste mich ums Verrecken nicht drauf. Kannst bei draufgehen, Maan. Scheißmühlen. Weißte, was ich hab, Maan? Night Train. Schon mal ein gesehen?» Torres hielt Mowery ein Foto seines aufgemotzten Chevys unter die Nase.

«Netter Schlitten. Selbst tiefer gelegt?»

«Verdammt richtig. Persönlich tiefer...»

«Ich will hier was kaufen», unterbrach Karen.

Torres schaute erst sie an, dann Mowery und machte eine Kopfbewegung, als wollte er sagen: «Hast du was gehört?», und fuhr dann fort. «Der Wagen ist echt was wert, Maan. Neulich hat mir einer fünfundzwanzigtausend geboten. Fünfundzwanzig. Aber den verkauf ich nicht...»

«Und ich kauf nichts, wenn du nicht bald was anbietest», sagte Karen mit einer Ironie, die ernst gemeint war.

«He, wir unterhalten uns gerade. In Eile, Lady, oder was? Nicht mal Zeit zum Hinsezzen.» Der Kubaner schien bereit, sich über die attraktive junge Frau zu amüsieren. Offenbar hatte Karens Auftreten ihn beeindruckt.

«Smack. Wieviel hast du?» fragte Karen geschäftsmäßig.

«Scheiße! Wer bist du?! Wieviel ich hab? Scheiße, Baby, mir gehört die Welt. Willste die Welt kaufen? Wo's dein Schotter? *Diñero*, Baby.» Er rieb Daumen und Zeigefinger aneinander.

«Krieg ich fünf Ballons für 'n Hunderter?»

Torres schaute Mowery amüsiert an. «Häh? Fünf? Nä. *Quatro. Habla usted español? Nada?* Vier Ballons. Das' der Preis. Hundert Dollar sind nicht gerade die Welt, Baby. Okay? Sekunde.»

Torres verschwand im hinteren Teil des Apartments. Dreizimmerwohnung, vermutete Karen. Sie und Mowery setzten sich gleichzeitig und grinsten über die Übereinstimmung. Karen blieb dicht neben ihm sitzen.

«Paß auf dein' Arsch auf», warnte Mowery den Grünschnabel. «Wenn Torres glaubt, daß ihm einer auf die *cojones* tritt, rastet der aus.»

«Ich denke, du paßt auf mich auf», erinnerte ihn Karen und ließ ihre Wimpern klappern.

«Hab nicht viel übrig für Cops.»

Karen schaute ihm in die Augen, sagte aber nichts.

«Andererseits», lächelte Mowery, «gibt 'n paar, da will ich nicht, daß denen was passiert.»

Torres kam zurück mit vier Luftballons, wie man sie Kindern kauft. Karen kannte solche aus ihrer Ausbildung. Zwei waren rot, einer gelb, der vierte blau. Obwohl die Farbe der Ballons nichts mit dem Inhalt zu tun hatte, würde sie auf dem Ermittlungsbericht und bei der Beweismittelsicherung notiert werden. Karen war auch bekannt, daß die Heroin-Dealer die Luftballons bevorzugten, weil die Drogenkuriere, die «Mulis», sie verschlukken und problemlos wieder ausscheiden konnten. Der Inhalt von Torres' Ballons sollte später im Polizeilabor analysiert werden und ein Gesamtgewicht von fünfhundert Milligramm sechsprozentigen Heroins ergeben; eine typische gestreckte Straßendosis.

Torres nahm die fünf Zwanziger und steckte sie, ohne sie zu zählen, in die Tasche, während er weiter über seinen Chevy schwadronierte. Mowery schaute Karen an. Das Weitere lag an ihr. Karen schien keine Eile zu haben und Mowery ebenfalls nicht. Mowery hätte zu gerne eine Nase Smack probiert, nahm aber statt dessen Torres' Einladung auf ein Bier an. Karen Higgins ging unschuldig im Zimmer umher, steckte ihre Nase in einen Stapel Lowrider-Magazine, blätterte Torres' Pin-up-Sammlung durch und suchte schließlich ein Tape aus einen Stapel Kassetten heraus, steckte es in ein Deck und drehte die Anlage auf.

Torres lächelte.

«Gefällt's dir? Astreine Musik. Ich werd 'n Club kaufen. Werd ihn Médico Música nennen. Disco. Ich lad euch ein...» Er geriet ins Schwärmen.

«Ich kann kein Bild von deiner Frau finden. Wie hieß sie noch? Nita?»

Torres fuhr wie elektrisiert hoch und schlug mit voller Wucht gegen das Tapedeck. Das Gerät ging kaputt.

«*Puta!* Die hab ich kaltgemacht, Maan. Aufgeschlitzt wie 'n beschissenes Karnickel. Schlampe. *Puta*-Schlampe. Was lachst du, Maan? Hä? Da gibb's nix zu lachen», fuhr der Kubaner Mowery an.

«Ich lach nicht», erwiderte Mowery, der schwer kämpfte, nicht zu grinsen. «Verdammt, ich kenn die Lady überhaupt nicht.»

«Dass keine Lady. Dass 'ne Lesbe, Maan, 'ne gottverdammte Kampflesbe.» Torres' Augen waren schwarze Löcher.

«Mein Gott», rief Karen in gespieltem Schrecken.

Mowery sah Karen an, die dramatisch die Hand vor den Mund geschlagen hatte.

«Eben! Die verdammte Schlampe. Erst hol ich sie ins Land, Maan. Da warse vierzehn. Von ihrer beschissenen Familie hab ich se weggeholt, Schweine alle zusammen, und mich mächtig um sie gekümmert. Richtig mächtig. Wie 'ne verdammte Prinzessin hab ich se behandelt. Und denn? Vor anderthalb Jahren nehmse mich wegen VB hoch...»

«VB?» fragte Mowery.

«Verstoß gegen das Betäubungsmittelgesetz... Blöder Bullenquatsch, und dann fährt die Schlampe auch noch ein, ich hab ihr gesagt, sie soll auf ihr'n Arsch aufpassen, die hätt nicht mal arbeiten brauchen, aber die hört ja nicht...»

«Einfahren, wofür?» unterbrach ihn Karen.

«Was? Dieselbe Scheiße. Total bescheuert, die Frau.»

«Sie hat gedealt, während du gesessen hast? Wo, Bezirksgefängnis?» Mowery war jetzt neugierig.

«Genau. Santa-Ana-Gefängnisfarm. Und, was machtse, die Schlampe, treibt's mit ihrn Mädels. Findetse voll geil.»

«Und deshalb hast du sie kaltgemacht?» fragte Mowery, der sich insgeheim über die Demütigung des Latinos amüsierte. Daß ein Mann eine Frau an eine andere Frau verliert, galt im Latino-Universum als undenkbar. Und für sein Geschäft war dieser Gesichtsverlust auch keine Werbung.

Torres ging aufgeregt auf und ab. «Das werd ich, Maan. Bald. Irgendwann reiß ich ihr den verdammten Arsch auf. Maan, ich lieb die Frau, und sie tut mir das an. Ich machse kalt.»

Nachdem sie Torres verlassen hatten, fuhren Karen und Mowery schweigend und langsam an Carlander und Victoria vorbei, damit Carlander sich hinter ihnen in den Verkehr einreihen konnte.

Erst als sie an einer roten Ampel standen, fragte Mowery über die Schulter: «Woher hast du das mit seiner Alten gewußt?»

«Die Geschichte von Nita und Torres kannte im County-Gefängnis jeder. Er hat Briefe geschrieben, angerufen, hat ihr gesagt, mit wem sie reden und von wem sie sich fernhalten soll. Das waren so ziemlich alle. ‹Paß auf, daß dich niemand anfaßt, Baby.›»

«Hat aber doch jemand, hm?»

«Klar. Alle haben.»

«Gefällt dir der Chopper?»

«Ich liebe ihn.» Und das stimmte.

Die übliche Viererrunde am späten Abend wurde auf fünf erweitert, da auch Karens erster Bericht abgenommen werden mußte. Alle waren mehr als gespannt, als sie sich im Love's Restaurant neben dem Golden State Freeway in Santa Ana niederließen.

Carlander für sein Teil hatte bereits zuvor vom Foyer aus seinen Sohn angerufen.

«Hallo?» hatte eine jugendliche Stimme geantwortet.

«Wayne. Ich bin's», sagte der Detective zu seinem Sohn.

«Hallo, Dad.»

«Ich ruf nicht zu spät an, oder? Warst du schon im Bett?»

«Nein, ich hab ferngesehen.»

«Solltest eigentlich im Bett sein. Wie geht's deinen Schwestern?»

«Die sind schon im Bett. Mom auch. Aber morgen ist keine Schule, Dad», sagte der Teenager lakonisch.

«Okay. In Ordnung. Und wie läuft's bei dir?»

«Meine Noten sind in Ordnung, und das Team hat 'nen Lauf.» Obwohl er erst in der elften Klasse war, war Wayne junior bereits der Star des Basketballteams. «Kommst du morgen vorbei?»

«Geht nicht, muß arbeiten.» Carlander hatte ganz vergessen, daß morgen Mittwoch war, obwohl die Weihnachtszeit seine Lieblingsjahreszeit war und er gewöhnlich darauf achtete, soviel wie möglich davon mit seinen Kindern zu verbringen.

«Donnerstag?» beharrte der Junge. «Wir haben Weihnachtsferien.»

«Ich weiß», sagte Carlander. «Hab ich schon mal Weihnachten ohne dich und deine Schwestern verbracht? Ich werde dasein. Wir haben diesen beschissenen Fall hier... Ich wollte nur, äh, fragen, ob alles in Ordnung ist.»

«Was sollte nicht in Ordnung sein?» stichelte Wayne junior.

«Eltern machen sich immer Sorgen. Über alles mögliche. Eines Tages wirst du dir über deine Kinder Sorgen machen.»

«Werd ich nicht», antwortete der Junge selbstgewiß.

Carlander lächelte. «In Ordnung. Ich... ich ruf demnächst wieder an. Ich komm Sonntag vorbei. Ich muß diesen Sonntag nicht arbeiten, wir können also was unternehmen.»

«USC spielt gegen Notre Dame», schlug Wayne junior vor.

«Willst du nicht zu den Lakers gehen? Ich kann Karten besorgen.»

«Kannst du nicht Karten für das USC-Spiel kriegen?» Wayne junior war so aufgeregt, wie es seine Teenager-Coolness erlaubte.

«Sicher. Hab ich schon mal versagt? Wir nehmen Terri und Kimberly mit.»

«Was zum Teufel war das für ein Knall, den wir da gehört haben?» fragte Carlander zum Auftakt ihrer Besprechung.

«Das war Torres», lachte Karen. «Er hat uns sein Liebesleben offenbart.»

«Seine Frau? Wieso hat er von Nita geredet?» wollte Victoria wissen.

«Weil ich ihn gefragt hab.»

«Sie haben ihn was gefragt?» Carlander war plötzlich hellwach.

«Wegen Nita. Deshalb ist er in die Luft gegangen.» Karen genoß es, zur Gang zu gehören und im Mittelpunkt zu stehen.

«Haben Sie den Namen erwähnt, oder er?» insistierte Carlander.

«Er», log Karen.

Victoria fiel der Blick auf, den Mowery Karen zuwarf, doch sie wandte sich wieder ihrem Kaffee und ihrem Steak-Sandwich zu.

«Wieso hat er das gemacht?» Carlander mochte keine unnötigen Komplikationen. Gute Undercoverarbeit hieß, Überraschungen auszuschließen. Karen Higgins schien sie auszulösen.

«Gerede. Nur so. Ich hab ihn nach Frauen gefragt, da ist er ausgeflippt. Zuerst hat er gesagt, er hätte sie umgebracht, später, daß er sie umbringen würde, wenn er sie das nächste Mal sieht. Ist irgend etwas damit nicht in Ordnung?»

«Womit? Sie umzubringen?» fragte Carlander sarkastisch.

«Nein», verteidigte Victoria Karens Verhalten. «Gute Arbeit, über solche Dinge zu reden. Hält die Unterhaltung in Gang. Schafft Vertrauen. Die müssen glauben, daß sie dir vertrauen können.»

«Aber Sie kannten das Mädchen aus dem Bezirksgefängnis?» beharrte Carlander. Es war bereits spät, und das Restaurant war fast leer. Er wollte nicht auffallen.

«Persönlich hab ich sie nicht gekannt. Als ich hinkam, war sie schon wieder draußen, aber jeder hat über sie geredet. Sie sah gut aus...»

«Stimmt», sagte Victoria. «Ich hab die Post kontrolliert. Von beiden. Der Typ war ein machtbesessener Widerling.» Victoria erinnerte sich lebhaft an Torres' Reaktion auf Nitas Seitensprünge. Obwohl sie Nitas spezieller Neigung nichts abgewinnen konnte, amüsierte Victoria sich insgeheim darüber, daß eine der ekelhaftesten Machofiguren, die jemals die andere Sektion des County-Gefängnisses beehrt hatten, derart am Boden zerstört war.

Dennoch war Victoria nicht ganz wohl dabei, wie Karen ihren Job auffaßte. Es war zwar erforderlich, ausgeglichen zu sein, aber etwas in ihrem Verhalten, besonders der beiläufige, fast intime Umgang mit Mowery, wirkte unprofessionell auf sie. Sie hätte es sich niemals träumen lassen, wie nahe der Ersatz-Detective sie noch an den Rand der Katastrophe führen sollte.

## Kapitel 9

Aus Tagen wurden Wochen, in denen Victoria und Mowery mit der Biker-Szene, besonders mit den Hell's Angels, warm wurden. Täglich wickelten sie überall im County ihre Deals ab. Sie kauften ein Gramm Speed in Fullerton, fuhren dann wegen drei Ballons Heroin mit dem Chopper nach Stanton, danach nach Garden Grove, wo sie zwei Gramm Koks kauften, schließlich nach San Bernardino zu einem weiteren Speed-Deal und einer Unterredung über Waffen. Oder gestohlene Fahrzeuge. Oder heiße Elektronik, und wo man sie losschlagen konnte. Carlander, meistens in Begleitung von Bud Nease, folgte ihnen. Zusätzlich zu ihren Fahrten von einer drogenverseuchten Gegend in die nächste besuchten Victoria und Mowery Biker-Partys oder hingen einfach in den Stammkneipen der Biker ab.

Victoria fiel zwar immer noch auf, aber ihre Anwesenheit wurde nicht in Frage gestellt. Mowery war fester Bestandteil der Szene, auch wenn er keinem Club angehörte. Es war aber allgemein bekannt, daß die Angels Mowerys Stil mochten, und Vern, einer der Vizepräsidenten, hatte ihm gesagt, daß er bei Gelegenheit Mowerys Patenschaft übernehmen würde. Mowery war eine ehrfurchtgebietende Gestalt, ein Kämpfer, der für den Kampf geschaffen war. Seine Nominierung fand während einer Party in der Roaring-20's-Bar in Anaheim statt, zwei Monate nachdem die Operation begonnen hatte. Vier Biker-Gangs nahmen an der Party teil: Diablos, Satan's Slaves, Dragons und Hell's Angels. In der Bar, die normalerweise siebzig Gästen Platz bot, drängten sich zweihundert Biker. Die Musik war voll aufgedreht, das Bier floß in Strömen, Kampftrinker becherten um die Wette. Die Biker trugen ihre mit dem Emblem ihres Clubs verzierten Kutten.

Obwohl es nicht genügend Stühle gab, saßen die Hell's Angels bequem an den besten Tischen.

«He, Mowery», grinste Bruno, «ich hab gehört, du hast ein paar Bullen auseinandergenommen. Sechs oder so.»

Obwohl Mowery nicht scharf darauf war, daß die Geschichte bekannt wurde, hatte es keinen Sinn, sie zu leugnen. Früher oder später erfuhren die Hell's Angels sowieso alles. «Wir sind 'n bißchen aneinandergeraten, ja.» Mowery schaute zu der kleinen Bühne, auf der der Wet-T-Shirt-Wettbewerb stattfinden sollte.

«Scheiße, Mann, erzähl, was war los.» Die Stimme gehörte Mexican Kenny, einem Angel aus San Bernardino.

«Nicht viel. Hab die Fresse poliert gekriegt.» Mowery spielte seine Heldentat absichtlich auf fast witzige Weise herunter. Aus gutem Grund. Sich mit einem Cop zu prügeln galt unter den Hell's Angels als eine der heroischsten Leistungen.

«Und wie zum Teufel bist du so schnell aus dem Knast gekommen?» fragte jemand.

Mowery drehte sich nicht nach dem Frager um. Er fürchtete, seine Augen könnten ihn verraten. Statt dessen rieb er Daumen und Zeigefinger aneinander und deutete mit dem Kopf auf Victoria. «*Diñero.*»

Alles lachte, und niemand stellte weitere Fragen. Zumindest nicht für den Augenblick.

Als angekündigt wurde, daß der Wet-T-Shirt-Wettbewerb um den «Best-Body»-Titel beginnen würde, brach grölender Jubel aus.

Zwei Moderatoren betraten die Bühne, ein drahtiger Kerl namens Jesse von den Satan's Slaves sowie Dago Paul, ein Angel aus Boston. Er hatte schwarzes Haar, einen pechschwarzen Bart und dunkelbraune Augen. Dago Paul war ein Einzelgänger. Außerdem war er ein Killer, wie Victoria später herausfinden sollte.

«Okay.» Jesse nahm das Mikrophon, um die Menge zu übertönen. «Laßt die Ladys auf die Bühne. Auf geht's, ihr Süßen, kommt rauf. Auf geht's, hübsche Lady, komm hierher.» Schnell hatten sich zehn junge Frauen auf der Bühne eingefunden.

«Alle Clubs sind vertreten, außer den Angels», sagte Dago Paul ins Mikrophon. «Nicht eine Angel-Braut. Ich schätze, diesmal müssen wir passen.» Er zwinkerte in die Menge.

«Ohne Lady kein Preis», spielte Jesse das Spiel mit.

«Was ist der erste Preis?» fragte Dago Paul kühl.

«Ja, genau», kam es aus der Menge, die bereits in Wettkampfstimmung war, «was ist der Preis?»

«Der erste Preis, Dago, ist 'n Kasten Bier für den Macker unserer Königin und 'n paar Seidenhöschen mit passendem BH, ... hier hab ich sie... ganz in Schwarz... ist das nicht geil? Irre.» Jesse hielt eine kleine Schachtel in die Höhe, aus der er die ausgesetzten Wäschestücke zog.

Beifall.

«Okay, verdammt, laß mich mal Sam fragen, ob sie für die Angels einspringt», sagte Dago Paul, als wäre ihm die Idee eben erst gekommen.

Tosender Beifall. Pfiffe, Hochrufe.

«Ja, ja», brüllte Mowery und klatschte begeistert.

«Mach schon, Sam, Baby», brüllte Buffalo.

Einen Augenblick wollte Victoria nicht glauben, was geschah. Während der Beifall lauter wurde, Männer und Frauen johlten, beugte sich Mowery zu ihr: «Zieh besser die Jacke aus, bevor's jemand anders für dich tut.»

Victoria war keineswegs eingeschüchtert. Macht vielleicht sogar Spaß, dachte sie. T-Shirts gehörten für Männer und Frauen zur Biker-Uniform, deshalb brauchte Victoria nur ihren BH zu öffnen und unter dem T-Shirt hervorzuziehen. Sie tat es mit einer Dezentheit, die von der Menge wohlwollend quittiert wurde. Mit jeder Bewegung, die sie machte, nahmen die Beifallstürme zu. Als sie sich erhob und zur Bühne schritt, legte der DJ Led Zeppelin auf. Die Bewerberinnen begannen zu tanzen, und Victoria machte mit. Sie war nicht zufällig Präsidentin des Unterhaltungskomitees ihrer College-Schwesternschaft gewesen. Sie war die größte, die anmutigste und eindeutig die attraktivste Frau auf der Bühne.

Led Zeppelin wurde von den Stones und «Satisfaction» abgelöst. Die Mädchen auf der Bühne bewegten sich in bester Show-Girl-Tradition. Im Gegensatz zu Victoria schien sich keine von ihnen Gedanken über die Wirkung zu machen, die sie auf eine Hundertschaft angetrunkener Biker ausübten. Es ging darum, das

Publikum anzumachen. Victoria fragte sich, ob sie nicht zu sehr in ihrer Rolle aufging.

«Komm schon, Dago, mach hin!» rief jemand.

Dago Paul, assistiert von einem der Barkeeper, begann langsam, Pitcher eiskalten Biers über die Mädchen zu schütten. Das Bier war absichtlich so kalt, damit sich die Nippel der Tänzerinnen aufrichteten.

Das Johlen des Publikums schwoll an, als der gewünschte Effekt eintrat. Jesse ging von einem Mädchen zum anderen, deutete mit der Hand auf sie und bat das Publikum um sein Votum. Jedes der Mädchen erhielt einen herzlichen Applaus, manche der Zuschauer fielen sogar von ihren Stühlen. Als die Reihe an Victoria kam, gab es über die Gewinnerin keinen Zweifel. Als Jesse auf Victoria zeigte, grölte das Publikum in einhelliger Begeisterung.

Victoria, alias Samantha Cook, war die offizielle Königin des Wet-T-Shirt-Wettbewerbs und der stolze «Besitz» einer Motorrad-Gang. Ein Cop war durch Zuruf zum Liebling der Hell's Angels geworden.

Victoria mußte über die Ironie der Geschichte lachen und genoß von nun an die Party. Sie setzte sich wieder zu Mowery, während draußen zwei Mädchen, Sally Cuttler und ihre Freundin Sissy, in je einem Lieferwagen die erregten Biker bedienten. Zur Belohnung erhielten die beiden eine Tankfüllung für ihre Lieferwagen und soviel Speed, wie sie schnupfen konnten.

Im Roaring 20's war keiner lauter als Clifford Mowery. Er war auf einen Stuhl gestiegen und hatte zum Sieg von Victoria geklatscht und gepfiffen. «Laß uns tanzen», sagte er, als sie bierdurchnäßt von der Bühne stieg.

«O ja», sagte sie gut gelaunt und bereit weiterzumachen.

Die beiden tanzten, zunächst ohne sich zu berühren, zu Creedence Clearwater Revival. Die anderen Biker bildeten einen Kreis um sie und schauten bewundernd zu, wie Cliff und Sam ihre Show abzogen. Überrascht stellte Victoria fest, daß Mowery ein guter Tänzer war. Trotz seiner Muskelberge bewegte er sich geschmeidig und mit der Körperbeherrschung eines Athleten. Er bewegte sich auf sie zu, nahm ihre Hände und führte sie durch Drehungen und Halbschritte. Sie bewegte sich von ihm weg und spielte die «Schwer zu kriegen, aber der Mühe wert»-Prinzessin. Er tanzte ihr nach, machte dann selbst auf unnahbar, hielt aber ständig Blickkontakt.

Ihre Mitbewerberinnen zogen ebenfalls ihre Männer auf die Tanzfläche, die sich rasch füllte, so daß Victoria und Mowery dicht aneinandergedrängt wurden. Gegen Ende des Songs legte er seine Arme um sie, küßte sie und hob sie mühelos in die Höhe. Inmitten der Menge konnte sie nicht ausweichen, worauf er, wie sie feststellte, spekuliert hatte.

«Mach das nie wieder», zischte sie ihm ins Ohr. «Nie wieder.»

«Alles nur Show, Baby. Es muß echt aussehen. Niemand sieht so aus wie du, ohne abgeknutscht zu werden.» Er grinste breit.

Victoria ging auf die Toilette, zog ihr nasses T-Shirt aus und wischte das Bier ab, das inzwischen unangenehm klebrig geworden war. Sie zog ihren BH wieder an, streifte ihre Windjacke über, zog den Reißverschluß hoch und kehrte an den Tisch zurück. Jedermann rief ihr aufmunternd zu, als sie die Bar durchquerte.

«Verdammt, Sam, echt scharf...»

«Solltest zum Film gehen...»

«Angels hatten nie 'ne Bessere, verdammt, total scharf...»

Victoria und Mowery setzten sich wieder an den Angels-Tisch, diesmal jedoch an einen prominenteren Platz. «Okay», sagte einer der Angels. «Seid mal kurz ruhig. Ich muß was bekanntgeben. Ihr kennt alle Clifford Mowery. Guter Mann. Ich mag ihn, ihr mögt ihn. Cliff ist ein höllischer Biker und ein Teufelskerl. Gibt keinen Besseren, wenn es Ärger gibt, steht er hundertprozentig seinen Mann. Letzte Woche hatten wir Church-Treffen in San Bernardino, und ich hab Cliff zur Aufnahme vorgeschlagen und...»

Sofort brach Beifall aus. «Genau...»

«...und als Cliffs Pate kann ich euch mitteilen, daß alle in San Berdoo Cliff kennen und genau das dachten, was ihr jetzt denkt: daß er seine Farben jetzt gleich kriegen sollte.»

Vern griff hinter sich, hob einen Karton auf, öffnete ihn und zog eine Lederkutte heraus, auf der vorn der Name CLIFF aufgestickt war und auf dem Rücken ein weißer Aufnäher mit der roten Aufschrift CALIFORNIA. Vern übergab Mowery die Kutte.

«Ich hab Cliff bereits gesagt, daß jeder, bevor er endgültig aufgenommen wird, erst mal Kandidat ist. Wie lange, kommt immer auf den Mann an, bei dir wird's nicht lange dauern, Cliff. In der Zwischenzeit hast du alle Angels-Rechte, abgesehen von den Church-Treffen.» Vern bezog sich auf die regulären Clubtreffen, die unter Biker-Brüdern «Church» genannt wurden. «Du fährst mit uns, machst, was wir machen und wozu man dich auffordert, kannst mit allen Geschäfte machen. Gratuliere.»

Vern bot Mowery die Hand, und Mowery schüttelte sie. Dann umarmten sie sich, und Mowery schüttelte allen anwesenden Angels die Hand. Eine Rede war weder notwendig, noch wurde sie erwartet. Mowery murmelte seinen Dank und setzte sich wieder, nicht ohne allerdings zuvor in seine neue Kutte zu schlüpfen.

Victoria glühte förmlich vor Erregung über diese Wendung der Ereignisse. Sie war sich sicher, daß Carlander die Neuigkeit mit Genugtuung aufnehmen würde. Ihr V-Mann hatte Zugang zu einer Organisation, in die einzudringen bisher nicht möglich gewesen war.

Nachdem die Tänzer zu hartem Trinken übergegangen waren, bemerkte Victoria, daß sie nicht länger von den «Geschäftsgesprächen» ausgeschlossen wurde. Sie war jetzt «Sam» oder «Lady Sam» und konnte sitzen, wo sie wollte.

«Stolz auf dich», sagte Dago Paul und legte ihr den Arm um die Schulter. Dort ließ er ihn auch, als er sich umdrehte und seine Aufmerksamkeit dem Nebentisch zuwandte.

«Für Dynamit ist T. Q. der Mann. Für C-4 auch. Und Munition. Aus irgendeinem beschissenen Grund rührt er Waffen nicht an. Ich schätze, weil's in seiner Nähe keine gibt...»

«...müssen wir die Trucks von Sacramento runterfahren. Wie sieht's mit dir aus, Shane? Wir brauchen drei Leute. Zwei, die fahren, und einer zur Deckung...»

«Dann machen wir den Wichser kalt», hörte Victoria Dago

Paul sagen. «Der begreift's einfach nicht. Is' doch nicht schwer zu kapieren, wenn ich ihm sage, wie's aussieht. Kannst die Leute nicht gegen 'nen Angel aussagen lassen.»

Ein Zeuge, überlegte sie. Es muß um einen Zeugen gehen.

«...mit Trudy von der Zulassungsstelle. Sie hat 'ne verdammte Schublade voll mit Papieren, ohne Scheiß, die kann sich da frei bewegen. Führerscheine, bezahlen wir natürlich, aber das Ding ist, daß sie auf Biker steht und sich jeden Sonntag durchficken läßt, weil da ihr Ex die Kinder hat.»

Gelächter. Der Biker redete über Trudy Morse, eine Verwaltungsangestellte der Kraftfahrzeugzulassungsstelle, die echte Zulassungen, Führerscheine und falsche Quittungen an ihre besten Freunde und Kunden verkaufte. Und gelegentlich auch verschenkte. Victoria würde sich den Namen merken.

«...kennt jeden da drüben. Trägt immer Farbe. Geh zu Stanley's Gun Room auf der South Main, Ecke Warner. Der nimmt dir deinen ganzen Speed ab...»

«...Bürohengst von der Orange Mining Company... dealt jetzt für uns.»

Victoria hatte das Gefühl, daß die Biker um sie herum für jedes Verbrechen in den drei Countys verantwortlich waren. Sie staunte über die Qualität der Informationen, die ihr wie reife Früchte in den Schoß fielen. Reguläre Ermittlungen würden in tausend Arbeitsstunden nicht so viele Erkenntnisse zutage fördern, wie ihr bei einem einzigen Besäufnis zuflogen.

«... dann hab ich dem kleinen Wichser 'ne Kugel ins Herz gejagt. Der war tot, bevor er auf dem Boden aufschlug... Genau, weil ich noch am nächsten Tag den verschnarchten Barkeeper angerufen hab... der wird sich's überlegen, ob er noch mal diese Niggermusik spielt...»

Victoria fuhr herum. Bugger Butch krümmte sich vor Lachen, als er imitierte, wie sein Opfer zu Boden gegangen war. Sie musterte ihn sorgfältig. Sie hatte ihn mehrfach getroffen und wußte, daß er, wie die meisten Angels, stets eine Waffe trug. Jetzt erinnerte sie sich, warum Butch an einen Nerv gerührt hatte. Zeugen des brutalen Mordes an Kenny King in der Capri Bar in

Huntington Beach hatten ausgesagt, daß der Mörder einen Hut getragen hatte, auf dem auf der einen Seite «Hell's Angels» und auf der anderen «Butch» gestanden hatte. Das könnte der Mann sein.

Victoria hatte das untrügliche Gefühl, daß ihr die Hell's Angels beweisen wollten, wie wichtig sie waren. Sie redeten lachend über Hehlerei, eine Spezialität von ihnen, und die Tatsache, daß einer ihrer «Brüder» dank des talentierten Dago Paul nun nicht in San Bernardino vor Gericht gestellt wurde. Außerdem hatte Dago Paul beiläufig durchblicken lassen, daß er in Massachusetts wegen desselben Vergehens gesucht wurde. Mord.

Die Hell's Angels hatten Mowery in ihren harten Kern aufgenommen, und Victoria gehörte zu Mowery. Die Aussichten gefielen ihr. Sie rätselte, wie lange sie das durchhalten konnten: Wochen? Wochen würden ihr genügen. Tatsächlich sollten es Monate werden, und diese Monate sollten sich für eine große kriminelle Organisation verheerend auswirken.

## Kapitel 10

Die Undercoveroperation lief inzwischen seit drei Monaten, und die langen Arbeitstage und der Streß, den die ständig geforderte Wachsamkeit, sich nicht zu verraten, verursachte, machte ihr zu schaffen: Erschöpfung machte sich bemerkbar.

Am folgenden Tag aber, dem 14. Januar 1977, wurde Victoria klar, daß ihre Bierdusche jeden Tropfen wert war.

Buffalo saß mit Fat Mike, einem weiteren Angel, in der San Francisco Bar. Mit ihnen am Tisch saß jemand, den weder Mowery noch Victoria je gesehen hatten. Sein Name war Doug, er wurde als «ein Freund» vorgestellt. Er war mittelgroß, drahtig und trug Cowboyhut und -stiefel. Er war ein ehemaliges Mitglied der Hangmen, einer Gang, die von den Angels aufgefordert worden war, aus Südkalifornien zu verschwinden. Doug war offensichtlich dabei, die falsche Wahl seiner Biker-Gang zu revidieren, indem er den Angels eine Beteiligung an seinen Einkünften anbot, die er aus Schutzgelderpressungen von Massagesalons bezog.

Aber Buffalo wollte mit Mowery über ein anderes Geschäft reden. «Ich bin knapp bei Kasse», sagte er, «deshalb kann ich nicht so, wie ich gern will. Mit Fat Mike 'n Laden aufmachen zum Beispiel, 'n Club kaufen und fett abkassieren. Mit Koks könnte man die dreißigtausend, die wir brauchen, locker abziehn, aber die meisten Angels lassen lieber die Finger davon. Aber Scheiße, ich und Fat Mike ziehen das trotzdem durch. 'n großer Laden, wo richtig Kohle rüberkommt, bei dem Bier, was wir saufen, müßten wir das zum Großhandelspreis kriegen, was?»

«Smart», stimmte Mowery zu. Victoria fragte sich, ob er Buffalo nur nach dem Mund redete oder die Idee tatsächlich gut fand.

«Genau. Und dann haben wir diese Connection hier, mit der

können wir im Moment nichts anfangen, weil wir die Kohle für den Club brauchen, verstehst du?»

«Was hat er?» fragte Mowery.

«Speed. Ich dachte, du bist vielleicht interessiert. Soviel ich weiß, hast du doch Abnehmer, Sam?» Den letzten Satz sagte er zu Victoria. Seit ihrem ersten Deal mit den Angels war eine Menge Zeit vergangen.

«Ja, ich hab ein paar Kunden», antwortete sie. «Ist der Stoff gut?»

«Warte, bis du ihn probiert hast. Mann, das ist astreines Zeug.»

«Ist doch von uns. Kannste Gift drauf nehmen, daß der gut ist», fügte Doug hinzu und nickte.

Von uns. Aus «unserem» Labor? Victorias Puls schlug schneller.

«Und? Wo kriegen wir ihn?» fragte Mowery.

«Easy Gene», antwortete Buffalo. «Kennst ihn?»

«Nein.» Mowery ließ seinen Blick durch den Raum schweifen und dann auf Victoria ruhen.

«Aus'm Norden. Und Charlie One-Thumb.»

«Den durchgeknallten Sack kenn ich. War in Chino.» Mowery warf Victoria einen Blick zu, als wollte er Komplikationen vermeiden.

Victoria lächelte ihn an. «Ich wußte gar nicht, daß du in Chino warst, Darling.»

«Zehn Monate.»

«Zehn Monate und schon vergessen? Was für ein Leben. Reisen. Freunde. Keine Geldsorgen.» Sie lächelte und schlug kokett die Augen nieder.

«Du triffst sie im Handi-Mart auf der Lincoln in Anaheim», sagte Buffalo.

Mowery schaute Victoria aufrichtig in die Augen. «Schade, daß du nicht dabei warst.»

«He, geht das klar, oder nicht?» wollte Buffalo wissen. «Morgen um zwölf.»

Am nächsten Morgen trugen Victoria und Mowery beim Frühstück Carlander und Nease das Angebot vor.

«Ißt du dein Würstchen?» fragte Nease Carlander.

«Ich hab's bestellt», antwortete der Cop schlicht.

«Kein Scheiß? Liegt deshalb auf deinem Teller?» frotzelte Nease.

«Charlie One-Thumb ist 'ne Ratte», sagte Mowery.

«Glaubst du, er legt uns rein?» fragte Victoria besorgt. Irgendwann mußte die Operation zu Ende sein. Wahrscheinlich, weil sie entlarvt werden würden.

«Sicher.» Mowery war ein Zyniker, der davon ausging, daß jeder jeden reinlegte. «Würd der machen.»

«Du hast schon zwei Eier zu deinen Pfannkuchen gehabt», erinnerte Nease Carlander.

«Na und? Ich bin größer als du. Viel größer, stärker, klüger», sagte Carlander ausdrücklich.

«Das machen die Würstchen, was?»

«Wenn du welche willst, bestell welche.»

«Warum sollte er?» fragte Victoria.

«Ich weiß nicht.» Mowery zuckte mit den Schultern. «Geld. Oder nur, weil er zeigen will, was für 'n Arschloch er ist. Warum machen die Leute, was sie machen? Wieviel Geld hast du?»

«Genug. Buffalo würd mich nicht reinlegen», sagte Victoria und versuchte, mehr über Mowerys Verdacht in Erfahrung zu bringen.

«Bist du jetzt der Experte? Für Biker? Kannst Gedanken lesen, oder was?»

«Er mag mich. Er würde mich nicht reinlegen», beharrte Victoria. Rein von der Vernunft her war ihr klar, daß Mowery recht hatte. Jeder würde jeden reinlegen, wenn die Umstände danach waren. Aber sie glaubte nicht, daß Buffalo ihr das antun würde.

«Ich dachte, du hättest schon 'n bißchen mehr kapiert.»

«Vergiß es. Wir sind nicht hier, um uns über unsere Einsätze auszutauschen», sagte Carlander, um die Sache beizulegen. «Wenn man Ihnen einen Deal anbietet, Speed, vielleicht sogar aus deren Labor, müssen Sie schon einen sehr guten Grund haben, ihn sausen zu lassen.»

«Reingelegt zu werden ist ein sehr guter Grund», meinte Victoria.

«Wissen Sie das genau, Vicky? Wie kommen Sie drauf?» fragte Carlander.

«Ich hab nicht gesagt, daß ich was wüßte, ich frag nur, weil unser Star-Outlaw hier die Möglichkeit einer Falle erwähnt hat.»

Mit Carlander war heute nicht gut Kirschen essen, dachte sie. Das kam nicht oft vor, doch wenn, würde sie es am liebsten einen Tag nennen und von vorn anfangen.

«Falle, ja oder nein?» fragte Carlander, der der Spekulation ein Ende bereiten wollte.

«Verdammt. Was weiß ich? Sie hat 'ne Waffe, also was soll's», sagte Mowery verärgert, daß seine Meinung so wenig zählte.

«Klasse. Victoria legt Charlie One-Thumb um», kicherte Nease.

«He, Carlander, hat dein Sohn 'n Problem in der Schule?» fragte Mowery, als sie nach draußen gingen.

«Hm? Was für 'n Problem? Was weißt du von Problemen?»

«Ich frag nur. Das ist alles.»

«Und warum?»

«Ich hab gehört, wie du neulich am Telefon mit ihm gesprochen hast. Hast das Telefon im Ten-to-One benutzt. Erinnerst dich?»

«Ach so, ja, also, hör auf, anderer Leute Gespräche zu belauschen. Ihm geht's gut. Er ist ein ausgezeichneter Schüler. So wie du früher.» Carlander bemerkte, wie sich Zorn und Kränkung auf Mowerys Gesicht breitmachten, und bereute, was er gesagt hatte. Er suchte nach entschuldigenden Worten, aber es fielen ihm keine ein.

Mowery ging zu Victoria, die draußen neben dem Chopper wartete. Er drehte den Zündschlüssel um, trat die Maschine an und raste mit Victoria vom Parkplatz, um Charlie One-Thumb zu treffen. Wenige Minuten später parkte Mowery die Harley auf dem Parkplatz vor einem kleinen, rund um die Uhr geöffneten Supermarkt.

«Wo ist unser Schatten?» fragte er, als er abstieg. Victoria sah sich um, konnte aber weder Carlander noch Nease entdecken. Sie mochten im Verkehr steckengeblieben sein, das übliche Risiko bei ihren Verfolgungsjagden, die nicht selten zu Versteckspielen wurden.

Victoria holte Lippenstift und Spiegel aus der kleinen Ledertasche, die sie während der Fahrt am Gürtel trug. Sie gab vor, ihr Make-up zu mustern, suchte aber den Lincoln Boulevard ab. In der Nähe befanden sich eine Kreuzung mit Stoppschildern und dahinter die Geschwindigkeitsdämpfungsschwellen einer befahrenen Nebenstraße. Während sie so tat, als lege sie frisches Make-up auf, suchte sie vergeblich nach einem der Wagen, die Carlander für gewöhnlich bei ihren Undercovereinsätzen benutzte. Sie konnten nicht länger so stehenbleiben, ohne Aufmerksamkeit zu erregen, sollten sie beobachtet werden. «Gehn wir», sagte sie zu Mowery.

In dem Supermarkt gaben sie vor, die Waren in den Regalen zu begutachten. Ein dunkelhäutiger Angestellter, der auf beiden Armen tätowiert war und im linken Ohr einen Ohrring trug, musterte sie bewundernd. Dann wandte er seine Aufmerksamkeit wieder einer Zeitschrift zu, die er offenbar aus einem der Ständer genommen hatte. Victoria glaubte, daß der Angestellte mit den Bikern befreundet war, wenn er nicht sogar selbst Mitglied einer Gang war. Mowery und Victoria schlenderten durch die Gänge, bis sie an einen Durchgang kamen, der zu einem Lagerraum führte. Als sie diesen betraten, traf Mowery auf ein bekanntes Gesicht.

«Shane», begrüßte ihn Charlie One-Thumb. «Hab dich nicht mehr gesehen, seit, ach Scheiße...»

«Chino», sagte Mowery und überprüfte die mit Kartons und Büchsen vollgestellten Ecken des Raums.

«Genau, verdammt, Mann, wie geht's?» Charlie streckte ihm die Hand zum Biker-Gruß entgegen. Mowery ergriff sie. Wie sein Spitzname nahelegte, fehlte Charlie One-Thumb der Daumen seiner rechten Hand. Er schien über vierzig zu sein. Mowery kramte in seinen zehn Jahre zurückliegenden Erinnerungen an

Chino und versuchte sich vorzustellen, wie Charlie One-Thumb damals ausgesehen hatte. Schon damals hatte ihm der Daumen gefehlt, und mit seinen eins fünfundachtzig war er spindeldürr gewesen. Er hatte – winters wie sommers – eine Lederjacke getragen, deren Kragen er im Stil der Fünfziger hochgestellt hatte. In der Jacke steckte, wie Mowery wußte, ein Messer. Wahrscheinlich auch eine Pistole.

«Okay. Und selbst?»

«Cool. Nächsten Monat bin ich fünf Jahre draußen. November.»

«Nächsten Monat ist März, Charlie...» korrigierte ihn Mowery.

«Was soll's.»

«Läuft's gut?» fragte Mowery freundschaftlich.

Victoria kannte ihn gut genug, um seine Small-talk-Technik zu durchschauen. Wie es Charlie ging, interessierte Mowery einen feuchten Dreck.

«Saubere Lady, Mann. Deine?» Charlie One-Thumb redete von Victoria, als wäre sie Mowerys Eigentum. Wie ein Motorrad oder eine Knarre.

«Bloß gemietet.»

Victoria sah ein, daß seine Antwort einem Biker angemessen war. Dennoch würde sie sich weder daran noch an die Tatsache gewöhnen, daß sie nichts dagegen unternehmen konnte.

«Hast dein Geld gut angelegt», sagte Charlie kalt. Er war nervös und, wie Victoria glaubte, mehr darauf bedacht, den Deal über die Bühne zu bringen, als alte Knasterinnerungen wieder aufzufrischen.

«Da sagst du ein wahres Wort. Verdammt, du läßt dir's gutgehen.»

Victoria und Mowery drehten sich nach der Stimme um. Sie gehörte einem Mann, von dem Victoria dachte, er sei das Häßlichste, was sie jemals gesehen hatte. Sein Gesicht war von Pockennarben durchzogen, was seine Nase aussehen ließ, als habe sie eine Ladung Schrot abbekommen. Über der Nase hatte er ein drittes Auge tätowiert. Eines seiner Ohren trug eine tiefe Kerbe, und von einem seiner Mundwinkel zog sich eine Narbe hinunter zum Kinn. Er war knapp eins achtzig groß und übergewichtig, obwohl deutlich zu sehen war, daß sich unter dem Fett Muskeln verbargen.

«Kennst du Easy Gene?» fragte Charlie One-Thumb.

«Nein», antwortete Mowery. Easy Gene war nicht aus Orange County, soviel war sicher.

Weder Mowery noch Easy Gene boten die Hand. Ein Lächeln huschte über Easy Genes vernarbtes Gesicht, als wäre er es gewohnt, Abscheu bei seinen Gegenübern hervorzurufen und es zu genießen.

«Das ist Lady Sam, Charlie», sagte Mowery, der absichtlich den Neuankömmling ignorierte.

«Schätze, die Show neulich haben wir verpaßt, hab von dir gehört», sagte Charlie One-Thumb.

«Kein Grund, hier nicht noch 'ne Show abzuziehen, was, Mama?» Easy Gene grinste, als er sich Victoria näherte.

«Machen wir das, wozu wir hergekommen sind», sagte sie und hoffte, ihre Stimme würde ihr keinen Streich spielen.

«Wir können hier hinten alles mögliche machen. Geschäfte, jeden Scheiß», drängte der widerliche Biker. «Würd dich gern flachlegen, Baby.»

Victoria erstarrte angesichts der plumpen Aufforderung. Sie wurde gewahr, daß sie mit drei Bikern allein in einem dunkeln Raum war, um einen Deal durchzuziehen. Und alle drei waren Soziopathen. Sie hatte keinen Ausweg. Was würde Mowery tun, wenn Easy Gene und-oder Charlie One-Thumb ein Spielchen abziehen wollten? Wenn es sie oder er hieß, würde Mowery letztlich seine eigene Haut retten. Sie konnte schreien, aber sie hatte keine Ahnung, wo Carlander sich befand, und selbst wenn er in der Nähe parkte, konnte er sie wegen des Verkehrs auf dem achtspurigen Boulevard unmöglich hören.

«Gib mir einen gottverdammten Grund, warum ich *dich* nicht flachlegen sollte.» Mowerys Stimme war fast ein Flüstern.

Mowerys Reaktion brachte Victorias Lebensgeister zurück. Sie war glücklich, begeistert und erleichtert, daß er hart und stark war.

«Hä? Willst du mich anmachen, Mann?» Easy Gene war eindeutig überrascht. Und wütend. «So geht's nicht.»

«Was nicht geht, sind deine Manieren. Du leihst dir weder meinen Chopper noch meine Stiefel, noch meine Lady, ohne mich vorher zu fragen. Kapiert?»

Mowery starrte Easy Gene, ohne mit der Wimper zu zucken, nieder.

Charlies Augen weiteten sich, als befürchtete er das Schlimmste. Easy Genes Kiefer mahlten, und seine Hand fuhr an seine Tasche. Er trug ein Messer, möglicherweise mehr. «Was immer du rausziehst, Gene, ich stopf es dir in die Fresse.»

«Hey, Mann», sagte Easy Gene, sichtlich bemüht, seinen Jähzorn unter Kontrolle zu halten. «Ich hab deiner Lady bloß gesagt, daß sie scharf ist. Hab's nicht gern, wenn mich 'n Kandidat dumm anquatscht», versuchte er sein Gesicht zu wahren.

Easy Gene bezog sich auf Mowerys Kandidatenstatus bei den Hell's Angels. Schlägereien unter Gang-Mitgliedern stellten eine schwerwiegende Verletzung der Clubregeln dar. Schlägereien wegen Frauen wurden schlicht nicht toleriert. Sie galten als Verleugnung der Bruderschaft, die der Kitt war, der die Gruppe zusammenhielt. Aber obwohl die Biker damit prahlten, alles zu teilen, waren die meisten Männer in Wirklichkeit eifersüchtig, und ihre Frauen blieben außen vor.

Victoria sah Mowery verwundert an. Er hatte gerade getan, was er, wie er oft genug wiederholt hatte, nicht tun würde: seine Mitgliedschaft ihretwegen aufs Spiel zu setzen. Die Konfrontation legte sich, da Charlie One-Thumb ungeduldig wurde. Er wollte das Dope, das er bei sich trug, loswerden, und in einem öffentlichen Gebäude eine Schlägerei anzuzetteln war nicht besonders clever. «Ich bin hier, um einen Deal zu machen.»

«Ja», stimmte Victoria eilig zu. «Bringen wir's hinter uns.»

Charlie förderte eine Plastiktüte zutage und hielt sie ihr hin. «Direkt aus dem Labor.»

«Du meinst, es ist aus der Gegend?» wunderte sie sich laut.

«Was geht dich das an?» Charlie One-Thumbs Mißtrauen war schnell geweckt.

«Nichts.»

«Verdammt richtig. Nichts. Nicht ein beschissenes bißchen.» Charlie starrte Victoria an.

«Tut mir leid, daß ich gefragt hab», beeilte sie sich und überlegte, wie sie ihre Dummheit rückgängig machen konnte.

Aber Charlie ließ sich nicht so einfach beruhigen. Er nahm Victoria die Tüte aus der Hand und steckte sie wieder in seine Tasche. «Gefällt mir nicht. Kein Stück. Gehn wir.»

Aber Mowery machte keine Anstalten, beiseite zu treten. «Hey, Mann, kannst mich doch nicht so stehenlassen. Die kennt die Regeln noch nicht.»

«Und ich kenn die Lady nicht», zischte Charlie One-Thumb.

«Aber mich kennste. Seh ich wie 'n Bulle aus?»

Charlie überdachte einen Moment lang diese Argumentation.

«Also gut... hast du zweiundzwanzig Scheine?»

«Ich hab sie, ich bin die Bank», sagte Victoria schnell.

«Sagen wir zweitausend. Rabatt muß sein», sagte Mowery.

Charlie One-Thumb nickte. «Schätze, ist okay.»

Methamphetamin und Geld wechselten den Besitzer.

Auf der anderen Seite des Lincoln Boulevard saßen zwei City-Cops in ihrem Streifenwagen. Was sie sahen, wirkte auf sie wie ein rotes Tuch. Mowery war von der Sorte, durch die sich das Establishment beleidigt fühlte: ungehobelt, langhaarig, tätowiert, auf einem Chopper mit einer Frau hinten drauf. Wenn es einen Vorwand gab, ihn anzuhalten, würden die Cops ihn finden. Das würde ihnen einen Grund liefern, ihn über Funk überprüfen zu lassen. Unbezahlte Strafzettel würden es ihnen erlauben, ihn zu durchsuchen und festzunehmen. Ein Mann und eine Frau, die so auftraten, hatten garantiert etwas zu verbergen. Die Polizisten warteten mit laufendem Motor ab, die Blicke auf den Chopper fixiert.

Mowery und Victoria hatten genug Dope in den Taschen, um es auf die zweite Seite fast jeder Tageszeitung in Kalifornien zu schaffen. Außerdem wurden sie von zwei Hell's Angels aus dem Laden heraus beobachtet. Würden sie mit dem Methamphetamin, das sie gerade von Charlie One-Thumb gekauft hatten, festgenommen, wäre die Sache gelaufen.

Der Motor der Harley brummte bereitwillig, und der Fahrer war heiß darauf, aufzudrehen und es mit den Bullen aufzunehmen. Mowery wartete auf eine Reaktion der Cops. Die Cops warteten auf Mowery.

Mowery gab Gas. Der Chopper heulte auf.

«Nicht», rief Victoria. Auf der anderen Straßenseite parkten Carlander und Nease keine zwanzig Meter von den City-Cops entfernt. Victoria wußte, daß Carlander keine Möglichkeit hatte, einzugreifen, ohne von Charlie One-Thumb und Easy Gene bemerkt zu werden.

Während Carlander darauf wartete, daß die Hölle losbrach, wünschte er sich zum x-tenmal, daß seine Einheit Funkverbindung zu den anderen Polizeistellen hätte. Doch das Risiko war zu groß. Die Hell's Angels, wie auch viele andere Biker, waren dafür bekannt, den Polizeifunk abzuhören. Den beiden Rauschgiftfahndern blieb nichts anderes übrig, als noch tiefer in ihren Sitzen zu versinken und zuzusehen.

Zwischen Mowery und dem lauernden Streifenwagen war reger Verkehr. Die Ampel an der Kreuzung sprang auf Rot. Die herankommenden Wagen auf dem Lincoln Boulevard bremsten und bildeten einen achtspurigen Wall zwischen Chopper und Streifenwagen. Mowery riß das Gas auf und jagte die Harley auf sechstausend Umdrehungen hoch.

Victoria krallte instinktiv ihre Arme um Mowerys Hüften. Als wäre dies das Signal gewesen, ließ Mowery die Kupplung kommen, zog die Maschine hart auf den Boulevard, hinterließ eine drei Meter lange Spur verbrannten Gummis und schaltete brutal hoch, als sie den Lincoln Boulevard Richtung Osten davonjagten.

Die City-Cops waren darauf gefaßt. Ihr Wagen war mit einem «Abfangpaket» ausgestattet, das für Hochgeschwindigkeitsverfolgungsjagden konzipiert war. Auch die Cops verbrannten Gummi, schossen über den Mittelstreifen und durch sechs Spuren dichten Verkehrs, der sich, als die Ampel umsprang, in Bewegung setzte.

Carlander machte gar nicht erst den Versuch zu folgen. Es hätte ihn verraten. Ihm blieb nichts, als abzuwarten.

Der dichte Verkehr war Mowerys und Victorias größter Vorteil. Trotz Blaulicht und Sirene wurde der Streifenwagen immer wieder aufgehalten.

Mowery hätte keine Probleme gehabt, einem einzelnen Streifenwagen davonzufahren, aber die gängige Praxis war, flüchtige Fahrzeuge mit drei oder vier Wagen zu verfolgen. Die Polizei koordinierte ihre Verfolgung über Funk und konnte so diverse Straßen blockieren. Auf diese Weise würde dem flüchtigen Fahrzeug früher oder später der Weg abgeschnitten.

Doch Mowery war unberechenbar und hatte Nerven wie Drahtseile. Er jagte mit Hochgeschwindigkeit durch Seitengassen und bog rücksichtslos ab, ohne auf den entgegenkommenden Verkehr zu achten. Er fuhr über Gehwege und unter Freeway-Überführungen hindurch. Er hielt ständig nach einer Freeway-Auffahrt Ausschau, wo er den Vorteil des Motorrads voll gegen die Streifenwagen ausspielen konnte, die zwischen den Fahrzeugen auf der einspurigen Zufahrt eingeklemmt würden.

Victoria, die sich an Mowery klammerte wie an das nackte Leben, war sicher, Bill nie mehr wiederzusehen, nie mehr im Pazifik zu baden oder jemals ihre Geschwister und Verwandten wieder besuchen zu können. Ihre Kollegen würden sie blutend und bis zur Unkenntlichkeit entstellt von einem Brückenpfeiler kratzen. Auf der Rembrandt bog Mowery in die Villa Park ab. Streifenwagen nahmen aus vier verschiedenen Positionen die Verfolgung auf. Mit zwei Wagen blockierten sie die Auffahrt von der Van Owen zum Freeway 55 und hetzten Mowery und Victoria Richtung Norden.

Mowery wollte auf Teufel komm raus auf den Freeway. Als er merkte, daß der Fluchtweg Richtung Norden abgeschnitten war, bremste er leicht, legte die Maschine schräg und wendete in einer perfekten Schleife mitten auf der Rembrandt. Er beschleunigte hart und schoß zwischen zwei entgegenkommenden Streifenwagen hindurch, die sich gerade zu einer Straßensperre querstellten. Er fuhr einen Abhang hinunter, der an die Überlaufrinne des

Santiago Creek grenzte. Er wog die Alternativen ab, dann schlitterte er die Betonröhre hinunter.

Hinten hatte Victoria ihre Arme um Mowerys Hüfte verknotet.

Nahe dem Autobahnkreuz, das die Highways 55 und 91 verbindet, drehte Mowery den Motor hoch, schoß den asphaltierten Abhang hinauf und kam oben in einer Baulücke an. Er schaltete in den zweiten Gang und drehte die Maschine in den roten Bereich. Das Getriebe würde entweder auseinanderfliegen oder die Fahrer einen weiteren – diesmal mit Eiskraut bewachsenen – Abhang hinaufkatapultieren.

Ein Polizeihubschrauber stand mitten über dem Autobahnkreuz, als Mowery und Victoria auf Höhe der Auffahrt ankamen. Wieder drehte Mowery auf, schaltete zurück und nahm eine weitere, schwer bewachsene Freeway-Böschung. Das Hinterrad des Choppers drehte mehrfach auf der feuchten Oberfläche durch.

Die Wagen auf dem Freeway kamen quietschend zum Stehen, während die Streifenwagen Mowery zu folgen versuchten. Als Mowery und Victoria oben auf der erhöhten Fahrbahn angekommen waren, zwängte Mowery die Maschine in den nordwärts fließenden Verkehr, bis er die Abfahrt zum Highway 91 erreichte. Er wechselte die Spuren, machte die Standspur zur Überholspur und schoß dann mit hundert Stundenkilometern quer über vier Fahrspuren.

Durch diese Manöver schien Mowery seinen Verfolgern zu entkommen. An der Ausfahrt zur Olive Avenue zog er die Harley noch einmal quer durch den Verkehr und kreuzte dann durch die Straßen, die an Peralta Hills entlangführten. Schließlich manövrierte er die Maschine in ein Gebüsch in der Nähe des Imperial Parks.

Sie standen. Victoria schnappte nach Luft. Auch Mowery hatte keine Sauerstoffreserven mehr und keuchte heftig. In der Stille des Spätnachmittags lauschten sie auf etwaige Verfolger. Doch die einzigen Geräusche waren das Knacken des schnell abkühlenden Motorblocks und das Zischen des im Gras verdampfenden Kondenswassers.

Mowery zog seine Lederjacke aus und verstaute sie unter dem Chopper. Victoria legte ihre marineblaue Windjacke und ihre Sonnenbrille ab. Nach einer Weile ließen sie die Maschine stehen und gingen gemächlich am Golfplatz des Parks entlang – ein junges Pärchen, das mit wehenden Haaren und Jeans dem lockergelassenen Lebensstil von Orange County frönte. Ein paarmal jagten Streifenwagen an ihnen vorüber, doch niemand achtete auf sie. Als sie zu einem Restaurant kamen, gingen sie hinein und setzten sich.

Mowery schaute Victoria über den Tisch hinweg an. Sie zitterte, ihr Gesicht war errötet. «Schiß gehabt?»

Sie nickte heftig. Dann schüttelte sie den Kopf. «Schiß nicht. Aufgeregt. Doch, Schiß auch, denke ich.»

«Ich auch. Die haben wir abgehängt, was? Haste gesehen, wie die Babys im Graben gelandet sind?» Mowerys Augen leuchteten.

«Du meinst im Fluß?» fragte Victoria, der das Adrenalin noch immer zu schaffen machte.

«Genau, im Fluß. Wette, die haben die Kisten immer noch nicht wieder raus. Hoffentlich kommt die verdammte Flut, und weg damit.»

Beide lachten.

«Mein Gott, was für 'n Kick», sagte sie und schob sich das feuchte Haar aus dem Gesicht.

«Wie wär's mit 'nem Drink?» fragte er sie.

«Was darf's sein?» fragte eine Kellnerin.

«Ahhhh. Flasche Whiskey, zwei Gläser.»

Die ältere Kellnerin war pikiert. «Whiskey führen wir hier nicht», sagte sie spitz.

«Können Sie nicht nach nebenan gehen und welchen besorgen?»

«Ich kann nicht glauben, daß du das gesagt hast», sagte Victoria. «Bringen Sie mir 'ne Cola. 'ne große.»

«Okay. Und Kuchen. Habt ihr Boysenbeerenkuchen? Nee? Apfel, dann. Mit Eiscreme. Zwei.» Mowery lachte noch immer. «Das ist wie Speed. Deshalb heißt es so. Da schüttet man keinen Alkohol drauf. Nicht, wenn du den guten Stoff hast. Jetzt weißt du's.»

«Ich ruf im Büro an. Carlander wird die Hosen voll haben», sagte Victoria und erhob sich, um von einer Telefonzelle aus Carlander anzurufen.

Carlander war nicht im Büro, also hinterließ sie den Namen des Restaurants und kehrte zum Tisch zurück. Sie konnte nicht umhin, die Blicke der anderen Gäste zu registrieren. Manche waren bewundernd, manche eifersüchtig, einige vernichtend.

«Hast du gesehen, wie die Mühle über die Hoover gerutscht ist?» Mowerys Augen leuchteten noch immer. «Hat die Bremse durchgetreten und ist rückwärts abgegangen.»

«Hat sich voll gedreht!» Victoria spürte erneut die Erregung aufwallen. «Rein in den Graben ... Ich hab nicht geglaubt, daß wir's schaffen. Ich hab ehrlich geglaubt, wir gehen drauf. Wie schnell waren wir eigentlich?»

«Rat mal.»

«Weiß nicht. Und ich wette, du auch nicht», stichelte sie. Sie konnte sich nicht vorstellen, daß er nebenbei auch noch den Tacho im Auge behalten hatte. «Hundertfünfzig? Glaubst du, daß wir hundertfünfzig drauf hatten?»

«Keine Ahnung. Nee, wär ja verboten.»

«Im Park dachte ich, sie haben uns», sagte sie und schüttelte den Kopf, als die Bilder nochmals an ihr vorüberzogen.

«Scheiße», lästerte er.

«Wirklich. Ich dachte, sie haben uns», beharrte sie.

Allmählich nahm Victorias hochroter Kopf wieder seine normale Farbe an. «Um Gottes willen, ich sitze hier und krieg mich kaum ein ... Wir sind vor der Polizei abgehauen! Verfolgungsjagd auf einem Motorrad, und ich ... ich bin ein Cop und will einen darauf trinken, daß wir sie abgehängt haben.»

Sie schaute Mowery nachdenklich an, und er erwiderte den Blick.

«Hast du deine Waffe noch?» fragte er.

«Ja, warum?» fragte sie plötzlich hellwach und ernüchtert.

Mowery senkte die Stimme und schaute sich verschwörerisch um. «Wir nehmen den Laden aus.»

«Was?»

«Du hältst dem fetten Schwein deine Knarre unter die Nase, hältst alle in Schach, während ich die Kasse ausräume.» Mowerys Stimme war ein drängendes Flüstern.

«Was soll das heißen?» fragte sie mit aufgerissenem Mund.

«Schnelles Geld. Ich mach die Mühle klar, du rennst raus, knallst den Arschlöchern vielleicht noch ein paar um die Ohren, springst hinten drauf, und weg sind wir.»

Victoria starrte ihn an. Dann ließ sie den Kopf zwischen die Arme fallen und begann sich zu schütteln. Sie konnte nicht mehr aufhören zu lachen. Ihr war klar, daß dies die Folge ihrer Hysterie war. Postnervöser Schock oder so ähnlich.

Die beiden lachten noch immer, als Carlander schlecht gelaunt an ihren Tisch trat.

«Was zum Teufel ist so lustig?» wollte der Detective wissen.

«Wir nehmen den Laden aus», sagte Victoria.

«Was redet ihr da?» Carlander schaute erst sie, dann Mowery an.

«Ich richte meine Waffe auf den Chef, Mowery kassiert das Geld ein, dann hauen wir auf dem Bike ab.»

«Was ist daran so lustig?» beharrte Carlander.

Victoria und Mowery brachen wieder in lautes Gelächter aus.

«Ich muß nicht fragen, von wem diese idiotische Scheißidee stammt», grummelte Carlander. «Mowery ist zu allem fähig. Wißt ihr, was ihr da draußen hinterlassen habt? Die suchen euch immer noch. Ich hätt das kaum verhindern können, selbst wenn ich's versucht hätte. Egal, von mir erfährt niemand etwas und von euch auch nicht, ist das klar? Wir würden alle im Knast landen.»

Die Kellnerin kam mit gezücktem Stift.

«Bringen Sie mir Kuchen», sagte Carlander. «Und einen Hamburger. Nein, am besten gleich zwei.»

Er schaute Victoria an. «Geben Sie mir das Beweismaterial. Sie haben es doch noch? Geben Sie's mir, ich werd's klassifizieren.» Er steckte die Hand in die Jackentasche und holte einen Plastikbeutel heraus. «Wir erledigen den Papierkram und sehen zu, daß wir wegkommen, bevor sie die Häuser hier durchsuchen.»

Mowery stand auf. «Ich hol die Maschine.»

«Wie denn», sagte Victoria stirnrunzelnd.

«Ich kann sie nicht zu lange draußen stehen lassen. Könnte geklaut werden.» Sie grinsten sich an. «Okay, ich warte, bis es dunkel ist.»

«Ja», sagte Carlander noch immer schlecht gelaunt. «Wenn sie dich am Arsch kriegen, tu mir einen Gefallen, geh brav in den Knast. Ruf mich bloß nicht an.»

«Haben Sie gesehen, wie er die Maschine gefahren ist?» fragte Victoria, als Mowery gegangen war. «Phantastisch. Ich hab so was im Leben noch nicht gesehen. Kein Wunder... daß ich Schiß hatte, Wayne. Echt. Aber was soll's. Bei dieser Sache hab ich ständig Angst. Aber irgend etwas ist heut passiert. Ich konnte... hatte noch keine Zeit, darüber nachzudenken. Ich hab zugesehen, daß ich nicht runterfall. Was wäre passiert, wenn sie ihn erwischt hätten? Ich meine uns.»

«Jemand wäre verletzt worden, und ihn hätten sie zum Abkühlen wieder nach Soledad geschickt. Und wir könnten uns nach neuen Jobs umsehen», antwortete er, ohne zu zögern.

«Nach allem, was er für uns getan hat? Meinen Sie wirklich?» Für Victoria war klar, daß sie über den Berg waren. Mowery war ein gemeinnütziger Bürger geworden. Er hatte heute sein Leben für das Team aufs Spiel gesetzt.

«Was er für uns getan hat? Glauben Sie, der trainiert in der nächsten Saison eine Little-League-Mannschaft?» sagte Carlander herausfordernd. «Glauben Sie, der eröffnet ein Bankkonto, kauft sich ein Haus und gießt seine Blumen? Kommen Sie, der Typ ist 'n Biker. Von der Sorte, mit der wir aufräumen wollen. Ein Dieb. Wenn er 'ne Chance sieht, dealt er oder raubt 'n Schnapsladen aus. Jemanden umzubringen kostet den keine Viertelstunde Schlaf.»

«Vielleicht.»

«Vielleicht?» sagte Carlander ungehalten.

«Die Menschen sind nicht immer...» Sie ließ den Rest des Satzes in der Luft hängen.

Carlander verstand nicht. Er konnte auch nicht. Er hatte nicht durchgemacht, was Victoria durchgemacht hatte.

«Mowery ist nicht *die Menschen*», unterbrach Carlander.

Keine Reaktion.

«Wie geht's Bill?»

«Gut.» Victoria fühlte sich plötzlich ausgelaugt.

«Was soll das heißen, ‹gut›?»

Sie mußte zwar Tag für Tag bis zu vierzehn Stunden mit ihm und Mowery verbringen, aber ihr Privatleben war ihre Sache. «Das heißt, daß es ihm gutgeht, nehme ich an. Ich seh ihn selten.» Victoria wollte damit die Unterhaltung beenden, doch sie bemerkte auf einmal, daß sie tatsächlich nicht gerade viel von ihrem Mann sah. Es gefiel ihr überhaupt nicht.

«Nehmen Sie sich morgen frei und kümmern Sie sich um ihn», sagte Carlander und biß in seinen Hamburger.

«Sonntag», sagte sie schlicht.

«Bin ich hier allein mit meinem Hamburger? Ich weiß, daß morgen Sonntag ist. Spannen Sie mal aus. Unternehmt was.» In letzter Zeit war ihm Victorias Anspannung aufgefallen. Er wollte, daß sie die Operation unbeschadet überstand. Das galt auch und besonders für ihre Ehe.

«Die Angels machen ein Picknick», sagte Victoria, wohl wissend, daß Carlander verstehen würde.

Er zögerte. Er betrachtete den letzten Bissen seines zweiten Hamburgers, während er überlegte. «Aha. Ich wette, da werden jede Menge schwerer Jungs auftauchen. Wo soll's hingehen?»

«Mulholland.» Victoria freute sich fast auf den Ausflug. Die Gegend war wundervoll, und Ausflüge nach Malibu waren normalerweise gemächliche Spazierfahrten.

«Malibu», dachte er laut. Die Hügel von Malibu waren von einem Labyrinth asphaltierter Straßen durchzogen, die sich durch einen hundertfünfzig Kilometer langen Landstrich zogen, direkt über der teuersten Wohngegend Südkaliforniens. Ein Biker-Paradies.

«Ich glaube, ja.»

Carlander war entschlossen, den Sonntag mit seinen Kindern zu verbringen. Das Team arbeitete zuviel. «Ach was, lassen Sie das Picknick sausen und nehmen Sie den Tag frei.»

«Fabelhaft», sagte sie spröde. Sie wußte, daß ein freier Tag für alle das Beste wäre, aber ihre Arbeit würde nicht vorankommen, wenn sie zu Hause waren.

«Zickig heute, was? Gerade waren Sie noch ein zufriedenes kleines Cop-Girl, und jetzt werden Sie zickig.»

«Tut mir leid.» Die der Erregung folgende Depression überfiel sie. Sie war plötzlich erschöpft.

«Es braucht Ihnen nicht leid zu tun, und Sie brauchen nicht zickig zu werden, Vicky.» Carlander schaute ihr in die Augen. «Sie machen einen verdammt guten Job. Ich meine nicht nur einen ziemlich guten, sondern einen verdammten Riesenjob. Gates freut sich insgeheim wie ein Schneekönig über das, was Sie im Roaring 20's aufgeschnappt haben. Der Stoff über Butch und die anderen. Wir haben's überprüft und glauben, daß er den Mord im Capri begangen hat. Genau wie Sie gesagt haben. Und den Dreck über Dago Paul. Gibt 'n Haftbefehl gegen ihn. Hundertsiebenundachtzig in Massachusetts. Gates hält Sie für was ganz Besonderes. Alle tun das. Es wird nicht lange dauern, und Sie machen richtig Karriere. Eines Tages sind Sie Captain, vielleicht sogar Chief, und ich werd Ma'am zu Ihnen sagen.»

«Ach, kommen Sie, Wayne...» Obwohl Victoria verlegen war, war sie sicher, daß er recht hatte. Sie stellte fest, daß sie einzigartig war – nicht nur, weil sie eine Frau war, sondern weil sie auf der Straße effektiv war.

«Ich bin nicht aufs College gegangen. Das braucht man heutzutage, und Sie haben einen Abschluß. Plus den richtigen Riecher. Sie zahlen zwar Ihren Preis, aber das tun wir alle. Doch es gibt ein paar Sachen, die sind es nicht wert. Bill zum Beispiel. Das ist es nicht wert, ihn zu verlieren, nur um diese Bastarde festzunageln.»

Wie üblich war es nach Mitternacht, als sie nach Hause kam. Bill war zu Bett gegangen. Auf dem Küchentisch lag ein Zettel. «Ruf zu Hause an.» Die Kürze der Nachricht erschreckte Victoria. Das klang rätselhaft. Es war bereits zu spät, um ihre Familie aufzuwekken – sie würde ein paar Stunden warten –, aber sie war besorgt genug, um Bill aus dem Tiefschlaf zu rütteln.

«Ist was mit meiner Mutter?»

«Mit deiner Mutter?» Bill rieb sich die Augen und versuchte, aus dem warmen, dunklen See der Geborgenheit aufzutauchen. «Nichts.»

«Wer hat dann angerufen? Ist mit meinem Vater alles in Ordnung? Was ist mit den Kindern?» wollte sie wissen.

«Beruhige dich. Dein Vater hat angerufen. Deine Mutter kommt uns besuchen. Sie und, äh, Lucille und Maxine.» Bill hatte Mühe, alles zu wiederholen. «Zuerst fahren sie zu deiner Tante Pauline nach Wichita.»

«Mein Gott, nein. Das geht nicht.» Victorias Mutter und ihre Schwestern waren schon mehrfach zu Besuch gekommen, und Victoria freute sich immer unbändig. Doch jetzt war sie aufgeschreckt. «Sie kann nicht kommen», wiederholte sie.

«Willst du ihnen am Flughafen sagen, sie sollen mit der nächsten Maschine zurückfliegen?» fragte Bill scherzhaft.

«Natürlich nicht... aber es geht nicht, daß sie mich sehen, wie...» Sie brachte den Satz nicht zu Ende.

«Wieso nicht? Ist irgendwas an dir nicht in Ordnung?» Bill setzte sich auf und schob sich ein Kissen hinter den Rücken.

Victoria sah ihren Mann an und versuchte den tieferen Sinn seiner Frage zu ergründen.

«Nein», antwortete sie. «Es ist nur so, daß ich nicht glaube, daß sie Spaß haben werden, wenn sie jetzt kommen. Ich... ich kann nicht viel Zeit mit ihnen verbringen und...»

«Und du könntest mit ihnen gesehen werden. Von jemandem auf einem Motorrad.»

Es stimmte. Überall waren Bikes. Sogar in ihren Träumen. Victoria war so paranoid in bezug auf Biker, daß sie kaum noch wahrnahm, daß die Mehrzahl gesetzestreue Bürger waren. In ihren furchterregenden Phantasien waren sie alle miteinander verbunden, ein riesiges Netz polizistenhassender Gauner und Mörder. Ihre Mutter und ihre Schwestern auf Besuch zu haben, während sie am späten Vormittag aufstand und sich nach Mitternacht von einem Tag auf einem Chopper nach Hause schleppte, kam einfach nicht in Frage. Das sagte sie Bill.

«Deine Mutter weiß, daß du Deputy Sheriff bist. Und deine Schwestern auch. Erzähl ihnen, daß du an einem Fall arbeitest. Sie werden es verstehen.»

Er sprach ohne Überzeugung, als wollte er ihr ein neues Hindernis präsentieren, das sie niederreißen konnte. «Darum geht's nicht», sagte sie niedergeschlagen.

«Worum denn? Sag's mir, damit ich weiterschlafen kann», sagte er und schaute auf den Wecker.

Victoria wußte, worum es ging. Sie spürte die Veränderungen, die in ihr vorgegangen waren, während sie mit den Bikern zusammen war, und sie konnte den Gedanken nicht ertragen, daß sie auch ihrer Familie auffallen könnten.

## Kapitel 11

Supersonic Chuck, bürgerlicher Name Charles Morgan Frey, war ein Möchtegern-Angel. Die allerdings hielten ihn für ein «Weichei». Sie hatten keinen Platz für Stifte, hatte Mowery Victoria erklärt. Dennoch dealte Supersonic Chuck – wie so viele Biker – mit allen erdenklichen Drogen, Speed inklusive. Ihn vor Gericht zu bringen, war Aufwand und Ärger wert, denn der Verdächtige war Teil eines größeren Ganzen. Victoria mußte jede sich bietende Spur verfolgen.

«Wirst ihn bestimmt nicht abkönnen», meinte Mowery zu ihr, als er vor einem Stoppschild in Anaheim abbremste.

«Ich kann sie alle nicht ab. Wieso sollte dieser anders sein?» Sie näherten sich einer Wohnwagensiedlung. Victoria fiel auf, daß die dicht stehenden Palmen aufgrund der hohen Abgaskonzentration kränkelten. Soweit Victoria sehen konnte, während Mowery sich durch die engen «Straßen» schlängelte, war von den Wohnwagen nicht ein einziger neu, und das Wort Wagen schien ein Euphemismus. Entweder waren sie aufgebockt oder hatten platte Reifen, oder die Räder fehlten ganz. Schrottmühlen mit Vorgärten nackter Erde vor Aluminiumtüren. Kaputtes Kinderspielzeug, kaputte Leute.

«Supersonic Chuck ist eigen», sagte Mowery über die Schulter, während er vor einem kleinen Alu-Wohnwagen anhielt, der aussah wie eine umgedrehte Badewanne. Der Wohnwagen war das Produkt einer Flugzeugfabrik, die versucht hatte, ihre Produktion zu diversifizieren, als in den späten Vierzigern der Weltfrieden für kurze Zeit die amerikanischen Unternehmen bedrohte. Seine Nietnähte lagen bloß, und er war unlackiert, wie der Rumpf eines Bombers, dem das Schicksal übel mitgespielt hatte.

Victoria glaubte, Mowery habe sich geirrt. Hier wohnte garantiert niemand. Fliegen umschwärmten den Müll, der aus Tonnen,

Eimern und Kartons quoll. Ein paar Gräser kämpften verzweifelt gegen den verbrannten Lehmboden, der so hart war, daß nur Ameisen es schafften, sich in ihn einzugraben.

«Supersonic Chuck ist drinnen», sagte Mowery.

Widerstrebend folgte Victoria ihm zum Eingang des Trailers. Mowery mußte sich bücken und seine breiten Schultern seitwärts durch die schmale Öffnung zwängen. «Biste da, Chuck?» rief er in das Dämmerlicht.

«Ja. Bist du das, Shane? Komm rein, Mann.» Die Stimme klang entfernter, als Victoria für möglich gehalten hatte. Sie blieb im Eingang stehen und wäre fast rückwärts wieder hinauskatapultiert worden, weil sich ein übelkeiterregender Gestank in ihre Eingeweide fraß.

«Mein Gott, ich muß hier raus», stammelte sie. Ihre Flucht wurde von Mowery aufgehalten, der sie am Arm packte.

«Nicht gerade vom Feinsten», lachte Mowery. «Supersonic Chuck macht selber sauber und spart das Geld für das Dienstmädchen. Stimmt's, Chuck?»

«Was ist?» Der Mann war jetzt besser verständlich, weil er aus einem kleinen Verschlag getreten war, den Victoria als Badezimmer identifizierte.

«Ich hab Lady Sam gesagt, daß du kein Dienstmädchen brauchst.» Mowery amüsierte sich köstlich. Er genoß Victorias Unbehagen. Ein echter Schlag unter die Gürtellinie des Gesetzes.

Victoria kramte in ihren Jeanstaschen nach einem Taschentuch, das sie sich vor die Nase halten konnte. Ihr fiel das Bandama ein, das sie trug, um auf dem Motorrad ihre Locken im Zaum zu halten. Sie streifte es ab und band es um Mund und Nase. Wenn Supersonic, die Supersau, sich beleidigt fühlte, sollte er doch. Mowery geleitete sie zu einem der beiden Stühle. Sie standen an einem mit Linoleum überzogenen Metalltisch. Darauf stapelten sich überquellende Aschenbecher, leere Bierflaschen, Essensreste, Plastiktassen und Konservenbüchsen, in denen in einer undefinierbaren Pampe zum Teil noch der Löffel steckte. Auf dem Boden verstreut lagen ölverschmierte Motorradteile, Pornomagazine, Werkzeug, mit Wasser gefüllte Milchflaschen, eine kaputte

Kaffeekanne, Kartons mit Toilettenpapier und ein dreckiger Erste-Hilfe-Kasten. Dazwischen stand ein Bett mit einer Überdecke – Victoria glaubte zu erkennen, daß es sich einmal um ein Laken gehandelt haben mußte –, die so schwarz vor Schmutz war, daß man sie zuerst gar nicht erkannte, sowie eine ebenfalls dreckstarrende Steppdecke, die zusammengeknüllt am Kopfende lag.

«Wollt ihr 'n Bier?» fragte Supersonic Chuck seine Gäste. Er stemmte den Deckel einer Plastikkühlbox auf und holte eine Flasche Budweiser raus, von der als warmes Wasser herabtropfte, was mal Eis gewesen war.

«Scheiße, klar, ich nehm eins», sagte Mowery und amüsierte sich prächtig.

«Was mit dir, Sam?» fragte Supersonic Chuck.

Victoria konnte nun zwar, ohne zu würgen, durch die Nase atmen, aber sie war nicht bereit, irgend etwas in die Nähe ihrer Lippen zu bringen, ehe sie nicht wieder sicher dieser Müllhalde entkommen war. Sie schätzte Supersonic Chuck auf etwa dreißig. Er war etwas kleiner als der Durchschnitt und neigte zur Fettleibigkeit, die den herumliegenden Indizien zufolge auf seinen unmäßigen Bierkonsum zurückzuführen war. Seine Kleider standen vor Dreck, und er hatte sich länger nicht rasiert, als Victoria sich vorzustellen vermochte. Er trug die Biker-Uniform: Jeans mit breitem Gürtel, an dem eine Kette befestigt war. Unter seiner Biker-Kutte schien er ein dunkles T-Shirt zu tragen, aber es konnte genausogut eine Schmutzschicht sein. «Nein», krächzte sie. «Nichts.»

Supersonic Chuck grinste. «Na denn, Frühstück der Champions.» Er prostete ihr mit einer Flasche Bud zu, bevor er sie in einem Zug leerte. Er rülpste und grinste sie erneut an. «Müßte mal aufgeräumt werden», gab er zu.

Mowery wandte sich an Victoria. «Weißt du, Supersonic Chuck will 'ne Wette gewinnen...»

«Schon gewonnen, gestern», unterbrach ihn Supersonic Chuck.

Mowery nickte eifrig, erfreut, daß er korrigiert wurde. «Okay. Um so besser. Schon gewonnen.» Mowery klärte Victoria auf. «Er hat mit Mexican Kenny und Shifter gewettet, daß er ein Jahr durchhält, ohne sich zu waschen. Riecht 'n bißchen, ach Scheiße, er stinkt wie Sau, aber er hat gewonnen.» Mowery prostete dem verdreckten Biker zu.

«Wieviel?» ächzte Victoria ungläubig und schob das Kopftuch beiseite, um besser sprechen zu können.

«Hundert Dollar», sagte Supersonic Chuck stolz.

«Hun...» Victoria brachte den Satz nicht zu Ende. «Nicht 'ne Million?»

«Hä? 'ne Million? Nee. He, guck dir das an.» Supersonic Chuck streifte einen Motorradstiefel ab, indem er mit der Stiefelspitze den Absatz festhielt. Zum Vorschein kam ein schwarzer Fuß, an dem die Fetzen einer Socke herunterhingen.

«Mein Gott.» Victoria schluckte. «Was ist mit deinem Fuß passiert?»

«Teil der Wette», strahlte Supersonic Chuck. «Ich durfte die Socken nicht wechseln.»

Mowery lachte lauthals, und Supersonic Chuck fiel ein. Victoria konnte daran nichts Lustiges finden. Sie merkte, wie sie sich selbst beobachtete, um festzustellen, ob sie schon so heruntergekommen war wie ihre neuen Kollegen. Sie sah Mowery prüfend an.

«Laß uns die Pillen kaufen», sagte sie und meinte das versprochene Benzedrin.

«Klar doch, Sam», sagte Mowery und nahm ein weiteres von ihrem Gastgeber offeriertes Bier. «Wir sind wegen Speed gekommen. Hat Buffalo dich deshalb angerufen? Was hast du? Meth? Könnten wir gut gebrauchen.»

«Nee, ich hab nur Bennys, aber die sind okay. Ich scheiß euch nicht an. Astreine Ware.» Supersonic Chuck holte einen Schuhkarton, den er zwischen Lumpen versteckt hatte, die vielleicht einmal Kleider waren, unter dem Bett hervor. In dem Karton befanden sich mehrere kleine Plastikbeutel mit weißen Tabletten. Er nahm einen heraus und reichte ihn Mowery, der ihn kurz musterte, bevor er ihn an Victoria weiterreichte. Sie prüfte die Tabletten genauer, ließ den Beutel aber verschlossen. Sie wollte nichts wie raus aus dieser Blechbüchse. «Wieviel?» fragte sie.

«Da sind fünfhundert drin... macht fünfundsiebzig Eier.» Zur Bekräftigung seines Angebots nickte Supersonic Chuck heftig mit dem Kopf.

Mowery widersprach ihm mit einem Kopfschütteln. «Macht mehr als zehn Cent pro», sagte er, ohne sich die Mühe zu machen, den genauen Aufpreis auszurechnen. «Mehr als zehn zahlen wir nicht für Bennys.»

«Dann verdien ich ja nichts», jammerte Supersonic Chuck.

«Scheiße, Mann, dann setz deinen Arsch in Bewegung und such dir 'n andern Job. Fernseher klauen, weiß der Geier.» Mowery wirkte selbstsicher und genoß Chucks Verlegenheit.

«Ach Scheiße, was soll's. Okay. Fünfzig. Das ist zwar geschenkt, aber ihr könnt's für fünfzig haben. Wie wär's mit sechzig, damit ich auch was verdiene?»

Der Deal ging mit fünfzig Dollar über die Bühne, doch Supersonic Chuck erhielt eine kleine Kommission in Form von dreißig Tabletten, die von den fünfhundert abgezählt wurden. Victoria zählte fünf Scheine von ihrem Bündel, das aus dem Drogenbudget des Orange County Sheriff's Office stammte, und übergab es dem Biker.

«Hab gehört, du bist jetzt 'n Angel», sagte Supersonic Chuck neidisch zu Mowery. «Scheiße, Mann, echt, Klasse. Die sollten mich aufnehmen. Verstehst du. Ich meine, ich hab ihnen gesagt, daß ich beitreten würde. Kapier nicht, wo das Problem liegt.»

«Ich auch nicht, Chuckie», sagte Mowery aufmunternd. «Verdammt, Mann, du hast es drauf. Und fahren kannst du auch.»

«Kann ich fahren, oder was?» Er schaute wieder auf Mowery, als suche er Bestätigung, daß er ein begnadeter Fahrer sei. Dann sah er Victoria an. «Mann, ich bin Dynamit auf Rädern», erklärte er ihr. «Weißt du, wie ich zu meinem Namen gekommen bin? Supersonic Chuck? Weil ich fahren kann. Auf zwei Rädern gibt's kein Besseren. Wie Shane eben gesagt hat.»

Mowery pflichtete ihm eilig bei. «Chuck ist mit hundertzwanzig Sachen auf seiner Harley die Euclid in Garden Grove runter...»

«Hundertfünfzig, Mann...»

«Aus dem müden Bock haste niemals hundertfünfzig rausgeholt...»

«Die Bullen sprachen von über hundertfünfzig.»

Mowery nickte mit gespielter Zustimmung. «Bullen lügen nicht, dann werden's wohl mehr als hundertfünfzig gewesen sein. Jedenfalls rast Chuckie-Boy auf die Lincoln-Kreuzung, und zwar im selben Moment wie jede Menge anderer Wagen, und donnert voll durch 'n Toyota...»

«Mitten durch, wie durch Butter.» Supersonic Chuck nickte heftig, während er den Kronkorken von einem weiteren Bud drehte.

«Nicht ganz», korrigierte Mowery.

«Doch, wie durch Butter», beharrte Supersonic Chuck.

«Schlimm genug.» Mowery schaute Victoria an, während er redete. «Ist durch die Beifahrertür gebrettert. Die Harley ist im Toyota steckengeblieben. Chuckie-Boy fliegt über das Auto, über noch zwei andere Karren und landet in 'nem Pick-up. Ist von der Ladefläche geklettert, und weiter ging's.»

Gegen ihren Willen war Victoria beeindruckt. «Du meinst, du konntest abhauen?»

Supersonic Chuck lachte und nickte. «Genau. Immer schön einen Fuß vor den andern, bis nach Stanton. Bin zu Hause gewesen, bevor es hell war.»

«Warst du schwer verletzt?» fragte Victoria. «Mußtest du nicht ins Krankenhaus?»

«Paar Kratzer, sonst nichts. Hatte Lederklamotten an.» Supersonic Chuck strahlte, während sein Blick zwischen seinen beiden Gästen hin und her flatterte, und genoß die Aufmerksamkeit.

«Wurde jemand verletzt?» wollte Victoria wissen.

«Nix», sagte er stolz.

Mowery schaute Victoria an. Ein Lächeln spielte um seine Mundwinkel. Dann sagte er gleichmütig: «Die beiden Frauen auf den Vordersitzen. Eine davon ist tot.»

«'n Schlitzauge», sagte Supersonic Chuck, als würde die Herkunft seines Opfers sein fehlendes Mitgefühl erklären.

Victoria schaute Supersonic Chuck an. Der Biker nahm einen

kräftigen Schluck und strahlte unbeeindruckt von Mowerys Enthüllung weiter über das ganze Gesicht. Victoria fand keine einer Biker-Braut angemessene Antwort, also sagte sie nichts.

Draußen nahm Victoria bereitwillig ihren Platz hinter Mowery ein und inhalierte die vergleichsweise frische Luft des Orange-County-Smogs.

«Er ist Abschaum», bemerkte Mowery gut gelaunt. «Die Angels würden ihn nicht mit der Zange anfassen.»

Victoria schüttelte den Kopf. Chucks Status bei den Angels kümmerte sie wenig. Sie wollte nur weg.

Victorias und Carlanders Aufgabe war nicht nur, so viele drogendealende Biker wie möglich aus dem Verkehr zu ziehen, sondern auch jederzeit zu wissen, wo Mowery sich aufhielt. Das war nicht leicht.

Mowery war nicht nur ein beeindruckender Hüne, der von anderen Bikern um seine schnelle Aufnahme bei den Hell's Angels beneidet wurde, sein Ruf festigte sich zudem durch einen Trip, den er mit Dwayne Earl «Shifter» Warner nach Redlands, einer in San Bernardino County gelegenen Kleinstadt, unternommen hatte. Die beiden fuhren in zwei gestohlenen Wagen, einem BMW und einem Mercedes, die sie an einen Mann namens Johnny Sklar verkauften. Sklar kam regelmäßig an die Westküste, um gestohlene Fahrzeuge in den Mittelwesten zu überführen, wo er sie weiterverkaufte. Kennzeichen und Papiere der Wagen wurden von Trudy Morse besorgt, die in der Kraftfahrzeugzulassungsstelle in Santa Ana arbeitete. Weder Carlander noch Victoria begleiteten Mowery auf diesem Trip, was später die Frage aufwarf, ob Mowery tatsächlich in seiner Eigenschaft als V-Mann unterwegs war oder zu seinem eigenen Vorteil ein Verbrechen verübt hatte.

Das Treffen mit Sklar sollte um ein Uhr nachmittags in einer Bierhalle namens Haleys stattfinden. Shifter und Mowery kamen absichtlich früher und gingen rein, um etwas zu trinken und auf Sklar zu warten. Um halb drei war Sklar immer noch nicht aufgetaucht. Durch die Warterei bekam Shifter schlechte Laune. Er und Mowery hatten ein Bier nach dem anderen sichergestellt und waren schließlich im hinteren Teil des Lokals gelandet, wo ein Billardtisch stand. Keiner der beiden spielte besonders gut, und es kümmerte sie wenig, wer gewann. Um fünf hatte Shifter mehr Billard gespielt, als ihm gut tat. Er meinte, sie sollten einen Tag nennen, der Deal wäre sowieso im Eimer.

Inzwischen hatte sich der Raum mit Arbeitern aus den umliegenden Fabriken gefüllt, aus der Fontana-Stahlfabrik etwa, aber auch mit Bauarbeitern, die an der I-10 ein Industriegebiet hochzogen. Zwei Männer, die offenbar Stahlarbeiter waren, kamen an den Tisch geschlendert und beobachteten, wie Mowery und Shifter spielten. Einer der Stahlarbeiter legte einen Vierteldollar auf den Rand des Billardtisches und sagte: «Wir fordern den Gewinner.»

Shifter, der gerade Maß nahm, sagte: «Steck dein Geld wieder ein, wir sind noch nicht fertig.»

Der Mann nahm einen Schluck aus seinem Bierkrug und musterte Shifter. Der Biker war nur knapp über eins siebzig groß, trug ein Tank-Top mit der Aufschrift HARLEY DAVIDSON, einen breiten Gürtel, an dem protzig verchromte Nieten prangten, und hatte im Gegensatz zu Mowery sein Haar zu einem Pferdeschwanz zusammengebunden. Er war nicht untersetzt, sondern äußerst drahtig. Für jemanden, der mit Shifters Spezies nicht vertraut war, mochte es aussehen, als wolle ein kleiner Mann durch sein Outfit hartgesotten wirken. Wenn die Stahlarbeiter das dachten, irrten sie sich.

«Hier gibt's nur einen Tisch», sagte der Mann ruhig. «Ihr müßt euch fordern lassen.»

Wieder sah Shifter den Mann nicht an, sondern nahm den Vierteldollar und schmiß ihn quer durch den Raum. Da seine Kugel das Loch verfehlt hatte, trat er beiseite, um Mowery Platz zu machen. Die provozierende Geste hätte deutlicher nicht sein können.

Aus den Augenwinkeln beobachtete Mowery, wie die Stahlarbeiter an die Bar zurückkehrten. Einer von ihnen benutzte das Telefon, ein anderer baute sich in der Tür auf und fixierte die Biker.

«Der Macker bestellt bestimmt keine Pizza», sagte Mowery aus dem Mundwinkel zu Shifter.

«Glaub ich auch nicht», bestätigte Shifter.

Es dauerte weniger als zehn Minuten, bis die Verstärkung eintraf. Mowery und Shifter hörten, wie draußen Autotüren schlugen. Die gedemütigten Stahlarbeiter trafen ihre zahlreich herbeigeeilten Kollegen an der Tür. Ihre Unterredung war für Mowery und Shifter nicht verständlich, aber das war auch nicht nötig. Sie war kurz. Mowery und Shifter sahen, wie sich etwa ein Dutzend Männer auf sie zubewegte.

«Ich seh zwei Messer», sagte Mowery ruhig. «Der Dünne in der Mitte und der Glatzenarsch links.»

Shifter lachte. «Warte, bis sie mein Schwert sehen.» Brutal zerschlug er sein Queue auf der Kante des Billardtisches. Das Queue splitterte entlang der Maserung, wodurch eine lange, scharfe Spitze entstand. Der plötzliche Knall überraschte die Stahlarbeiter und ließ sie einen Augenblick lang zögern. Mowery griff sich mit seiner riesigen Pranke drei Billardkugeln und schleuderte sie mit voller Wucht in die heranrückende Menge. Er traf zwei Mann, einen davon schmerzhaft. Aber was wichtiger war, die Initiative lag jetzt bei Mowery und Shifter.

Der Billardtisch stand in einer Ecke und bot so eine gute Verteidigungsposition. Die Stahlarbeiter, die die Schlägerei wollten, hatten den Vorteil, sich ihre Waffen aussuchen zu können. Sie hatten Knüppel, Ketten, Flaschen und Stühle. Mowery fiel ein Mann auf, der eine Eisenstange trug, wie sie auf jeder Baustelle in Mengen herumlagen. Dieser Mann machte ihm am meisten Sorgen, den wollte er um jeden Preis ausschalten.

Mowery schwang sein Queue waagerecht, um die beiden Männer, die ihm am nächsten waren, abzulenken. Als sie auszuweichen versuchten, trat er dem ersten gegen das Knie. Die Kniescheibe brach mit einem knackenden Geräusch, das Mowery sagte, daß der Mann außer Gefecht, wenn nicht reif für den Rollstuhl war. Er bekam mehrere Schläge auf den Oberkörper, die er jedoch nicht bewußt registrierte. Mit schwingendem Queue erwischte er einen weiteren Stahlarbeiter am Kopf, doch das schwere Ende des Stocks traf einen Bauhelm. Der Helm flog weg, und Mowery schlug den Mann blitzschnell zweimal gegen die nun ungeschützte Stelle. Beide Male vernahm er dumpfe Geräusche, als seine Schläge am Kopf und im Nacken landeten. Der Mann ächzte vor Schmerz und ging zu Boden. Mowery sah, daß der Mann mit der Eisenstange inzwischen weit genug vorgerückt war, um zuzuschlagen.

Shifter hatte mit seinem improvisierten Schwert nach dem glatzköpfigen messerschwingenden Mann gestoßen; er hatte auf seine Brust gezielt, aber der Mann war auf und ab gesprungen, so daß Shifters Stoß tief ging. Das abgebrochene Queue schlitzte dem Mann den Bauch auf. Der Mann schrie, als er sein Messer fallen ließ, zu Boden ging und sich die Hände vor die blutende Wunde preßte. Shifter bekam einen Stuhl gegen die Schulter. Im Gegensatz zu Filmprügeleien barst der Stuhl nicht, sondern knallte hart und schmerzhaft auf. Shifters Schulter wurde taub, er spürte, daß das Schlüsselbein gebrochen war. Dennoch gelang es ihm, dem Angreifer das schwere Ende des Queues gegen die Schläfe zu rammen. Der erste Hieb stoppte den Angreifer, der zweite riß die Kopfhaut, vielleicht auch die Schädeldecke auf. Shifter bekam einen weiteren Schlag mit einem Wagenheber auf dieselbe taube Schulterseite, diesmal jedoch näher am Genick. Der Schmerz war scharf und heftig. Er kämpfte praktisch nur noch mit einer Hand. Weil es von Schweiß oder Blut glitschig geworden war, konnte Shifter zudem das Queue nicht mehr richtig festhalten.

Mowery sah, wie der Stahlarbeiter die Eisenstange mit einem deutlich hörbaren Luftzug niedersausen ließ. Er duckte nach rechts ab in die Arme eines weiteren Stahlarbeiters. Obwohl er schnell ausgewichen war, traf ihn die Eisenstange auf die Hand. Knochen brachen. Mowery stürzte vorwärts. Mit der Rechten griff er dem Mann ins Gesicht. Sein riesiger Daumen landete im Mund des Mannes. Mowery packte so fest er konnte zu und riß die Kinnlade brutal nach unten. Die eine Gesichtshälfte des Mannes wurde vom Ohr bis zum Unterkiefer in einer gezackten, blutenden Wunde aufgerissen. Der Mann versuchte zu schreien, brachte jedoch nur ein kotzendes, gurgelndes Stöhnen hervor. Er ließ die Eisenstange fallen und brüllte mit vors Gesicht geschlagenen Händen noch lange, nachdem Mowery ihn losgelassen hatte.

Mowery wirbelte herum und griff sich die Eisenstange. Er fühlte einen glühenden Schmerz in seiner Seite, der seine Attacke jedoch nicht bremsen konnte. Die Eisenstange fest im Griff, teilte er nach allen Seiten hüfthohe Hiebe aus, hörte Knochen krachen und Männer aufheulen. Nach wenigen Augenblicken war es vorbei. Keiner entkam der Eisenstange, und Mowery wäre nur durch eine Kugel aufzuhalten gewesen. Die Stahlarbeiter flohen aus der Bar, bis nur noch Mowery, Shifter und der Barkeeper übrig blieben.

Mowery sah den Barkeeper an, der schreckerstarrt zurückblickte. «Reg dich ab, Arschloch», knurrte Mowery, doch der Barkeeper zeigte nur mit dem Finger auf ihn. Aus Mowerys Hüfte ragte der Knauf eines Messers. Mowery zog es heraus, und Blut begann aus der Wunde zu sickern. «Mein Gott», keuchte der Barkeeper.

«Hast du die Bullen gerufen?» Der Barkeeper schüttelte den Kopf.

«Scheiße», sagte Shifter. «Irgend jemand bestimmt. Laß uns bloß verschwinden. Verdammt. Bist du okay?»

«Werd's überleben.»

«Schlimm?»

«Kann nichts Wichtiges getroffen haben, würd sonst mehr spritzen. Suppt nur.» Er preßte die Hand auf die Wunde.

Die beiden waren schon fast draußen, als Shifter kehrtmachte und zum Barkeeper zurückging. «Hier», sagte er, «ich zahl für den Schaden.» Er griff in die Tasche und kramte seine gesamte Barschaft heraus: sechs Dollar. Er ließ sie auf die Theke fallen und folgte Mowery nach draußen.

Weder Mowery noch Shifter ließen ihre Wunden von einem Arzt versorgen. Als Mowery den gestohlenen Mercedes wieder auf dem Parkplatz in Yorba Linda abstellte, waren die Ledersitze der Limousine einigermaßen vollgeblutet. Er übernachtete bei Shifter, während in seinem Motelzimmer vom frühen Abend bis in die Morgenstunden ununterbrochen das Telefon klingelte. Carlander machte einen offiziellen Vermerk über Mowerys Abwesenheit, entschloß sich aber, den Bericht zurückzuhalten, bis er mit Mowery gesprochen hatte.

Carlander war nicht der einzige, der bei Mowery anrief. Am nächsten Tag war Ray Glore am Apparat. Schmunzelnd erzählte er, daß er von der Meinungsverschiedenheit draußen in Redlands gehört hätte, und fragte Mowery, wie es ihm ging. «Gut», antwortete Mowery.

«Ausgezeichnet», sagte Glore und daß er am nächsten Abend ein paar Kumpels mit ihren Ladys zu Besuch habe und Mowery und Victoria ebenfalls eingeladen seien.

Victoria war sich bewußt, daß Einladungen zu Glores Partys die Eintrittskarten zum engsten Kreis der Hell's Angels bedeuteten, zu dem nur absolut vertrauenswürdige Personen Zugang hatten. Sie machte sich nichts vor, die Party würde kein entspanntes Vergnügen für sie werden. Im Gegenteil, sie wußte, daß Geschäfte besprochen und Namen erwähnt werden würden. Carlander gestand ihr, daß sie weiter vorgedrungen waren, als er je gehofft hatte.

## Kapitel 12

Praktisch alle Biker, mit denen Victoria zu tun hatte, konnte man als Kriminelle bezeichnen, denn es waren Personen, die gewohnheitsmäßig in ein breites Spektrum krimineller Unternehmungen verwickelt waren. Ray Glore dagegen, dachte Victoria, war anders. Er war nicht nur kriminell, er war, ihrer Meinung nach, das personifizierte Böse.

30. Januar 1977. Da die genaue Lage von Ray Glores Haus nur wenigen bekannt war, schloß Mowerys und Victorias Einladung das Arrangement ein, daß sie von jemandem dorthin eskortiert wurden.

Carlander war äußerst gespannt auf das Dinner. Victoria ebenfalls, aber aus anderen Gründen. Sie mußte ständig an Glores kalte, schwarze Augen und an seine eisige amoralische Freundin denken. Tonis nüchterne Bemerkungen über pornographische Filme jagten Victoria aus unerklärlichen Gründen Schauer über den Rücken. Sie hatte gelesen, daß die meisten der gräßlichsten Verbrechen von Personen mit abwegigen sexuellen Neigungen begangen wurden. Was Ursache und was Wirkung war, wußte sie nicht, und es interessierte sie auch nicht. Wohl aber wußte sie, daß sowohl Toni als auch ihr Massagesalonbesitzer und Pornoregisseur-Liebhaber, Ray Glore, sexuelle Begierden hatten, die alles andere als normal waren.

«Kommen Sie, Victoria, ich und Nease werden dasein», besänftigte Carlander sie. «Sie tragen ein Abhörgerät, wir kriegen alles mit, was um Sie herum passiert. Wenn ich mit etwas nicht fertig werde und Nease mir auch nicht helfen kann, rufen wir Verstärkung. Entspannen Sie sich. Wird schon schiefgehen.»

Carlander kaute lustlos auf einem Hamburger herum. Die Pommes frites rührte er gar nicht erst an. Ein sicheres Zeichen, dachte Victoria, daß er etwas aus dem Tritt war.

«Der Kerl ist mir unheimlich», sagte Victoria und nippte nervös an ihrer dritten Tasse Kaffee. Sie hatte einen Geschmack im Mund wie Batteriesäure. Sie hatte Angst und scherte sich nicht drum, wer es merkte. «Und dieses Mädchen, Toni. Die ist genauso unheimlich und gefährlich. Sie wollte wissen, ob ich im Telefonbuch stehe. Ich wette, sie hat nachgeschaut.»

«Na und?» Carlander zuckte mit den Schultern. «Erzählen Sie ihr, daß Cook Ihr Mädchenname ist. Was weiß denn die? Wenn sie's anspricht, wissen wir, daß sie nachgeschaut hat.»

«Wenn wir nur wüßten, wo das Haus liegt», mischte sich Nease ein.

«Wissen wir aber nicht», sagte Carlander. «Also folgen wir ihnen. Wie immer. Iß du deine Fajitas.»

«Ich will keinen vollen Magen haben, falls ich angeschossen werde», sagte Nease ernsthaft.

«Weißt du, was ich machen sollte? Ich sollte das Mädel, diese Karen, mitnehmen, zur Verstärkung. Aber du würdest das wohl auch noch gut finden und dich nach Hause verpissen... Wie spät ist es? Schon nach sieben? Du hast Dienstschluß, Nease.» Carlanders Bemerkung war nicht nur scherzhaft gemeint.

«Was hältst du davon, Mowery?» fragte Nease den Biker. «Denkst du, Glore zieht dieses Dinner nur auf, um Victoria herzulocken, damit er sie kaltmachen kann?»

Bei den Einsatzbesprechungen redete Mowery meist nur, wenn er etwas gefragt wurde. «Möglich.» Abwesend trommelte er mit den Fingern auf dem Tischtuch herum.

«Quatsch. Er würde das Risiko nicht eingehen, euch zu sich nach Hause einzuladen. Er würde es irgendwo anders machen», sagte Carlander.

«Wir wissen ja nicht, wohin wir gehen», erinnerte Mowery Carlander.

Mit anzuhören, wie in nüchternen Worten ihre mögliche Ermordung in Erwägung gezogen wurde, verursachte Victoria Brechreiz.

Carlander bemerkte, wie ihr Gesicht aschfahl wurde. «Na, kommen Sie», sagte er zu ihr. «Wir verdrahten Sie jetzt.»

Die vier verließen das Love's Restaurant am Santa Ana Freeway und stiegen in einen Dodge-Transporter, den sie aus dem Fuhrpark der Polizei besorgt hatten. Der Transporter war tiefschwarz lackiert, und seine verchromten Radkappen funkelten im Licht einer nahen Neonreklame. Nachdem sie die Vorhänge der Fahrerkabine zugezogen hatten, half Carlander Victoria beim Anlegen des Abhörgeräts. Das Gerät bestand aus einer zwei Zentimeter dicken, sieben Zentimeter breiten und zehn Zentimeter langen Metallbox, aus der zwei etwa zehn Zentimeter lange Drähte ragten, die als Antenne fungierten. Die Box selbst enthielt kleine Batterien und ein stimmaktiviertes Mikrophon. Sie konnte an fast jedem Körperteil befestigt werden. Victoria probierte lange herum, bis sie sich für die Achselhöhle entschied. Das Gerät hinten an der Taille zu befestigen konnte auf einer Party, wo die Hände oft dorthin wanderten, gefährlich sein. Außerdem trug sie dort bereits eine 9-mm-Halbautomatik. Es wäre zwar nicht unmöglich gewesen, beides dort zu verbergen, aber auch nicht einfach.

Carlander und Nease hatten einen in einem Koffer verstauten Empfänger im Wagen. Die ankommenden Signale aktivierten ein Tonband, und entweder Carlander oder Nease konnten über Kopfhörer mithören. Die Reichweite lag unter normalen Bedingungen etwa bei zwei Blocks. Hügeliges Gelände konnte zu Störungen führen, aber solange Sichtkontakt bestand, würde es funktionieren.

Die Nacht war kühl genug, so daß Victoria eine modische Lederjacke über dem Sender tragen konnte. Zur Vorsicht trug sie ihre graublaue Veloursbluse über den Jeans. So würden keine auffälligen Ausbuchtungen zu sehen sein.

Etwas war aber noch zu erledigen. Carlander stieg aus und ging zu Mowerys Chopper. Er holte seine Waffe aus dem Schulterhalfter und zerschlug in weiser Voraussicht mit dem Pistolenlauf die rote Rücklichtabdeckung. Plastiksplitter fielen zu Boden, und ein sauberes, rundes Loch entstand.

«He, Mann, bist du bescheuert?» fragte Mowery.

Carlander sah Mowery nur an und lächelte schwach.

Victoria und Mowery warteten in Zimmer 121 des Sixpence Motel. Sie spürte bereits die Reizung, die Abhörgerät und Klebeband auf ihrer Haut verursachten. Sie überlegte, das Klebeband abzuziehen und das Gerät ein klein wenig zu verschieben. Das aber bedeutete, daß sie das Zimmer verlassen mußte, um frisches Klebeband aus dem Transporter zu holen. Es bestand die Möglichkeit, daß ihre Eskorte gerade im ungünstigsten Moment auftauchen würde. Außerdem würde nach geraumer Zeit auch jede andere Stelle jucken.

Sie sah Mowery an. Er hing in einem zerschlissenen Sessel und zappte – offensichtlich von den kommenden Ereignissen unbeeindruckt – durch die Kanäle. Sie konnte nicht nachvollziehen, wie man so mutig und gelassen sein konnte. Nicht nur ihre Hände zitterten, sie zitterte am ganzen Körper und hatte Magenschmerzen. Als sie die vergangenen Monate Revue passieren ließ, mußte sie sich eingestehen, daß sie ständig in Angst gelebt hatte. Sie haßte es, dem lähmenden Schrecken zu erliegen, wenn kühle Gelassenheit gefordert war. Sie versuchte, sich einzureden, daß ihre Furcht daher kam, daß ihre Einbildungskraft ausgeprägter war als die der Biker, die sie überführen wollte. Aber in ehrlichen Momenten gestand sie sich ein, daß sie kein Intelligenzmonopol besaß, auch nicht gegenüber den Hell's Angels.

In diesem Augenblick vermißte sie Bill mehr als alles andere. Sie wollte mit ihm reden, sich bei ihm geborgen fühlen, über einen Scherz von ihm lachen. Er hatte für jede Gelegenheit die passenden Worte.

Sie merkte, daß Mowery etwas zu ihr gesagt hatte. «Was?» fragte sie.

«Du siehst nicht gut aus», wiederholte er.

«Danke.» Sie war an seiner Meinung nicht interessiert. Sie fühlte sich unfähig, ihre gegenwärtige Verfassung zu beeinflussen, und wenn man sie ihr ansah, konnte sie daran auch nichts ändern.

«Ist dir schlecht?» fragte er.

«Nein, mir geht's gut», beharrte sie. Aber es ging ihr nicht gut. Insgeheim befürchtete sie, daß ihre Nerven versagen und sie sich in einem Haus voller Angels verraten würde.

Mowery richtete sich zu seinen ganzen einhundertneunzig Zentimetern auf und ging auf sie zu. Instinktiv trat sie einen Schritt zurück. Er streckte die Hand aus und massierte mit den Fingerspitzen ihre Stirn. Die Berührung war sofort entspannend, und sie knickte fast ein, als ihre Nerven sich beruhigten.

«Du schwitzt», sagte Mowery schlicht.

Victoria griff nach Handtasche und Zigaretten, wurde sich dann aber gewahr, daß sie aufhören wollte. Sie vernahm das Geräusch eines Motorrads und zog nervös die Jalousie ein Stück hoch, um hinauszusehen. Der Parkplatz des Motels war vollständig einsehbar, das Motorrad schien bloß vorbeigefahren zu sein.

«Vielleicht hast du erreicht, was du wolltest.»

«Wie meinst du das?»

«Wie viele Deals haben wir durchgezogen? Fünfzig? Sechzig? Vielleicht kannst du Glore nicht anscheißen. Vielleicht ist er zu clever.»

«Wir kriegen ihn.» Victoria klang nicht gerade leidenschaftlich.

«Womit? Mit seinem Massagesalon?» Mowery gab sich nicht zufrieden. «Außerdem, was interessiert's dich?»

«Was soll die Frage? Ich bin ein Cop. Es ist mein Job...»

«Du bist kein Cop», unterbrach Mowery selbstsicher. «Du bist 'ne Lady. Hell's Angels riechen Cops, selbst wenn die gerade aus der Dusche kommen. Wie kommt's, daß du dir dafür deinen Klasse-Arsch aufreißt...?»

Victoria fiel ihm energisch ins Wort. «Was ich mache und wie ich es mache, geht dich einen Dreck an. Dein Ton paßt mir nicht.»

«Außerdem hast du alles, was man braucht», sagte er lächelnd.

Victoria zitterte immer noch, aber ihre Stimme war fest. «Die Grenze ist erreicht. Noch ein Schritt, ein Wort noch, und ich bin draußen. Die Operation ist zu Ende, und du bist wieder im Knast.»

Mowery schaute sie ein paar Augenblicke lang an, dann lächelte er. «Du bist kein Cop. Ein Cop würde alles tun, um jemand wie Glore festzunageln. Aber du würdest alles hinschmeißen, bloß weil jemand dein Arsch gefällt.»

Victoria wandte sich ab und tat so, als schaute sie aus dem

Fenster. Tatsächlich suchte sie Halt an der Wand. Sie vergegenwärtigte sich, daß sie ehrgeizig war. Karriere machen wollte. Solange sie denken konnte, hatte sie immer alles erreicht. Und sie war entschlossen. Und jetzt erzählte ihr ein starrköpfiger Krimineller, daß sie nichts als ein welkes Pflänzchen sei. Sie hatte ihre Pläne, Kinder zu bekommen, aufgeschoben und arbeitete hart, weil sie der Überzeugung war, daß ihre Arbeit für die Gesellschaft von Nutzen wäre. Nahm sie sich selbst auf den Arm?

«Das stimmt nicht», sagte sie, ohne sich umzudrehen, zu Mowery. «Das Zimmer zu verlassen bedeutet, daß ich, was dich betrifft, die Grenze ziehe. Du bist einer von ihnen. Ich hab mir im Kopf Grenzen gesetzt, was ich mitmache, wie weit ich gehe und was ich von anderen zulasse. Ich mach dir nur klar, wo deine Grenze ist.»

Sie war sicher, daß er an sie rankommen, sie unter Kontrolle bringen wollte. Er mußte den Gedanken hassen, der Gnade einer Frau ausgeliefert zu sein. Doch ihn zu durchschauen machte es auch nicht besser. Sie befürchtete, daß er etwas an ihr bemerkt hatte, was ihr nicht bewußt war. Und wenn Mowery dazu fähig war, hieß das, daß andere es auch konnten.

Diesmal war das Motorradgeräusch lauter. Sie spähte durch die Jalousieschlitze und entdeckte drei Chopper. Problemlos erkannte sie Buffalo und Fat Mike. Den dritten Fahrer kannte sie nicht, würde ihn aber kennenlernen. Er hieß Lenny Erickson, einer der Anführer des künftigen Ventura-Chapters der Hell's Angels.

Mowery ging zur Tür und begrüßte grinsend die Hell's Angels. Es war eine frische Januarnacht. «Wird langsam Zeit, daß ihr Arschlöcher auftaucht. Bin am Verhungern.»

«Vernaschen oder vernascht werden, Supermann?» sagte Buffalo zu Mowery, aber seine Augen ruhten auf Victoria. «Hallo, Lady Sam. Verdammt, siehst großartig aus.» Er ließ den Motor der Harley mehrfach aufheulen. Victoria vermutete, daß er auf Speed war.

«Verdammt, ich habe auch Hunger. Ich bin auf deiner Seite, Shane», rief Fat Mike.

Buffalo stellte das dritte Mitglied der Eskorte vor. «Das hier ist Lenny Erickson. Lenny kommt aus Ventura.» Während Mowery zu Lenny hinüberging, um ihm die Hand zu schütteln, musterte Victoria bewundernd den Mann aus dem Norden. Er war Anfang Dreißig, mit blonden Haaren und heller Haut, auf der andeutungsweise Sommersprossen zu entdecken waren, die aber keineswegs unattraktiv wirkten. Trotz der kühlen Nacht, die Victoria und Mowery dazu bewog, dicke Jacken überzuziehen, trug er nur ein T-Shirt und eine Lederkutte. Er hätte als gut aussehend gegolten, wären da nicht die leblosen Augen und der trotzige, freudlose Mund gewesen. Augen wie diese hatte Victoria schon einmal gesehen: in der Sammelzelle eines Staatskrankenhauses, in dem sich emotionsgestörte Gewalttäter befanden. Tatsächlich würde Lenny Erickson eines gewaltsamen Todes sterben.

«Fertig, Mann?» fragte Buffalo. Mowery schwang sich auf seinen Chopper, und Victoria glitt hinter ihn und stellte ihre Füße auf die erhöhten Fußstützen. Sie empfand sie mittlerweile als ganz normal.

Carlander wartete, bis die Motorräder den Parkplatz verlassen hatten, ehe er den Transporter startete. Er schaltete die Scheinwerfer an und folgte ihnen. Die drei Motorräder bogen nach Norden auf den State College Boulevard und begannen sofort, den Autoverkehr zu überholen. Carlander hatte keinen Grund anzunehmen, daß die Hell's Angels sich verfolgt fühlten.

Sie fuhren in Richtung Norden am East Anaheim Center vorbei. An der Placentia Avenue vermutete Carlander, daß die Biker auf den Riverside Freeway fahren würden, was sie aber nicht taten. Falls Victorias Motorradeskorte eine lange Fahrt vor sich hatte, würden sie die nächste Freeway-Auffahrt nehmen. Taten sie es nicht, so Carlanders Vermutung, konnte Glores Anwesen nicht weit entfernt sein. Er irrte sich.

Auf der Bastanchury Road in Fullerton bogen die Biker plötzlich nach Westen ab und gaben Gas. Carlander schaltete das Licht aus, trat das Gaspedal durch und orientierte sich an der Straßenbeleuchtung. Binnen Sekunden war er auf hundertzwanzig, und hinter ihm tauchte mit rotierendem Blaulicht ein Fullerton-PD-

Streifenwagen auf. «Paß auf die Harleys auf, Bud», sagte er zu Nease und bremste so hart, daß sie beide gegen die Sicherheitsgurte gepreßt wurden. Carlander hatte bereits seine goldene Marke des Orange County Sheriff's Office in der einen und seine Visitenkarte in der anderen Hand. «Sergeant Wayne Carlander, Orange County Sheriff's Office. Ich befinde mich im Undercovereinsatz, rufen Sie mein Büro an und überprüfen Sie's», stieß er ohne Luft zu holen hervor und legte, ohne eine Antwort abzuwarten, den Gang ein, versengte Gummi und nahm die Verfolgung wieder auf.

«Gottverdammte...» hörte er einen der verärgerten Polizisten hinter ihnen herbrüllen. Carlander fiel es nicht schwer, sich in ihre Lage zu versetzen. Es gehörte zu den minimalen Umgangsformen, andere Zuständigkeitsbereiche vorher zu informieren, wenn ein Undercovereinsatz auf deren Gebiet stattfand. Das sparte Nerven und verhinderte nicht selten Verletzte, manchmal sogar Tote.

«Sie sind auf der Harbor nach rechts gefahren», sagte Nease, ohne Mowerys entferntes Rücklicht aus den Augen zu verlieren. Das weiße Licht war leicht auszumachen.

«Siehst du sie?» knurrte Nease aus dem Mundwinkel.

«Ja, ich seh sie.» Carlander behielt das hohe Tempo bei, bis die Motorräder auf die Lambert Road in La Habra einbogen. Die Biker rasten über die Lambert und bogen plötzlich unvermittelt Richtung Norden auf die Euclid ab. Carlander hatte fast schon wieder die Distanz so weit verringert, daß er hätte langsamer fahren können, als erneut ein Blaulicht im Rückspiegel auftauchte. «Scheiße. Noch einer.» Es blieb ihnen nichts anderes übrig, als so schnell wie möglich anzuhalten, um möglichst wenig Zeit zu verlieren. Er begann sich zu fragen, wie sicher Victoria tatsächlich war, wenn er bereits auf den ersten fünfzehn Meilen den Kontakt zu ihr verlor. Seine Unterredung mit dem La Habra Police Department verlief nicht so problemlos wie die zuvor, doch Carlander schaffte es, rechtzeitig genug wieder loszukommen, um die Biker an der Puente, Ecke Whittier einzuholen. Nur fuhren sie dieses Mal Richtung Osten.

«Die haben uns entdeckt», stöhnte Nease.

«Ich weiß nicht, vielleicht nicht.» Carlanders Augen klebten an Mowerys weißem Rücklicht.

«Warum zum Teufel fahren sie dann Richtung Osten, Mann? Die wollen uns abschütteln.» Nease wischte sich seine schweißigen Hände an den Oberschenkeln ab.

«Die nehmen nicht den direkten Weg. Ich schätze, die sind vorsichtig.»

«Wir sollten Verstärkung anfordern», sagte Nease und schaute durch die Seitenscheiben des Transporters.

«Behalt das Rücklicht im Auge. Wenn wir andere Wagen hinzurufen, merken sie, daß sie verfolgt werden, und unsere Aktion geht den Bach runter.» Carlander sprach ruhig, als erkläre er ein einfaches Additionsverfahren.

Die Hell's Angels hatten Orange County verlassen und rasten nun durch den Stadtverkehr von West Covina. An einer roten Ampel bogen sie rechts ab. Carlander, der etwa zwölf Wagen zurücklag, konnte es sich nicht leisten, zu warten, bis die Ampel umsprang. Er riß das Steuer herum und jagte den Transporter eine kaum drei Meter breite Lieferzufahrt hinunter. Fasziniert beobachtete Nease, wie die Tachonadel auf hundert stieg. Er drückte seinen Fuß auf den Fahrzeugboden, als wolle er abbremsen, während der Transporter aus der Zufahrt schoß und auf die Hollenbeck Avenue schleuderte. Carlander kurvte durch San Dimas, immer noch fest überzeugt, daß sie unentdeckt geblieben waren – zumindest von den Hell's Angels auf ihren Motorrädern.

Die Biker fuhren auf den Freeway 210 und näherten sich den Ausläufern der San-Gabriel-Berge. Sie passierten Glendora, Azusa und Monrovia. Carlander schwitzte trotz offenen Fensters und hoher Geschwindigkeit. Er warf Nease einen Blick zu, der sich ebenfalls den Schweiß von der Stirn wischte. Als auf dem Freeway das Tempo gleichmäßiger wurde, gewann Carlander seine Zuversicht zurück. Er blieb soweit es ging auf der rechten Fahrspur. Die Bikes hatten gerade Pasadena Richtung Altadena passiert, als er zwischen Trucks und Pkws eingezwängt wurde, die mit etwa der gleichen Geschwindigkeit auf allen sechs Spuren des Freeways dahinfuhren. Er versuchte durchzubrechen, doch je mehr er sich vorbeizuzwängen suchte, desto geringer wurde die Kooperationsbereitschaft der anderen Fahrer, die – als hätten sie sich abgesprochen – versuchten, ihn so lange wie möglich zu blockieren.

Carlanders Manöver hatten Nease von dem weißen Rücklicht abgelenkt. Um verlorenen Boden wiedergutzumachen, schnitt Carlander über vier Spuren auf den rechten Fahrstreifen und trat das Gaspedal durch. Der Fahrer auf der zweiten Spur wollte Carlander ärgern und beschleunigte ebenfalls. Carlander verfluchte den Fahrer durch das offene Beifahrerfenster. Der andere Fahrer reagierte mit dem ausgestreckten Mittelfinger. Unterdessen hatten sich die Hell's Angels mühelos durch den Verkehr geschlängelt, nicht zuletzt weil die Autofahrer ihnen ängstlich Platz machten. An der Ausfahrt Marengo Street verließen sie den Freeway. Carlander fluchte lauthals, als er die Biker auf der Ausfahrt verschwinden sah. Er drängte den Transporter selbstmörderisch über fünf Spuren und kam schleudernd auf dem Seitenstreifen zum Stehen. Er und Nease konnten sehen, wie die Angels den Freeway unterquerten und in westlicher Richtung auf den Foothill Boulevard abbogen.

Ohne zu zögern, nahm Carlander den Fuß von der Bremse, riß das Steuer nach rechts und jagte den Transporter die fünfundvierzig Grad steile Böschung hinunter. Nease preßte die Kiefer so stark aufeinander, daß es knirschte. Obwohl Carlander zu bremsen versuchte, schoß der Wagen mit unverminderter Geschwindigkeit die mit Eiskraut bewachsene Böschung hinunter. Unten krachten die Vorderreifen hart auf die Straße, und es war ein Wunder, daß sie nicht platzten. Die entgegenkommenden Fahrzeuge wichen aus und gerieten ins Schleudern.

Als Carlander auf den Foothill Boulevard bog, waren die Biker verschwunden. Da er keine andere Möglichkeit sah, raste er den Boulevard entlang und überfuhr mit hundertdreißig eine rote Ampel. Wieder tauchte ein Blaulicht in seinem Rückspiegel auf. Zunächst dachte Carlander überhaupt nicht daran, anzuhalten. Zur Hölle mit ihnen. Er mußte Victoria finden. Sein gesunder Menschenverstand schaltete sich jedoch rechtzeitig wieder ein, und er stoppte. Als der County Sheriff's Deputy ihm erzählen wollte, wie sehr er Geschwindigkeitsübertretungen haßte, zeigte Carlander ihm seine Marke, warf ihm eine Visitenkarte zu und versicherte ihm, wie sehr er es haßte, angehalten zu werden. Dann schoß der Transporter wieder hinaus in die Nacht.

Carlander und Nease jagten durch Tujunga und die Kleinstadt Sunland, wo der Foothill Boulevard sich durch ein dünnbesiedeltes Gebiet zog, das in den Tujunga Canyon mündete. Carlander dachte, er hätte einen Blick auf das weiße Rücklicht erhascht. Er beschleunigte und versuchte, die Lücke zu schließen. Nachdem sie Big Canyon Wash – eine Ansammlung riesiger, von den Fluten vergangener Zeitalter angespülter Felsbrocken – überquert hatten, war das weiße Rücklicht wieder verschwunden. Diesmal glaubte Carlander, die Motorräder hätten angehalten.

«Die müssen hier in der Nähe sein», sagte er zu Nease.

«Wo?» fragte sein Partner.

«Keine Ahnung», antwortete Carlander schlicht. Er fuhr auf den Seitenstreifen und stellte den Motor ab. Er lauschte. Bis auf das gelegentliche Geräusch eines Wagens war die Nacht ruhig.

«Schalt den Empfänger ein», sagte Carlander zu Nease.

«Ist an.» Nease lauschte aufmerksam. Der Empfänger war so still wie die Nacht. «Himmel, wo sollen wir suchen?»

Plötzlich hörten sie einige hundert Meter entfernt Motorräder aufheulen. Hektisch ließ Carlander den Motor an, legte den Gang ein und wirbelte eine Wolke von Dreck, Kies und Staub auf, ehe er wieder auf der Fahrbahn war und zu den Motorrädern aufschloß, von denen eines ein weißes Rücklicht hatte. Die Biker führten die beiden Polizisten über die San Fernando Road in die Nähe des Freeway 118, der das gesamte Tal durchzog. An der Fox Street bogen die Motorräder scharf nach links ab und fuhren eine lange, unbeleuchtete Bergstraße hinauf, die nach einer Weile zur Omelveny Avenue wurde und sich als Sackgasse entpuppte.

Ray Glores Haus, Omelveny Avenue 8516, war weder von der Straße noch von den Nachbargrundstücken aus einsehbar. Es befand sich zwei Meilen oberhalb eines der zahlreichen Canyons, die sich im Nationalpark Los Angeles durch die San-Gabriel-Berge schlängelten. Hinter einem hohen Maschendrahtzaun, der mit Stacheldraht gesichert war, bellten Hunde in der Dunkelheit. Während Victoria und Mowery ihrer Eskorte auf Glores festungsartiges Anwesen folgten, wurden sie von zwei heulenden Dobermännern angesprungen, deren Köpfe brutal zurückgerissen wurden, als sie das Ende ihrer Ketten erreichten. Das Haus war im Ranch-Stil erbaut, etwa dreißig Jahre alt und hatte damals vermutlich die Architektur in diesem Teil des Tales geprägt.

Die beiden Tore der freistehenden Garage waren – wie Victoria bemerkte – mit Stahlrahmen verstärkt, vernutet und doppelt verriegelt. Als sie sich dem Haus näherten, fiel ihr zudem auf, daß dort, wo sich einst ein Rasen befunden haben mußte, mittlerweile Gestrüpp und Unkraut wucherten. Der Backsteinklinker des Gebäudes war dreckig und beschädigt, hier und da fehlten Steine. Das Anwesen erinnerte Victoria an einen Fall von Schizophrenie, der ihr auf dem College als Lehrbeispiel gedient hatte. Das Opfer der Krankheit war zu persönlicher Hygiene nicht fähig, und alles, was mit ihm in Berührung kam, fiel früher oder später dem Verfall anheim.

Deshalb war sie überrascht, daß das Innere des Hauses einigermaßen gut in Schuß gehalten wurde. Im Wohnzimmer befand sich ein riesiger Kamin, und obwohl der Fußboden aus grüngestrichenem Beton bestand, wirkte er immerhin durch einige Brücken und Teppiche nicht gar so kalt. Eine gigantische Fensterfront nahm die gesamte Wand gegenüber dem Kamin ein. Victoria konnte erkennen, daß das Haus die Form eines L hatte, so daß die Fensterfront den Blick auf einen Innenhof eröffnete. Sie betrachtete den Hof, dessen Zentrum ein mächtiger Eukalyptusbaum einnahm, den ein Feuer auf einen verkohlten Stumpf reduziert hatte. Obwohl der Stamm nicht abgestorben war, wies er tiefe von Messerwürfen stammende Kerben auf.

Victoria kannte die meisten der Anwesenden aus zahllosen Begegnungen in Bars und Kneipen. Mitten unter ihnen saß LACO Paul an einer privilegierten Stelle in der Nähe des Kamins in seinem Rollstuhl.

Victoria wußte, daß der Mann stets eine Waffe trug. Er hatte schwarzes, am Hinterkopf dünner werdendes Haar und einen dichten schwarzen Bart. Selbst unter den Bikern, denen in puncto Vulgarität niemand was vormachte, war er für seine dreckigen Sprüche berühmt.

LACO Paul hatte sich bei einem Motorradunfall auf dem Highway 2, der sich von Mount Wilson nach Pasadena hinunterwand, das Rückgrat gebrochen. Obwohl er querschnittsgelähmt war, schien er noch immer über beträchtlichen Einfluß unter den «Brüdern» zu verfügen. Zudem wurde er ständig von einer attraktiven Mittdreißigerin begleitet, die, wie Victoria erfahren hatte, auf seine Anweisungen hin die verschiedensten Sexualpraktiken mit seinen Freunden und Kumpanen praktizierte, als Ersatz für LACO Pauls Unfähigkeit, sich auf die übliche Weise Befriedigung zu verschaffen. Victoria war dem Mann oft genug begegnet, um zu wissen, daß er zu extremen Stimmungsschwankungen neigte, und benahm sich deshalb in seiner Gegenwart äußerst zurückhaltend. Was sie besonders interessierte, war seine Einkommensquelle, die, wie sie ansatzweise gehört hatte, aus einer Art Unfallrente bestand, die die Hell's Angels ihren bei Motorradunfällen verunglückten Mitgliedern zahlten. Heute abend würde vielleicht Gelegenheit bestehen, mehr zu erfahren.

Ganz in der Nähe schlürfte Whitey Parsons Bier aus einem riesigen Glasgefäß, das Victoria für eine Blumenvase hielt. Parsons war muskulös und hätte als gut aussehend gelten können, hätte es in seinem Leben nicht zuviel Schlägereien, zuviel demolierte Motorräder, zuviel Asphaltkontakt und zuwenig Zahnarztbesuche gegeben. Parsons stand im Ruf, keiner Schlägerei aus dem Weg zu gehen und sich beim Austeilen so lange auf seine Nehmerqualitäten zu verlassen, bis sein Gegner nicht mehr konnte. Es ging das Gerücht um, er hätte vor Jahren zwei Männer erschossen, die ihn bei einem Deal linken wollten. Das Gerücht wollte außerdem wissen, er hätte es sich in einem Sessel gemütlich gemacht und Fernsehen geguckt, während eines der Opfer zu seinen Füßen verblutete.

An Parsons' Arm hing eine Frau, die Victoria als Exfrau eines bekannten Serienstars identifizierte. Unter den Tätowierungen, die Arme und Brüste der Frau bedeckten, befanden sich stilisierte

Spinnweben unter den Achselhöhlen und um die Knöchel. Die Frau schien kaum auf Parsons zu reagieren, der sich beiläufig unter ihrem Pullunder amüsierte. Victoria vermutete, daß sie auf Drogen war.

Der Präsident der Fontana-Ortsgruppe der Hell's Angels, Gary Robles, kam aus der Küche. Obwohl er etwas wacklig auf den Beinen war, erkannte er Mowery sofort und wankte auf ihn zu. «Shane, alter Kumpel», sagte Robles und bot ihm die Hand zum Biker-Gruß. «Lange her, daß ich dich gesehen habe. Mindestens zwei, drei Tage.» Robles lachte über seinen Scherz, und Mowery fiel ein. Robles schenkte Victoria ein breites Grinsen. «Lady Sam. Shane ist schon ein beneidenswerter Schwanz, daß er so 'ne korrekte Lady hat, die auf sein Bike aufpaßt.»

Victoria stellte fest, daß die Gäste nicht sehr zahlreich waren. Auf der anderen Seite des Raums stand Toni, Ray Glores Mädchen, und beobachtete sie. Toni sagte etwas zu dem Mädchen, das sie dabeihatte, und winkte dann Victoria, herüberzukommen. Als sie zu ihnen hinüberging, sah sie, wie die beiden sich die Nase puderten.

«'ne Linie Speed?» fragte Toni.

Victoria schüttelte den Kopf. «Hab Wodka getrunken. Wenn ich Speed draufsetz, krieg ich das Kotzen.»

Toni schaute sie eindringlich an, und Victoria haßte die Tatsache, daß ein kleineres, jüngeres Mädchen ihr so viel Furcht einzuflößen vermochte.

«Das ist Rita.» Toni nickte in Richtung ihrer weiblichen Begleitung. «Mein Mädchen.»

Victoria war schockiert über die beiläufige Erwähnung einer weiteren Sexgespielin. Rita war keineswegs schön, doch Victoria konnte sehen, daß sie auf eine maskuline Art attraktiv war. Sie hatte einen leicht faßförmigen Oberkörper, wodurch ihr Busen größer wirkte. Sie trug eine violette Bluse, die sie in ihre enge schwarze Hose gesteckt hatte. Ihre Haare waren kurz geschnitten und eher gekämmt als gebürstet. Ihre Pupillen waren stark geweitet.

«Hallo, Rita. Schön, dich zu sehen.»

Ritas Lächeln war eine einfältige Grimasse. Sie klimperte mit den Wimpern, zum Zeichen, daß ihr die Vorstellung nicht entgangen war, zeigte jedoch kein Anzeichen von Wärme.

«Siehst gut aus, Sam.» Tonis Blick flackerte über Victoria hinweg zu Mowery, durch den Raum, dann zurück zu Victoria. Speed.

«Wo ist Ray?» hörte Victoria sich fragen. Sie war keineswegs begierig darauf, ihn zu sehen, fühlte sich aber verpflichtet, zu fragen.

«In der Küche. Aber nicht am Kochen. Er quatscht mit Butch. Hat sie nicht geile Titten?» Die Frage richtete sich an Rita. «Ich hab doch erzählt, sie hat den Wet-T-Shirt-Wettbewerb gewonnen.»

Es dauerte einen Augenblick, ehe Victoria begriff, daß Toni von ihr sprach. Rita zwang sich, Victorias Brüste zu bewundern, und urteilte: «Sehen klasse aus. Echt.»

«Butch?» fragte Victoria. «Ist der auch da?»

«Butch. Ja. Bugger Butch.» Aber Tonis Aufmerksamkeit schweifte ab.

«Daß keiner rausgeht», verkündete Ray Glore. «Die Hunde sind los.» *Die Hunde sind los.* Das bedeutete, daß die Hunde Neugierige fernhalten würden. Es bedeutete aber auch, daß sie alle drinnen gefangen waren. Victoria schauderte.

Sie ging zur Küche. Auf dem Weg dorthin kam sie an einem eichengetäfelten Spielzimmer vorbei, in dem sich ein teurer Billardtisch, bequeme Sessel und ein riesiges Fernsehgerät befanden. Was sie innehalten ließ, waren die Gewehrschränke, die die Wände säumten. Insgesamt waren es neun, und jeder enthielt mehrere Gewehre, von denen man kaum behaupten konnte, es handele sich um Jagdwaffen, es sei denn, das Wild war menschlich: halbautomatische Gewehre, wie die M16, die AR-15, Kalaschnikows mit Bananenmagazinen, eine Thompson-Maschinenpistole und viele andere. Außerdem enthielt die Kollektion Handfeuerwaffen vom Typ Colt Army .45, Walther P-38, .357 Magnum, Diamondbacks und sogar eine Walther PPK, wie sie selbst eine trug. Außerdem stellte sie fest, daß die Waffen, soweit sie sehen konnte, alle geladen und schußbereit waren. Ray Glore war ein Mann, der gerne eine Waffe zur Hand hatte. Sie würde Carlander davon in Kenntnis setzen und überlegte, daß den Beamten des Federal Bureau of Alcohol, Tobacco and Firearms angesichts dieses Waffenarsenals das Wassser im Munde zusammenlaufen würde. Für sie stand außer Zweifel, daß, wenn so viele Waffen für jedermann sichtbar herumstanden, noch mehr davon im Haus verborgen sein mußten. Möglicherweise lagerte auch noch Sprengstoff auf dem Grundstück.

Sie traf Mowery biertrinkend in der Küche an. Im Haus war es warm, und das Klebeband, mit dem der Sender unter ihrer Achsel befestigt war, juckte stark. Sie versuchte, nicht daran zu denken.

«Bier?» fragte Mowery und hielt ihr eine Flasche hin. Victoria war von seiner Aufmerksamkeit überrascht. «Gern.»

Es waren noch mehr Leute in der Küche. «Hallo, Bruno», sagte sie und freute sich fast, ihn zu sehen. Obwohl Bruno gefährlich war, benahm er sich Victoria gegenüber stets freundlich. Mexican Kenny kochte, während seine Freundin, Buffy, ihm zwischen Gins und Bennys, die sie wie Gummibärchen in sich hineinstopfte, zur Hand ging. Es gab Spaghetti. Das Aroma, das aus einer großen Pfanne herüberwehte, war vielversprechend. Sie schnupperte nach dem Knoblauchbrot und entdeckte es gebuttert und ofenfertig auf dem Herd.

Denny Decker, der Präsident des San-Bernardino-Chapters der Hell's Angels, kurz «San-Berdoo»-Chapter, lehnte im Türrahmen und rekapitulierte die Schlägerei, die Mowery und Shifter unlängst in Redlands hatten. Victoria bemerkte, daß die Hell's Angels weniger übertrieben als andere Biker, wenn sie von ihren Kämpfen erzählten. Zumindest schien es ihr so. Während sie zuhörte, wurde ihr bewußt, daß Mowery gestern in ein Verbrechen verwickelt gewesen war und weder ihr noch Carlander Bericht erstattet hatte. Während Deckers Schilderung fing sie mehr als einmal Mowerys Blick auf. Das Gesicht des Bikers verriet nichts von dem, was er dachte, doch Victoria glaubte, ein Lächeln über sein Gesicht huschen zu sehen.

Auch Ray Glore stand in der Küche und beobachtete Victoria.

«Hallo», sagte sie.

Glore lächelte, und Victoria lief es kalt über den Rücken. Glore wandte sich um und flüsterte Lenny Erickson etwas ins Ohr. War es nur Einbildung, oder drehte sich Lenny Erickson nach ihr um und hielt dann abrupt inne? Glore beendete die einseitige Unterredung und schaute sich in der Küche um wie ein Reptil. Victoria fühlte sich an eine Riesenechse erinnert, die über ihr tropisches Reich wacht. Als sie sich an den Küchentisch setzte, schlenderte Glore zu Mowery.

«Cliff, wie geht's?» fragte Glore, ein schmales Lächeln auf den blutleeren Lippen.

«Gut, Ray. Und selbst?»

«Bestens, Cliff. Hast du Spaß? Willst du was zu deinem Bier? Speed? Was du willst, Cliff. Außer Smack. Du weißt, so 'n Dreck nehmen wir hier nicht.»

«Ich bin okay», lehnte Cliff dankend ab.

«Machste genug Kohle? Bist jetzt einer von uns. Wir kümmern uns um dich, Mann. Darum geht's bei den Angels. Sich um Freunde kümmern. Um Feinde natürlich auch.» Glores Grinsen war breit genug, um schiefe, gelbe Zähne zu entblößen. «Ich hab 'n paar Massagesalons am Laufen, Cliff. Wir können immer Mädels gebrauchen. Wenn du mir welche ranschaffst, kriegst du die Hälfte von dem, was sie einbringen. Wie findest du das? Kannst dich auch massieren lassen. Die ziehen dir die Hosen aus, wann immer du aufkreuzt, und blasen dir den Schwanz bis runter zur Wurzel, Mann.» Glore schmunzelte, während er auf eine Reaktion wartete. Er hatte absichtlich so laut gesprochen, daß Victoria sein dreckiges Gerede mithören mußte. Offensichtlich genoß er sein perverses Vergnügen, worin auch immer es bestand. «Eine arbeitet für mich, die ist keinen Tag älter als vierzehn. Kleine, enge Fotze. Die läßt sich's auch in' Arsch besorgen. Wenn du mir ein paar von ihrer Sorte bringst, Cliff, kannst du richtig Kohle machen. Ein Mann muß auch mal an sich denken, was?» Er fuhr fort, Praktiken zu beschreiben, die der Teenager bereitwillig ausführte, wobei er extra darauf hinwies, daß Cliff, wenn nichts los war, vorbeikommen und zuschauen könnte, wie er ein paar der

Mädchen abrichtete. Dann kniff Glore Mowery freundschaftlich in den Arm und schlenderte, ohne Victoria eines Blickes zu würdigen, weiter.

Victoria wußte, sie schaute das fleischgewordene Böse. Nicht nur, daß er ein widerlicher Mensch war. Was ihr Angst einjagte, war die Komplexität seiner kranken Phantasie. Sie war sicher, daß sein obszönes Angebot an Mowery als Botschaft an sie gedacht war. Er wollte sie einschüchtern und demütigen. Er wollte ihr und auch Mowery seine Macht demonstrieren. Er wollte Victoria klarmachen, daß Mowery sie nicht beschützen konnte, wenn Glore etwas von ihr wollte.

Victoria sah Mowery nicht an. Sie hatte das Gefühl, daß alle in der Küche sie anstarrten und auf eine Reaktion von ihr warteten. Sie war zu verlegen, um irgend jemandem in die Augen zu schauen.

Eine Weile saß sie am Tisch und starrte auf ihr Bier. Unterhaltung und Gelächter um sie herum nahm sie kaum wahr. Sie wußte, daß sie funktionieren und sich von Glores Psychoterror freimachen mußte. Wie ein Träumer, der aus dem Tiefschlaf auftaucht, wurde sie einer weiteren vertrauten Stimme gewahr. Sie bemühte sich, sie zu verstehen.

«... weil mir diese kleinen, geleckten Wichser voll auf den Sack gehen. Kapiert? Von denen langt mir garantiert keiner an den Arsch.»

Lachen. Die Küche hatte sich gefüllt.

«Der hat dich angegrapscht?» Victoria erkannte Mowerys Stimme. Sie schaute auf und sah, wie er sich, gegen die Küchenzeile gelehnt, mit Bugger Butch unterhielt. «Du läßt dich von dem anmachen?»

«Scheiße, nein. Von dem doch nicht.» Bugger Butch lachte gutmütig und verwirrt über Mowerys Einfall. «Den hab ich plattgemacht, den kleinen College-Wichser.» Er legte den Kopf in den Nacken, setzte die Bierflasche an und leerte sie.

Victorias Herz schlug schneller. Konnte dies tatsächlich der Capri-Bar-Killer sein? Jede Polizeibehörde in Südkalifornien würde einiges dafür geben, den Mörder des jungen Mannes festzunageln, der an seinem Geburtstag in den Armen seines Vaters gestorben war. Das war fast mehr, als sie zu hoffen gewagt hatte.

Mowery holte ein neues Bier aus dem Kühlschrank, drehte den Kronkorken ab und gab es Bugger Butch. Dabei warf er Victoria einen wissenden Blick zu.

«'n College-Wichser?» stachelte Mowery ihn an.

«Genau. Braun gebrannt. Hat mit so beschissenen Trash-Surfern abgehangen. Lutschen sich wahrscheinlich gegenseitig die Schwänze.»

Victoria hoffte, daß Carlander draußen in der Lage war, Bugger Butch zu empfangen. Sie setzte sich so hin, daß das Mikro auf Butch zeigte. Sie platzte fast, so viele Fragen hatte sie, aber sie hatte gelernt, vorsichtig zu sein. Es wäre ein Fehler, zu großes Interesse zu zeigen. Mowery dagegen brauchte keine Skrupel zu haben, und Victoria hatte den Eindruck, daß er sich – wenigstens was diesen Psychopathen anging – auf die Seite des Rechts gestellt hatte.

Victoria erinnerte sich genau an den Polizeibericht, der von zwei Männern gesprochen hatte. Ihre Haut brannte unter dem Klebeband, aber in ihrer Aufregung ignorierte sie es. Sie hatte gehört, wie ein Mörder seine kaltblütige Tat gestanden hatte. Sie konnte nur hoffen, daß Carlander alles mitbekommen hatte.

«Du und Gefängnis-Joe, wieso hattet ihr eure Böcke nicht dabei?» fragte Mowery.

«Joe? Die Ficknase hab ich damals noch gar nicht gekannt. Little Dee war dabei.» Bugger Butch lachte. «Scheiße, der war so breit, der konnte auf keinen Bock mehr steigen.»

Mowery fiel in Butchs herzliches Lachen ein. Victoria fing seinen Blick auf, und wie er sie ansah, da wußte sie, daß sein warmes Lachen nicht dem Mörder galt. Es galt ihr. Oder ihm selbst.

«Willst du das Studio sehen?» Toni lehnte sich halb gegen den Küchentisch, halb an Victorias Schulter. Victoria brauchte nicht daran erinnert zu werden, daß Ray Glore und Toni Pornos drehten. Bis jetzt hatte sie nicht gewußt, wo. Sie wollte schon zurückschrekken, aber ihr berufliches Training bewahrte sie davor. Denn obwohl sie Mowerys Braut war, gab es Grenzen für das, was sie sich erlauben konnte, ohne Verdacht zu erregen.

«Sicher», sagte sie. «Gehn wir.»

Toni verließ mit Victoria im Schlepptau die Küche und ging am Spielzimmer vorbei in einen Flur. Sie öffnete eine Tür und trat ein. Als erstes fiel Victoria auf, daß das etwa vierzig Quadratmeter große Schlafzimmer tatsächlich eine Filmausrüstung enthielt. Auf einem Stativ befand sich eine 35-mm-Kamera, daneben ein kleines Dolly. Die Kamera war mit einem Zoom ausgestattet. Zwei Scheinwerfer und Reflektoren, wie sie Victoria einmal bei einem Dreh in Laguna Beach gesehen hatte, komplettierten das Equipment.

Wie überall im Haus bestand der Fußboden aus Beton. Nur gab es hier keine Teppiche. Die Wände waren dunkel gestrichen, um Spiegelungen zu minimieren. An den Wänden hingen pornographische «Kunstwerke», teils Gemälde und Zeichnungen, teils Fotografien. Auf allen waren die Fortpflanzungsorgane von Männern und Frauen in oft übertriebener Größe zu erkennen. Die Frauen waren zumeist in fellatischen oder sodomitischen Positionen abgebildet, selten in «normalen» Stellungen. Außerdem waren Ketten und Peitschen zu sehen, doch die Abbildungen waren harmlos, so daß Victoria annahm, sie wären eher zum Amüsement denn zur Stimulation gedacht. In einer anderen Umgebung hätte Victoria sogar zugestanden, daß einige der Erotika gut gemacht waren.

Der Raum war spärlich möbliert, und an allen vier Wänden hingen Spiegel, die auf das riesige Bett ausgerichtet waren. Victoria hatte den Eindruck, daß das Lager aus zwei miteinander verbundenen King-Size-Betten bestand. Laken und Decken mußten spezialgefertigt sein.

Auf dem Bett lag Rita. Tonis selbsternannte Gespielin hatte, seit Victoria ihr zuletzt begegnet war, noch mehr Drogen, Alkohol oder beides vertilgt. Ihre Pupillen waren extrem vergrößert, wie übrigens auch die von Toni, und sie bewegte sich nur sehr langsam. Sie schenkte Victoria keine Beachtung, statt dessen schienen ihre Augen auf einen weit entfernten Punkt fixiert. Toni setzte sich zu Rita auf die Bettkante. «Setz dich», lud sie Victoria ein.

«Ich bin okay», antwortete Victoria und wünschte sehnlichst, sie hätte Zigaretten und Streichhölzer, um ihre Hände zu beschäftigen.

Toni lachte über Victorias Unbehagen. «Mein Gott, komm schon, entspann dich.»

Victoria hatte nicht die Absicht, sich zu Toni und Rita aufs Bett zu setzen, und es war ihr gleichgültig, ob die beiden sich beleidigt fühlten. Sie ging zu einem einzelnen Stuhl und trug ihn in die Nähe des Bettes. Sie stellte ihn so hin, daß sie so weit wie möglich von den beiden entfernt blieb, andererseits aber nahe genug, um die beiden nicht vor den Kopf zu stoßen.

Toni gestattete ihrer Hand, unter Ritas Bluse zu gleiten, und streichelte ihre Brüste. Victoria war sicher, daß sie auf die Probe gestellt werden sollte. Tonis zärtliches Spiel mit Ritas Brüsten war eine direkte Provokation.

Victoria beschloß, sie zu ignorieren. «Ich laß euch zwei allein», sagte sie und wollte aufstehen.

«Setz dich.» Tonis Kommandoton ließ Victoria zögern. «Wir sind doch alle Freundinnen, Sam, oder?»

«Ja, klar sind wir Freundinnen», hörte Victoria sich sagen. Sie mochte den defensiven Ton ihrer Stimme nicht. Sie mußte sich für nichts entschuldigen.

«Dann sei nicht so verklemmt», sagte Toni, ohne ihr Spiel mit Rita zu unterbrechen, die anfing, zu reagieren.

Victoria stand auf, diesmal entschlossen, sich nicht herumkommandieren zu lassen. «Hey, es ist eure Party, macht, was ihr wollt, ich bin nicht bi.»

Ein Lächeln machte sich auf Tonis Gesicht breit. Victoria hatte keine Ahnung, was es bedeutete: die Bestätigung von Tonis Verdacht oder das Eingeständnis, daß Victoria das Recht hatte, zu tun oder zu lassen, was sie wollte. Als sie sich zur Tür umwandte, wurde sie von Glore überrascht.

Er stand regungslos im Türrahmen, das Flurlicht warf tiefe Schatten über sein Gesicht. Er sagte nichts. Er beherrschte das Schlafzimmer wie ein kalter, grauenerregender Nebel, der sich nicht auflöste. Victoria konnte nicht sagen, worauf er aus war.

Sie mußte sich zu jedem Schritt in Richtung Tür zwingen. Glore machte keine Anstalten, sie durchzulassen, sein Blick war jetzt eindeutig auf das monolithische Bett fixiert. Victoria schaute über ihre Schulter. Toni hatte Ritas Hose geöffnet und zwängte sie ihr über die Hüften. Angewidert schob sich Victoria an Glore vorbei. Sie rannte fast auf ihrem Weg in die Küche.

«Laß uns von hier verschwinden», sagte sie.

«Ach, Scheiße...» wollte Mowery protestieren.

«Auf der Stelle.» Ihre Stimme war unmißverständlich.

Mowery nickte. «Okay. Dann laß uns abhauen.»

Weder Glore noch Toni waren zur Stelle, um die Hunde im Zaum zu halten. Buffy, Mexican Kennys Freundin, erklärte sich bereit, sie festzuhalten.

Auf dem Weg zum Ausgang stupste Mowery Victoria an. «Hey Lenny», sagte er dann laut zu Erickson, der in einem extravagant gepolsterten Sessel hing und an die Decke starrte. Er reagierte nicht, als Mowery ihn ansprach. «Toni will 'n Film drehen, Mann. Die brauchen dich dahinten.»

«Kein Interesse, Mann.» Erickson blies abwesend Rauchringe gegen die Decke.

Draußen lachte Mowery leise. «Muß zu lange im Knast gewesen sein.»

Carlander und Nease hatten schließlich Glores Haus gefunden. Jedoch nicht ohne umständliches Suchen, das wertvolle Zeit gekostet hatte. Und auch nicht, ohne die Aufmerksamkeit der Nachbarn zu erregen. Carlander war weniger besorgt, daß sich jemand bei der Polizei über einen Herumtreiber beschwerte, als daß jemand bei Glore anrief. Im Radius von einer Meile von der Stelle, an der sie Mowerys Rücklicht zuletzt gesehen hatten, suchten sie Straße für Straße nach Glores Haus ab. Während Nease versuchte, Victorias Sender zu empfangen, zermarterte sich Carlander das Gehirn, um Glores Haus zu lokalisieren. Nachdem sie ein paarmal dieselbe Route abgefahren waren, bemerkte Carlander, wie in einigen Häusern die Lichter ausgingen, so daß es schwieriger wurde, hinein- und leichter hinauszusehen. Er wußte, sie wurden beobachtet.

Er fuhr zwei Meilen in östlicher Richtung auf der Omelveny Avenue, einer langen, dunklen Landstraße, passierte einige wenige Häuser, an denen nichts auf die Hell's Angels hindeutete. Er wollte gerade wenden, als er Hundegebell hörte. Hunde waren in diesem Teil des Tales nichts Ungewöhnliches, doch dieses Geheul erregte seine Aufmerksamkeit. Es war das wütende Knurren aggressiver, möglicherweise abgerichteter Tiere. Carlander schoß durch den Kopf, daß ein Mann wie Ray Glore wahrscheinlich solche bösartigen Hunde hielt. Schließlich bewies er den richtigen Riecher, als er den bellenden Tieren folgte, die ihn zu dem hinter Bäumen verborgenen, abgelegenen, festungsähnlichen Anwesen führten, das durch einen Maschendrahtzaun gesichert war. Niemand brauchte Carlander zu sagen, daß er am richtigen Ort war. Er ließ die Scheinwerfer ausgeschaltet und fuhr den Transporter rückwärts in ein dichtes Gebüsch, das ihn gegen die Fenster abschirmte. Solange man nicht nach ihnen suchte, würden er und Nease nicht entdeckt werden.

«Ich hab sie», flüsterte Nease und grinste zufrieden unter seinem dichten Schnurrbart.

«Was gibt's?» fragte Carlander.

Nease preßte die Kopfhörer fest gegen die Ohren und lauschte konzentriert.

«Ein anderes Mädchen will ihr was zeigen... Sie sagt: ‹Sicher, gehn wir.›»

«Was», fragte Carlander, «was zeigen?»

Statt zu antworten, zuckte Nease nur mit den Schultern und lauschte weiter. Carlander rutschte in seinen Sitz und griff nach einer Tüte gesalzener und gerösteter Sonnenblumenkerne. Er musterte das Anwesen und machte sich im Kopf Notizen, die zu einem späteren Zeitpunkt von Nutzen sein mochten, wenn sie das Haus stürmten. Er interessierte sich besonders für die Garage, die eine ausgezeichnete Verteidigungsstellung bieten würde, wenn...

«Sie gehen.»

«Was?» Es war zu früh.

«Mowery sagt: ‹Okay, laß uns abhauen›», informierte Nease

seinen Partner. «Ich glaube, irgendwas läuft schief», fügte er hinzu und horchte angestrengt.

«Was läuft schief?» wollte Carlander wissen. «Verdammt, Nease, sag mir, was schiefläuft.»

«Ich kann nichts...»

Die beiden Detectives sahen, wie sich die Eingangstür öffnete und das Licht im Innern des Hauses eine Frau erkennen ließ, die heraustrat. Aus der Entfernung konnte Carlander nichts Genaues erkennen, aber er meinte, daß es sich nicht um Victoria handelte. Das Gebell der Hunde wurde lauter. Dann erschien ein weiterer Schatten in der Tür. Diesmal war kein Irrtum möglich: Es war Clifford Mowery. Hinter ihm wurde eine zweite Frau sichtbar. Carlander konnte sie zwar noch nicht zweifelsfrei identifizieren, aber er beruhigte sich damit, daß die Silhouette hinter Mowery Victoria sein mußte. Er entspannte sich ein wenig, als offenbar wurde, daß die beiden weder attackiert noch anderweitig verfolgt wurden. Er wartete, bis er Mowerys Chopper aufheulen hörte, ehe er den Motor anließ. Vierzig Minuten später folgte Carlander Mowery und Victoria bei mäßiger Geschwindigkeit zum Sambo's Restaurant auf der 7th Street in Long Beach.

Es war fünf Minuten vor ein Uhr morgens, aber das Sambo's war noch immer gut besucht. In der Nähe von Carlanders Tisch wischte ein Mann mit einem stechenden Reinigungsmittel heftig den Boden. Eine schläfrige Kellnerin schielte mit einem Auge zur Wanduhr und mit dem anderen auf ihren Bestellblock. «Vier Hamburger, Pommes, drei Kaffee und 'ne große Cola», bestellte Carlander.

«Ich will keinen Kaffee», sagte Nease. «Wenn wir da noch mal raus müssen, brauchen wir eins von den Betäubungsgewehren. Für die verdammten Köter. Wenn wir den Laden stürmen, werden wir uns nicht lange mit den Kötern anfreunden können. Mit Steaks füttern oder so.»

«Was willst du? Eistee?» fragte Carlander, während die Kellnerin wartete. «Wenn wir den Laden stürmen, werden wir die kleinen Hundchen nicht erst groß einschläfern. Wir pusten sie weg und fertig. Bring ihm Eistee.»

«Ich will auch keinen Kaffee», sagte Mowery, während er sich zum Eingang umdrehte.

«Scheiße, Kindchen, bring, was ich bestellt habe», sagte Carlander zu der Kellnerin. «Wir verteilen's, wenn's da ist. Wir können ja abstimmen.»

Carlander schob den Tisch in Richtung Mowery und Victoria, um mehr Platz für seinen ausladenden Körper zu haben.

«Hey», sagte er und rieb sich in freudiger Erwartung über ihren erfolgverheißenden Bericht die Hände. «Wer war der Typ, mit dem du dich auf dem Weg nach draußen unterhalten hast? Wer macht da 'n Film? Du meinst 'n richtigen Film, oder was?»

Mowery nickte lächelnd. «Glores Schnalle. Toni. Mann, 'ne durchgeknallte Schlampe. Wie ihre kleinen Freundinnen.»

«Und was ist Glore? Klassensprecher in der High-School?» Carlander lachte über seinen Witz, und Nease kicherte ebenfalls.

«Die schrägsten Vögel werden manchmal Klassensprecher», bemerkte Nease. «Typen, die nichts anderes können.»

Carlander warf seinem Partner einen nicht ernstgemeinten vernichtenden Blick zu. «An meiner Schule war mal einer Klassensprecher, der hatte 'n Klumpfuß. Machst du dich über Krüppel lustig?»

Victoria wandte langsam den Kopf und richtete ihre Augen in die Dunkelheit hinter den Fenstern des Restaurants.

«Egal. Hast du was über den Typen ausgebuddelt, mit dem du dich unterhalten hast?» Carlander kehrte zum Geschäft zurück.

Mowery schaute Victoria an. Sie erwiderte seinen Blick nicht, war sich jedoch bewußt, daß er sie beobachtete.

«Typ heißt Erickson. Lenny. Ein Angel. Wohnt im Norden, in der Nähe von Ventura.»

Carlander horchte auf. «Ich wußte nicht, daß sie da oben 'n Chapter haben.»

Mowery schüttelte den Kopf. «Haben sie auch nicht. Wohnen trotzdem 'ne Menge von denen. Bauen tonnenweise Gras an.»

«Ja? Weißt du, wo?» Carlander senkte seine Stimme und beugte sich zu Mowery.

«Genau», sagte Nease, «auf dem Revier ist der Stoff alle.»

Die drei Männer lachten. Victoria wirkte abwesend.

«Egal», fuhr Mowery fort. «Ich nehm an, Toni wollte mit ihrer kleinen Freundin 'ne Nummer schieben oder für Glore 'ne Show abziehen, also hab ich Erickson gesagt, wenn er seinen Arsch in Bewegung setzt, würd vielleicht 'ne Hauptrolle für ihn rausspringen.» Mowery strahlte und hoffte auf Bestätigung von Victoria. Die war jedoch immer noch abwesend.

Carlander war ein wenig enttäuscht. «Was sonst?»

Mowery nickte in Richtung Victoria. «Frag unseren Lady-Cop da. Die hat die ganze Story gehört über den Typen, der vor zwei Jahren den Jungen in Huntington Beach kaltgemacht hat.»

Carlander strahlte wie ein Weihnachtsbaum, als er sich an Victoria wandte. «Stimmt das, Vicky? Haben Sie den Typ gesehen? Mein Gott, erzählen Sie schon. Los.»

«Little Dee. Er hat geschossen», sagte Victoria tonlos.

«Little Dee?» fragte Carlander. «Wer ist das?»

«Oh», warf Mowery ein. «Kumpel von Bugger Butch.»

Carlander schaute zuerst auf Mowery, dann auf Victoria. «Little Dee, hm? Er hat geschossen? Nicht Bugger Butch?»

«Little Dee», wiederholte Victoria, die nicht bemerkte, daß sie die beiden verwechselte.

Carlander sah wieder Mowery an. Der Biker musterte Victoria eindringlich. Carlander hatte den Eindruck, daß Mowery einiges hinzuzufügen hatte, sich aber zurückhielt. «Victoria. Huntington Beach PD sagt, daß ein Typ mit einem schwarzen Cowboyhut, auf dem Butch stand, den Jungen erschossen hat. Aber verdammt, Zeugen sehen nicht immer, was sie zu sehen glauben. Wir wissen das. Butch sagt also, Little Dee hat den Surfer erschossen?»

Victoria antwortete nicht, sondern nickte nur abwesend.

«Okay», sagte Carlander. «Hast du das auf Band?»

Nease schüttelte verneinend den Kopf. «Das nicht.»

Carlander seufzte. «Wir sind ein bißchen durch die Sümpfe geirrt, während ihr da drinnen wart. Haben euch für 'ne Weile verloren», sagte er zu niemand Bestimmtem.

Victoria wurde plötzlich hellwach und starrte Carlander an. «Sie haben was? Haben Sie gesagt, Sie haben uns verloren?»

«Ja. Für ein paar Minuten, aber...»

«Ein paar Minuten? Wir waren länger als ein paar Minuten in der gottverdammten Hütte. Der gottverdammte Hurensohn hat länger als ein paar Minuten gebraucht, um seine Geschichte zu erzählen, und Sie erzählen mir, Sie haben sie nicht?» Ihre Stimme wurde lauter. Ein paar Leute drehten sich schon nach ihr um.

Carlander wollte sie besänftigen und sagte fast flüsternd: «Wir waren nicht weit weg. Wir haben uns nur kurz verfahren, als wir Mowerys Rücklicht verloren haben.»

Victorias Gesicht wurde weiß vor Wut. «Kurz verfahren, was?» spuckte sie. «Verfahren? Sie haben mir versprochen, Sie würden immer dasein. Aber das waren Sie nicht. Sie haben mich belogen.»

«He, he...» fing Carlander an.

«Lügner», zischte sie heiser.

«Victoria.» Carlander langte über den Tisch und wollte ihre Hand fassen. Sie zuckte heftig zurück.

«Laß mich raus», sagte sie zu Mowery.

Ohne Carlanders Zustimmung abzuwarten, erhob sich Mowery, um Victoria aus der Nische zu lassen. Sie ging nicht in Richtung Toiletten, sondern mit langen, entschlossenen Schritten Richtung Ausgang. Die Kellnerin, die ihre Bestellung brachte, mußte ausweichen.

«Bring sie nach Hause, Bud.»

Nease ging Victoria nach, schnappte sich aber noch einen Hamburger vom Tablett.

Carlander schaute Mowery lange an. «Wie war's da drinnen?»

«Party. 'ne dreckige, geile Party. Verstehst du, Mann.» Mowery rührte das Essen nicht an, sondern trank nur Kaffee.

Carlander holte tief Luft. «Komm mir nicht auf die Tour. Es ist spät, und ich bin müde.»

Mowery war von Carlanders ernster Miene nicht beeindruckt.

«Weißt du was, Superbulle, wenn dir meine Tour nicht gefällt, zieh du dir 'n paar Motorradstiefel an und geh selbst auf die nächste Party.»

Carlander war kurz davor, auszurasten. Er zwang sich, Mowery nicht an die Kehle zu gehen, indem er sich so weit wie möglich in seine Ecke zurücklehnte. «Soll das heißen, daß du Schluß machen willst?»

«Vielleicht.»

«Was soll das heißen, ‹vielleicht›», wollte Carlander wissen. Er wartete, aber Mowery schlürfte seelenruhig seinen Kaffee. Carlander biß in seinen Hamburger und versuchte einen anderen Ansatz. «Ich sag dir was, Shane.» Daß Carlander Mowerys Straßennamen benutzte, war ungewöhnlich. «Du machst gute Arbeit. Besser, als ich dachte. Und verdammt besser, als Keith Taylor dir zugetraut hat. Ich glaube, äh, wenn die Dinge anders lägen, könnten du und ich...»

«Fängst an, deine Ratte zu mögen?»

«Was?» Carlander hörte auf zu kauen.

«Ich sag, du fängst an, deine Ratte zu mögen. Deine Riesenratte. Ich bin eins neunzig. Ich kann mehr Käse fressen, als du kaufen kannst, wetten?»

«Hä? Verdammt, was redest du da für 'ne Scheiße. Ich versuch dir beizubiegen, daß du gute Arbeit leistest, und du fängst an, mich zu beleidigen.» Carlander war perplex.

«Jeder beleidigt jeden. Du mich. Ich dich. Nease auch. Du beleidigst ihn ständig. Aber wir alle, wir beleidigen Victoria. Wir spielen hier Arschkneifen, ziehen uns die Schwänze lang, du, ich, Nease. Daß sie's mit Gesocks wie uns aushalten muß, ist schon schlimm genug. Aber da draußen...» Mowery deutete mit dem Daumen in die Richtung, aus der sie gekommen waren.

Carlander schloß einen Moment lang die Augen. Dann öffnete er sie wieder und atmete langsam aus. «Schlimm, was?»

Mowerys Gesicht blieb unbewegt. Carlander verstand jetzt. Plötzlich war ihm der Appetit vergangen.

## Kapitel 13

Während der vergangenen fünf Monate hatte Victoria in der ständigen Furcht gelebt, mit Bill auf der Straße gesehen zu werden. Biker gingen an den Strand, in Plattenläden, Eisdielen und ins Kino, wie andere auch. Einmal war sie mit Bill in einem Supermarkt ihres Viertels einkaufen, als Buffalo von den Angels hereinkam. Victoria glaubte, ihn zuerst entdeckt zu haben, und trennte sich von Bill. Sie duckte sich hinter den Regalen, bis der Biker durch die Kasse war und den Laden verließ. Victoria erzitterte bei dem Gedanken, daß er ihr, als sie nichtsahnend einkaufte, so nahe kommen konnte, ohne daß Carlander und Nease in der Nähe gewesen wären.

Schon früh hatte sie einen Horror vor Motorrädern entwickelt und fühlte sich nur noch in ihren eigenen vier Wänden sicher. Als sie während Mowerys Gefängnisaufenthalt wegen des Zwischenfalls in der Konditorei drei Tage von ihrem Undercoverauftrag freigestellt war, beschlossen sie und Bill, ein paar Freunde auf einen Drink einzuladen. Robin und Jean Eindorf waren seit den gemeinsamen, sorglosen Tagen am Strand von Venice gute Bekannte. Es schien eine gute Idee zu sein, eine Flasche Weißwein zu köpfen, Casadilla zu essen und Karten zu spielen.

An diesem Abend jedoch bewegten sich Bill und Victoria ein wenig unbeholfen in ihrer Küche. Stießen sie sich zufällig an, sagten sie «'tschuldige», «Ich mach schon...» und «Nein, schon gut, laß mich das...» Ihr Umgang war steif, jeder versuchte, den anderen zu hofieren. Die Eindorfs litten, kaum waren sie eingetroffen, unter der Spannung. Als die vier im Wohnzimmer Platz genommen hatten, dominierten die Eindorfs die Unterhaltung, indem sie den Deckers von ihren Alltagsproblemen erzählten. Jean versuchte seit acht Monaten erfolglos, schwanger zu werden, und nun wollten sie einen Spezialisten aufsuchen. Robin lernte für seine Maklerprüfung. Sein Job als Ingenieur bei McDonnell Douglas war zwar nicht in Gefahr, aber die Immobilienpreise explodierten. Zudem langweilte Jean ihr Job als Buchhalterin. Sie freute sich darauf, Robin beim Renovieren zu helfen.

«Von den Provisionen wird man nicht reich», sagte Jean, «aber eine Weile muß man das machen. Für einen Makler arbeiten. Aber nicht lange.»

«Ja. Ich mache die Deals, und Jean renoviert die Häuser», scherzte Robin. «Ihr wißt schon, putzen, streichen, Gärten anlegen, Reparaturen. Und ich streich das Geld ein.»

Jean schwatzte über Eigentumswohnungen, und Robin warf ab und zu ein Detail ein, bis Victoria abrupt aufstand.

«Wo gehst du hin, Vicky?» fragte Jean.

«Ich... ich muß was aus der Küche holen.» Victoria wollte so schnell wie möglich das Zimmer verlassen.

«Ich helf dir.» Jean stand auf, um ihr zu folgen.

«Nein, ich mach schon. Bleib hier und unterhalt dich mit Bill.»

«Oh, aber ich muß mit dir reden. Seit du bei der Polizei bist, sieht man euch ja nicht mehr. Was machst du überhaupt? Strafzettel verteilen oder was?»

«Kripo», sagte Victoria und zwang sich, ruhig zu bleiben.

«Oh, das macht bestimmt Spaß. Aber wie kommst du mit diesen Hungerlöhnen aus? Nicht, daß es mir besser ginge. Himmel, ich kann's kaum erwarten, aus diesem Büro rauszukommen. Hast du gewußt, daß wir nur ein einziges Fenster im Büro haben? Und das hat der Boß. Larry Nerse. Er wohnt in Westchester. Das ist da, wo die Grundstückspreise abheben. Westlich von Sepulveda...»

«Das geht mir am Arsch vorbei.»

«Was?»

Victoria drehte sich zu ihrer Freundin um. «Ich sagte, es geht mir am Arsch vorbei. Geht eigentlich irgend etwas anderes als Häuser und Zinssätze durch deinen verdammten Hohlschädel da?» Victoria klang völlig sachlich. Ihrer Freundin klappte die Kinnlade herunter. Sprachlos klappte sie den Mund wieder zu.

Die Horsd'œuvres wurden kaum angerührt, eine zweite kühlgestellte Flasche Wein blieb ungeöffnet, es herrschte Grabesstille. Die Eindorfs gingen früh.

«Noch ein Glas Wein, bevor ich die Flasche wegstelle?» fragte Bill.

Victoria schüttelte den Kopf, als sie sich in einem Sessel niederließ. Sie wollte lieber ein Bier.

«Immerhin», sagte Bill. «Du hast uns den Dollar gespart, den wir für ihre Weihnachtskarte ausgegeben hätten. Das ist die gute Seite.»

Victoria antwortete nicht und nippte an ihrem Bier.

«Wie wär's, wenn ich morgen zu Sandys Realty runterdüse und frage, ob sie noch ein Ehepaar brauchen? Warum gegen den Strom schwimmen? Wir könnten damit anfangen, unser eigenes Haus zu verkaufen. Ich schätze, so fangen alle an.»

Bill wollte sie unbedingt aufmuntern, sie wissen lassen, daß er auf ihrer Seite war.

«Das ist nicht komisch.» Victoria nahm die Fernbedienung und schaltete den Fernseher ein, als wollte sie damit ihrer beider Gedanken umschalten.

«Ich finde doch», sagte Bill.

«Tut mir wirklich leid», sagte Victoria leidenschaftslos. Tatsächlich fiel ihr Jean schon seit Jahren auf die Nerven, und in gewisser Weise war sie befriedigt, daß sie es geschafft hatte, eine ihrer engsten Freundinnen zu beleidigen.

«Vergiß es. Wir können uns neue Freunde kaufen. Gute, dieses Mal.»

«Ich konnte einfach nichts mehr über diese Wohnungen hören. Noch eine beschissene Wohnung, und ich wäre tot umgefallen.»

Fünf Monate zuvor noch hatte sich Victoria höchst selten vulgär ausgedrückt. Nun fluchte sie wie ein Trucker.

«Ging mir genauso», sagte Bill, der einen weiteren Anlauf nahm, sie aufzuheitern. «Wir sollten über leerstehende Grundstücke reden. Das wäre sinnvoller. Die sind leichter zu beurteilen. Weniger subjektiv. Und wir könnten unser eigenes Haus bauen, wenn wir ein Grundstück finden, das uns wirklich gefällt...»

Diesmal funktionierte es. Victoria lachte. Sie lachte, bis sie außer Atem war.

«Besser?»

«O ja.» Sie nickte heftig.

Doch Bill war nicht sicher, ob sie sich besser fühlte. Er machte sich Sorgen.

Als Mowery festgenommen wurde, glaubte niemand, daß Carlander ihn freibekommen würde. Victoria freute sich fast auf die Aussicht auf eine neue Aufgabe. Sie fühlte sich wie in den Sommerferien.

Sie war erleichtert, daß die Leute auf der Straße sie nun nicht mehr anschauen würden, als wäre sie Abschaum. Mit Cliff und seinen Biker-Buddys herumzuziehen war nicht nur angsteinflößend, sondern auch erniedrigend. Sie bildeten eine Subkultur der Soziopathen. Sich ständig in ihrer Mitte aufzuhalten nagte an Victorias Selbstwertgefühl.

Einen Zwischenfall hatte sie in lebhafter Erinnerung behalten. Sie und Mowery hatten am Huntington-Beach-Pier auf Carlander gewartet, Chili-dogs gegessen und den Leuten zugesehen, die auf dem Pier angelten. Ein Kind hatte sie angelacht und war auf sie zugekommen. Victoria hatte zurückgelacht, sich niedergekniet, mit dem Kind geredet. Doch die Mutter hatte es eilends weggezogen: «Komm diesen Leuten bloß nicht zu nahe.»

Victoria war wie vor den Kopf gestoßen. Sie wollte die Frau zur Rede stellen, ihr sagen, daß sie ein respektables Zuhause und einen Ehemann hatte, doch dann hatte sie an sich heruntergesehen: braungebrannt, die Kleidung staubig, die Stiefel ausgetreten und mit Öl und Dreck verschmiert. Wenn es watschelt wie eine Ente, quakt wie eine Ente und..., hatte sie gedacht und nicht gewußt, ob sie lachen oder weinen sollte.

Auch das Gefühl der Gesetzlosigkeit war ihr nicht mehr fremd. Die Autofahrer Südkaliforniens sind für ihr ungehobeltes, ja lebensgefährliches Verhalten bekannt. Jeder hat es eilig. Beleidigungen, Hupkonzerte, Stinkefinger, ja sogar Schießereien sind an der Tagesordnung. Victoria war einmal stolz darauf gewesen, sich nicht auf Highway-Rüpeleien einzulassen. Inzwischen gab sie

Fahrern, die sie und Mowery anhupten, wütend den Finger. Einmal, als sie an einer Kreuzung geschnitten wurden, war sie sogar kurz davor, ihre Waffe zu ziehen. Sie konnte sich gerade noch beherrschen und bellte dem Fahrer statt dessen ein wütendes «Arschloch» hinterher. Diese Aggressivität warf sie vollends aus dem Gleichgewicht, das durch Mowerys rücksichtslosen Fahrstil und die Selbstverständlichkeit, mit der die Biker mit ihren Waffen hantierten, bereits prekär genug war. Da zusätzlich noch die Trennung von Bill hinzukam, fand sie ihre Aufgabe weitaus schwieriger, als sie es sich vorgestellt hatte. Der Druck hinterließ Spuren.

Die Tage reduzierten sich auf die Hektik schneller Chopper-Fahrten von Stadt zu Stadt, quer durch das County, schnelle Drogendeals, nächtliche Stunden, noch nächtlichere Besprechungen, Ermittlungsberichte, Abhöreinsätze. Victoria konnte sich nicht mehr daran erinnern, wann sie zuletzt eine ganze Nacht hatte schlafen können oder wenigstens ein paar Stunden, in denen sie nicht von Alpträumen geplagt wurde. In ihren Träumen zerschmetterte der Lauf einer Schrotflinte ihr Schlafzimmerfenster, beide Läufe explodierten, und Bill wurde zerfetzt. In einem anderen ständig wiederkehrenden Traum stand ihr Haus in Flammen. Sie und Bill flüchteten nach draußen und fanden ihr Heim von Hell's Angels umstellt, die Fackeln schwangen, lachten und obszön gestikulierten.

Am 1. Februar 1977 kaufte Victoria von einem Biker namens Frank Earl Chance in Fullerton Percodan und Quaaludes. Franks Straßenname lautete Apotheken-Frank, ein deutlicher Hinweis auf die Ware, die er verdealte. Er repräsentierte eine Clique von Ärzten aus Orange County. Einer von ihnen, Dr. Freeze aus Cypress, versorgte ihn mit Hunderten von Rezepten für Atromid, Meprobamat, Stelazin, Seritrat, Tuinal, Ionamin und Priscolin. Am nächsten Tag kauften sie von Robert «Red» Carl Benjamine aus Huntington Beach fünf Tütchen Kokain. Benjamine wog und verpackte die Droge auf demselben Küchentisch, an dem seine vierzehnjährige Tochter ihre Hausaufgaben machte. Zwei jüngere Geschwister spielten ebenfalls in der Küche. Victoria zahlte ihm 750 Dollar und schwor sich, persönlich danach zu sehen, daß der

Mann wegen jeder denkbaren Anklage, die sie ihm anlasten konnte, verurteilt würde.

Die Verantwortung, den täglich breiter werdenden Strom der Beweisstücke zu kanalisieren, lag nun in den Händen des Stellvertretenden Bezirksstaatsanwaltes Ron Kreber. Kreber, ein ehemaliger Marine und Cop, bereitete die Anklagen vor und wies Carlander auf die Fälle hin, die eine gründlichere Beweissicherung erforderten: hier ein weiterer Deal, da die Klärung einer zweifelhaften Identifikation. Kreber entdeckte nur einen einzigen Drogendeal mit Lee Mason alias Bruno. Um ihm gewohnheitsmäßigen Rauschgifthandel nachzuweisen, benötigten sie mindestens einen weiteren Deal.

Pflichtbewußt rief Victoria Bruno in seiner Werkstatt an und fragte nach einer Unze Speed. Eine Unze, so erzählte er ihr am Telefon, koste normalerweise 600 Dollar, aber er würde sie ihr für 550 überlassen. Sie vereinbarten, sich in der Backdoor Bar in Anaheim zu treffen.

Victoria rief Mowery im Sixpence Motel an, aber niemand nahm ab. Sie wählte Carlanders Pieper an und wurde einige Minuten später von ihm angerufen. Sie fragte ihn, ob er wisse, wo Mowery steckte. Er wußte es nicht. Die strengen Regeln, die besagten, daß Mowery sein Motelzimmer nicht verlassen durfte, waren in letzter Zeit gelockert worden. Zwar nicht durch ausdrückliche Erlaubnis, aber durch weniger strikte Kontrollen. Einen Augenblick lang war Victoria irritiert, ja wütend, weil sie die Angels nun ohne ihn aufsuchen mußte, redete sich aber ein, daß Bruno praktisch ein Kumpel war und deshalb keine Bedrohung darstellte. Sie fühlte sich sogar einigermaßen als Heuchlerin, weil sie Beweise gegen einen Mann sammelte, den sie fast als Freund betrachtete. Sie hatte sich nämlich – wenn auch ohne rechte Überzeugung – immer vorgestellt, daß Bruno sie in Mowerys Abwesenheit beschützen würde. Das war ein kleiner, aber sehr realer Teil ihrer schizophrenen Existenz.

Die Backdoor Bar lag tatsächlich an jedermanns Hintertür. Apartments und Ladengebäude umgaben sie von allen vier Seiten und ließen nur Platz für eine schmale Gasse, die zum Parkplatz führte. Victoria war früh dran und deshalb überrascht, Bruno, dem ein unverkrampftes Verhältnis zur Pünktlichkeit nachgesagt wurde, bereits anzutreffen. Er war in Gesellschaft von Vic Mena. Victoria kannte Mena nur flüchtig, seine Polizeiakte dagegen um so besser. Sein Vorstrafenregister war endlos, und derzeit lagen mehrere Haftbefehle gegen ihn vor, die jedoch bis zum Ende der Operation ausgesetzt waren. Mena stand in mehr als einem Fall unter Mordverdacht und war Gerüchten zufolge der bevorzugte Killer der Hell's Angels.

Sie grüßte Bruno herzlich und sagte Mena freundlich hallo. Sie war ihm zuletzt im Roaring 20's während des Wet-T-Shirt-Wettbewerbs begegnet, wollte das Thema aber nicht mehr ansprechen.

«Also», sagte sie zu Bruno. «Ich hab das Geld dabei.»

Bruno beantwortete ihren Wunsch, ins Geschäft zu kommen, mit einem leichten Nicken, machte aber keine Anstalten, seinen Teil zu erfüllen. Statt dessen fragte er: «Wo ist Mowery?»

«Ich weiß es nicht», antwortete sie wahrheitsgemäß. Es befremdete sie, daß Bruno gegen seine Gewohnheit Mowery statt Shane sagte. Außerdem klang er nicht besonders freundlich.

«Keine Idee?» fragte Mena mit aufgesetzter Beiläufigkeit.

«Nein, ich, äh, hab bei ihm angerufen, ich hab gedacht, er hätte vielleicht Lust, heute abend loszuziehen, aber er war nicht da. Wird schon noch auftauchen.»

«Aber klar doch.» Mena grinste zähnebleckend.

Victoria unterdrückte einen Schauer. «Eben. Tut er ja immer.»

Entweder machten diese Hell's Angels gar nicht erst den Versuch, freundlich zu wirken, oder ihre Wahrnehmung spielte ihr einen Streich. Sie kannte Mena nicht gut genug, um sich ein klares Bild zu machen, aber Bruno benahm sich definitiv ungewöhnlich.

Mena wandte den Kopf leicht in Richtung Bruno und zeigte wieder sein falsches Lächeln. «Vielleicht ist er aufgeflogen.»

«Schon möglich.» Bruno starrte Victoria durchdringend an. «Schon mal dran gedacht, daß die Bullen ihn vielleicht hochgenommen haben?»

Victorias Knie gaben nach. Sie hatte das Gefühl, wenn sie aufstehen müßte, würde sie zusammenklappen. Als sie sich reden hörte, erkannte sie ihre eigene Stimme kaum wieder. «Würde mich nicht überraschen. Mit Knästen kennt er sich ja aus.» Sie spürte, wie sie ein Lächeln formte, und war überrascht, daß Bruno und Mena ebenfalls grinsten.

Mena sagte nüchtern: «Wir müssen aufpassen. Wir haben einen Spitzel unter uns.»

Victorias Mund wurde trocken. Sie brachte es nicht über sich, etwas zu sagen, und versuchte es erst gar nicht. Sie hatte keine Ahnung, wie lange sie schweigend dagesessen hatte, ehe sie krächzen konnte: «Spitzel?»

«Genau. Ist das nicht abgewichst?» sagte Mena.

«Bist du sicher, daß du nicht weißt, wo Mowery stecken könnte?» fragte Bruno. Victoria schüttelte den Kopf. «Schade», sagte er.

«Weißt du, wir dachten, Mowery ist genau der Mann, den wir brauchen, um diesen Wichser fertigzumachen. Keine Ahnung, was? Wo er ist?»

Victoria schüttelte erneut den Kopf. Sie fand ihre Stimme wieder und hoffte, sie würde sie nicht im Stich lassen. «Wer, äh, wer ist es?»

«'ne Schlampe.» Mena lehnte sich zurück und grinste breit. «Ist das nicht unglaublich?» Mena und Bruno lachten.

Victoria wurde schlagartig klar, daß die beiden ihr Spiel mit ihr trieben. Sie dachte an die Pistole unter ihrer Jacke. «Zieht, äh, mit 'nem Angel rum?» fragte sie und versuchte, sich in Schußposition zu bringen.

«Nee», sagte Mena und beugte sich zu Victoria. «Und sie kriegt auch keinen verdammten Angel. Ich mein, vielleicht versucht sie's, aber sie kann wahrscheinlich einen Biker nicht vom anderen unterscheiden. Ihr Macker hat auch nur Scheiße im Hirn. Wir regeln das. Schnappen uns die Braut und schütten ihr Drano in den Hals. Ihm auch. Wir lassen sie sogar leben. Dann können sie durch 'n Schlauch fressen. Ätzt ihnen die Eingeweide weg. Sozialhilfe kriegen die wohl kaum, so lange leben die nämlich nicht. Aber vorher kriegen sie alles Lebensnotwendige durch 'n Plastikschlauch.»

Victoria rückte leicht zur Seite, um besser ihre Waffe ziehen zu können. Sie überlegte, ob sie sofort schießen oder erst ihre Reaktion abwarten sollte, wenn sie die Waffe zog. Wenn es ging, würde sie Mena zuerst erschießen. Um weitere wertvolle Sekunden zu gewinnen, setzte sie die Unterhaltung fort. «Wie sieht sie aus?»

«Wie 'n Köter, nehm ich an. Ich meine, so eine wie die kann nicht aussehen wie du.» Bruno rückte näher und schob seine Hand unter dem Tisch zu Victoria. «Ich leg dir was auf den Stuhl.»

Victoria bemerkte, wie etwas ihren Schenkel berührte. «Was ist das?»

«Weshalb haste denn angerufen?» fragte er unschuldig. Ohne hinzusehen berührte Victoria den Gegenstand. Er fühlte sich an wie eine kleine mit einem Gummiband zusammengehaltene Papiertüte. Sie beobachtete weiter die Männer.

«Weißt du was, Sam, du gibst mir fünf fünfzig, und ich zähl's später. Okay?» Bruno lächelte noch immer.

Victoria griff hinter sich. Ihre Hand war genau zwischen der 9-mm und ihrer Tasche mit dem Geld. Sie zögerte. Was sollte sie ziehen? Sie griff nach den abgezählten Scheinen und schob sie unter dem Tisch zu Bruno hinüber.

«Willste 'n Bier?» fragte er sie.

Sie schaute kurz auf Mena. Der Angel musterte sie eindringlich.

«Nein, danke», antwortete sie. «Ich muß das Zeug hier loswerden.»

Bruno wandte sich an Mena. «Sam verkauft das Zeug an ihre reichen Freunde. Hey», sagte er und drehte sich wieder zu Victoria. «Kennst du 'ne Lady, die aussieht wie du und auf meinem Bock mitfahren will?»

Sie stand auf und fürchtete, daß ihre Beine sie nicht tragen würden. Sie setzte ein Lächeln auf. Sie wußte, daß es gezwungen wirkte, und hoffte, die Biker würden es ihrer Müdigkeit zuschreiben. «Ich meld mich, wenn ich eine treff.»

Victoria ging gelassen zur Tür, erreichte den Parkplatz und sah ihren Wagen. Sie mußte ihre gesamte Willenskraft aufbieten, um nicht loszuspurten. Sie öffnete die Tür und stieg ein. Sie erwartete fast die Mündung einer Pistole, vielleicht mit aufgeschraubtem Schalldämpfer, an der Schläfe zu spüren. Sie sah gar nicht hin. Sie ließ den Motor an, fuhr rückwärts vom Parkplatz auf den Manchester Boulevard und gab Gas.

Victoria erwartete, verfolgt zu werden, und schaute suchend in den Rückspiegel. Sie könnten versuchen, Mowery ausfindig zu machen, indem sie ihr nachfuhren. Sie fuhr direkt zum Orange County Sheriff's Office in Santa Ana. Es gab keinen Grund zur Vorsicht mehr, da die Hell's Angels über sie und Mowery Bescheid wußten. Das wütende Hupkonzert erboster Fahrer ignorierend, überfuhr sie ein rotes Verbotsschild, um auf die I-5 Richtung Süden zu gelangen. Sie schlängelte sich, ständig die Spur wechselnd, durch den Verkehr, bis sie an die Abfahrt zur Euclid kam. Sie verließ den Freeway, raste den Boulevard hinunter zur Flower Street und war endlich in Sicherheit, als sie das Gelände des Sheriff's Office erreichte.

Zwei Stufen auf einmal nehmend, hastete sie zu Carlanders Büro. Als sie in den Mannschaftsraum platzte, sah sie Carlander an seinem Schreibtisch sitzen und Akten aufarbeiten. «Hallo, Vicky, wie geht's?» sagte er und wandte seine Aufmerksamkeit wieder den Papieren zu.

«Wie es geht?» keuchte sie. «Die wissen Bescheid. Wir sind aufgeflogen. Sie wissen alles über Mowery und mich. Wo zum Teufel haben Sie gesteckt? Während Sie hier rumsitzen, hätte ich draufgehen können.»

«Was? Wer weiß was? Setzen Sie sich.» Carlander schob ihr einen Stuhl hin, aber Victoria war zu aufgeregt, um sich zu setzen.

«Die suchen Mowery. Die wissen Bescheid über uns. Bruno hat's mir gesagt und diese Bestie, Vic Mena.» Sie kramte in ihrer Jackentasche und förderte eine zerknautschte Packung Zigaretten zutage. Sie fischte eine heraus, wobei sie fast die Packung zerriß. Nachdem sie sie angezündet hatte, schaute sie auf und sah Carlander lächelnd dasitzen.

«Reden Sie über den Informanten, der in Fullerton aufgeflogen ist?» fragte Carlander kühl und amüsiert. «Die war kein

Cop. Die hat mit einem Cop aus Fullerton zusammengearbeitet, plus zwei vom FBI. Wurden letzte Nacht enttarnt. Meinen Sie die?»

«Nein, nein, das mein ich nicht», beharrte Victoria, dennoch war sie verwirrt. Sie erinnerte sich noch lebhaft an die subtilen Anspielungen von Bruno und Mena.

«Na gut, was denn? Was hat Bruno gesagt? Haben Sie den Deal gemacht?» Carlander schob seine Akten beiseite und hörte konzentriert zu. Victoria gab die Unterhaltung wieder, einschließlich der drohenden Zweideutigkeiten.

«Ich bezweifle, daß die Sie und Mowery gemeint haben, andernfalls wären Sie nicht hier. Dieser Informant, mit der das Fullerton PD zusammengearbeitet hat, hat gestern nacht einen Deal gemacht. Kokain. Die hatten vierzig, fünfzig Cops am Craig Park zusammengezogen, die darauf gewartet haben, daß der Deal stattfindet. Totales Chaos. Die Junkies mußten sich durch die Drogenfahnder fast durchkämpfen, um ihr Geld abzuliefern und ihre Ladung abzuholen.» Carlander lachte. «FBI-Operation. Denen ist nicht zu helfen.»

«Ein Informant?» fragte Victoria verstört.

«Genau. Ein Informant. Kein Cop. Sie ist mit den Outlaws rumgezogen», bestätigte Carlander.

«Was ist mit ihrem Kontaktmann?» fragte Victoria und sank langsam auf ihren Stuhl.

Carlander zuckte mit den Schultern. «Ein Cop. Soweit ich gehört habe, hat er aber kein Bike gefahren, sondern 'n Wagen, und hat in 'ner Autowerkstatt gearbeitet. Ich weiß nicht, wieviel die haben, und es ist mir scheißegal. Wollen Sie was essen?»

Victoria schüttelte den Kopf.

«Wir müssen Mowerys Arsch besser im Auge behalten», sagte Carlander, als er sich wieder dem verhaßten Papierkram widmete. «Ich hab ihn irgendwann sogar an die Strippe bekommen. Angetrunken. Wenn er ein paar Bier trinkt, solange Sie oder ich dabei sind, ist das in Ordnung. Aber sich abseilen, um sich vollaufen zu lassen, das geht zu weit. Hab ich recht? Müssen mal wieder 'n bißchen für Ordnung sorgen.»

Am nächsten Tag meldete Victoria sich krank, genauer gesagt, Bill rief für sie an und sagte, daß Victoria krank sei, und Victoria widersprach nicht. Sie hatte bereits die Fenster geschlossen, die Jalousien heruntergelassen und die Vorhänge zugezogen. Bill nahm sich einen Tag frei und wollte am Wochenende nacharbeiten. Er hatte vorgeschlagen, zum Supermarkt zu fahren, um Lebensmittel einzukaufen und in der Mall zu Mittag zu essen. Victoria war zuerst einverstanden, aber während sie sich duschte und anzog, wurde sie zunehmend nervös. Als sie schließlich ihre Haare bürstete – die sie, wie es ihre Gewohnheit war, an der Luft trocknen ließ –, konnte sie sich mit dem Gedanken, den Schutz ihres Heims zu verlassen, nicht mehr anfreunden.

«Weißt du was», sagte sie zu Bill, wobei sie sich bemühte, enthusiastisch zu klingen. «Laß uns hier zu Mittag essen. Wir essen schon oft genug außer Haus.»

Bill überlegte einen Moment, dann lächelte er. «Hört sich gut an. Wenn wir essen gehen würden, würden wir Pasta oder Salat essen, vielleicht etwas Käse dazu und Wein trinken. Wie findest du das?»

Victoria nickte erleichtert. «Und Knoblauchbrot.»

«Fein», stimmte Bill zu.

Sie hatten alle Zutaten im Haus. Zwar waren nur noch ein halbes Baguette und zwei Scheiben Weizenbrot für das Knoblauchbrot vorhanden, doch keiner schlug vor, rauszugehen und frisches zu kaufen. Sie machten einen Chefsalat, rieben zwei Äpfel klein, um den scharfen Geschmack des Cheddarkäses zu mildern, den sie mit reichlich Selleriesalz würzten. Der trockene Merlot von Trader Joe's schmeckte vorzüglich. Bill hatte das Gefühl, daß Victorias Nervosität nachließ, als sie an die Freunde dachten, die sie beide seit Monaten nicht gesehen hatten, und sich über Victorias Verhalten gegenüber den Eindorfs amüsierten.

«Mein Gott, eines Tages werde ich Jean anrufen müssen. Ich muß sie anrufen und sie aufklären. Uhhhh.» Victoria steckte sich theatralisch einen Finger in den Hals. Ohne zu bemerken, daß Bill noch nicht einmal sein erstes Glas ausgetrunken hatte, goß sie sich den Rest des Merlot ein.

«Sicher. Sie wird Verständnis dafür haben.»

«Wofür?»

«Für das, was passiert ist», sagte er sanft und gutmütig.

Victoria sah ihn an. «Fick sie.»

«Wie, das erlaubst du mir?» fragte Bill, der versuchte, den vielversprechenden Lunch nicht zu belasten.

«Ist es das, was du willst? Jean Eindorf?» Victorias Gesichtszüge wirkten eingefallen. Sie hatte binnen kurzer Zeit eine beträchtliche Menge Alkohol getrunken. Sie sah, wie Bill gut gelaunt lachte. «Ich bin nicht eifersüchtig», sagte sie und meinte es so.

Ihre Lider senkten sich, und Tränen erschienen auf ihren Wangen. Bill trat zu ihr und legte sanft seine Arme um ihre zitternden Schultern.

«Oh, verdammt, Bill...» sagte Victoria und umschlang ihn ebenfalls. «Ich bin nicht mehr ich.» Sie begann, hemmungslos zu weinen. «Ich hör mich reden und hasse mich... ich hasse, wie ich aussehe... ich klinge wie jemand anders... und die Sachen, die ich von mir gebe.»

Die Dämme waren gebrochen, und Bill ermunterte sie, ihren Tränen freien Lauf zu lassen. Sie sagte Dinge, die ihnen beiden seit geraumer Zeit bewußt waren, über die sie aber nie geredet hatten. Er wußte, daß ihre Biker-Pose nur ein Panzer war, den sie angelegt hatte, um sich zu schützen.

«Ich mag dich», widersprach er ihr sanft und streichelte ihr Haar.

«Nein, tust du nicht. Wie könntest du? Ich... ich bin so anders.»

«Vielleicht die Verpackung, aber nicht das, was drin ist», besänftigte Bill. «Warum legst du dich nicht ein Weilchen hin. Wir können ja später noch was unternehmen. Uns eine Show ansehen vielleicht, oder einfach bloß was trinken gehen, wenn du willst.»

Victoria nickte, dann drehte sie sich zu Bill und küßte ihn. Es war kein leidenschaftlicher Kuß, sondern einer, mit dem sie sich einander versicherten. Sie war tatsächlich müde. Sie ging ins Schlafzimmer und legte sich hin, um ein Nickerchen zu machen.

Sie schlief zwölf Stunden durch, erwachte gerade lange genug, um auf die Toilette zu gehen, dann schlief sie nochmals zehn Stunden.

Gegen elf Uhr am nächsten Morgen hatte Bill bereits von zu Hause aus seinen Boß, die Lieferanten und die Kunden angerufen. Normalerweise hätte er dies vom Büro aus erledigt, bevor er auf die Baustelle fuhr. Als er seine Unterlagen in den Aktenkoffer steckte, hörte er, wie ein Motorrad in die Einfahrt fuhr. Um sich zu vergewissern, daß er richtig gehört hatte, schaute er aus dem Fenster.

Bill erkannte Mowery auf den ersten Blick. Obwohl Victoria ihn, ebenso wie die anderen Biker, mit denen sie zu tun hatte, nie detailliert beschrieben hatte, war es, als kannte er ihn seit Jahren. Der Mann, unter dem der Chopper wie ein Spielzeug wirkte, konnte mit seinen über breiten Schultern wehenden Haaren nur Mowery sein. «Hallo», sagte Mowery und zog arrogant seine fingerlosen Handschuhe aus.

«Hallo», antwortete Bill. Für ihn sah Mowery aus, als wäre er eben der Whiskeyreklame auf der Rückseite eines Männermagazins entstiegen.

«Sam da?» fragte der Biker. Er machte keine Anstalten, von seinem Chopper abzusitzen.

Selbstverständlich war Bill mit Victorias Decknamen vertraut, aber daß der Mann, mit dem seine Frau mehr Zeit verbrachte als mit ihm, ihn benutzte, weckte seinen Groll. «Wer?»

Mowery grinste breit angesichts Bills Weigerung, den intimen Namen anzuerkennen, den Mowery benutzen konnte, Bill dagegen nicht.

«Victoria. Deine Frau.»

Bill wollte sich selbst ohrfeigen, weil er sich so kleinkariert benommen hatte. Und weil er sich selbst als wenig vertraut mit ihren beruflichen Gewohnheiten dargestellt hatte.

«Sie schläft. Sie fühlt sich nicht besonders.»

Ein paar Augenblicke lang sah Mowery Victorias Mann prüfend an, sagte aber nichts. Er konnte sehen, daß eine Frau einen Mann wie Bill Decker attraktiv fand, aber doch nur für eine Weile. Wäre er eine Frau, würde er sich in Bills Gegenwart zu Tode langweilen. Vierzigstundenwoche. Die große Abwechslung in seinem Leben wäre die Achtunddreißigstundenwoche. Mowery wußte, daß Bill ein Kriegsheld war. Nicht einer, über den Bücher geschrieben würden, aber einer, der in Vietnam gekämpft hatte und die Auszeichnungen besaß, die das bewiesen. Mowery glaubte, es in Bills festem Blick zu erkennen. Wie alle Hell's Angels war Mowery ein Patriot und beneidete andere Leute um ihren Militärdienst. Er wäre ebenfalls gerne nach Vietnam gegangen, doch wurde er, wie andere Angels, durch sein Strafregister daran gehindert. Nach Mowerys Auffassung war Bills Problem, daß er aufgehört hatte zu kämpfen, nachdem der Krieg vorüber war.

«Willst du reinkommen? Kaffee ist fertig», bot Bill an. Ihm war nicht verborgen geblieben, daß sich mehrere Nachbarn für den Besucher in seiner Einfahrt interessierten. Nicht, daß er Mowery aus der Verlegenheit helfen wollte, den Blicken der Nachbarn ausgesetzt zu sein, aber angesichts des Jobs, den seine Frau und Mowery erledigten, zog er es vor, für Diskretion zu sorgen.

Drinnen lehnte Mowery den ihm angebotenen Stuhl ab, nahm aber eine Tasse schwarzen Kaffees. Er stand an die hufeisenförmige Küchenzeile gelehnt, die er mit seinem Hinterteil mühelos erreichte. Bill bewunderte die Ungezwungenheit, mit der sich Mowery in allen Umgebungen zu bewegen schien. Diese Ungezwungenheit schien aus der Sicherheit zu resultieren, alle möglicherweise entstehenden Situationen zu meistern. Mowery schien den Raum um sich herum durch seine schiere Anwesenheit zu beherrschen. Er war der große starke Tiger.

«Kann ich etwas für dich tun?» fragte Bill interessiert.

«Was denn?»

Plötzlich stellte Bill fest, daß Mowery ihn nicht mochte. Und er wußte warum. Er war sich mit einem Mal ganz sicher, daß Mowery nicht mit Victoria geschlafen hatte – ein mißliebiger Gedanke, der ihm von Zeit zu Zeit durch den Kopf geschossen war. Hätte Mowery mit Victoria geschlafen, würde er sich nicht so provozierend abweisend verhalten. Was das anging, war das Mowerys Problem, nicht seines. So wartete er darauf, daß der Biker den nächsten Schritt tat.

«Ist sie in Ordnung?» fragte Mowery.

«Mir geht's gut.» Victoria betrat verschlafen die Küche und griff nach der Kaffeekanne. Nachdem sie sich eingegossen hatte, drehte sie sich zu Bill um, nahm ihn in den Arm und küßte ihn auf die Wange. Er erwiderte den Kuß.

«Carlander sagte, du wärst ziemlich fertig», sagte Mowery zu ihr. «Hat mir von Bruno und dir und Vic Mena erzählt und von der Pleite in Fullerton. Hast gedacht, geht um deinen Arsch, was?» Er klang besorgt.

«Zumindest sah's 'ne Weile so aus», antwortete Victoria, die immer noch Bill anschaute.

«Brauchst du auch wirklich nichts?» fragte Mowery. «Bist du okay?» Das Lächeln blieb. Bill fühlte sich wie ein Außenseiter, verließ die Küche aber nicht, noch wollte er zum jetzigen Zeitpunkt Fragen stellen. Das würde er später tun, wenn Victoria bereit war, sich ihm anzuvertrauen.

«Sicher. Ausgezeichnet. Bereit für den Job.» Victoria wandte sich wieder an Bill, küßte ihn noch mal und drückte seinen Arm. «Der Schlaf hat gutgetan. Fühl mich wieder besser.»

Bill wartete, bis seine Frau auf dem Chopper zur Arbeit gefahren war, ehe er das Haus verließ.

Victoria wußte, daß sich die Nachbarn ordentlich die Hälse verrenken würden, um ihren rasanten Abgang zu beäugen. Obwohl es pervers war, genoß sie es.

## Kapitel 14

Mowery hatte in der Huddle Bar in Reseda einen Mann namens Ed Diodati getroffen. Die beiden tranken Bier und unterhielten sich über Motorräder, Knäste, in denen sie beide eingesessen, und Frauen, die sie unbekannterweise geteilt hatten. Recht schnell ließ Diodati durchblicken, daß er und seine Braut, Carol, mit Drogen handelten, falls Mowery eine Quelle benötigte. Mowery gab zu verstehen, daß er ständig auf der Suche nach neuen Connections war. Diodati gab Mowery seine Adresse in Anaheim und beschrieb ihm den Weg. Außerdem gab er ihm eine Telefonnummer, damit Mowery sich vergewissern konnte, daß Carol auch zu Hause war.

Mowery erklärte Victoria und Carlander, daß Diodati kein Hell's Angel war, sondern mit den Fugitives in Verbindung stand. Er war mindestens vierzig, sah aber aufgrund seiner Drogenexzesse und seiner kriminellen Karriere älter aus. Er jagte zwar nicht mehr mit dem Rudel, doch Mowery war der Meinung, daß auch ein alternder Biker noch über Verbindungen verfügte. Carlander entschied, sie sollten mit ihm und, wenn möglich, auch mit Carol einen Deal machen.

Diodatis Wohnsitz lag in einem der zahllosen Canyons, die sich zwischen den Bergausläufern erstrecken. Die Abgeschiedenheit erinnerte Victoria und Mowery an das Anwesen von Glore, doch weder was den festungsartigen Ausbau noch was die bedrohliche Atmosphäre anging, konnte Diodatis heruntergekommene Bruchbude mithalten. Kein Wachhund, der etwas auf sich hält, würde hier leben wollen, dachte Victoria, als Mowery den Chopper auf einen verwahrlosten Hof lenkte.

Nease hatte den Abend frei, aber Carlander hatte keine Mühe, Mowery in die dünnbesiedelten Hügel von Anaheim zu folgen, nun, da dieser nicht mehr von rasenden Angels eskortiert wurde.

Er mußte eine Viertelmeile vom Haus entfernt parken, sich durch Gesträuch kämpfen und über Felsen klettern, bis er eine Position gefunden hatte, die seinen Überwachungsansprüchen genügte. Carlander wußte, daß er sich im Klapperschlangenland bewegte. Er redete sich ein, daß die Schlangen nach Sonnenuntergang schliefen, und konzentrierte sich auf das Haus.

Victoria und Mowery klopften wie angewiesen an die Hintertür. Ed Diodati öffnete, und seine Begrüßung ließ erkennen, daß er unter Drogen stand. Im Wohnzimmer fiel Victoria ein zehn Zentimeter breites und zwei Meter langes Brett auf, das an Drähten befestigt von der Decke hing. Sie fand es einigermaßen merkwürdig, aber andererseits traf dies auf so gut wie alles zu, womit sie es in den letzten sechs Monaten zu tun gehabt hatte.

Eingeladen, Platz zu nehmen, setzte sie sich auf das auffällige Sofa. Mowery setzte sich ihr gegenüber auf einen Stuhl, während Diodati einen brüchigen Korbstuhl einem vollgepackten Sessel vorzog. Sie hatten gerade die üblichen Floskeln ausgetauscht und wollten zum Geschäft kommen, als plötzlich direkt vor Victorias Augen etwas auftauchte. Sie schrie auf, fiel hinterrücks vom Sofa und landete unsanft auf dem Fußboden. Sie hörte Ed auflachen und wurde wütend, als Mowery einfiel. Auf dem Boden kniend, begutachtete Victoria die Erscheinung, die ihre unfreiwillige Gymnastik verursacht hatte. Es war eine ziemlich lange, fette Pythonschlange. Victoria glaubte zwar, daß sie zu groß sei, um von ihr verschlungen zu werden, hatte aber keine Ahnung, ob die Schlange diese Ansicht teilte.

Ehe sich Victoria erholt hatte, betrat Carol Mann das Wohnzimmer. Bei ihrem Anblick wäre Victoria, die Rauschgiftfahnderin, am liebsten wieder hinter das Sofa gefallen. Sie erkannte die Frau sofort als eine ehemalige Insassin des Orange-County-Frauengefängnisses wieder aus der Zeit, als Victoria dort Dienst getan hatte. Carol Mann war älter als Victoria, härter, erfahrener. Bei ihrer Verhaftung hatte sie eine Waffe getragen. Sie hatte damals so gut wie nie gelächelt und schien auch heute abend nicht dazu aufgelegt, als sie Victoria zusah, wie sie auf allen vieren von dem Python wegrobbte.

Kurz nachdem der Python sich auf seine erhöhte Schlafstatt zurückgezogen hatte, ging der Erwerb von drei Plastiktütchen weißen Pulvers – Speed – über die Bühne. Victoria schien es undenkbar, daß Carol Mann sie nicht erkannt hatte. Die wortkarge Frau war unmöglich zu durchschauen, und sosehr Victoria sie auch musterte, sie war sich nicht sicher. Solange Diodati anwesend war, konnte sie Mowery auch nicht signalisieren, daß sie aufgeflogen war. Als Carol Mann Ed auf eine leise Unterredung in die Küche winkte, schrillten ihre Alarmglocken. Gewiß redeten die beiden über sie und Mowery.

Es gab keinen Grund, den Small talk fortzusetzen, nachdem der Deal gelaufen war. Ohne daran zu denken, daß ihre Gastgeber sie vielleicht durch die Hintertür verabschieden wollten, ging Victoria zur Vordertür und entriegelte sie. Als sich die Tür nicht sofort öffnen ließ, mußte sie einen Anflug von Panik niederkämpfen. Die Tür war durch vier Schlösser gesichert. Als sie schließlich beim letzten Schloß angelangt war, kam sie sich albern vor. Die Hintertür zu benutzen wäre tatsächlich einfacher gewesen. Mowery schaute amüsiert, Diodati sagte nichts. Auch Carol Mann schwieg, aber Victoria spürte ihren Blick noch, als sie draußen auf den Chopper stieg.

Mowery ließ die Maschine an und winkte den beiden beiläufig zu, als er die Kupplung kommen ließ.

«Sie hat mich erkannt», eröffnete Victoria Carlander und Mowery später am Abend. Statt ihrer üblichen nächtlichen Restaurantverabredung saßen sie diesmal in Carlanders Transporter.

«Sie hatte noch sechs Monate einer einjährigen Haftstrafe abzusitzen, als ich ins Gefängnis versetzt wurde. Angriff mit einer tödlichen Waffe.»

«Was hat sie gesagt?» wollte Carlander wissen.

«Nichts.» Victoria wartete darauf, daß Carlander eine Lösung für das Problem fand, von dem sie alle gewußt hatten, daß es früher oder später auftauchen würde.

«Er ist kein Angel», bemerkte Mowery, als würde das weiterhelfen.

Victoria war sich bewußt, daß sie nervös war. Sie hatte falschen Alarm geschlagen, als sie den Deal mit Bruno und Mena gemacht hatte. Sie ignorierte Mowerys Bemerkung und sagte zu Carlander: «Ich kann mir nicht vorstellen, daß sie mich nicht erkannt hat. Ich glaube, sie hat mich erkannt. Verdammt, ich weiß es. Sie hat keine Miene verzogen. Wie ihre verfluchte Schlange. Die beiden sind wahrscheinlich unzertrennlich.»

«Okay.» Carlander beendete seine Notizen, die er fein säuberlich in ein Tagebuch eintrug. «Hat jemand dran gedacht, was zu trinken mitzubringen? Kaffee oder so?»

«Was soll das heißen, *okay*?» fragte Victoria Carlander.

«Wen kennt sie schon? Niemanden. Mit Sicherheit keine Angels», sagte Mowery ebensowenig beeindruckt von Victorias Befürchtungen wie Carlander.

«Ich weiß noch nicht», sagte Carlander, ohne aufzusehen.

Victoria sank schwer gegen die Schiebetür des Transporters. Carlander und Mowery hatten sich nach vorn gesetzt. Weil sie die kleinste war, so die Ausrede der beiden, wurde sie auf den Rücksitz verbannt. Natürlich war sie kleiner, aber was, verdammt noch mal, spielte das für eine Rolle, fragte sie sich.

«Okay, ich werd mich drum kümmern», sagte Carlander. «Wir benutzen dieses andere Mädel...»

«Karen?» fragte Victoria wie aus der Pistole geschossen.

«Genau. Die.»

Mowery blickte kurz auf. «Wofür?»

«Genau», echote Victoria. «Wofür?»

Carlander erklärte gelassen: «Wir ziehen Sie für ein paar Tage aus der Schußlinie. Karen kann ein paar Deals für uns machen, und wir halten Augen und Ohren offen, ob sich jemand nach Ihnen erkundigt. Wird nicht lange dauern, bis wir herausgefunden haben, ob diese Carol Mann Sie erkannt hat.»

Mowery stellte die Frage, die auf der Hand lag. Zumindest lag sie für ihn auf der Hand. «Und warum ziehste mich nicht für 'n paar Tage aus der Schußlinie? Oder 'n paar Wochen?»

«Wir kümmern uns um Biker von anderen Clubs», ignorierte Carlander Mowerys Einwand. «Ich seh dich morgen im Love's.»

Er meinte ein oft von ihnen benutztes Restaurant nicht weit vom Sixpence Motel. «Wir fangen früh an. So gegen zehn.»

Wenn Carlander zusätzliche Kräfte brauchte, unterstützten ihn die Kollegen vom Orange Country Sheriff's Office. Als Karen Higgins von Carlander um Unterstützung gebeten wurde, sagte sie, ohne zu zögern, zu, da dies eine willkommene Abwechslung von ihrem Dienst im Frauengefängnis bedeutete. Bei verschiedenen kleineren Aktionen halfen ihm auch die Rauschgiftveteranen Grams und Horton aus.

Jerry Wayne Davis, alias Jerry Pickens, verkaufte zwei Ballons Heroin an Karen Higgins, die sich in Begleitung von Clifford Mowery befand. Dwayne Kent Neuberger verkaufte ebenfalls Heroin an Karen. Mowery war Zeuge des Deals, während Carlander, Nease und Horton die Fazio's Bar in Garden Grove überwachten. Neuberger ließ durchblicken, daß er Mowery jede nur denkbare Waffe besorgen könne. Mowery antwortete, daß er ständig an Waffen interessiert sei und sich mit ihm in Verbindung setzen werde. Diese Information wurde an das Bureau of Alcohol, Tobacco and Firearms weitergeleitet.

Vom Chopper aus operierend, zogen Karen Higgins und Mowery noch eine Reihe weiterer Deals durch, unter anderem auch mit einem jungen Mexikaner namens Ruben Ballesteros. Obwohl er nur knapp eins sechzig groß war und etwa fünfzig Kilo wog, bildete sich Ballesteros ein, ein Bandenführer zu sein. Immerhin war er ein cleveres Bürschchen, dessen Befehle von seinen Latino-Freunden widerspruchslos ausgeführt wurden. Ruben Ballesteros war stolz darauf, jede nur erdenkliche Droge liefern zu können.

Mowery verabredete sich mit Ballesteros auf dem Parkplatz der Kraftfahrzeugzulassungsstelle in Fullerton. Neben Carlander überwachten die Zivilfahnder Hunt, Dogue, Dickerson und Hernandez die Aktion.

Ballesteros hatte ein Gefolge mexikanischer Bodyguards, die ihn in seinem 66er Oldsmobile 98 begleiteten. Als Ballesteros auf den Parkplatz fuhr, dachte Mowery zunächst, der Wagen wäre mit hydraulischen Liftern ausgestattet, wie sie unter den Latinos in Südkalifornien populär waren, stellte dann aber fest, daß er einfach nur kaputte Stoßdämpfer hatte.

Mowery und Karen unterhielten sich, an den Chopper gelehnt, noch mit Detective Hernandez, als der Mexikaner, gefolgt von vier makellosen Gangstern, bereits aus seinem abgewrackten »Lowrider» ausstieg. Hernandez fand keine Zeit mehr abzutauchen, also tat er einfach so, als gehöre er dazu.

«Wieso hast du die beschissenen Bullen angeschleppt?» sagte Ballesteros.

«Wir haben keine beschissenen Bullen angeschleppt», antwortete der Bulle.

«Ah ja, haste se nich gesehen, Mann? Zwei, direkt hinter euch.»

«Ist uns nicht aufgefallen», sagte Hernandez und sah sich ratlos zu Mowery um.

«Stimmt.» Mowery war verblüfft, blieb aber cool.

«Scheiße», zischte der Mexikaner. «Was wollt ihr?»

«Äh, Ballons», antwortete Hernandez, dem nichts anderes einfiel. «Vier.»

«Gib mir die Kohle», sagte Ballesteros.

Karen gab Ballesteros zweihundert Dollar in präparierten Zwanzigdollarnoten. Der Mexikaner zählte das Geld und händigte ihnen pflichtschuldigst vier Ballons aus, die, wie sich später zeigen sollte, Heroin enthielten.

Ballesteros und seine Gangster stiegen wieder in ihren Oldsmobile, fuhren aber nicht sofort los, sondern warteten, bis das altersschwache elektrische Seitenfenster quietschend und ächzend heruntergesurrt war. Ballesteros schaute sie mit einem Blick an, den er für einschüchternd hielt, und sagte: «Nächstes Mal schleppt ihr keine beschissenen Bullen an.»

Als die Cops später ihre Berichte abfaßten, notierte einer von ihnen unter der Personenbeschreibung von Ballesteros: «Kein nachweisbarer IQ.»

Wenn Karen Higgins auf dem Chopper mitfuhr, nahm sich Victoria keineswegs frei. Meistens begleitete sie Carlander oder Nease in dem Wagen, der die Deals überwachte.

Nach dem Deal mit Ballesteros ging Victoria ebenso wie Carlander und Mowery zeitig nach Hause, aus dem einfachen Grund, weil der Chopper wieder einmal zusammengebrochen war, diesmal mit einer gerissenen Primärkette. Obwohl Carlander gelegentliche Reparaturen in Brunos Werkstatt genehmigte, behob Mowery die meisten Defekte selbst. Deshalb hätte am 22. Februar 1977, als der Chopper außer Gefecht war, jedermann zeitig zu Bett gehen sollen, um für den nächsten Tag fit zu sein. Doch Carlander wollte auf Nummer Sicher gehen.

Er und Victoria hatten Mowerys Leine gelockert und überprüften ihn nur noch drei- bis viermal die Woche. Carlander hatte keine bestimmten Absichten, als er, statt schlafen zu gehen, gegen Mitternacht beschloß, nach Mowery zu sehen.

Er fuhr zum Sixpence Motel, parkte den Wagen an einer unauffälligen Stelle, von der er Mowerys Zimmertür im Auge behalten konnte, und öffnete eine Tüte Sonnenblumenkerne.

Um halb drei ging die Tür auf, und eine Frau kam heraus. Niemand, der Mowery kannte, würde angesichts einer Frau, die aus seinem Zimmer schlich, die Stirn runzeln. Carlander mit Sicherheit nicht. Nur, daß er diese Frau kannte.

Sie war ein Cop.

Er beobachtete, wie Karen Higgins, ehe sie ging, Mowery leidenschaftlich küßte. Carlander fühlte sich betrogen und hintergangen. Eine kalte Wut stieg in ihm hoch. Einige Minuten lang saß er in der Dunkelheit und starrte ins Nichts. Der Schaden, den diese beiden der sechs Monate andauernden Operation zugefügt hatten, war kaum auszudenken. Tausende von Arbeitsstunden von hochspezialisierten Polizisten, Spurensicherungsexperten und Staatsanwälten waren möglicherweise vergeudet, ganz zu schweigen von den Steuergeldern. Die Vorstellung, was gewitzte Strafverteidiger mit dieser Information anstellen konnten, brachte Carlander fast um den Verstand.

Das Orange County Sheriff's Office mußte unangreifbar sein. Seine vereidigten Polizisten hatten sich im Berufs- wie auch im Privatleben untadelig zu benehmen. Sexuelle Beziehungen zwischen einer Polizistin und einem auf Bewährung entlassenen Kriminellen garantierten ganzseitige Schlagzeilen. Das Sheriff's Office würde sowohl seine moralische als auch die strafrechtliche Position als unbestechliche Strafverfolgungsbehörde verlieren. Der dümmste Verteidiger konnte unter diesen Umständen die Einstellung eines Verfahrens erzwingen.

Carlander würde Sheriff Gates am nächsten Morgen Bericht erstatten müssen. In der Zwischenzeit mußte er herausfinden, was geschehen war. Er ließ seinen Wagen an, fuhr sechs Blocks zu einer Telefonzelle und wählte Victorias Privatnummer.

Victoria hatte das Gefühl, den Hörer in der Hand zu haben, noch bevor das Telefon klingelte. «Hallo?»

«Ziehen Sie sich an und kommen Sie in mein Büro.»

«Meinen Sie aufs Revier?»

«Kennen Sie ein Büro, von dem ich vielleicht noch nichts weiß?» bellte Carlander. «Verdammt, ja, aufs Revier.» Nicht sehr cool, dachte er bei sich, doch er hegte Victoria gegenüber einen Verdacht, der langsam deutlichere Konturen annahm.

«Mowery?» fragte Victoria.

«Verdammt, wer sonst?» knurrte Carlander in die Leitung.

Mowery also. Mit Rücksicht auf Bill zog sie sich im Dunkeln an. Dennoch wachte er auf, entschloß sich aber, nicht nachzufragen. Himmel, dachte er, wenn ich mit einer Kinderärztin verheiratet wäre, wäre es nicht anders.

Als Victoria den Mannschaftsraum der Rauschgiftfahndung betrat, ging Carlander ruhelos auf und ab. Für die späte Stunde war der Raum unanständig hell erleuchtet. Am anderen Ende saß ein Cop und telefonierte. Carlander deutete mit dem Kopf auf ihn und sagte zu Victoria: «Kommen Sie, gehen wir wo hin, wo wir reden können.»

Victoria blieb einen Schritt hinter Carlander, während dieser im ersten Stock vier Türen öffnete, bevor er einen leeren Raum fand. Sie fühlte sich wie eine Schülerin, die zum Direktor bestellt wurde. Obwohl dieser Gedanke albern war, bekam sie weder ihre zitternden Knie noch ihren Pulsschlag unter Kontrolle. Sie ärgerte sich über sich selbst und richtete ihren Zorn gegen Carlander.

«Okay, Wayne, wenn der Vogel jemanden umgebracht hat,

können wir das auch noch morgen früh regeln. Ich hätte den Schlaf gebrauchen können...»

«Karen Higgins hat sich heute nacht Mowery in die Arme geschmissen. Hab sie vorhin aus seinem Zimmer kommen sehen.»

Victorias Wut schmolz wie ein Eiswürfel im heißen Wasser. Ihr Blick wanderte von Carlander zur Decke. Sie suchte nach Worten. Das erste, was sie herausbrachte, war: «Ich glaub es nicht.»

«Sie ist vor weniger als einer Stunde aus seinem Zimmer marschiert. Hat ihn zum Abschied geküßt», sagte Carlander und beobachtete Victorias Reaktion.

«Das würde sie nie tun», hörte Victoria sich sagen. Karen Higgins mochte als Polizistin unerfahren sein, aber ihr Verhältnis zu ihrem Job war durch und durch professionell. Und sie war nicht dumm. Sie würde ihre Karriere niemals wegen einer Nummer mit... mit einem...

«Haben Sie davon gewußt?» stieß er hervor.

«Was zum Teufel meinen Sie? Wie kommen Sie darauf, daß ich davon gewußt haben könnte? Sie überlegen sich besser zweimal, was Sie sagen, bevor Sie mir irgend etwas vorwerfen.» Ihr Zorn richtete sich wieder gegen Carlander.

«Ich werfe Ihnen nichts vor, Vicky. Ich will wissen, wieviel Sie wissen. Das ist alles.»

«Dann drücken Sie sich anders aus.»

«In Ordnung. Kommen wir zur Sache. Was hat sie Ihnen erzählt? Sie sind doch befreundet, oder?»

Das stimmte. Victoria fühlte sich gegenüber der drei Jahre jüngeren Karen als große Schwester. Nachdem Karen ihre ersten Deals gemacht hatte, hatte Victoria darauf geachtet, so oft wie möglich mit ihr zu Mittag zu essen. An den Wochenenden rief Karen häufig an, und die beiden unterhielten sich eine Stunde und länger. Karen hatte wenige Kolleginnen, mit denen sie sich austauschen konnte, und suchte ihrerseits Victorias Gesellschaft. Victoria mochte Karens Sinn für Humor und freute sich auf künftige gemeinsame Unternehmungen, wenn sie nicht mehr die Gangsterbraut spielen mußte. Sie kannte Karens Mann zwar noch nicht, aber was sie über ihn gehört hatte, klang vielversprechend. Er war bestimmt jemand, den kennenzulernen Bill sich freuen würde.

Karen hatte gerne Victorias Rat gesucht. Victoria erinnerte sich, daß sie sie einmal auf die Risiken hingewiesen hatte, die Flirts mit Kollegen oder anderen Männern, mit denen sie dienstlich zu tun hatte, mit sich brachten. Die jüngere Polizistin hatte ihr zugestimmt, und nie waren Victoria Gerüchte zu Ohren gekommen, daß Karen etwa nicht hundertprozentig wäre. Das alles erzählte sie Carlander.

Carlanders Gesicht glühte. «Wie oft hat sie's mit dem Kerl getrieben?»

«Unterstellen Sie ihr da nicht ein bißchen viel? Sie kommt aus seinem Zimmer und gibt ihm zum Abschied einen Kuß. Nicht gerade clever, aber das ist kein Beweis für eine intime Beziehung.»

«Ich hab genug, um sie hochkant aus dem Polizeidienst werfen zu lassen.»

Sie wußte, daß er recht hatte. Die Maßnahme war eventuell übertrieben, aber Carlander wäre sie zuzutrauen.

«Ist es das, was Sie wollen? Sie loswerden?»

«Hören Sie auf damit, verdammt noch mal. Mir fliegen jede Menge wichtiger Fälle um die Ohren, weil Ihre Freundin 'n feuchtes Höschen hat. Denken Sie mal drüber nach. Und erzählen Sie mir, was Sie wissen.»

Victoria ließ sich auf einen Stuhl sinken. Abwesend öffnete sie eine Schublade und fand eine Packung Zigaretten. Ohne zu zögern, bediente sie sich. «Da gibt's nichts zu erzählen. Jedenfalls nichts, was ich wüßte. Wir sind zwar befreundet, aber so weit, daß wir uns gegenseitig unsere Phantasien erzählen, sind wir noch nicht.»

Carlander grinste grimmig. «Zu schade. Dann könnte ich sie baumeln lassen, und fertig.»

«Was machen wir, wenn Sie recht haben?» fragte Victoria.

Carlander überlegte einen Augenblick. «Erst müssen wir's genau wissen. Sie haben recht. Ich hab zwar nicht den leisesten Zweifel, aber wir müssen Gewißheit haben, ehe wir etwas unternehmen. Dann, wenn sich bestätigt, was ich vermute, gehen wir zu Mitch, zu Tom und zu Gates. Da kommen wir nicht drum rum.»

Victoria schauderte bei dem Gedanken, sich Gates' legendären Wutausbrüchen stellen zu müssen. Bei Gates gab es keine Ausflüchte für unmoralisches Verhalten. Sie hoffte für Karen, daß der Kuß rein impulsiv und ihr Besuch bei Mowery dienstlich gewesen war. Je mehr sie jedoch darüber nachdachte, desto unwahrscheinlicher schien es.

«Los, kommen Sie», sagte Carlander.

Victoria brauchte nicht zu fragen, wohin sie gingen.

Als sie im Sixpence ankamen, war es halb sechs. Victoria hätte niemanden um diese Uhrzeit aus dem Schlaf gerissen, aber Carlander donnerte mit seiner riesigen Faust gegen Mowerys Tür.

«Mach auf, Mowery. Sofort. Beweg dich.»

Mowery beeilte sich grundsätzlich nur, wenn er wollte. Deshalb war Victoria überrascht, daß die Tür sich öffnete, noch bevor Carlander ein zweites Mal dagegenschlagen konnte. Der Biker war barfuß, sein Oberkörper nackt, und seine Jeans waren nicht richtig zugeknöpft. Victoria empfand tiefstes Verständnis für Karens fleischliche Begierde, wie schlecht beraten sie auch gewesen sein mochte. *Jederfraus Traum-Outlaw*, dachte sie wieder. Mowery rieb sich die Augen. Seine Haare waren in Unordnung.

Victoria folgte Carlander nach drinnen. Sie hatte ihn noch nie so wütend erlebt. Carlander war kurz davor, handgreiflich zu werden. Das machte sie nervös. Sie war nicht in der Lage, sich zu setzen, während Carlander sein Gesicht so nah wie möglich an Mowerys brachte.

Mowery entzog sich Carlanders Herausforderung, indem er sich auf das ungemachte Bett fallen ließ und die Hände hinter dem Kopf verschränkte. Carlander war nahe dran, sich zu ihm aufs Bett zu setzen, zog dann aber einen Stuhl heran.

«Karen Higgins ist nach zwei Uhr heute morgen hier rausgekommen. Wie kommt das?»

«Setz dich, Wayne», sagte Mowery lächelnd. «Hallo, Sam.»

Carlander wischte Mowerys Ablenkung beiseite. «Antworte, verdammt noch mal.»

«Warum sie gegangen ist? Weil sie nach Hause mußte. Sie konnte schlecht die ganze Nacht bleiben.»

«Das ist nicht komisch, Mowery. Ich mein es ernst. Versuch nicht, mich zu verarschen. Habt ihr zusammen geschlafen?» Carlanders Stimme war ungewöhnlich leise.

Die ungewohnte Veränderung in Carlanders Tonfall schien auf Mowery die gleiche Wirkung zu haben wie auf Victoria. Die Selbstsicherheit verschwand aus seiner Stimme. «Nein. Verdammt, nein. So blöd bin ich nicht, Mann.»

Carlander bleckte regelrecht die Zähne. «Blöd? Mann, wir wissen, daß du blöd bist. Darin bist du der Größte. Da will dir *einmal* in deinem gottverdammten Leben einer helfen, draußen zu bleiben, und du sitzt hier auf deinem fetten Arsch und lügst ihn an.»

«Carlander, ich würd nie...»

Carlander unterbrach Mowery mit erhobener Hand. «Nicht noch einmal. Überleg dir genau, was du sagst.»

«Ey, laß stecken, Mann. Du kommst hier an, haust mir die Tür ein, scheißt mich an, was mit meinem Sexleben los ist, und dann erzählst du mir, ich soll mal nachdenken. Fick dich. Wo ich meinen Schwanz reinsteck, geht dich...»

Victoria schreckte zurück, als sie sah, wie Carlander aufsprang. Daß Carlander auf Mowery losging, registrierte sie buchstäblich erst, als Carlander bereits drei Treffer in Mowerys Gesicht gelandet hatte. Victoria hörte, wie sie reflexhaft aufschrie. Es sah aus, als würde Carlander Mowerys Kieferknochen zerschmettern. Sie dachte, ein weiterer Schlag würde ihn umbringen. Doch Mowery wehrte sich. Obwohl er mitgenommen auf dem Bett lag, versuchte er, Carlander zu treten. Er hatte jedoch weder Hebel noch Winkel, und so richteten seine Tritte keinen Schaden an. Dann versuchte Mowery einen Heumacher an Carlanders Schläfe zu landen, doch der Detective spürte den Schlag kommen, duckte leicht ab und ließ den Haken harmlos an seinem Hinterkopf abgleiten.

Victoria wich zurück, als sie sah, wie Carlander mit der Handkante Mowerys Gesicht bearbeitete. Der Biker versuchte, sich wegzudrehen, doch Carlanders Karatehieb erwischte ihn über dem Auge. Bevor Mowery zurückschlagen konnte, nahm ihn Carlander in den Würgegriff und drückte die Halsschlagader ab. Die Unterbrechung der Blutzufuhr zum Gehirn hatte zur Folge, daß Mowerys Widerstand schlagartig nachließ. Noch ehe er wieder richtig bei Bewußtsein war, rollte ihn Carlander auf den Bauch und legte ihm Handschellen an.

«Was jetzt?» fragte Victoria ihren Partner. Carlander antwortete nicht. Er setzte sich wieder neben Mowerys Bett. Der Biker kam binnen weniger Sekunden wieder zu sich, wollte sich umdrehen und mußte feststellen, daß er gefesselt war. Er schaffte es, sich halb sitzend gegen die Rückwand zu lehnen.

Carlander schwieg minutenlang, während Victoria aufgeregt auf und ab ging. Sie war so erleichtert, daß ihr das nicht widerfahren war, daß sie vergessen hatte, Karen zu bemitleiden. Sie verstand nun, wie es Soldaten erging, deren Freunde im Gefecht fielen: Es war lähmend und der erlittene Verlust schmerzlich, doch gleichzeitig gab es ein Gefühl tiefer Erleichterung, daß die Kugel jemand anders getroffen hatte.

«Danke auch, Cliff», sagte Victoria. «Du weißt wirklich, wie man seine Freunde behandelt.» Sie starrte Mowery so lange an, bis dieser den Blick senkte. Dann wandte sie sich an Carlander und bedeutete ihm, mit nach draußen zu kommen.

Als die beiden das Zimmer verließen, rief ihnen Mowery nach: «He, könnt ihr mir nicht die Handschellen abnehmen?»

Carlander wußte, daß die Handschellen äußerst unbequem waren, zumal er Mowery die Hände auf den Rücken gefesselt hatte. «Später vielleicht. Ich bin beschäftigt.»

Victoria wartete, bis Carlander die Zimmertür hinter sich geschlossen hatte und neben ihr stand. «Wir müssen mit Karen reden.»

«Abgelehnt. Sie kann ihre Geschichte dem Sheriff erzählen. Der sagt jetzt, wo's langgeht.»

Carlander ging zu seinem Vorgesetzten, Lieutenant Sim Middleton, und erstattete Bericht über die jüngste Entwicklung zwischen Mowery und Deputy Higgins. Middleton nahm den mündlichen Bericht ab und instruierte Carlander und damit auch Victoria, so lange Stillschweigen über den Vorfall zu bewahren, bis sie weitere Anordnungen von ihm oder Sheriff Gates bekamen.

Wenn Carlander dachte, in diesem Fall gäbe es so etwas wie Täter und Opfer, ließ er es gegenüber Victoria jedenfalls nicht durchblicken. Sie war sich sicher, daß er gegenüber keinem der beiden Beschuldigten persönliche Gefühle hegte, sondern ausschließlich darum besorgt war, ob seine heißgeliebte Operation nach Ansicht des Sheriffs und des Bezirksstaatsanwalts in Mitleidenschaft gezogen worden war.

Sheriff Gates verschwendete keine Zeit und berief noch am späten Nachmittag desselben Tages alle Beteiligten mit Ausnahme von Higgins und Mowery zu einer Dringlichkeitssitzung ein. Er wollte sich ausführlich mit allen Fakten vertraut machen, ehe er Karen Higgins mit einem Disziplinarverfahren konfrontierte, das zu ihrer Entlassung führen konnte. Selbst eine Anklage kam in Betracht. Um Gates' Schreibtisch waren zwei halbkreisförmige Stuhlreihen aufgestellt. In der zweiten Reihe saß die Kommandoebene einschließlich dreier Chiefs: Raul Ramos, Bill Wallace und Thad Dwyer. Vor ihnen saßen die direkt an der Undercoveroperation beteiligten Polizisten: Mitchell, Middleton, Victoria und Carlander.

Die Atmosphäre im Raum war gespannt. Brad Gates musterte gemächlich die Anwesenden. Victoria überlegte, ob er die Zeit und sein Schweigen nutzte, um seinen sichtbaren Zorn unter Kontrolle zu bringen. Sein aufgewühltes Gesicht hatte dieselbe Farbe wie sein flammendrotes Haar.

«Dieser Mowery», fuhr er Carlander an, «glauben Sie, was er Ihnen gesagt hat?»

«Nein, Sir.»

«Was zum Teufel soll das heißen?»

«Ich hatte bisher noch nicht die Gelegenheit, alles zu überprüfen. Ich konnte den Kerl auch noch nicht richtig verhören und festnageln. Er sagte nur, daß sie sich ab und zu getroffen hätten.»

Carlander befand sich in einem Raum voller Profis, die wußten, daß ein gründlicher Bericht eine zeitraubende Angelegenheit war.

Gates wandte sich an Victoria. Sie fühlte sich wie ein Schmetterling, der aufgespießt wird. «Ich frage Sie geradeheraus und erwarte eine ebensolche Antwort. Haben Sie mit Clifford Mowery geschlafen?»

«Nein, Sir», antwortete Victoria ruhig.

«Nie?» insistierte er. Um sich Gewißheit zu verschaffen, achtete er darauf, ob ihre Körpersprache ihrer Antwort widersprach.

«Nein, Sir. Ich habe nicht und werde nicht.» Sie fühlte sich durch Brad Gates' autoritäres Verhör nicht beleidigt. Sie verstand die Notwendigkeit.

«Ihn jemals geküßt?» bohrte Gates. «Wie Teenager auf dem Rücksitz oder vielleicht ein Gutenachtkuß?»

Victoria erinnerte sich an den Wet-T-Shirt-Wettbewerb und wie Mowery sie auf den Mund geküßt hatte, entschied aber, daß dies ohne Bedeutung war.

«Nein, Sir.»

Gates wandte seine Aufmerksamkeit wieder Carlander zu. Er schaute seinem besten Ermittler ein paar Augenblicke fest in die Augen. Nach einer langen Pause, während der, wie Victoria später dachte, Gates seine nächste Bemerkung formulierte, sagte Carlander: «Sehen Sie mich nicht so an. Ich hab nicht mit ihm geschlafen.»

Es wurde schlagartig still im Raum. Das Grinsen in Carlanders Gesicht verschwand.

«An wie vielen Fällen hat sie gearbeitet?» fragte Gates Carlander.

«Ich weiß es nicht, Sir. Ich müßte sämtliche Akten durchgehen.»

«Tun Sie das. Die Operation wird ab sofort und bis auf weiteres eingestellt. Verstanden? Mowery bleibt auf seinem Zimmer. Wenn er auch nur mit der Wimper zuckt, stecken Sie ihn da drüben in eine Zelle.» Gates deutete aus dem Fenster auf das Orange-County-Gefängnis. «Ich möchte, daß Sie vier sowie Bud Nease an nichts anderem arbeiten, bis Sie genau herausgefunden haben, an welchen Fällen sie gearbeitet hat, mit wem von ihrer Festzunehmendenliste sie Kontakt hatte sowie alle anderen Einzelheiten über ihre Einbindung in die Operation. Wenn ich eine Einschätzung abgeben müßte, wie wir zur Zeit dastehen, würde ich sagen, sie hat die ganze verdammte Operation auffliegen lassen.»

Ihrer eigenen Sicherheit wegen war Victoria, seit sie undercover arbeitete, untersagt worden, in die Nähe des Sheriff's Office zu kommen. Dies war nicht der Zeitpunkt, um Ausnahmen zu machen. Deshalb traf sie während der folgenden Wochen Carlander stets an abgelegenen Orten, in geparkten Wagen, Restaurants und Bibliotheken. Er brachte ihr einen Stapel Ermittlungsakten und holte die ab, die er ihr am Vortag gegeben hatte. Dann diskutierten sie die Fälle, die einer von ihnen der besonderen Betreuung für notwendig hielt. Insbesondere galt es, alle die Kontaktpersonen Victorias auszusortieren, die möglicherweise einer von Karen Higgins' Kontaktpersonen begegnet waren. Diese Verdächtigen galten nicht selten als «vergiftet», und soweit nicht eine unabhängige Quelle bestätigen konnte, daß diese Person ein Verbrechen begangen hatte, wurde sie von der Liste der Festzunehmenden gestrichen. Zeit war ein gewichtiger Faktor, denn sollte die Operation fortgeführt werden, konnten Victoria und Mowery nicht allzulange der Hell's-Angels-Szene fernbleiben.

Am Tag nach der Sitzung bei Sheriff Gates wurde Higgins bis zum Abschluß der laufenden Ermittlungen vom Dienst suspendiert. Zunächst war sie erbost und wollte wissen, weshalb gegen sie ermittelt wurde. Als man sie mit den Vorwürfen konfrontierte, stritt sie sie vehement ab.

Die nächsten zwei Wochen verbrachte Sheriff Gates überwiegend damit, sämtliche Beteiligten zu überprüfen und sich an der Vernehmung Mowerys zu beteiligen. Er verbrachte ebenso viele Stunden wie die anderen Teammitglieder damit, sich mit den Aktivitäten eines jeden vertraut zu machen, der an der siebenmonatigen Ermittlung beteiligt gewesen war.

Nach diesen beiden Wochen wurde Karen Higgins von Sheriff Gates zu einer inoffiziellen Unterredung beordert. Sie verlangte die Beteiligung ihres Anwalts, der Gates zustimmte.

Als Gates die bevorstehende Auseinandersetzung mit Higgins

erwog, war es sein vorrangiges Ziel, die umfangreiche Operation, die sein einzigartiges Undercoverteam fast abgeschlossen hatte, zu schützen. Das vorliegende Beweismaterial hatte bereits seine ursprünglichen Erwartungen übertroffen und versprach, den kriminellen Biker-Gangs in Südkalifornien niederschmetternden Schaden zuzufügen. Sein zweites Ziel war es, den Ruf des Orange County Sheriff's Office zu wahren und einen Skandal zu vermeiden. Zweifellos zog er auch in Erwägung, sich selbst aus der Schußlinie zu nehmen, doch das übergeordnete Interesse galt der Glaubwürdigkeit der ethischen Grundsätze des Department im Gerichtssaal. Nicht so sehr meßbar, aber deshalb nicht weniger gewiß war, daß ein öffentlicher Ansehensverlust der Strafverfolgungsbehörden sich in einer Zunahme der Verbrechen niederschlagen würde. Es würde Jahre dauern und erhebliche Belastungen für den Steuerzahler bedeuten, bis ein Schaden dieser Art wiedergutgemacht wäre. Als Higgins in sein Büro beordert wurde, teilte ihr Gates mit, daß man sie habe aus Mowerys Motelzimmer kommen sehen und daß sie dabei beobachtet worden wäre, wie sie Mowery geküßt habe. Gates gab ihr eine detaillierte Schilderung der ihr vorgeworfenen Handlungen, die Mowery während seiner Vernehmung eingestanden hatte. Higgins versteifte sich darauf, daß, wenn man sie im Sixpence Motel gesehen habe, dies ausschließlich im Zusammenhang mit ihren dienstlichen Pflichten geschehen sei und nicht aufgrund eines romantischen Stelldicheins.

Brad Gates war erbost darüber, daß eine seiner Untergebenen, eine vereidigte Polizistin des Countys, ihn belog. Er stellte ihr ein Ultimatum. Sie hatte vierundzwanzig Stunden Zeit, ihren Abschied beim Orange County Sheriff's Office einzureichen. Er bot ihr einen diskreten Abgang an, um die Ermittlungen zu retten. Sollte sie sich weigern, ihren Abschied zu nehmen, würde er eine umfassende Ermittlung der Fakten einleiten, die dann in einem förmlichen Disziplinarverfahren gegen sie verwandt würden.

Am folgenden Nachmittag wurde Sheriff Brad Gates ein Brief überbracht, der Deputy Karen Higgins' Abschiedsgesuch enthielt.

Alle mit der Undercoveroperation befaßten Ränge des Sheriff's Department stießen einen kollektiven Seufzer der Erleichterung aus, als am Abend des 2. März 1977 wieder der richtige Lady-Cop im Sattel von Mowerys Harley Davidson saß. Sie waren unterwegs zum Alpine Inn, einem Freß- und Sauflokal im Silverado Canyon in Yorba Linda. Die Hell's Angels planten eine Dinnerparty. Jack Forbes, alias Dago Paul, wurde erwartet, und die Bostoner Polizei hatte das Orange County Sheriff's Office gedrängt, ihn um jeden Preis zu verhaften. Er war ein gesuchter Mörder, und die Bostoner Polizei wollte es nicht riskieren, mit der Verhaftung ihres Mannes so lange zu warten, bis Carlanders Undercoveroperation ordnungsgemäß zu Ende geführt worden war. Weder Carlander noch Sim Middleton wollten etwas unternehmen, das ihre gesamte Geheimoperation gefährden konnte, doch es galt, auch die zwischenbehördliche Zusammenarbeit zu respektieren. Deshalb entwickelten sie einen Plan, nach dem Jack Forbes von vier zusätzlichen Polizisten überwacht und, sobald er die Party verließ, von den anderen Angels getrennt werden sollte. Wohin Forbes auch fahren sollte, einer der Polizisten würde sich an seine Fersen heften. Sobald seine Fahrtroute absehbar war, würde über Funk ein bereitstehender Streifenwagen verständigt, der für den Fall, daß Forbes seinen Chopper fuhr, durch zwei Motorradstreifen unterstützt würde. Dann würde er im Rahmen einer vorgetäuschten Verkehrskontrolle angehalten und zu einem Alkoholtest gezwungen. Unabhängig von dessen Ausgang würde Forbes festgenommen. Auf dem Revier würde man ihm eröffnen, daß in Boston ein Haftbefehl gegen ihn existierte, was er nur allzugut wußte, und er würde bis zur Überstellung an die Bostoner Polizei in Haft genommen.

Mowery wurde über seine neue Lage informiert. Er hatte seine Bewährungsauflagen verletzt und konnte ohne Vorankündigung in die Strafanstalt verbracht werden. Sheriff Gates hatte für Operationen, die Mowerys Beteiligung erforderten, noch keine Einwilligung gegeben. Dennoch wurde beschlossen, ihm das Abendessen mit den Hell's Angels zu gestatten, da die Angels mit seinem Kommen rechneten und bei seiner Abwesenheit Verdacht schöpfen konnten. Über den Plan, Jack Forbes festzunehmen, wurde Mowery nicht informiert. Dies war ein gewichtiger Grund für Victorias Teilnahme – sie sollte die Operation von drinnen unterstützen.

Victoria und Mowery gehörten zu den ersten, die ankamen. Dago Paul war noch nicht da, und auch um Mitternacht war nichts von ihm zu sehen. Gegen eins hatte sich die Party auf das für Angels übliche Niveau von Krach und Ausschweifung hochgeschaukelt, aber Dago Paul war noch immer nicht aufgetaucht. Unterdessen vertrieb sich einer der Polizisten, die das Alpine Inn überwachten, Sergeant Art Johnson, die Wartezeit damit, die Kennzeichen sämtlicher in der Nähe des Inn geparkten Fahrzeuge zu notieren. Um halb fünf Uhr hatten alle Angels das Restaurant verlassen, ohne daß Jack Forbes erschienen wäre. Die Überwachung wurde abgeblasen. Das ganze Unternehmen wäre gewiß eine einzige Zeitvergeudung gewesen, wäre da nicht jene Bemerkung von Fat Mike gefallen. Auf Mowerys beiläufig verwunderte Frage, wo denn Forbes abgeblieben sei, hatte Fat Mike Mowery überrascht angeschaut: «Warum fragst du nicht deine Schwester? Die ist doch mit ihm zusammen.»

## Kapitel 15

Obwohl es nie das Ziel der Undercoveroperation war, Mowery zu rehabilitieren, gingen in ihm nichtsdestotrotz einige Veränderungen vor, die Carlanders Aufmerksamkeit nicht verborgen blieben. Im Gegensatz zu seiner ursprünglichen Behauptung, Victoria müsse sich die Biker selbst vom Leib halten, hatte er sie mehr als einmal beschützt. Zudem war sein Vorgehen gegen die Biker-Gangs wesentlich zielstrebiger und produktiver als zu Beginn der Operation. Doch ungeachtet dieser Fortschritte blieb Mowery eine tickende Zeitbombe.

Am 10. März 1977 klingelte bei Carlander zu Hause das Telefon. Carlander hatte fast die ganze Nacht an einer Überwachung teilgenommen und hatte weniger als drei Stunden Schlaf gehabt. Es war Mowery. Eine besondere Anweisung von Sheriff Brad Gates an Carlander und Victoria lautete, Mowery mit Argusaugen zu überwachen. Der Sheriff hatte in Erwägung gezogen, Mowerys Telefon abzuhören, entschied sich am Ende aber dafür, Carlanders Operation mit so wenig wie möglich zusätzlichen Erschwernissen zu Ende zu führen. Die übereinstimmende Ansicht war jedoch, daß Mowery so kriminell war wie eh und je und man ihm nicht trauen konnte. «Ich will diesen Kerl unter ständiger Überwachung haben. Von dem Moment an, in dem er morgens seine Stiefel anzieht, bis er abends unter die Bettdecke kriecht.» Gates hatte über seine eigenen Worte geschmunzelt. «Und du, Carlander, siehst zu, daß er sich brav zudeckt.»

«Ich will das beschissene Loch verlassen, Mann», meckerte Mowery durchs Telefon.

Carlander war ganz ruhig. «Immer noch besser als 'n paar andere Löcher, in denen du jetzt sitzen könntest.»

«Ich will auf 'ne Biker-Börse gehen», ignorierte Mowery Carlanders nüchterne Feststellung.

«Solche Börsen bringen nichts als Ärger», sagte Carlander gelangweilt. «Und davon hast du bereits genug.»

«Ich weiß, daß da mit Waffen gehandelt wird.» Mowery war sicher, das würde ihm Carlanders Aufmerksamkeit sichern. Waffenhandel war ein schweres Verbrechen.

«Das machen sie auf allen diesen Börsen. Bleib zu Hause.»

«Du bist echt 'n hoffnungsloser Fall», stieß Mowery hervor, setzte aber starrköpfig seine Rechtfertigungen, das Motel verlassen zu dürfen, fort. «Mad Dog Fero ist in der Stadt. Er und Denny Decker gehen davon aus, daß ich aufkreuze.»

«Hör auf, mich zu verarschen, Mowery. Du willst uns unterstützen? Laß gut sein», sagte Carlander sarkastisch.

«Dann seht doch zu, wie ihr klarkommt», drängte Mowery. «Ohne mich könnt ihr euch euren wunderbaren Job doch in den Arsch stecken. Ich will einfach mal raus, 'ne Runde abschlaffen.»

Carlander sah ein, daß Mowery nicht unrecht hatte. Der Biker schien von der Tatsache, daß er wegen der für das Department peinlichen Higgins-Affäre wieder in den Knast wandern konnte, vollkommen unbeeindruckt. Es war sogar möglich, daß er seinen Fehltritt mit Karen Higgins wieder wettmachen wollte. «Jaja, bloß, daß es jedesmal 'ne Katastrophe gibt, wenn du 'ne Runde abschlaffst.»

«Also, ein paar von den Angels fahren nach L. A. County rüber, aufs Messegelände. Da isses. Was ist daran so schlimm?»

Carlander überlegte. Vielleicht war es doch keine so schlechte Idee. Wenn Mowery wirklich wollte, würde er so oder so gehen. Und dabei, wenn er sich in die Enge getrieben fühlte, wahrscheinlich die ganze Operation ruinieren. «Glaubst du, du kannst da 'nen Waffendeal klarmachen?»

«Möglich ist alles.»

Der Detective dachte eine Weile nach, ehe er seine Entscheidung traf: «Es ist zwar nicht okay, aber ich werde heute weder bei dir anrufen noch vorbeikommen. Vielleicht fühlst du dich ja nicht wohl und willst mal 'n Tag das Bett hüten, auftanken.»

«Hab kapiert.»

«Verdammt, ich hoffe nicht», sagte Carlander, bevor er auflegte, in die tote Leitung. Er überlegte nicht lange, ob seine Entscheidung falsch oder richtig war. Statt dessen schnappte er sich sein Jackett vom Stuhl und ging zur Tür. Er würde Mowery zum Messegelände folgen. Er mochte dumm sein, aber naiv war er nicht.

Für den 11. März 1977 war im Messezentrum des Messegeländes nahe der University of Southern California eine große Motorradbörse angekündigt. Wenige Meilen südöstlich befand sich das Freeway-Knäuel, wo I-10, I-710, I-101 und I-5 in der Nähe des Zentrums von Los Angeles zusammenlaufen. Ein Highway-Labyrinth, das, falls nötig, ideale Fluchtwege bot, besonders geeignet, mit dem Motorrad Verfolger abzuschütteln. Die Hell's Angels waren bekannt dafür, bei der Planung ihrer Club-Aktivitäten solche Dinge zu berücksichtigen. Dazu zählten auch die Straßenverhältnisse, wo sie hinführten und wie sie befahrbar waren. Einige Strafverfolgungsbehörden beschrieben hinterher die Wahl des Messegeländes als typische clevere Hell's-Angels-Vorbereitung. Tatsächlich hatten die Angels jedoch weder eine Ahnung, daß es zu einer Massenschlägerei kommen sollte, noch auf wen sie treffen würden. Was die Schlägerei zum Ereignis epischen Ausmaßes machte, war die Brutalität, mit der sie geführt wurde.

Die Börse zog zahlreiche Motorradenthusiasten an, weil dort von gebrauchten Motoren, Getrieben und Reifen, über Tapes, geschmuggelte Textilien, Bandanas, indianische Decken bis hin zu Juwelen und Waffen alles angeboten wurde. Alles stand zum Verkauf, alles konnte getauscht werden. Ein Teil der Waffen wurde illegal veräußert, ohne daß die gesetzlich vorgeschriebene Wartefrist beachtet wurde, ein Teil der Tapes waren Raubkopien, heiße Steine wurden dem sauberen Schmuck untergeschoben. Jede Börse dieser Art zog die Aufmerksamkeit von Polizisten auf sich, meist Angehörige des Einbruchsdezernats, die durch die Gänge schlenderten und an den teureren Ständen nach Hehlerware Ausschau hielten, die möglicherweise sorglos nach einem Diebstahl angeboten wurde. Dennoch war die Polizeipräsenz bei solchen Ereignissen eher formal und erregte für gewöhnlich wenig Aufsehen. Auch dieses Mal sollte es nicht anders sein.

Zwei Cops des LAPD-Einbruchsdezernats hatten darauf geachtet, in ihrem Dienstplan einen halben Tag für die Börse zu reservieren, weil sie gehört hatten, daß Mongols zusammen mit den Outlaws, den Renegades und den Satan's Slaves auftauchen würden. Damit waren die Chancen, daß einige schwere Deals über die Bühne gehen würden, drastisch gestiegen.

Zu diesem Zeitpunkt wußte die Polizei nicht, daß auch die Hell's Angels kommen würden. Die Besuchermassen strömten bereits seit dem frühen Morgen des auch für Los Angeles ungewöhnlich heißen Tages. Die Halle hatte etwa die Ausmaße von drei Footballfeldern. Auf dem Parkplatz war zusätzlicher Raum für weitere Stände sowie für mobile Toiletten geschaffen worden. Es gab zahlreiche Imbisse, die mexikanische Gerichte ebenso anboten wie traditionelle amerikanische Hot dogs, Hamburger, Backwaren und alle möglichen Getränke mit Ausnahme von Alkohol. Obwohl der Genuß von Alkohol auf dem Messegelände verboten war, wurde von den Wachdiensten in der Praxis darüber hinweggesehen, es sei denn, ein Betrunkener fing an, Ärger zu machen.

Um zwei Uhr nachmittags befanden sich etwa dreitausend Besucher in der Halle und weitere siebenhundert davor. Neben den ordentlich geparkten Autos standen Hunderte von Motorrädern. Die Eigentümer der Maschinen zeigten Flagge. Die Hell's Angels trugen ihre berüchtigten weißgehörnten, von aufwärtsweisenden Schwingen eingerahmten Totenschädel. Jede Kutte war eine Kriegsstandarte, und ein Hell's Angel würde buchstäblich bis zum Tod kämpfen, ehe er seine Farben verlor. Alles andere wäre ein Zeichen von Feigheit.

Die Besucher, die die Messeschlägerei beobachtet hatten, diskutierten noch Monate, ja Jahre später, wie viele Biker tatsächlich beteiligt waren, wie viele davon Hell's Angels waren, und wie viele zu welchen anderen Clubs gehörten. Einige übertriebene Schätzungen sprachen von knapp hundert Hell's Angels und dreihundert Mongols.

Tatsächlich waren zwölf Mitglieder der Hell's Angels in Begleitung von zwei Kandidaten, darunter Mowery, anwesend.

Die Zahl der anwesenden Mongols betrug ungefähr sechzig.

Zählte man die Mitglieder der mit den Mongols befreundeten Clubs dazu, kamen noch einmal sechsunddreißig einschließlich der Renegades und Outlaws dazu. Die Verwirrung über die tatsächliche Zahl der organisierten Biker war nicht zuletzt darauf zurückzuführen, daß eine stattliche Zahl von Besuchern, die keinem Club angehörten, sich mitreißen ließen und mitmischten.

Von den Hell's Angels waren unter anderem Michael Lee Mason, alias Bruno, Lenny Erickson, Whitey Parsons, Mad Dog Fero, Denny Decker, Buffalo, Mowery und Gary Robles aus Fontana erschienen. Robles war in Begleitung eines der jüngsten, brutalsten Angels, Greg Davit, Officer des Fontana-Chapters, sowie sechs weiterer Angels der Chapter aus Los Angeles und San Bernardino. Greg Davit war eins neunzig groß, wog über hundert Kilo und war schnell und kräftig. Als er einige Jahre zuvor mit achtzehn Jahren zu den Hell's Angels stieß, war er eines der jüngsten Mitglieder, das je aufgenommen wurde, und später sollte er zu den wenigen Mitgliedern zählen, denen der Rückzug aus der aktiven Mitgliedschaft gestattet wurde.

Als die Hell's Angels ankamen, waren sie nicht auf eine Auseinandersetzung aus. Später hieß es, die Schlägerei hätte wegen einer Frau begonnen. Whitey Parsons hatte ein Verhältnis mit Rene Rice, die in einem Nachtclub in Los Angeles als Go-go-Tänzerin arbeitete. Gleichzeitig war Rene die Freundin eines Mongols namens Martin «Cargo» Hobart. Hobart posaunte seit längerem herum, daß er Parsons eines Tages kaltmachen würde. Zudem hatte Rene ihren Freundinnen erzählt, daß das Leben der Angels sich zu dem der Mongols verhielte wie das von Männern auf der Überholspur zu Kötern auf einem Schrottplatz.

Cargo Hobart entdeckte Parsons in der Menge, als dieser sich mit einem anderen Biker unterhielt. Sein ungeschützter Rücken war mehr, als Hobart zu hoffen gewagt hatte. Hobart zog eine schwere Eisenkette, die ihm als Gürtel und zur Sicherung seines Bikes diente, aus den Schlaufen seiner Jeans und schlich sich durch die Menge, um so nahe wie möglich an Parsons heranzukommen, ohne entdeckt zu werden. Die letzten, die zwischen ihm und Parsons standen, machten schleunigst Platz, als der Mongol seine doppelt geschlungene Kette über dem Kopf schwang und mit voller Wucht auf Parsons niedersausen ließ. Gary Robles, der Angel, der sich mit Parsons unterhielt, sah Hobart aus dem Augenwinkel und brüllte warnend: «Hinter dir!»

Parsons schaute sich erst gar nicht um, sondern wirbelte sofort herum. Die Kette verfehlte zwar seinen Kopf, erwischte ihn aber an der rechten Schulter, deren Schlüsselbein brach. Obwohl der Schmerz fast unerträglich gewesen sein mußte, schüttelte sich Parsons nur und langte sofort nach einer Waffe. Unmittelbar neben ihnen befand sich der Stand einer Tuning-Werkstatt, an dem diverse Autoersatzteile auslagen. Parsons griff sich einen Kolben an der Pleuelstange und benutzte ihn als Morgenstern. Er täuschte einmal kurz an und schwang dann den Kolben Richtung Hobarts Kopf. Der Kolben erwischte Hobart voll an der Schläfe und fällte ihn wie ein Wapiti. Parsons führte keinen weiteren Schlag mehr gegen Hobarts Kopf, weil er ihn damit umgebracht hätte. Er wollte aber, daß sein Angreifer litt, bevor er starb. Deshalb begann Parsons, den Körper des halb bewußtlos am Boden liegenden Mannes mit gezielten Schlägen zu malträtieren. Hobarts Rippen brachen, seine Arme und Beine wurden zerschmettert. Parsons hätte Hobart ohne weiteres auf der Stelle umbringen können, wären nicht die anderen Mongols ihrem gefallenen Kameraden zu Hilfe gekommen.

Eine ganze Weile lang kämpften Parsons und Robles mit zehn Mongols. In den Augenblicken nach Hobarts fehlgeschlagener Attacke hatte jeder Gelegenheit gehabt, sich zu bewaffnen. Messer wurden gezückt, Baseballschläger, Schraubenschlüssel und Schlagringe. Mowery griff sich einen Seitenständer. So, wie er ihn führte, war der Seitenständer eine vernichtende Waffe. Er schwang die lange schwere Metallstange bedenkenlos gegen alles, was eine Mongols-Uniform, oder, besser gesagt, gegen alles, was nicht die Farben der Hell's Angels trug. Unter den unbeteiligten Besuchern der Messe brach Panik aus. Die straßenschlachterprobten Gang-Mitglieder organisierten sich ohne große Mühe zum Gefecht, während die Unschuldigen und Unbeteiligten angesichts des großzügig vergossenen Blutes erst vor Schreck erstarrten und dann zum Ausgang hetzten. Chaos beherrschte die Szenerie. Viele Ausgänge waren verstopft, weil Tausende von Besuchern vergeblich dem Gemetzel zu entkommen versuchten. Rufe nach der Polizei wurden laut, aber als die Verstärkung schließlich eintraf, waren die Polizisten aussichtslos in der Unterzahl. Die, die in der Halle waren, konnten wenig gegen den Aufruhr ausrichten.

Carlander hatte nicht die Absicht, die Messehalle zu betreten. Er wollte vermeiden, in Mowerys Nähe gesehen zu werden. Deshalb sah er, als die Schlägerei ausbrach, lediglich von draußen zu. Es gab nichts, was er hätte tun können. Er ging davon aus, daß das Los Angeles Police Department alarmiert worden war, dessen Einheiten binnen Kürze anrücken würden, wenngleich sie sich kaum die Beine ausreißen würden, um hier zu erscheinen. Unter Cops galt die Faustregel, daß, wenn sich die schweren Jungs untereinander prügelten, man einen Teufel tat, sich einzumischen, solange sich das Blutbad in Grenzen hielt.

Während Carlander also zuschaute, tobte drinnen die Schlacht. Alle vierzehn Angels schlugen sich mit aller Kraft gegen mehr als fünfzig Mongols und deren Verbündete. Danny Decker benutzte einen Aluminium-Baseballschläger mit vernichtendem Erfolg. Man hörte Schädel knacken und Knochen brechen. Die Hell's Angels ließen sich gegen die Hallenwände drängen, nicht weil sie den Rückzug antraten, sondern weil so ihre Rücken gedeckt waren. Mad Dog Fero benutzte seine bevorzugten Waffen: seine mit Schlagringen bewehrten Fäuste. Die Schlagringe waren aus rostfreiem Stahl und hatten spitze Nieten. Jeder Treffer, sei es am Körper oder am Kopf, hatte verheerende Folgen: zerschmetterte Joch- und Kieferknochen, gebrochene Rippen, platte Nasen, Fleischwunden. Selbst für einen Hell's Angel hatte Mad Dog Fero außergewöhnliche Nehmerqualitäten. Wo immer seine Schmerzgrenze liegen mochte, die Mongols würden es an diesem Tag nicht herausfinden.

Lenny Erickson und Bruno hatten es nicht bis zur Wand geschafft und hielten sich Rücken an Rücken eine Horde Mongols und einige Renegades vom Leib. Bruno hatte sich Hobarts Kette geschnappt. Jeder Schwung zerstörte Fleisch, Knochen, feindliche Waffen.

Hinter ihm erscholl Gelächter. Es kam von Erickson. «He Mann, du triffst mich mit deiner beschissenen Kette beim Ausholen.»

Erickson führte seinerseits mit der Rechten einen rasiermesserscharfen Hirschfänger, während er um die Linke seine Lederjacke gewunden hatte, mit der er Stiche und Schläge abwehrte. Daß Erickson niemanden umbrachte, lag nicht daran, daß er es nicht versuchte. Möglicherweise mochte einer der von ihm gefällten Schwerverletzten später im Krankenhaus gestorben sein. Krankenhäuser und Ärzte im Umkreis von zwanzig Meilen schienten und nähten noch Stunden nach dem Kampf.

Unterdessen schwang Mowery seinen Seitenständer. Zwei Wochen nach der Schlägerei trug Victoria bei einem Drogendeal ein Abhörgerät. Während sie und ein verdächtiger Dealer namens Howie Plum im Wagen saßen und warteten, bis Mowery aus einem Apartment kam, konnte Plum von nichts anderem reden als von Mowery und den von ihm mit dem Seitenständer angerichteten Verwüstungen. Jeder Biker in der Stadt hatte von seinen Heldentaten gehört. Er teilte gnadenlose Schläge gegen Köpfe und Leiber aus, brach Knochen und streckte mit jedem machtvollen Schwung einen Gegner nieder.

Dennoch lag es an den kämpferischen Qualitäten von Greg Davit, daß die Hell's Angels nicht nur den Sieg davontrugen, sondern ihre Gegner buchstäblich vernichteten. Davit war ein erfahrener Karatekämpfer und bewegte sich verwirrend schnell. Er schien überall zu sein und teilte mit einer zwei Meter langen Stange, auf der ein Händler Teppiche hängen gehabt hatte, wuchtige Hiebe aus. Obwohl mehr als eine dieser Stangen zum Einsatz kam, konnte niemand außer Davit sie wirkungsvoll einsetzen. Die Japaner hatten den Gebrauch des «Bokken» vor Hunderten von Jahren perfektioniert, und in der Hand eines Experten wie Davit hatte es eine verheerende Wirkung auf die Gegner der Angels.

Während Carlander nach wie vor mit großem Interesse das

Geschehen verfolgte, sprach er mit einem Lieutenant vom LAPD. «Wollt ihr die Kerle festnehmen?»

«Wer sind Sie?» wollte der Polizist wissen.

«Mein Name ist Carlander, Orange County Sheriff's Office, aber ich möchte Ihnen auf keinen Fall meine Marke zeigen.»

Der Lieutenant nickte verständnisvoll. «Okay. Ja, wir werden ziemlich bald reingehen. Wir lassen es noch ein bißchen ausdünnen, bevor wir aufräumen.» Es war vernünftig, die Schläger sich bis zur Erschöpfung prügeln zu lassen, denn schließlich wollte die Polizei Festnahmen vornehmen und nicht in eine Auseinandersetzung verwickelt werden.

Carlander schaute sich auf dem Parkplatz um. Um ihn herum hatte sich eine Armada von Streifenwagen, Ambulanzen, Gefangenentransportern und Motorradstreifen versammelt. Sanitäter breiteten eifrig ihre Tragen aus, ordneten ihre Erste-Hilfe-Koffer und verteilten Infusionsflaschen und Sauerstoffgeräte.

«Ich hab da drin jemanden, von dem ich ungern möchte, daß er ins Gefängnis kommt, wenn Sie nichts dagegen haben», sagte Carlander zu dem Lieutenant.

«Wen?»

«Den Kerl mit dem Seitenständer.» Die beiden Cops schauten eine Weile zu, wie Mowery mit dem Seitenständer seine Arbeit tat.

Der Lieutenant schüttelte verwundert den Kopf. «Mein Gott. Den sollten wir uns als ersten schnappen.»

Carlander zuckte leicht, als er sah, wie Mowery seine Waffe wie eine Sense schwang und einen Biker hinter dem Ohr erwischte. Der Detective fühlte sich fast schuldig, weil er eine kriminelle Handlung deckte, als er verfolgte, wie Mowery einen Mongol nach dem anderen erledigte. Andererseits war keiner der Mongols ein Informant. Und selbst wenn: Carlander war sich nicht sicher, ob er einen von ihnen retten wollte.

«Was macht der für Sie?» fragte der Lieutenant.

«V-Mann», zischte Carlander und hoffte, damit weiteren Fragen aus dem Weg zu gehen.

«Ist wohl was ganz Besonderes, was? Mann, das ist 'n verdammter Angel. Der Bastard gehört auf den elektrischen Stuhl.»

«Vielleicht sorg ich eines Tages dafür, Lieutenant», stimmte ihm Carlander zu. «Kann sogar sein, daß ich selbst den Schalter umlege.»

Die Outlaws waren die ersten, die flüchteten, doch ihre Abwesenheit wurde von den Angels kaum zur Kenntnis genommen, da sie noch immer in der Unterzahl waren und Welle um Welle von Mongols und Renegades über sie hereinbrach.

Mowery sah die Klinge kommen, konnte dem Stoß aber nicht mehr ausweichen. Er hatte im Verlauf des Kampfes bereits zahlreiche Messerstiche abgewehrt, indem er als erster mit seinem Seitenständer zugeschlagen hatte. Dieser jedoch kam von links, gerade als er sich umdrehte. Als er eine Abwehrbewegung machte, hatte die Klinge seine Hand durchstoßen, war in seine Brust gedrungen, auf einen Knochen getroffen, abgerutscht und etwa einen Zentimeter in die Brusthöhle eingedrungen, bis es bis zum Knauf steckte. Da seine linke Hand förmlich an seine Brust genagelt war, schwang Mowery den Seitenständer mit der rechten zurück und erwischte den wehrlosen Mongol seitlich am Kopf. Mowery hörte ein dumpfes Knirschen und wußte instinktiv, daß der Messerstecher keinen weiteren Schaden mehr anrichten würde. Die anderen Angreifer, die auf ihn eindrangen, hielten angesichts der gespenstischen Wunde wie auf Kommando inne. Die Wunde sah schlimmer aus, als sie war. Die Tatsache, daß die Klinge seine Hand durchbohrt hatte, hatte ihm zweifellos das Leben gerettet, da sie so um Millimeter das Herz verfehlt hatte. Das kurze Zögern seiner Widersacher erlaubte es Mowery, die lange Klinge herauszuziehen. Es war, als existierte die Wunde nicht. Er schien an Kraft zu gewinnen, und statt sich nur gegen seine Angreifer zu verteidigen, griff er seinerseits an.

Als Polizei und Sanitäter schließlich bereit waren, dem Ganzen ein Ende zu bereiten, hatten die Mongols und ihre Kumpanen die Flucht ergriffen.

Auf dem Rückzug rief ihr Anführer: «Mongols zu den Türen, Mongols zu den Türen», und das taten sie denn auch. Sie rannten, kletterten und wälzten sich über die anderen Besucher, um die Ausgänge zu erreichen. Sie rissen sich ihre Kutten vom Leib und ließen sie auf dem Boden der Messehalle zurück.

Es sollte angemerkt werden, daß die meisten der Renegades, deren Zahl viel kleiner war als die der Mongols, durchaus bereit gewesen wären, es mit den Hell's Angels bis zum Ende auszufechten, wenn nicht ein einzelner Deputy Sheriff aus Los Angeles interveniert hätte. Vom Rande der Halle warf er sich mitten ins Zentrum des Geschehens. Er rief beiden Seiten zu, sofort aufzuhören, zog seinen Dienstrevolver und spannte den Hahn.

Das Klicken eines Hahns ist unmißverständlich, und sofort beruhigte sich alles. Einer der Hell's Angels, der sich mitten im Getümmel befand, sagte später: «Der verfluchte Cop hatte Eier, Mann. Jeder hätte den kaltmachen können, ich mein, der hat ja hinten keine Augen. Aber Scheiße, was soll's, wir hatten sowieso gewonnen. Verstehst du?»

Mowery wurde von Carlander in ein nahe gelegenes Krankenhaus gebracht, das er, unmittelbar nachdem seine Wunden versorgt waren, in Begleitung Carlanders wieder verließ.

# Kapitel 16

Im siebten Monat der Undercoveroperation glaubte Victoria, tatsächlich auf den Geschmack gekommen zu sein. Sie begann, die wilden Ausfahrten, die gefährlichen dunklen Straßenecken und die überraschenden nächtlichen Treffen zu genießen. Doch waren dies trügerische Gefühle, die aus ihrer Erschöpfung resultierten, aus dem Streß, der sie niemals zur Ruhe kommen ließ.

Am Freitag, dem 1. April 1977, waren Victoria und Mowery in Dan Wilsons Auto Body Shop in Anaheim verabredet. Ein blonder Mann Ende Zwanzig begrüßte sie, als sie aus Victorias Wagen stiegen. Der Chopper war einmal mehr in Reparatur. Der Mann stellte sich als John Hahne vor. Victoria fand diese Förmlichkeit merkwürdig, da sie davon ausging, daß Mowery den Mann kannte. Das allerdings war, wie Mowery später erzählte, durchaus nicht der Fall. Das Händeschütteln entfiel, und Mowery machte keinen Hehl daraus, daß er den Mann nicht mochte, obwohl er Victoria gegenüber keine Gründe dafür nannte.

Als Mowery und Victoria Hahne bestätigten, daß sie wegen eines Kokain-Deals gekommen waren, hielt neben ihnen ein Lieferwagen. Der Fahrer, der hinter dem Steuer sitzen blieb, wurde von Hahne als Gerard vorgestellt. Victoria gelang es nicht, sich ein genaues Bild von Gerard zu machen, aber der Mann hatte leblose Augen. Seit Victoria ihre Polizeilaufbahn begonnen hatte, hatten Augen stets ihre besondere Aufmerksamkeit geweckt. Sie konnte nicht feststellen, ob Gerard unter Drogen stand, aber ihr fielen die kalten schwarzen Augen auf, die mit der ruhigen Gelassenheit eines lauernden Krokodils hin und her schweiften.

Nachdem Gerard Victoria und Mowery eindringlich gemustert hatte, fuhr er den Wagen ans Ende eines kleinen Parkplatzes, wo er ihn neben einem Fast-food-Automaten abstellte. Hahne folgte ihm, und die beiden unterhielten sich mehrere Minuten lang, ohne daß ihnen jemand zuhörte.

Hahne kam zurück, stieg in Victorias Wagen und setzte sich hinter Mowery auf den Rücksitz. Victoria fühlte sich unbehaglich. Es wäre natürlicher gewesen, wäre Hahne mehr zur Mitte gerückt, um die Unterhaltung zu vereinfachen. So, wie er jetzt saß, konnte Mowery ihn nicht sehen, ohne sich umständlich umzudrehen, während Hahne Victoria im Auge behalten konnte, ohne den Blick von Mowery abzuwenden. Victoria konnte spüren, daß Mowery sich ebenfalls unwohl fühlte. Der Biker drehte sich um und wollte den Arm beiläufig über die Rückenlehne fallen lassen, mußte jedoch verärgert feststellen, daß Kopfstützen inzwischen zur Grundausstattung aller Neuzulassungen gehörten. Wenn Hahne sich seiner irritierenden Ausstrahlung bewußt war, ließ er es sich jedenfalls nicht anmerken.

«Folgt dem Lieferwagen», sagte er lächelnd, als würden sie eine Spritztour unternehmen.

«Wohin?» fragte Victoria, während sie beschleunigte.

«Süden.» Hahnes aufgesetztes Lächeln bewegte sich keinen Millimeter.

«Okay. Wie weit nach Süden?» Victoria hoffte, daß Carlander dicht hinter ihnen war. Was würde passieren, wenn sie in den Lieferwagen umstiegen? Wem würde Carlander dann folgen?

Hahne antwortete nicht. Es war, als hätte sie kein Wort gesagt. Sie fuhren durch das Industriegebiet von Downey, durch verlassene Straßen an Lagerhäusern und Chemikalientanks vorbei, die lange drohende Schatten warfen. Victoria schaute in den Rückspiegel und hoffte, Carlanders Scheinwerfer zu entdecken.

«Wonach suchst du?» fragte Hahne ölig.

«Cops», antwortete Victoria wahrheitsgemäß.

Sie hielt gleichbleibenden Abstand zu dem Chevy-Lieferwagen vor ihr, der nie mehr als fünf Stundenkilometer schneller als erlaubt fuhr.

«Habt ihr das Geld dabei?» fragte Hahne Victoria.

«Sicher haben wir's.» Zum erstenmal wünschte sie, Mowery trüge eine Pistole bei sich. Durch Schläge, Tritte oder Stiche war er kaum zu fällen, aber der Mann, der mit einer Kugel fertig wurde, war noch nicht geboren. Wenigstens hatte sie…

Victoria spürte ihre Pistole nicht. Sie drückte sich gegen die Rückenlehne, aber der harte Druck der Walther gegen die Taille wollte sich nicht einstellen. Sie berührte mit den Ellenbogen ihr Jackett, aber da war sie auch nicht. Mowery lehnte sich mit ausgestreckter Hand zu ihr herüber. «Stimmt was nicht, Honey? Wieder Ärger mit deinem Rücken?» Er tastete sanft, aber gründlich die Stellen ab, wo sich normalerweise ihre Waffe befand. Sie sah ihn aus den Augenwinkeln heraus an und bemerkte seinen überraschten Gesichtsausdruck.

«Es geht schon wieder», sagte sie. «Danke.»

«Gib her», sagte Hahne.

«Warte, bis wir den Stoff haben», sagte Mowery zu Hahne. Victoria zog es vor, daß Mowerys Beteiligung an einem Drogendeal so gering wie möglich ausfiel, und Carlander unterstützte sie dabei. Erstens war sie die vereidigte Polizistin, deren Aussage vor Gericht am meisten Gewicht hatte. Sie und nicht Mowery mußte die Ermittlungsberichte unterschreiben. Zweitens war es fester Bestandteil ihres Modus operandi geworden, daß jeder, der sie als Pärchen kannte, wußte, daß Victoria über das Geld verfügte. Sie traue ihm, was Geld betraf, nicht über den Weg, pflegte sie leichthin, aber nachdrücklich zu sagen. Er würde lächeln und mit den Schultern zucken. Das war allgemein bekannt und leuchtete jedem, der ihn kannte, ein. Aber an diesem Abend lagen die Dinge anders. Obwohl Victoria stets eine beträchtliche Geldsumme mit sich herumtrug, waren sie noch nie ausgeraubt worden, da Mowery eine ausgezeichnete Abschreckung war. Zudem konnte die Biker-Community für Außenseiter zwar tödlich sein, aber Lady Sam und Shane waren Insider und genossen deshalb praktisch vollkommene Immunität bei allen, die die Rache der Angels fürchteten. Doch Hahne war kein Biker. Sie waren an ihn verwiesen worden, und Victoria wußte nicht das geringste über ihn. Und sie hatte das Gefühl, daß das, was immer Mowery über ihn wußte, nicht genug war.

Auf einem langen geraden Straßenabschnitt in Santa Fe Springs schaute Victoria in den Rückspiegel und hatte plötzlich wieder den vertrauten Knoten im Magen. Carlanders Scheinwerfer waren nicht zu sehen. Einen Moment lang war sie konfus. Sie fragte sich, was passieren würde, wenn Carlander zehn Meter hinter ihnen wäre. Die Antwort lautete, wahrscheinlich gar nichts. Es gab nichts, was Hahne davon abhalten konnte, Mowery eine Kugel in den Kopf zu jagen und dann auf sie loszugehen. Die Gewißheit, daß Hahne festgenommen werden würde, war auch nicht beruhigend, wenn sie unterdessen in Plastiksäcken auf dem Highway lägen.

Kurze Zeit später fuhren sie auf dem Whittier Boulevard in Richtung La Habra. Der Chevy bog mehrere Male ab und machte sogar einige Kehrtwenden, die eindeutig dazu dienten, etwaige Verfolger zu entdecken und abzuschütteln. Victoria sah sich vergeblich nach Carlander um. Sie wollte sich gerade damit abfinden, daß sie ihn verloren hatten, als sie in einem Mittelschichtsviertel an ein Stoppschild kamen und Carlander aus einer der Seitenstraßen auftauchte. Sie hätte fast vor Erleichterung geseufzt, war aber geistesgegenwärtig genug, um Gas zu geben und dem Transporter nach über die Kreuzung zu jagen. Hahne lachte auf, weil sie dabei Carlanders Wagen die Vorfahrt genommen hatte.

Als sie in La Habra, an der Grenze zwischen Orange und LA County, ankamen, lehnte sich Hahne zurück und sagte: «Fahr rechts ran und mach den Motor aus.»

Die Gegend war dünn besiedelt, ein hervorragendes Pflaster für einen Mord. Victoria merkte, daß Mowery sich bereitmachte und einen Arm über die Rückenlehne legte, was er mit einem trägen Gliederrecken tarnte. Victoria und Mowery hatten genug paranoide Drogendealer getroffen, um keinen Zweifel zu haben, daß die Strecke und die Vorsichtsmaßnahmen, die Hahne ihnen aufgenötigt hatte, bei weitem jenseits dessen lagen, was für den Kauf einer Unze Kokain oder einer anderen Droge nötig war.

«Was ist mit dem Chevy?» fragte Victoria. Der Lieferwagen war an ihnen vorbeigefahren und hatte einen Block weiter gewendet.

«Er kommt zurück.» Hahne achtete nicht auf den Lieferwagen, sondern warf einen Blick auf ein heruntergekommenes Haus hinter ihnen. «Gib mir die Kohle.»

Victoria zögerte. Vielleicht wartete Mowery darauf, daß Hahne durch den Anblick des Geldes abgelenkt würde. Victoria hatte die Scheine in der Hand. Hahne nahm sie. Mowery tat nichts. «Bin gleich zurück», sagte Hahne und stieg aus.

Sie beobachteten, wie Hahne schnell auf das heruntergekommene Haus zuging, ein halbes Dutzend Stufen hochstieg und an die Tür klopfte. Schwere Vorhänge verdunkelten die Fenster, und als die Tür aufging, konnte Victoria sehen, daß das Licht im Innern gedämpft war. Hahne ging hinein.

«Wo ist Gerard?» fragte Victoria.

«Keine Ahnung.»

«Was denkst du?» fragte sie, um ihre Nerven zu beruhigen und herauszufinden, was Mowery von der Sache hielt. Sie suchte nervös die Straße nach einem Anzeichen von Carlander ab. Sie entdeckte keines. «Scheiße», sagte sie.

«Ich glaube, wir verpissen uns besser», sagte Mowery, der gebannt auf das Haus starrte.

Victoria fand das keine schlechte Idee, machte aber keine Anstalten, den Motor anzulassen. Sie wollte sich noch eine Minute geben, um zu sehen, was passierte. Hinter ihnen befand sich niemand. Sie beobachteten beide das Haus. Carlander mußte in der Nähe sein. Kein Grund, schon abzuhauen.

Victoria wollte gerade den Zündschlüssel drehen, als Hahne zum Wagen zurückkam und durch das Seitenfenster fragte: «Haste noch 'n Tausender?»

«Wozu?» fragte Victoria zurück.

«Der Mann da drin hat Speed. Für 'n Riesen kann ich dir zwei Kannen voll besorgen», antwortete er flink.

Aus den Augenwinkeln konnte sie sehen, wie Mowery vorsichtig den Kopf schüttelte. Sie überlegte einen Moment und lehnte sich dann zurück, um besser in die Tasche ihrer engen Jeans zu kommen. Sie spürte, wie Hahnes Blicke ihren Körper abtasteten. Sie zog die abgezählten, mit Büroklammern zu Fünfhunderter-Bündeln zusammengesteckten Scheine heraus. «Ich weiß immer jemanden, der mir ’ne Ladung Speed abnimmt.» Sie hoffte, ihre Stimme würde sich ruhiger anhören, als sie selbst es war. Hahne nahm das Geld und ging zurück zum Haus.

«Verdammt, warum hast du das getan?» fragte Mowery.

«Wenn die uns ausnehmen wollen, würden sie uns nicht noch ’n Deal anbieten. Ich denke, es ist in Ordnung.» Victoria folgte ihrer Vernunft, nicht der Angst, die sie im Magen spürte, seit sie Downtown Anaheim hinter sich gelassen hatten. Im Rückspiegel nahm Victoria eine Bewegung wahr. Sie sah genauer hin und entdeckte die vordere Partie von Carlanders Wagen, der einen Block hinter ihnen in einer Seitenstraße parkte. Ihr Selbstvertrauen kehrte zurück, wenn auch nicht in dem Maß, um dem Zittern ihrer Hände und Beine Einhalt zu gebieten. Mowery stieg aus und setzte sich auf den Rücksitz.

Als Hahne mit zwei Plastikbeuteln in der Hand zurückkehrte, mußte er sich auf den Beifahrersitz setzen. Die Veränderung war dem Dealer nicht entgangen. Er lächelte, sagte aber nichts, während Victoria einen Qualitätstest durchführte, auf den das weiße Pulver positiv reagierte. Einen Qualitätstest durchzuführen hieß nicht, daß es sich um einen Drogenfahnder handelte. Im Gegenteil, jeder Dealer, der seinen Schnitt machen wollte, mußte die Qualität der von ihm gekauften Drogen analysieren können. Hahne rauchte und wartete gelassen Victorias Reaktion ab.

«Okay. Sieht gut aus.»

«Wollt ihr noch was?»

Instinktiv blickte sich Victoria um. Sie konnte nichts Ungewöhnliches feststellen, und Carlander wartete unauffällig eine Straße weiter. «Was zum Beispiel?»

Hahne griff in die Tasche und förderte einen Ring zutage.

«Gefällt er dir?»

Victoria war keine Expertin, dennoch wußte sie, daß sie einen goldgefaßten Diamanten vor sich hatte. «Klar.»

«Haben wir von ’ner Hand abgeschnitten.»

Victoria mußte würgen. «O nein.»

Sie zeigte Mowery den Ring, auch um Hahnes stechendem Blick zu entgehen.

«Verkäuflich.» Hahne lächelte freundlich.

«Ich, äh, wie viele von den Dingern habt ihr?» fragte sie, um Zeit zu gewinnen und ihre Abscheu vor dem Mann neben ihr unter Kontrolle zu bringen.

«'ne ganze Menge. Armbänder, Ringe, Halsketten. Was du willst», sagte Hahne selbstgefällig. «Gerard ist jetzt an Ort und Stelle, wenn ihr sehen wollt, was wir haben.»

Der Cop in ihr wollte in das Haus gehen, doch Victoria hörte auf ihre Angst. «Vielleicht ein anderes Mal. Außerdem hab ich keine Kohle mehr.»

Sie bemerkte, wie sich ein Schatten des Zweifels über Hahnes Gesicht legte, ehe er wieder sein unverbindliches Lächeln aufsetzte.

«Angucken kostet nichts.»

«Wo habt ihr das Ding her? Hat der Typ sich gewehrt?» fragte sie, weniger um eine Antwort zu erhalten, als um das Gespräch in eine andere Richtung zu lenken.

«Flugzeugabsturz. Erinnerst du dich an die Maschine, die in den Bergen bei Bakersfield runtergekommen ist? Im Dezember. Da haben wir reichlich Finger abgeschnitten. Heckenschere. Damit kannste alles mögliche knacken. Autounfälle. Wasserleichen...»

«Selbstmörder», ergänzte Victoria abwesend, ein dreidimensionales Schauergemälde vor Augen.

«Klar. Selbstmörder auch. Massenhaft.» Hahne kicherte. «Gerard ist Leichenwäscher.» Er lachte lauter. Seine Heiterkeit verwandelte sich plötzlich in ein Gurgeln, als Mowery ihn von hinten mit einer Hand im Genick packte. Victoria langte über den Sitz und stieß die Beifahrertür auf. Ohne Hahne loszulassen, drückte Mowery grob die Rückenlehne nach vorn, zwängte sich aus dem Wagen und zerrte Hahne hinter sich her. Im matten Licht einer entfernten Laterne lief Hahne rot an. Mowery würgte ihn noch ein paar Sekunden und stieß ihn dann von sich. Der Dealer stolperte rückwärts von der Straße auf einen nur halb fertiggestellten Gehweg. Mowery stieg wieder ein.

Victoria behielt den Rückspiegel im Auge. Sie konnte Carlander zwar nicht sehen, wußte ihn aber in der Nähe. Als Mowery Hahne losließ, hatte sie sich einen Moment lang erleichtert gefühlt, doch die dunklen Ängste, die eisigen Finger, die sich um ihre Eingeweide klammerten, kehrten zurück. Schlimmer als zuvor. Die Krämpfe zwangen sie, an den Rand zu fahren und sich zu übergeben.

Als sie an diesem Abend nach Hause kam, war Bill noch auf. Sie begrüßten sich mit einem flüchtigen Hallo. «Willst du was trinken?» fragte Bill und holte Eiswürfel aus dem Kühlschrank.

Victoria nickte. «Gib mir 'n Bier.»

«Wie wär's mit 'nem Gin Tonic?»

«Bier ist okay.» Victoria ließ sich in einen Sessel fallen, machte den Fernseher an und zappte durch die Kanäle.

Bill betrachtete sie eine Weile. «Wieso keinen Gin Tonic? Oder einen Bourbon mit Wasser?»

«Nee. Bier.»

Bill holte ein Budweiser aus dem Kühlschrank. In letzter Zeit tranken sie nur noch Bud. Er öffnete es und nahm ein Glas vom Regal. Victoria nahm die Flasche und ignorierte das Glas. Sie starrte wie gebannt auf den Fernseher. Sie fand ein True-Crime-Magazin, ließ die Fernbedienung in den Schoß fallen und setzte das Bier an die Lippen.

Bill machte sich einen Gin Tonic, wobei einige Eiswürfel auf den Küchenboden fielen. Er machte sich nicht die Mühe, sie aufzuheben. Ein paar Minuten lang sah er zu, wie irgendwelche City-Cops, unterstützt von Bundesbeamten der DEA, einer afroamerikanischen Familie die Haustür eintraten.

«Warum machst du nicht aus?»

Victoria gab keine Antwort.

Bill schaute seine Frau lange an, dann lehnte er sich über sie, nahm ihr die Fernbedienung aus dem Schoß und schaltete ab.

Victoria würdigte ihn kaum eines Blickes, sagte nichts und nahm sich die Fernbedienung zurück und schaltete wieder ein. Bills Lippen verengten sich zu einer schmalen, blutleeren Linie. Er stand auf, durchquerte das Zimmer und zog den Stecker heraus.

«Laß das verdammte Ding aus», sagte er und zwang sie, sich ihm zuzuwenden.

Victoria starrte ihn aus schmalen Schlitzen an. «Arschloch.»

«Was hast du gesagt? Wie hast du mich genannt?» Seine Stimme schwoll an.

«Ich hab...» Victoria hielt inne, als hörte sie ihre Stimme zum erstenmal. «Ich... Bill...»

Als am nächsten Morgen die Dämmerung hereinbrach, lag Victoria bereits wach. Tatsächlich hatte sie in der Nacht kaum ein Auge zugetan. Sie spürte, daß der Tag, den Brad Gates prophezeit hatte, gekommen war. Für sie war es zu Ende. Sie hoffte, es war noch nicht zu spät.

Als Stunden später das Telefon klingelte, trug sie einen alten Pyjama und einen Hausmantel. «Hallo.»

«Vicky», kam Carlanders Stimme durchs Telefon. «Fahren Sie heute morgen nicht zu Mowery. Wir beide treffen uns im Love's. Ich bringe Ron Kreber mit, und Nease wird auch dasein. Sagen wir um neun.»

«Ich komme nicht.»

«Neun war nicht meine Idee. Kreber füttert wahrscheinlich schon seine Vögel, wenn um sechs die Sonne aufgeht. Und frühstückt dabei.» Carlander lachte über seinen Witz. «Ist Bill noch da?»

«Ja.»

«Bestellen Sie ihm 'nen Gruß. Warum macht ihr zwei nicht 'n Heim-Video, und wir verkaufen's an Glore.» Carlander lachte herzhaft.

«Ich komme heute nicht zum Dienst, Wayne. Ich werde nicht dasein.»

Victoria wartete auf Carlanders Reaktion, obwohl sie nicht viel darauf gab.

Sie hörte ihn seufzen. «Ich hab's verstanden. Ich verstehe, was Sie meinen. Was soll's. Wir sind so oder so durch. Ich werde es Brad ausrichten. Kreber auch. Bis dann, Vicky.»

Auch am nächsten Tag traf sich Victoria nicht mit Carlander. Und auch nicht am übernächsten. Bill wachte an ihrem Bett, während sie schlief, aufwachte und weiterschlief. Nach den ersten sechzehn Stunden sagte sie, sie wäre nicht länger müde, doch Bill schickte sie unter die Dusche, trocknete sie ab und verfrachtete sie dann sanft wieder ins Bett. Wenn sie nicht schlief, unterhielten sie sich offen und ehrlich. Bill hatte in den vergangenen sieben Monaten die Veränderungen in ihrem Charakter mitverfolgt, Veränderungen, die vielleicht notwendig waren, um ihre Rolle auszufüllen, die sie aber langsam überwältigten.

Sechs Tage später, am Freitag, dem 8. April 1977, traf sie sich mit Carlander.

Er wußte bereits im voraus, was sie sagen würde. Als sie ihm eröffnete, daß es – zumindest für sie – vorbei war, lächelte er matt. Während sie sprach, nickte er einige Male bekräftigend. Sie sagte, sie könne nicht weitermachen, daß sie die Welt nur noch verzerrt wahrnehme, daß sie glaubte, ihre Urteilskraft funktioniere nicht mehr. Sie erzählte Carlander, daß sie beinahe ihren Mann verloren habe.

«Ich hab mir gedacht, daß Sie etwas in der Art sagen würden. Deswegen hat Ron Kreber das Beweismaterial zusammengetragen. Wir sind bereit für die Grand Jury», sagte Carlander und grinste. «Fall abgeschlossen.»

# Epilog

Am Dienstag, dem 12. April 1977, überprüfte Carlander das Beweismaterial, das er sorgfältig für den Stellvertretenden Bezirksstaatsanwalt Ron Kreber vorbereitet hatte, um es der Grand Jury zu präsentieren. Carlander wollte mehr als siebzig Fälle zur Anklage bringen. Mit ihm zusammen arbeiteten Nease, Sim Middleton und Skip Mitchell. Die drei glichen sämtliche Details ab: Straßen- gegen Personennamen, alle Adressen, gegenwärtiger Aufenthaltsort gegen Aufenthaltsort zu Beginn der Ermittlungen, alle Eintragungen in die Spurensicherungsakten, Eigennamen gegen Pseudonyme, hartes Beweismaterial gegen Aktenvermerke. Es bestand die Gefahr, daß die Anklageschriften irgendwie durchsickern könnten. Je eher die Anklageschriften dem Gericht präsentiert und die Verhaftungen vorgenommen werden könnten, desto geringer war das Risiko, daß jemand die Flucht ergreifen konnte. Am 13. April gingen Carlander und sein Team das gesamte Material noch einmal mit Ron Kreber durch, wobei Victoria und Mowery mit Absicht ausgeschlossen blieben. Kreber bemerkte, daß ihm noch nie eine so ausführlich und methodisch organisierte Beweislage vorgelegen hätte.

Am Donnerstag, dem 14. April 1977, trat Kreber vor eine Orange County Grand Jury und präsentierte das Beweismaterial, aufgrund dessen die Jury siebenundfünfzig Anklagen gegen siebenundsiebzig mutmaßliche Straftäter erhob, die Mehrheit von ihnen Biker, darunter neunzehn Hell's Angels.

Am Montag, dem 18. April, erhielten zwanzig Verhaftungsteams von der Kommandoebene des Orange County Sheriff's Office ihre Instruktionen. Die Verhaftungsteams setzten sich aus einhundertzwanzig Polizisten aus drei Countys (Los Angeles, San Bernardino und Orange) zusammen. Man teilte ihnen nicht nur mit, wo die Verdächtigen am ehesten zu finden wären, sondern auch, welchen Ärger sie zu erwarten hatten. Von den meisten Verdächtigen war bekannt, daß sie Waffen besaßen oder sogar Zugang zu Maschinenpistolen und automatischen Gewehren hatten.

Viele Frauen der Verdächtigen standen als Mittäter oder der Beihilfe Beschuldigte ebenfalls auf den Verhaftungslisten. Teilweise wurden sie als gefährlich eingestuft. Die Verhaftungsteams schwärmten in den drei Countys aus und koordinierten ihre Aktionen so, daß möglichst viele Verhaftungen gleichzeitig vorgenommen werden konnten. Die Verhaftungen fanden um neunzehn Uhr statt, neunundsechzig Verdächtige gingen den Fahndern ins Netz. Die verbleibenden acht wurden innerhalb der nächsten zehn Tage dingfest gemacht.

Weder Carlander noch Victoria oder Mowery nahmen an den Verhaftungen teil. Victoria und Mowery wurden vom Orange County Sheriff's Office ebenso ferngehalten wie vom Büro des Staatsanwaltes und vom Gerichtsgebäude. Am Tag vor den Verhaftungen wurde Mowery in ein anderes Motel verlegt, das nur vier Personen bekannt war: Sheriff Brad Gates, Carlander, Sim Middleton und Ron Kreber.

Alle Hell's Angels kamen auf Kaution frei, mit Ausnahme von Dago Paul, der wegen Mordes nach Massachusetts ausgeliefert wurde. Er wurde vor allen anderen Bikern verhaftet. Die Hell's Angels räumten sofort mit den Mitgliedern auf, deren Nachlässigkeit die Organisation gefährdete. Einen Tag nachdem Ray Glore auf Kaution freigekommen war, wurde er mit zwölf Kugeln im Leib auf seinem Anwesen gefunden. Glore hatte zu Hause eine Liste aufbewahrt, die die Namen von praktisch allen Mitgliedern der Hell's Angels enthielt, nicht nur in Kalifornien, sondern in den gesamten USA und Europa. Nachdem diese Aufzeichnungen in die Hände der Behörden gefallen waren, hatten es die Polizisten in den USA wesentlich einfacher, sich ein Bild von den kriminellen Aktionen der Angels zu machen.

Die Hell's Angels setzten eine Belohnung von 25 000 Dollar auf Clifford Mowerys Kopf aus. Ebenfalls auf der Todesliste standen Victoria und Carlander, für deren Ermordung gleichfalls 25 000

Dollar versprochen wurden. In Biker-Kneipen in ganz Kalifornien tauchten «Steckbriefe» mit Mowerys Konterfei und Beschreibungen von Victoria und Carlander auf. Es ist bekannt, daß sich zahlreiche Biker tatsächlich auf die Suche nach den dreien gemacht hatten.

Unter denen, die der ersten Verhaftungswelle entgingen, befanden sich Bugger Butch und sein Mordkomplize Little Dee. Sie wurden erst einige Tage später verhaftet. Sie wurden angeklagt und plädierten auf «nicht schuldig».

In Brunos Haus fanden sich zahlreiche Aufzeichnungen, die über die finanziellen Verhältnisse der Hell's Angels Aufschluß gaben. Mit Hilfe dieser Bücher gelang es, erstmals nachzuweisen, daß die Outlaw-Biker-Gang hohe Beträge in legale Geschäfte investiert hatte, bei zahlreichen Banken Konten besaß und sogar eine Pensionskasse für ihre Mitglieder unterhielt. Die Behörden beschlagnahmten Wertpapiere und weitere aufschlußreiche Aufzeichnungen und erhielten so eine unerwartete Fülle von Informationen über die geheimen Geschäfte einer kriminellen Organisation, die sonst nicht zu bekommen gewesen wären.

Die Verhandlungen dauerten sieben Monate. Die gemeinsame von den Hell's Angels entwickelte Strategie aller Outlaw-Biker lautete, auf «nicht schuldig» zu plädieren und sofortige Verhandlungen zu fordern. Sie gingen davon aus, daß die County-Justiz überfordert sein würde und deshalb nicht wenige Verfahren einstellen müßte. Zahlreiche Richter leisteten jedoch so viele freiwillige Überstunden, wie die Verfahren erforderten. Zahlreiche weniger bedeutende Verfahren und zivilrechtliche Auseinandersetzungen wurden auf die Abendstunden verlegt, um den Richtern die Möglichkeit zu verschaffen, ihre Terminkalender an den Erfordernissen der Fälle auszurichten, die Carlanders Ermittlungsteam zur Anklage brachte. Sieben Monate lang arbeiteten die Richter quasi ununterbrochen.

Für Clifford Mowery war es äußerst gefährlich, vor Gericht auszusagen. Das Büro des Stellvertretenden Bezirksstaatsanwalts von Orange County hatte Kenntnis davon erhalten, daß ein professioneller Killer namens Gary Stark eigens aus New York angereist war, um Mowery aufzuspüren und zum Schweigen zu bringen. Starks zweites Opfer sollte, wenn möglich, Victoria sein. Dennoch stimmte Mowery zu, vor Gericht auszusagen. Fast ein Jahr lang wurde er ständig von einem geheimgehaltenen Ort zum andern verlegt und täglich unter hohen Sicherheitsmaßnahmen zum Gericht gebracht. Jedesmal, wenn er in den Zeugenstand gerufen wurde, war der Saal dicht besetzt mit Hell's Angels, die «Flagge zeigten» und ihn während seiner Aussagen finster anstarrten. Es bedurfte eines unglaublichen Mutes, unter diesen Bedingungen auszusagen. Doch Mowery zuckte mit keiner Wimper und ließ sich keine Sekunde einschüchtern, während er die Drogendeals, Brandstiftungen und Zuhältereien rekapitulierte, deren Zeuge er in den vergangenen Monaten geworden war, als er mit den Hell's Angels Orange County unsicher gemacht hatte.

Alle Beteiligten wollten um jeden Preis verhindern, daß Victoria in den Zeugenstand mußte, um ihre wahre Identität geheimzuhalten. Die Medien kooperierten und veröffentlichten weder von ihr noch von Carlander Fotos oder Namen. Mit Ausnahme des Mordprozesses gegen Bugger Butch, in dem Victorias Aussage entscheidend war, brauchte sie nicht vor Gericht zu erscheinen. Statt dessen hielt sie sich für den Fall, daß ihre Aussage für eine Verurteilung unumgänglich war, in der Kammer des Richters bereit. Dies war jedoch nur zweimal der Fall. Beide Male machte sie ihre Aussage in der Kammer des Richters.

Bugger Butch wurde wegen Mordes verurteilt. Er verbüßt nach wie vor eine lebenslange Freiheitsstrafe in San Quentin, ein Antrag auf Bewährung wurde unlängst abgelehnt. Entscheidend für seine Verurteilung war, daß die Fingerabdrücke einer seiner Begleiterinnen mit denen eines Glases aus der Bar übereinstimmten.

Little Dee war ebenfalls festgenommen worden, mußte aber freigelassen werden, als Zeugen ihn nicht mit derselben Sicherheit wiedererkannten wie Bugger Butch. Er lebt gegenwärtig in Colorado.

Mit Ausnahme von Little Dee wurden alle siebenundsiebzig Personen angeklagt und zu Gefängnisstrafen verurteilt. Gary Allen «Mad Dog» Fero starb vor Vollendung seines fünfunddreißigsten Lebensjahres einen gewaltsamen Tod in San Quentin. Vic Mena starb eines gewaltsamen Todes in Folsom, Whitey Parsons und Gary Robles starben eines gewaltsamen Todes noch vor Vollendung des vierzigsten Lebensjahres, allerdings nicht im Gefängnis.

Toni, Ray Glores Frau, verbüßte eine zehnmonatige Strafe wegen Rauschgiftvergehen. Sie zog nach San Francisco und kehrte ein Jahr später wieder nach Südkalifornien zurück. Seitdem haben die Strafverfolgungsbehörden nichts mehr von ihr gehört.

Bud Nease schied aus gesundheitlichen Gründen aus dem Polizeidienst aus, nachdem er sich bei einer Verfolgungsjagd die Kniescheibe zertrümmert hatte.

Lieutenant Sim Middleton schied aus dem aktiven Dienst aus und leitet nun einen privaten Sicherheitsdienst.

Brad Gates verbringt seine fünfte Amtszeit als gewählter Sheriff von Orange County.

Sergeant Wayne Carlander ist im siebenundzwanzigsten Dienstjahr beim Orange County Sheriff's Office. Wayne Carlanders Sohn, Wayne junior, schaffte es als Basketballer der University of Southern California ins All American Team und hielt für einige Jahre den Punkterekord der Universität.

Ron Kreber wurde unlängst zum Vorsitzenden Richter des South Orange County Municipal Court in Laguna Niguel ernannt.

Mowery verließ die Stadt. Er und Carlander frühstückten ein letztes Mal in einem der Restaurants, die sie in den vergangenen Monaten häufig besucht hatten. Mowery hatte, wie er sagte, schon immer Oklahoma kennenlernen wollen. Er wollte auf den Ölfeldern arbeiten und ein neues Leben beginnen. Das Klima dort gefiele ihm, und man könne das ganze Jahr Motorrad fahren. Und das beste wäre, daß ihn dort niemand kannte.

Carlander begleitete Mowery zu seinem Motorrad, das mit zwei vollgepackten Taschen beladen war, die seine weltlichen Besitztümer enthielten. Carlander griff in seine Tasche und überreichte ihm ein Blatt Papier. Mowery warf einen Blick darauf und schaute dann fragend auf Carlander. «Die Aufhebung deiner Bewährungsauflagen. Keith Taylor hat sich für dich eingesetzt.» Aufhebung der Bewährungsauflagen bedeutete de facto, daß Mowery seine Strafe verbüßt hatte. Die gesamte. Keine weitere Meldepflicht beim Bewährungshelfer, keine weiteren Beschränkungen. Er war frei.

«Carlander», Mowery suchte nach Worten. «Victoria...»

«Ja?»

«Sag ihr...» Seine Stimme versagte. Er wandte sich einen Augenblick ab und beobachtete den morgendlichen Verkehr. «Sag ihr, ich hätte gesagt, sie ist... irgendwie... nicht bloß irgendwie... sie ist was ganz Besonderes. Sag ihr, also wenn...» Er war nicht in der Lage weiterzusprechen, sah aber Carlander, um Verständnis bittend, in die Augen.

«Ich sag's ihr», sagte der Detective. «Paß auf dich auf, Cliff. Und komm nicht zurück. Hörst du. Komm nicht nach Orange County oder nach Südkalifornien zurück.»

«Werd ich nicht.»

Mowery warf die Maschine an, winkte Carlander zu und fuhr davon. Es sollte das letzte Mal sein, daß Carlander ihn sah.

Die Legislative des Staates Kalifornien zeichnete Victoria und Carlander mit einer besonderen Erwähnung ihrer Verdienste bei der größten Verhaftungsaktion in der Geschichte des Staates aus. In der öffentlichen Verkündung der Auszeichnungen wurden ihre Namen absichtlich verschwiegen.

Victoria quittierte den Polizeidienst. Sie lebt jetzt als erfolgreiche Geschäftsfrau unter anderem Namen in einem anderen Staat. Sie ist noch immer mit Bill verheiratet, mit dem sie drei Kinder hat.

Mowery befolgte Carlanders Rat nicht. Nachdem er mehrere Monate auf den Ölfeldern Oklahomas gearbeitet hatte, kehrte er auf seinem Chopper nach Südkalifornien zurück. Eines Tages rief

Diane Lynn Sexton Carlander an und teilte ihm mit, daß Mowery in der Wüste in der Nähe von Blythe gegen einen Brückenpfeiler gerast sei. Er war tot. Die Polizei hätte keine Erklärung für den Hergang des Geschehens. Ein Unfall möglicherweise. Vielleicht Selbstmord. Das Begräbnis fände am Mittwoch statt.

Carlander dankte ihr und legte auf. Er fragte sich, wer wohl die Belohnung kassieren würde.

Abenteuer

Josef Martin Bauer
**So weit die Füße tragen**
(rororo 1667)
Ein Kriegsgefangener auf der Flucht von Sibirien durch den Ural und Kaukasas bis nach Persien. «Diese Odyssee durch Steppe und Eis, durch die Maschen der Wächter und Häscher dauerte volle drei Jahre – wohl einer der aufregendsten und zugleich einsamsten Alleingänge, die die Geschichte des individuellen Abenteuers kennt.» Saarländischer Rundfunk

Rudolf Braunburg
**Hongkong International** *Roman*
(rororo12820)
Ein aufregender Roman aus der Welt der Flieger und Passagiere vom Bestsellerautor und früheren Flugkapitän Rudolf Braunburg.

Heinz- Joachim Fischer
**Das Lachen der Wölfin** *Roman*
(rororo13718)
«Das Lachen der Wölfin» spielt dort, wo die unglaublichsten Geschichten möglich sind: in Rom. Mit intimer Kenntnis der Verhältnisse erzählt der Autor von Verbrechen und Passionen, von Korruption und Skandalen, von Macht und Liebe und dringt ein in die streng gehüteten Geheimnisse der römischen Gesellschaft und des Vatikan.

Mario Puzo
**Der Pate** *Roman*
(rororo 1442)
Ein atemberaubender Gangsterroman aus der New Yorker Unterwelt, der zum aufsehenerregenden Bestseller wurde.

rororo Unterhaltung

Jean- François Vilar
**Affenpassage** *Roman*
(rororo13616)
Victor Blainville ist Fotograf in Paris. Nur widerstrebend übernimmt er den Auftrag, eine Story zu schreiben über Kiki, die Witwe des ermordeten Avantgarde- Künstlers Dennis Locke. Kiki ist noch keine halbe Stunde in der Stadt, da ist man ihr auf den Fersen: ein Schlägertrupp erwischt sie und Victor in einer Tiefgarage. Blainville gerät in einen Strudel von immer neuen, rätselhaften Ereignissen, die in einen mörderischen Showdown münden... Lakonisch schildert der Roman die Szenerie, die bevölkert wird von Groupies, Künstlerinnen, muskelstrotzenden weiblichen Bodyguards, Alt- 68ern sowie Alt- und Neonazis.

*Jack Kerouac*

Als 1957 «Unterwegs» erschien, hatte die Beat-Generation in **Jack Kerouac** ihren Schriftsteller gefunden. Seine Romane waren die Kultbücher der 60er Jahre. Kerouac, 1922 in Lowell, Massachusetts geboren, besuchte nur kurz die Universität, fuhr statt dessen zur See und trampte jahrelang kreuz und quer durch die USA und Mexiko. Er starb 1969 in Florida.

**Be-Bop, Bars und weißes Pulver**
(rororo 4415)
Die Szene: die Bars, Betten und Bungalows von San Francisco. Die Personen: junge Schriftsteller, Maler und Jazz-Musiker, ihre Freundinnen und Frauen.

**Engel, Kif und neue Länder**
(rororo 1391)
Die volle Geschichte des Beat-Aufstandes, jenes aufregenden JAZZ-KOKS-MARIHUANA-LYRIK-GEDANKEN-ORGASMUS-GOTT!

**Maggie Cassidy**
(rororo 4561)
An einem Silvesterabend lernt Jack Duluoz das Mädchen Maggie kennen. Sie ist so anders als alle andern ... Eine bittersüße Liebesgeschichte.

**The Town and the City**
(rororo 4971)
In seinem Erstlingsroman schildert Kerouac seine eigene Kindheit und Jugend zunächst in einer intakten Gemeinschaft auf dem Land, später in der bedrückenden Enge New Yorks.

*rororo Literatur*

**Gammler, Zen und Hohe Berge**
(rororo 1417)
«Eines Tages Ende September 1955 sprang ich zwölf Uhr mittags vor Los Angeles auf einen Güterzug ... »

**Lonesome Traveller**
(rororo 4809)
Acht Prosaskizzen, die abgehen «wie eine Dampflok, die hundert Waggons zieht».

**Unterwegs**
(rororo 1035)
Das literarische Manifest einer Jugend, die inmitten der schlechtesten aller Welten ein lautes Bekenntnis zum glückseligen Leben ablegt: Tempo, Jazz, Marihuana, Sex und Freiheit.

3244/2

*Armistead Maupin*

**Armistead Maupin**, 1944 geboren und Journalist von Beruf, kam Anfang der siebziger Jahre nach San Francisco. 1976 begann er mit einer Serie für den «San Francisco Chronicle», die in den USA zu einem Riesenerfolg wurde und das Material lieferte für sechs Romane - die heute schon legendären «Stadtgeschichten ». In deren Mittelpunkt steht die ebenso exzentrische wie liebenswerte Anna Madrigal, 56, die ihre neuen Mieter gern mit einem selbstgedrehten Joint begrüßt. Unter anderem treten auf: Das Ex- Landei Mary Ann, der von Selbstzweifeln geplagte Macho Brian, das New Yorker Model D'orothea und San Franciscos Schwulenszene. All den unterschiedlichen Menschen, deren Geschichte erzählt wird, aber ist eines gemeinsam: Sie suchen das ganz große Glück.

**Stadtgeschichten**
Band 1
rororo 13441

**Mehr Stadtgeschichten**
Band 2
rororo 13442
«Maupins Geschichten lassen den Leser nicht mehr los, weil sie in appetitlichen Häppchen von jeweils circa vier Seiten gereicht werden und man so lange ‹Na, einen noch› denkt, bis man das Buch ausgelesen hat und glücklich zuklappt.» *Der Rabe*

**Noch mehr Stadtgeschichten**
Band 3
rororo 13443

*rororo Literatur*

**Tollivers Reisen**
Band 4
rororo 13444
«Nichts ist schlimmer, als die steigende Zahl der Seiten, die das unweigerliche Ende des Romans ankündigen.» *Hannoversche Allgemeine Zeitung*

**Am Busen der Natur**
Band 5
rororo 13445

**Schluß mit lustig**
Band 6
rororo 13446
«Ein Kultroman.» *Die Zeit*

«Es ist merkwürdig, aber von jedem, der verschwindet, heißt es, er sei hinterher in San Francisco gesehen worden.» *Oscar Wilde*

3312/2